W0345258

Quand **Chloe Neill** n'écrit pas, elle fait des gâteaux (beaucoup), regarde vraiment trop la télévision et supporte son équipe de football américain préférée. Elle passe également du temps avec son compagnon et ses amis, et joue avec Baxter et Scout, ses chiens. Elle vit dans le Midwest, aux États-Unis.

Du même auteur, chez Milady :

Les Vampires de Chicago :

1. *Certaines mettent les dents*
2. *Petites morsures entre amis*
3. *Mordre n'est pas jouer*
4. *Mordre vous va si bien*
5. *Morsures en eaux troubles*
6. *Morsure de sang froid*
7. *Permis de mordre*
8. *On ne mord que deux fois*
9. *Mords un autre jour*

Dark Elite :

1. *Magie de feu*
2. *Marque de l'ombre*
3. *Coup du sort*

www.milady.fr

Chloe Neill

Certaines mettent les dents

Les Vampires de Chicago – 1

Traduit de l'anglais (États-Unis) par Aurélie Tronchet

Milady

Milady est un label des éditions Bragelonne

Titre original : *Some Girls Bite*
Copyright © Chloe Neill, 2009

Suivi d'un extrait de : *Friday Night Bites*
Copyright © Chloe Neill, 2009

Tous droits réservés, y compris le droit
de reproduire tout ou partie de l'œuvre.
Cet ouvrage est publié avec l'accord de NAL Signet,
une maison d'édition de Penguin Group (U.S.A.) Inc.

© Bragelonne 2011, pour la présente traduction

ISBN : 978-2-8112-0539-3

Bragelonne – Milady
60-62, rue d'Hauteville – 75010 Paris

E-mail : info@milady.fr
Site Internet : www.milady.fr

Remerciements

Je tiens à exprimer ma gratitude (au moins) aux personnes suivantes :
À Jessica et à toute l'équipe de Penguin pour un appel téléphonique dont je me souviendrai et pour avoir tenté leur chance avec un nouvel auteur ;
À Lucienne, mon agent, pour sa patience quand elle relit des chapitres en travaux et pour ses conseils fabuleux ;
À Melissa pour m'avoir expliqué l'architecture du département de littérature de l'université de Chicago ;
À Jess et Jill qui ont joué les cobayes pour mes essais d'écriture ;
À Jess et Jenny qui ont été de fabuleuses hôtesses de soirée ;
À Ryan, pour avoir bien voulu relire les scènes de combat et répéter les mouvements jusqu'à ce que je parvienne à les décrire ;
À mes amis et collègues, y compris Julie, Sandi, Anne, Amy, Heather, Tory, Matt et Kevin, qui ont lu le premier jet de ce roman, m'ont aidée dans la recherche d'un titre, et/ou m'ont conseillée concernant le contrat, l'histoire, les personnages et la correction (et qui ont écouté

patiemment mes discours incessants sur les qualités des vampires) ;
À D.J. pour ses informations sur les armes et les tactiques ;
À la famille Murphy pour son hospitalité, ses conseils et ses sarcasmes qui ont su m'inspirer ;
À Baxter pour sa compagnie ;
À Nate pour m'avoir fait rire et sourire plus que je pensais qu'il était humainement possible ;
Et à Dusan et Maman, de toujours croire en moi.

« Mieux vaut être haï pour ce que l'on est
qu'aimé pour ce que l'on n'est pas. »
André Gide

1

La Transformation

Début avril
Chicago, Illinois

Au début, je me demandais s'il ne s'agissait pas d'une punition karmique. J'avais considéré avec mépris la mode des vampires et, comme frappée d'une sorte de châtiment cosmique, j'en étais devenu une. Une vampire. Une prédatrice. Une Initiée dans l'une des plus anciennes des douze Maisons des États-Unis.

Et je n'étais pas seulement l'une d'entre eux.

Je faisais partie des meilleurs.

Mais je brûle les étapes. Laissez-moi vous raconter comment je suis devenue ce que je suis. Cette histoire commence quelques semaines avant mon vingt-huitième anniversaire, la nuit où ma transformation s'est achevée. La nuit où je me suis réveillée à l'arrière d'une limousine, trois jours après avoir été agressée alors que je traversais le campus de l'université de Chicago.

Je ne me rappelais pas tous les détails, mais je m'en souvenais suffisamment pour me réjouir d'être en vie. À vrai dire, je n'en revenais pas.

À l'arrière de la limousine, je fermai les yeux et tentai d'analyser le souvenir de l'agression. J'avais entendu des bruits de pas étouffés par l'herbe couverte de rosée, puis il m'avait attrapée. J'avais hurlé et balancé des coups de pieds, essayé de me débattre, mais il m'avait poussée à terre. Il était fort – d'une force surnaturelle – et il me mordit au cou avec une férocité de prédateur qui me laissa peu de doutes sur qui il était. Ce qu'il était.

Un vampire.

Mais même s'il me déchira peau et muscles, il ne but pas mon sang ; il n'en eut pas le temps. Il s'arrêta subitement et bondit, pour s'enfuir en courant entre les bâtiments en lisière du campus.

Je portai la main au creux de mon cou, et sentis quelque chose de chaud et poisseux. Ma vue était trouble mais je distinguai assez clairement la tache couleur de vin sur mes doigts.

Puis il y eut du mouvement autour de moi. Deux hommes.

Ceux qui avaient fait peur à mon agresseur.

Le premier avait l'air inquiet.

— Il était rapide. Vous allez devoir faire vite, Sire.

Le second répondit avec une confiance inébranlable.

— Je vais m'en occuper.

Il passa derrière moi et me mit à genoux, puis me cala contre lui, un bras autour de ma taille pour me soutenir. Il sentait l'eau de Cologne, le savon et la propreté.

J'essayai de bouger, de résister un peu, mais j'étais affaiblie.

— Ne bouge pas.

— Elle est jolie.

— Oui, convint-il.

Il téta à la blessure de mon cou. J'eus un mouvement de recul, et il me caressa les cheveux.

— Ne bouge pas.

J'ai très peu de souvenirs des trois jours suivants, de la restructuration génétique qui me transforma en vampire. Aujourd'hui encore, je n'en garde qu'une poignée de sensations. Une douleur lancinante et profonde, des décharges violentes qui me secouaient tout entière. Un froid engourdissant. Deux yeux d'un vert intense.

Dans la limousine, je me tâtai le cou et les épaules à la recherche des cicatrices qui auraient dû s'y trouver. Le vampire qui m'avait agressée ne m'avait pas mordue proprement : il m'avait déchiré la peau comme un animal affamé. Mais, sous mes doigts, l'épiderme était lisse. Aucune cicatrice. Aucune bosse. Aucun pansement. Je retirai ma main pour en examiner la pâleur impeccable – et les ongles courts, parfaitement vernis d'un rouge cerise.

Le sang avait disparu et j'avais eu droit à une manucure.

Luttant contre une vague de vertige, je me redressai sur la banquette. Je ne portais plus le jean et le tee-shirt du soir de l'agression. J'étais à présent vêtue d'une élégante robe noire – un fourreau qui me tombait juste en dessous des genoux – et de chaussures noires à talons de huit centimètres.

J'étais donc une victime de vingt-sept ans, propre, dénuée de toute séquelle visible et – c'en était absurde – habillée d'une robe de soirée qui n'était pas la mienne. Je compris aussitôt qu'ils avaient fait de moi l'une des leurs.

Les Vampires de Chicago.

Tout avait commencé huit mois plus tôt par une lettre, une sorte de manifeste d'abord publié dans le *Sun-Times* et le *Chicago Tribune*, puis repris par les journaux dans tout le pays. C'était une sorte de coming out, l'annonce de leur existence. Quelques humains crurent qu'il s'agissait d'un canular, du moins jusqu'à la conférence de presse qui suivit, au cours de laquelle trois vampires exhibèrent leurs crocs. La panique provoqua trois jours d'émeutes dans la Ville des vents ainsi qu'une pénurie d'eau et de conserves occasionnée par la peur d'une apocalypse. Les fédéraux finirent par s'en mêler, requérant des enquêtes du Congrès, ainsi que des audiences destinées à glaner le moindre détail sur l'existence de ces créatures. Le tout était filmé de manière obsessionnelle et diffusé sur toutes les chaînes de télévision. Même s'ils avaient fait la démarche de se révéler au public, les vampires étaient peu loquaces quand il s'agissait de divulguer lesdits détails. Les crocs, le fait de boire du sang et de sortir la nuit demeuraient les seules informations dont on pouvait être sûr.

Huit mois plus tard, certains humains étaient encore sous le coup de la peur. D'autres étaient obsédés. Par le style de vie, l'attrait de l'immortalité et les vampires eux-mêmes. En particulier par Célina Desaulniers, la plus sophistiquée des habitants surnaturels de la Ville des vents qui avait apparemment orchestré le coming out et avait fait ses débuts dans le monde le premier jour des audiences au Congrès.

Ce jour-là, Célina – grande, mince, les cheveux noirs – portait un tailleur noir assez ajusté pour donner l'illusion qu'il avait été coulé sur son corps. Au-delà de son apparence, elle était de toute évidence intelligente et rusée, et savait comment mener les humains par le bout du nez. Par exemple : le premier sénateur de l'Idaho lui avait demandé ce qu'elle comptait faire à présent que les vampires s'étaient montrés au grand jour.

Tout le monde se rappelait sa réponse :

— Je vais tirer le meilleur parti du côté obscur, avait-elle déclaré d'un ton suave.

Le vétéran aguerri par vingt années sur les bancs du Congrès avait alors eu un sourire et un regard de drogué, tellement lourd de désir qu'une photo de lui avait fait la une du *New York Times*.

Ma réaction avait été tout autre. J'avais levé les yeux au ciel et éteint la télévision.

Je m'étais moquée d'eux, d'elle et de leurs prétentions.

Et en retour, ils m'avaient rendue pareille à eux.

Le karma est vraiment une sale blague.

À présent, ils me renvoyaient chez moi, mais c'était une moi différente. Outre les changements que mon corps avait subis, ils m'avaient transformée en une femme élégante. Ils m'avaient déshabillée, lavée de toute trace de sang, puis prêté une tenue à leur image.

Tuée, guérie puis changée.

Une minuscule graine – cette pointe de méfiance envers ceux qui m'avaient faite – prenait racine.

La tête me tournait toujours quand la limousine s'arrêta devant la maison de grès brun de Wicker Park que je partageais avec ma meilleure amie, Mallory. Je n'avais pas envie de dormir mais j'étais sonnée, embourbée dans une brume qui semblait assez épaisse pour emplir ma conscience et s'y frayer un chemin. Les effets de la drogue peut-être, ou ceux, résiduels, du passage de l'état d'humaine à celui de vampire.

Mallory se tenait sur le perron, ses cheveux mi-longs et d'un bleu métallique brillant sous l'ampoule nue de la suspension. L'air inquiet, elle paraissait m'attendre. Elle portait un pyjama en flanelle avec des petits singes dessinés dessus. Il devait être tard.

La portière de la limousine s'ouvrit et je regardai la maison avant que le visage d'un homme en uniforme et casquette noirs se penche pour jeter un coup d'œil vers la banquette arrière.

— Madame ?

Il tendit la main avec l'air d'attendre quelque chose.

Glissant mes doigts dans sa paume, je posai le pied sur l'asphalte, mes chevilles tremblant sur les talons aiguilles. Je portais rarement des chaussures à talons, le jean étant mon uniforme favori. La fac ne requérait pas plus.

Une portière claqua. Quelques secondes plus tard, une main agrippa mon coude. Mon regard remonta le long du bras pâle et fin jusqu'à un visage à lunettes. La femme qui me tenait le bras, celle qui avait dû sortir de l'avant de la limousine, me sourit.

— Bonjour, ma chère. Nous sommes à la maison. Je vais t'accompagner à l'intérieur et nous t'installerons.

J'étais trop engourdie pour protester et n'avais de toute façon pas de bonne raison de discuter. J'adressai donc un hochement de tête à la vampire qui paraissait approcher de la soixantaine. Elle avait les cheveux gris coupés court, portait un tailleur coquet qui flattait sa silhouette svelte, et se déplaçait avec une assurance toute professionnelle. Quand on avança sur le trottoir, Mallory descendit avec précaution une puis deux marches du perron pour venir à notre rencontre.

— Merit ?

La femme me tapota dans le dos.

— Ça va aller, ma chère. Elle a juste la tête qui lui tourne un peu. Je suis Helen. Vous devez être Mallory ?

Mallory acquiesça en gardant les yeux rivés sur moi.

— Jolie maison. Pouvons-nous entrer ?

Mallory hocha de nouveau la tête et remonta les marches. Je m'apprêtai à la suivre, mais la prise d'Helen sur mon bras m'arrêta.

— On t'appelle « Merit » ? bien que ce soit ton nom de famille ?

J'acquiesçai.

Elle sourit d'un air patient.

— Les nouveaux vampires utilisent juste un prénom. Si c'est ainsi qu'on t'appelle, « Merit » sera le tien. Seuls les Maîtres des Maisons sont autorisés à garder leur nom de famille. C'est une des nombreuses règles dont il faudra te souvenir. (Elle se pencha vers moi d'un air conspirateur.) Et il est considéré comme déplacé d'enfreindre ces règles.

Sa douce remontrance agit sur mon esprit comme le faisceau d'une lampe torche dans le noir. Je clignai des yeux.

— Certains considéreraient que transformer une personne sans son consentement est déplacé, Helen.

Le sourire d'Helen ne parvint pas jusqu'à son regard.

— On t'a transformée en vampire pour te sauver la vie, Merit. Parler de consentement est hors de propos. (Elle se tourna vers Mallory.) Un verre d'eau lui ferait probablement du bien. Je vais vous laisser toutes les deux un moment.

Mallory acquiesça et Helen, munie d'une sacoche en cuir apparemment ancienne, la dépassa pour entrer dans la maison. Je gravis toute seule les dernières marches et m'arrêtai devant mon amie. Ses yeux bleus étaient emplis de larmes, et elle affichait une moue désapprobatrice. Elle était jolie, d'une beauté à la fois extraordinaire et classique, ce qui était la raison pour laquelle elle avait pris l'habitude de teindre ses cheveux en bleu. Elle prétendait que c'était sa façon de se distinguer. C'était inhabituel, bien sûr, mais ce n'était pas un look inadéquat quand on était cadre dans la pub et qu'on brillait par sa créativité.

— Tu es… (Elle secoua la tête avant de poursuivre.) Ça fait trois jours. Je ne savais pas où tu étais. Quand j'ai vu que tu ne rentrais pas, j'ai appelé tes parents. Ton père a dit qu'il s'en occupait. Il m'a demandé de ne pas prévenir la police. Quelqu'un lui avait téléphoné et l'avait informé que tu avais été agressée mais que tu allais bien. Que tu récupérais. Ils ont dit à ton père qu'ils te ramèneraient à la maison quand tu irais mieux. J'ai reçu un coup de fil il y a quelques minutes, qui m'a avertie que tu arrivais. (Elle me serra fort contre elle.) Tu vas me le payer de ne pas avoir appelé.

Mallory s'écarta pour m'examiner des pieds à la tête.

— Ils ont dit que tu avais été changée.

Je hochai la tête, au bord des larmes.

— Alors tu es une vampire ? demanda-t-elle.

— Je crois. Je me suis réveillée et... je ne sais pas.

— Tu te sens différente ?

— Je me sens... lente.

Mallory acquiesça d'un air confiant.

— Les effets du changement, probablement. Il paraît que ça arrive. Tout va rentrer dans l'ordre.

Mallory était bien placée pour savoir ; contrairement à moi, elle suivait toute l'actualité vampire. Elle m'adressa un petit sourire.

— Hé, tu es toujours Merit, n'est-ce pas ?

Bizarrement, je sentis un picotement qui émanait de ma meilleure amie et colocataire. Comme un frisson électrique. Mais j'étais encore engourdie et prise de vertige, et je repoussai cette sensation.

— Je suis toujours moi, lui dis-je.

Et j'espérais que c'était vrai.

La maison de grès brun avait appartenu à la grand-tante de Mallory jusqu'à sa mort, quatre ans auparavant. Mallory, qui avait perdu ses parents dans un accident de voiture quand elle était enfant, avait hérité de la maison et de tout ce qu'elle contenait, depuis les tapis moches qui couvraient les parquets jusqu'au mobilier ancien et aux tableaux de vases remplis de fleurs. Ce n'était pas chic, mais c'était chez nous et cela en avait l'odeur – celle de la cire pour bois parfumée au citron, des cookies, du confort poussiéreux. Le parfum était le même que trois jours plus tôt mais il me paraissait plus profond. Plus riche.

Les sens plus aiguisés des vampires, peut-être ?

Quand on entra dans le salon, Helen était assise sur le bord de notre canapé tendu d'imprimé vichy, les jambes croisées au niveau des chevilles. Un verre d'eau était posé sur la table basse devant elle.

— Entrez, mesdames. Asseyez-vous.

Elle tapota le canapé en souriant. Mallory et moi échangeâmes un regard avant de nous asseoir. Je m'installai à côté d'Helen. Mon amie choisit la causeuse assortie qui faisait face au sofa. Helen me tendit le verre d'eau.

Je le portai à mes lèvres mais marquai une pause avant de boire.

— Je peux… manger et boire autre chose que du sang ?

Le rire d'Helen tinta.

— Bien sûr, ma chérie. Tu peux manger ce que tu veux. Mais tu auras besoin de sang pour son apport nutritionnel. (Elle se pencha vers moi et toucha mon genou nu du bout des doigts.) Et si je peux me permettre, tu aimeras ça !

Elle prononça ces mots comme si elle me communiquait un délicieux secret ou partageait un potin croustillant concernant son voisin de palier.

En sirotant, je découvris que l'eau avait toujours le même goût d'eau. Je reposai le verre sur la table.

Helen tapa des mains sur ses genoux, puis nous gratifia toutes deux d'un sourire lumineux.

— Bon, allons-y, vous voulez bien ?

Elle plongea la main dans la sacoche posée à ses pieds et en sortit un livre relié de cuir, de la taille d'un dictionnaire. Sur la couverture bordeaux profond étaient imprimées des lettres d'or en relief : « Canon des Maisons d'Amérique du Nord, édition pratique. »

— Voici tout ce que tu as besoin de savoir quand tu rejoins la Maison Cadogan. Ce n'est pas le *Canon* complet, évidemment, car la série est volumineuse, mais cet ouvrage couvre les connaissances de base.

— La Maison Cadogan ? demanda Mallory. C'est vrai ?

Je considérai Mallory, puis Helen, d'un air déconcerté.

— Qu'est-ce que la Maison Cadogan ?

Helen me jeta un coup d'œil par-dessus ses lunettes à montures d'écaille.

— C'est la Maison à laquelle tu vas être présentée. Une des trois Maisons de vampires de Chicago : Navarre, Cadogan, Grey. Seul le Maître de chaque Maison a le privilège de transformer de nouveaux vampires. Tu as été transformée par le Maître de Cadogan…

— Ethan Sullivan, intervint Mallory.

Helen hocha la tête en signe d'approbation.

— C'est exact.

Je haussai les sourcils à l'intention de ma colocataire.

— Internet, dit-elle. Tu serais surprise de ce qu'on y trouve.

— Ethan est le second Maître de la Maison. Il a suivi Peter Cadogan dans les ténèbres, pour ainsi dire.

Si seuls les Maîtres pouvaient transformer de nouveaux vampires, cet Ethan Sullivan devait être celui qui m'avait mordue au cours du deuxième round sur le campus de la fac.

— Cette Maison, commençai-je. C'est quoi, une sorte d'association de vampires ou un truc dans le genre ?

Helen fit « non » de la tête.

— C'est plus compliqué que ça. Tous les vampires légaux de ce monde sont affiliés à une Maison. Il existe actuellement douze Maisons aux États-Unis : Cadogan est la quatrième en termes d'ancienneté.

Voyant Helen se redresser davantage, je devinai qu'elle en était un membre représentatif.

Elle me tendit le livre, qui devait bien peser cinq kilos. Je le posai sur mes cuisses pour en répartir le poids.

— Tu n'as pas besoin de mémoriser les règles, bien sûr, mais tu dois lire les sections préliminaires et avoir au moins une vague connaissance du contenu. Et bien sûr, tu peux te référer au texte si tu as des questions particulières. Lis bien le chapitre concernant la Recommandation.

— C'est quoi, la Recommandation ?

— La cérémonie d'initiation. Tu deviendras un membre officiel de la Maison et tu prêteras serment à Ethan et au reste des vampires Cadogan. En parlant de cela, les versements débutent en général deux semaines après la Recommandation.

Je clignai des yeux.

— Quels versements ?

Elle m'adressa un autre regard par-dessus ses lunettes.

— Ton salaire, ma chérie.

J'eus un petit rire nerveux et étranglé.

— Je n'ai pas besoin de salaire. Je suis étudiante, et j'assure des cours de travaux dirigés. Je reçois une allocation.

J'en étais à la troisième année de mes études de troisième cycle, et au troisième chapitre de ma thèse sur la littérature médiévale courtoise.

Helen fronça les sourcils.

— Ma chérie, tu ne peux pas poursuivre tes études. L'université n'accepte pas les étudiants vampires et ils n'y sont certainement pas employés non plus. Nous ne sommes pas encore protégés par l'Article 7 des droits civils. Nous avons pris les devants et nous t'avons désinscrite pour éviter les soucis. Ainsi, tu n'auras pas à te préoccuper de...

Le sang afflua en grondant dans mes oreilles.

— Qu'est-ce que vous entendez par « nous t'avons désinscrite » ?

Son expression s'adoucit.

— Merit, tu es une vampire, une Initiée Cadogan. Tu ne peux retourner à cette vie-là.

Je passai la porte avant qu'elle ait fini de parler, sa voix résonnant derrière moi tandis que je me précipitais vers la chambre du rez-de-chaussée, lançais un moteur de recherche et me connectais au serveur de l'université. Le système me reconnut et mon estomac se dénoua de soulagement.

Puis je consultai mon dossier.

Mon statut avait été modifié deux jours plus tôt. J'étais enregistrée comme étant « Non inscrite ».

Le monde bascula.

Je retournai dans le salon, la voix mal assurée alors que je luttais contre la panique qui montait rapidement, et j'affrontai Helen.

— Qu'est-ce que vous avez fait ? Vous n'aviez aucun droit de me désinscrire de l'université !

Faisant preuve d'un calme irritant, Helen se tourna de nouveau vers sa sacoche et en sortit une liasse de papiers.

— Parce qu'Ethan a le sentiment que ton cas est... particulier, tu percevras ton salaire de la Maison dans les dix prochains jours ouvrables. Nous avons déjà organisé le virement. La Recommandation est prévue pour ton septième jour, donc dans six jours. Tu te présenteras quand on te le signifiera. À la cérémonie, Ethan t'assignera ta position de service dans la Maison. (Elle me sourit.) Peut-être quelque chose dans les relations publiques, étant donné le statut de ta famille dans cette ville.

— Aïe. Mauvaise idée de parler des parents, marmonna Mallory.

Elle avait raison. Mes parents étant l'un de mes sujets de discussion les moins prisés, c'était exactement ce qu'il ne fallait pas dire. Mais sa remarque eut au moins l'avantage de me secouer et de me sortir de mon état de stupéfaction.

— Je pense que nous en avons fini, lui dis-je. Il est temps que vous partiez.

Helen haussa un sourcil.

— Ce n'est pas ta maison.

C'était courageux de sa part de jouer avec les nerfs d'une vampire récemment transformée. Mais nous étions à présent sur mon territoire et j'avais des alliés.

Je me tournai vers Mallory avec un sourire mauvais.

— Et si nous essayions de mettre le mythe des vampires à l'épreuve ? Ne doivent-ils pas être invités pour entrer chez quelqu'un ?

— J'aime ta façon de penser, répondit Mallory avant de se diriger vers la porte et de l'ouvrir. Helen, dit-elle. Je veux que vous sortiez de ma maison.

On sentit un mouvement dans l'air, une brise soudaine qui souffla par la porte et ébouriffa les cheveux de Mallory – et me donna la chair de poule.

— C'est incroyablement grossier, déclara Helen, qui prit malgré tout sa sacoche d'un geste sec. Lis le *Canon*, signe les formulaires. Il y a du sang dans le réfrigérateur. Bois-le : une pinte tous les deux jours. Évite la lumière du soleil et les pieux en bois de tremble, et viens quand il te l'ordonnera.

Elle s'approcha de la porte puis, soudain, comme si quelqu'un avait mis un aspirateur en marche, elle fut happée vers l'extérieur.

Je me précipitai sur le seuil. Helen, sur la marche supérieure, échevelée et les lunettes de travers, nous regardait d'un air surpris. Au bout d'un moment, elle remit sa jupe et ses lunettes en place, tourna sèchement les talons et descendit l'escalier en direction de la limousine.

— Quelle… grossièreté, dit-elle. Ne crois pas que je ne vais pas en parler à Ethan !

Je lui adressai un salut majestueux, imitant la reine d'Angleterre.

— Faites donc ça, Helen, lança Mallory. Et pendant que vous y êtes, dites-lui qu'il aille se faire foutre !

Helen tourna vers moi ses yeux brûlant d'un feu argenté. Un feu surnaturel.

— Tu n'en étais pas digne, lâcha-t-elle.

— Je n'étais pas consentante, la corrigeai-je avant de claquer la lourde porte en chêne avec assez de force pour la faire trembler sur ses gonds.

Une fois que le crissement des graviers sur l'asphalte eut signalé que la limousine avait disparu, je m'appuyai contre la porte en regardant Mallory.

— Ils ont dit que tu te baladais toute seule sur le campus au beau milieu de la nuit ! dit-elle en me dévisageant. (Puis elle m'envoya un coup de poing dans le bras, l'air dégoûté.) Bon sang, mais à quoi pensais-tu ?

Mallory se libérait de la panique qu'elle avait ressentie jusqu'à ce qu'elle apprenne que je rentrais à la maison. Ma gorge se serra : elle m'avait attendue, elle s'était inquiétée pour moi.

— J'avais du travail.

— Au milieu de la nuit ?!

— Je t'ai dit que j'avais du travail ! (Je levai les mains, l'agacement grandissant en moi.) Je n'y suis pour rien, Mallory, tu le sais très bien !

Mes genoux se mirent à trembler. Je retournai dans le salon et m'assis sur le canapé. Une fois la peur réprimée, je fus submergée par l'horreur du viol que j'avais subi. Je me couvris le visage des mains tandis que les larmes commençaient à couler.

— Ce n'était pas ma faute, Mallory. Ma vie, mes études, tout a disparu et ce n'est pas ma faute.

Je sentis le coussin s'enfoncer à côté de moi et un bras passer autour de mes épaules.

— Oh, mon Dieu, je suis désolée. Excuse-moi, je suis à cran. J'ai eu si peur, Merit. Je sais que ce n'est pas ta faute.

Elle me serra dans ses bras pendant que je sanglotais et me frotta le dos tandis que je faisais le deuil de ma vie et de mon humanité.

On resta assises là un long moment, ma meilleure amie et moi. Elle me tendit des Kleenex pendant que je racontais les quelques choses dont je me souvenais : l'agression, l'arrivée des autres vampires, le froid et la douleur, le trajet embrumé en limousine.

Quand j'eus pleuré toutes les larmes de mon corps, Mallory écarta les cheveux qui cachaient mon visage.

— Ça va bien se passer. Je te le promets. Je vais appeler l'université dans la matinée. Et si tu ne peux pas y retourner… nous trouverons une solution. En attendant, tu devrais appeler ton grand-père. Je suis sûre qu'il aimerait savoir que tu vas bien.

Je secouai la tête, je n'étais pas encore prête à avoir cette discussion. L'amour de mon grand-père avait toujours été inconditionnel, mais jusque-là j'étais un être humain. Je n'étais pas prête à tester ses limites.

— Je vais commencer par mes parents, promis-je. Ensuite je répandrai la nouvelle au compte-gouttes.

— Quel choix de mots douteux, me reprocha Mallory sans insister davantage. J'imagine que c'est quelqu'un de la Maison qui m'a contactée, mais je ne sais pas qui d'autre ils ont appelé. La communication a été brève. « Merit a été attaquée sur le campus il y a deux nuits. Pour lui sauver la vie, nous l'avons transformée en vampire. Elle rentre chez vous ce soir. Comme il se peut qu'elle se sente mal à la suite du changement, nous vous demandons d'être présente afin de l'assister au cours de ces premières heures cruciales. Merci. » Pour être honnête, on aurait dit un enregistrement.

— Alors j'en conclus que cet Ethan Sullivan fait dans le bas de gamme. Ajoutons ça à la liste des raisons pour lesquelles on ne l'aime pas.

— La première raison étant qu'il t'a changée en une créature de la nuit buveuse de sang ?

J'acquiesçai d'un air contrit.

— C'est définitivement la raison numéro un. Ils ont fait de moi une créature à leur image. Ce Sullivan a fait de moi l'une des leurs.

Mallory émit un bruit de frustration.

— Je sais. Je suis tellement jalouse.

Elle était passionnée par le paranormal : depuis que je la connaissais, elle s'était toujours intéressée aux bestioles à crocs ou qui fichaient la trouille. Elle posa une main sur sa poitrine.

— Je suis l'occultiste de la famille et pourtant c'est toi, la fana de littérature, qu'ils transforment ? Même Buffy serait piquée au vif. Je ne doute pourtant pas que tu fasses un sujet d'étude de premier choix, dit-elle avec un regard appréciateur.

Je ricanai.

— Mais un sujet pour quel genre d'étude ? Bon sang, qui suis-je maintenant ?

— Tu es Merit, dit-elle avec une conviction qui me réchauffa le cœur. Mais une sorte de Merit version 2.0. Et je dois dire que, le coup de téléphone mis à part, ce Sullivan n'est pas bas de gamme en tous les domaines. Les chaussures que tu portes sont des Jimmy Choo et cette robe doit coûter la peau du cul. (Elle fit claquer sa langue.) Il t'a habillée comme son mannequin privé. Et franchement, Merit, tu es superbe.

Superbe, pensai-je, *c'est relatif.* Je baissai les yeux sur la robe de soirée et passai la main sur le tissu noir et brillant.

— J'aimais bien qui j'étais, Mallory. Ma vie n'était pas parfaite, mais j'étais heureuse.

— Je sais, ma chérie. Mais peut-être vas-tu aussi aimer celle-ci ?

J'en doutais. Sérieusement.

2

Les gens riches ne sont pas plus beaux, ils ont juste de plus grosses voitures

Mes parents étaient des nouveaux riches de Chicago. Mon grand-père, Chuck Merit, avait servi comme flic dans cette ville pendant trente-quatre ans. Il avait patrouillé dans le quartier sud avant de rejoindre le Bureau des services d'investigation. C'était une légende au sein de la police de Chicago.

Mais même s'il gagnait de quoi assurer un niveau de vie de classe moyenne, l'ambiance était tendue à la maison. Ma grand-mère venait d'un milieu aisé, mais elle avait refusé la succession de son père dominateur, issu d'une vieille famille riche de Chicago. Même si c'était elle qui avait pris cette décision, mon père considérait que c'était à cause de mon grand-père qu'il n'avait pas été élevé selon le style de vie auquel il aurait dû être habitué. Rongé par cette trahison qu'il avait imaginée, et agacé par une enfance passée à vivre chichement grâce au salaire d'un flic, mon père s'était fixé comme but personnel d'amasser autant d'argent que possible, aux dépens de tout le reste.

Et il excellait dans ce domaine.

Mon père était le propriétaire de Merit Properties, une société de promotion immobilière qui gérait des tours et des complexes d'appartements dans toute la ville. Il était également membre du puissant comité de croissance de Chicago, qui était constitué de représentants de la communauté des affaires et qui conseillait le maire récemment réélu, Seth Tate, sur les questions d'urbanisme et de développement. Mon père était très fier de sa relation avec Tate et y faisait souvent allusion. Franchement, d'après moi, ça desservait plus le maire qu'autre chose.

Bien sûr, parce que j'avais grandi en étant une Merit de Chicago, j'avais pu profiter des avantages inhérents à ce nom : une grande maison, les colonies de vacances, les leçons de danse, les beaux vêtements. Mais alors que les avantages financiers étaient importants, mes parents – et particulièrement mon père – n'étaient pas les personnes les plus chaleureuses qui soient. L'ambition de Joshua Merit était de bâtir un héritage, au mépris de tout le reste. Il voulait la femme parfaite, les enfants parfaits et la position parfaite au sein de l'élite sociale et financière de Chicago. Pas étonnant que je vénère mes grands-parents qui savaient, eux, aimer sans réserve.

Difficile d'imaginer que mon père se réjouirait de ma nouvelle identité de vampire. Mais comme j'étais une grande fille, après avoir essuyé mes larmes, je montai dans ma voiture – une vieille Volvo disgracieuse que j'avais payée avec mes économies – et me rendis au domicile de mes parents, à Oak Park.

Là-bas, je garai la Volvo dans l'allée qui formait un arc devant la maison. La demeure était un imposant cube en béton postmoderne, complètement déplacé au milieu des bâtisses plus délicates datant de la fin du XIXe siècle qui l'entouraient. L'argent n'achetait pas le bon goût, de toute évidence.

La porte d'entrée s'ouvrit avant que je puisse frapper. Un immense vieillard très maigre me toisait de ses yeux gris et austères.

— Mademoiselle Merit.

— Salut, Peabody.

— Pennebaker.

— C'est ce que j'ai dit.

Bien sûr, je connaissais son nom. Pennebaker, le majordome, était la première grosse acquisition de mon père. Le domestique fonctionnait selon la devise « qui aime bien châtie bien » en matière d'éducation, et il prenait toujours le parti de mon père contre nous. Il se mêlait des affaires des autres, cafardait et ne négligeait généralement aucun détail concernant mon enfance, qu'il imaginait rebelle. Soyons réaliste, je n'étais probablement pas la plus virulente des rebelles, mais j'avais un frère et une sœur parfaits : ma sœur aînée, Charlotte, était mariée à un chirurgien du cœur et pondait des enfants à la chaîne, et mon frère aîné, Robert, se préparait à reprendre les affaires de famille. Moi qui n'étais qu'une étudiante célibataire de vingt-sept ans – même si j'étudiais dans une des meilleures universités du pays –, j'étais une Merit de seconde classe. Et je débarquais à la maison avec une sale nouvelle.

J'entrai et sentis l'air se déplacer dans mon dos quand Pennebaker ferma la porte d'un geste sec avant de me précéder.

— Vos parents se trouvent dans le petit salon de devant, entonna-t-il. Vous êtes attendue. Ils se sont excessivement inquiétés pour votre bien-être. Votre père se fait du souci au sujet de ces… (il baissa les yeux d'un air méprisant) *choses* dans lesquelles vous êtes impliquée.

Je m'offusquai de cette remarque, mais décidai de ne pas le corriger même s'il ne comprenait certainement pas que je n'avais pas consenti à ma transformation. Il ne m'aurait pas crue de toute façon.

Je le dépassai, suivant le couloir jusqu'au petit salon et poussai la porte coulissante. Ma mère, Meredith Merit, se leva d'un austère canapé cubique. Même à 23 heures, elle portait des talons, une robe en lin et un rang de perles autour du cou. Ses cheveux blonds étaient parfaitement coiffés, ses yeux d'un vert pâle.

Maman se précipita vers moi, les mains tendues.

— Tu vas bien ? (Elle prit mon visage entre ses doigts aux ongles longs et m'examina.) Tu vas bien ?

Je souris poliment.

— Oui, je vais bien.

Une vérité toute relative, fondée sur ce qu'ils étaient capables de comprendre.

Mon père, grand et mince comme moi, avec les mêmes cheveux noisette et les mêmes yeux bleus, était assis sur le canapé d'en face, toujours en costume malgré l'heure tardive. Il me regarda par-dessus les verres demi-lune de ses lunettes, un mouvement qu'il aurait pu emprunter à Helen mais qui n'était pas moins efficace venant d'un humain. Repliant d'un coup sec le journal qu'il était en train de lire, il le posa sur le siège près de lui.

— Des vampires ?

Il parvint à faire de ces deux mots à la fois une question et une accusation.

— J'ai été agressée sur le campus.

Ma mère suffoqua, une main sur le cœur, et se tourna vers mon père.

— Joshua ! Sur le campus ! Ils attaquent les gens !

Mon père avait le regard braqué sur moi, et je pus y déceler de la surprise.

— Agressée ?

— J'ai été agressée par un vampire, mais c'est un autre qui m'a transformée. (Je me rappelai les quelques mots que j'avais entendus, la peur dans la voix du compagnon d'Ethan Sullivan.) Je pense que le premier a été mis en fuite, et les vampires qui sont arrivés ensuite ont eu peur que je ne meure.

Ce n'était pas vraiment la vérité : alors que son compagnon craignait que cela arrive, Sullivan, quant à lui, en semblait plus que certain. De même qu'il savait qu'il pourrait alors changer ma destinée.

— Deux groupes de vampires ? à l'université de Chicago ?

Je haussai les épaules, m'étant posé la même question.

Mon père croisa les jambes.

— Et en parlant de ça, que fabriquais-tu à traîner sur le campus toute seule au milieu de la nuit, pour l'amour de Dieu ?

Une étincelle s'enflamma dans mon estomac : la colère, peut-être teintée d'une pointe d'apitoiement, des émotions pas si extraordinaires quand il était question de mon père. Habituellement, j'adoptais un comportement docile, craignant que le fait de hausser le ton pousse mes parents à formuler devant moi le désir qu'ils nourrissaient depuis longtemps d'avoir une fille cadette différente. Mais il faut un début à tout, non ?

— Je travaillais.

Son soupir en guise de réponse en disait long.

— Je travaillais, répétai-je en laissant percer dans ma voix vingt-sept années de confiance en moi refoulée. J'allais récupérer des papiers et j'ai été attaquée. Ce n'était pas un choix et ce n'était pas ma faute. Il m'a déchiré la gorge.

Mon père parcourut du regard la peau claire de mon cou et afficha une expression dubitative – Dieu me garde si une Merit, une Merit de Chicago, ne pouvait se défendre –, mais il devança ma réaction.

— Et cette Maison Cadogan. Elle est ancienne, mais pas autant que la Maison Navarre.

Puisque je n'avais pas encore mentionné la Maison Cadogan, je supposai que celui ou celle qui avait appelé mes parents avait fait mention de l'affiliation. Et mon père avait apparemment effectué quelques recherches.

— Je ne sais pas grand-chose de ces Maisons, admis-je en pensant que c'était plus le registre de Mallory.

L'expression de mon père montrait clairement que ma réponse ne le satisfaisait pas.

— Je suis revenue seulement ce soir, dis-je pour me défendre. On m'a déposée à la maison il y a deux heures. Je ne savais pas si vous étiez au courant ni même si vous pensiez que j'étais blessée ou autre chose. C'est pourquoi je suis venue.

— Nous avons reçu un appel. (Son ton était sec.) De la Maison. Ta colocataire…

— Mallory, l'interrompis-je. Elle s'appelle Mallory.

— … nous a prévenus quand tu n'es pas rentrée. Une personne de la Maison nous a contactés et nous a informés que tu avais été attaquée. On nous a dit que tu récupérais. J'ai téléphoné à ton grand-père, à ton frère et à ta sœur, alors il n'y avait pas besoin d'alerter la police. (Il marqua une pause.) Je ne veux pas que la police soit impliquée dans cette affaire, Merit.

Outre le fait que mon père ne souhaitait pas qu'il y ait une enquête concernant l'agression de sa fille, mes cicatrices avaient de toute façon disparu. Je me touchai le cou.

— Je pense que c'est un peu tard, pour la police.

Mon père, pas impressionné du tout par mon analyse de médecin légiste, se leva du canapé et s'approcha de moi.

— Je suis parti de rien et j'ai travaillé dur pour élever cette famille. Je ne la verrai pas de nouveau démolie.

Ses joues étaient cramoisies. Ma mère, qui s'était avancée pour se placer à côté de lui, lui toucha le bras en prononçant calmement son nom.

Je me hérissai au « de nouveau » mais je résistai à l'envie de discuter l'opinion de mon père quant à l'histoire de notre famille.

— Je n'ai pas choisi de devenir une vampire, lui rappelai-je.

— Tu as toujours eu la tête dans les nuages. Tu as toujours rêvé de charabias romantiques. (Je supposai que c'était un coup porté à mon sujet de thèse.) Et aujourd'hui, ça. (Il s'éloigna à grands pas vers une vaste baie vitrée pour regarder au dehors.) Je te demande juste de rester dans ton quartier. Et évite d'avoir des ennuis.

Je pensais qu'il en avait fini et que l'avertissement était sa manière à lui de mettre un terme à la discussion, mais il se tourna pour me dévisager de ses yeux étrécis.

— Et si tu fais quoi que ce soit qui ternisse notre nom, je te déshérite assez vite pour que la tête t'en tourne.

Mesdames et messieurs, je vous présente mon père !

Quand je revins à Wicker Park, j'avais les yeux gonflés et le visage rouge d'avoir pleuré tout le long du trajet jusqu'à la maison. Je n'aurais pas dû être surprise par le comportement de mon père. Il était tout à fait conforme au but principal de sa vie : améliorer sa situation sociale. Le fait que j'aie frôlé la mort puis que je sois devenue une suceuse de sang n'importait pas autant, dans son petit monde bien rangé, que la menace que j'incarnais pour le statut de la famille.

Il était tard, presque 1 heure du matin, quand je garai la voiture dans le garage étroit jouxtant la maison. Elle était plongée dans le noir, le quartier était calme et je supposai que Mallory devait dormir dans sa chambre à l'étage. Contrairement à moi, elle avait toujours un boulot dans son agence de pub de Michigan Avenue et elle était habituellement dans le quartier du Loop dès 7 heures. Mais quand j'ouvris la porte d'entrée, je la trouvai sur le canapé à regarder la télévision d'un air vide.

— Il faut que tu voies ça, dit-elle sans lever les yeux.

Je me débarrassai de mes chaussures à talons et la rejoignis. Le titre qui figurait au bas de l'écran disait « Les vampires de Chicago nient leur implication dans le meurtre ».

Je me tournai vers Mallory.

— Un meurtre ?

— On a découvert le cadavre d'une fille dans Grant Park. Elle s'appelait Jennifer Porter. Elle a eu la gorge arrachée. On l'a trouvée ce soir, mais la police pense qu'elle a été tuée il y a une semaine, trois jours avant ton agression.

— Oh, mon Dieu. (Je me laissai tomber sur le canapé et remontai les genoux.) La police pense que les vampires sont responsables ?

— Regarde, dit Mallory.

Sur l'écran, quatre hommes et une femme – Célina Desaulniers – se tenaient derrière un pupitre en bois. Des journalistes de la presse et de la télévision, micros, appareils photo, magnétos et carnets de notes en main, se serraient devant le podium.

Dans un parfait ensemble, le petit groupe s'avança.

L'homme qui se trouvait au centre, grand avec une crinière de cheveux noirs lui tombant sur les épaules, se pencha vers le micro.

— Je m'appelle Alexander, dit-il d'une voix chaude et veloutée. Voici mes amis et associés. Comme vous le savez tous, nous sommes des vampires.

La salle fut inondée de lumière quand les journalistes mitraillèrent le groupe avec leurs appareils photo. Apparemment peu perturbés par les flashs, les cinq vampires se tenaient d'un air stoïque, l'un à côté de l'autre, parfaitement calmes.

— Nous sommes ici, dit Alexander, pour exprimer notre sympathie à la famille et aux amis de Jennifer Porter, et pour promettre de faire tout notre possible pour assister la police de Chicago et d'autres agences des forces de l'ordre. Nous proposons notre aide et condamnons les actes de ceux qui prennent des vies humaines. Une telle violence ne mène à rien et cela fait longtemps que ces débordements sont abhorrés par les plus civilisés d'entre nous. Comme vous le savez, bien que nous ayons besoin de sang pour survivre, nous respectons des règles établies depuis des siècles et nous épargnons ceux qui ne partagent pas notre besoin afin qu'ils ne deviennent pas nos victimes. Le meurtre n'est perpétré que par nos ennemis. Et soyez assurés, mes amis, que ce sont autant vos ennemis que les nôtres.

Alexander marqua une pause avant de poursuivre d'une voix plus crispée :

— Nous avons appris qu'un pendentif d'une des Maisons de Chicago, Cadogan, a été retrouvé sur la scène du crime.

— Oh, mon Dieu, murmura Mallory.

Je gardai les yeux rivés sur l'écran.

— Même si nos camarades de la Maison Cadogan boivent le sang des humains, poursuivit Alexander, ils s'assurent que les humains qui acceptent d'être donneurs le font en toute connaissance de cause. Et les autres vampires de Chicago ne boivent jamais, en aucune circonstance, directement le sang des humains. Nous avons donc toutes les raisons de croire, même si ce n'est qu'une hypothèse à ce stade, que ce médaillon a été placé sur les lieux du crime dans le seul but d'impliquer les résidents de la Maison Cadogan. Envisager toute autre possibilité ne serait que supposition injustifiée.

Sans un mot de plus, Alexander recula pour rejoindre ses camarades.

Célina avança. Tout d'abord, elle resta silencieuse, parcourant du regard l'assemblée de journalistes devant elle. Quand enfin elle sourit légèrement, on put presque entendre les soupirs de ces derniers. Mais l'expression de son visage était un peu trop innocente pour qu'on y croie. Un peu trop forcée.

— Nous sommes bouleversés par la mort de Jennifer Porter, dit-elle, et par les accusations qui ont été portées contre nos camarades. Même si les vampires de la Maison Navarre ne boivent pas directement le sang des humains, nous respectons les décisions des autres Maisons de faire perdurer cette pratique. Les membres de la Maison Navarre restent à la disposition de la ville. Ce crime nous offense tous. La Maison Navarre ne trouvera pas le repos tant que l'assassin ne sera pas arrêté et jugé.

Célina hocha la tête vers le rang de journalistes, puis se tourna et s'éloigna jusqu'à sortir de l'écran, le reste des vampires lui emboîtant le pas.

Mallory coupa le son.

— Bon sang, dans quoi tu t'es fourrée ?

— Ils disent que les Maisons ne sont pas impliquées, fis-je remarquer.

— Elle dit que Navarre n'est pas impliquée, corrigea Mallory. Elle me semble toute prête à jeter les autres Maisons en pâture aux loups. De plus, des vampires étaient dans le coup quand tu as frôlé la mort. C'est un vampire qui t'a attaquée. Il y a trop de crocs dans cette affaire pour que ce soit une coïncidence.

Je suivis son raisonnement.

— Tu penses que je suis… quoi, le numéro deux ? que j'étais censée être la seconde victime ?

— Tu *étais* la seconde victime, dit-elle. Et je trouve que c'est une sacrée coïncidence qu'on ait tenté de t'égorger sur le campus. Ce n'est pas exactement un parc mais ça y ressemble. Regarde, dit-elle en désignant de nouveau la télévision.

Un portrait de Jennifer Porter, une petite photo d'identité, remplit l'écran. Des cheveux châtain foncé et des yeux bleus, comme moi.

Nous partageâmes un moment de silence.

— Et puisqu'on parle de gens odieux, dit enfin Mallory, comment s'est passée ta visite chez tes parents ?

Mallory n'avait rencontré mes parents qu'une seule fois, quand je n'avais pu éviter plus longtemps de les présenter. Elle venait juste d'adopter le look cheveux bleus. Inutile de dire qu'ils n'avaient pas été impressionnés. La créativité, même inoffensive, n'était pas tolérée dans la famille Merit. Après cette visite, au cours de laquelle Mallory s'était retenue de justesse de coller son poing dans la figure de mon père, j'avais décidé de ne plus lui imposer leur présence.

— Pas super.

— Je suis désolée.

Je haussai les épaules.

— Je n'avais pas grand espoir en arrivant, mais c'était déjà trop.

Je lançai un long regard vers le *Canon* géant relié de cuir, posé sur la table basse, puis je le pris sur mes genoux.

— Je suppose qu'ils étaient inquiets mais, en gros, ils m'ont fait la leçon sur le fait que j'allais mettre la famille dans l'embarras. (Je levai les mains en agitant les doigts pour ajouter un effet dramatique.) Tu sais, les Merit de Chicago. Comme si ça voulait dire quelque chose.

Mallory ricana doucement.

— Malheureusement, oui, ça veut dire quelque chose. Il te suffit de jeter un coup d'œil au *Trib* pour le savoir. Est-ce que tu es allée voir ton grand-père ?

— Pas encore.

— Il faut que tu le fasses.

— Bientôt, répondis-je rapidement, dès que je serai prête.

— Arrête tes conneries, dit-elle en attrapant le téléphone sans fil sur son support près du canapé. Il a été davantage un père pour toi que Joshua. Et tu sais qu'il est toujours debout à cette heure-ci. Appelle-le.

Elle me tendit le combiné, que je serrai en baissant les yeux sur les touches bleues en caoutchouc.

— Bon sang, marmonnai-je avant de composer son numéro.

Le combiné à l'oreille, la main crispée pour éviter de trembler, je priais en silence pour qu'il se montre compréhensif. Le téléphone sonna trois fois avant que le répondeur se mette en marche.

— Salut, grand-père, dis-je après le « bip ». C'est Merit. Je voulais te dire que je suis à la maison et que je vais bien. Je passerai te voir dès que je peux.

Je raccrochai et rendis le combiné à Mallory.

— Tu as encore du chemin à faire pour te comporter en adulte, dit-elle en reposant le téléphone sur son support.

— Hé, je suis certaine que je peux encore te botter le cul, morte-vivante ou pas.

Elle ricana puis se tut un moment avant de suggérer avec précaution :

— Peut-être que quelque chose de bien pourrait découler de cette histoire.

Je lui glissai un regard en biais.

— Comme quoi, par exemple ?

— Par exemple, tu pourrais peut-être te trouver un mec ?

— Seigneur, Mallory. Ce n'est vraiment pas le moment, répondis-je, même si elle n'avait pas tort : ma vie amoureuse était un vrai désert.

Mallory me tenait pour responsable de ma longue période de célibat. Elle affirmait que je ne me montrais pas assez. Qu'est-ce que c'était censé vouloir dire ? Je sortais. Je traînais dans les cafés, j'allais aux pots du vendredi soir du département de littérature et je me rendais presque tous les week-ends à des concerts, Chicago étant un passage obligé pour les groupes indépendants en tournée. Mais je devais également me concentrer sur mon mémoire. J'aurais bien assez de temps pour les garçons ensuite. J'avais à présent l'éternité pour ça.

Mallory passa un bras autour de mes épaules et me serra contre elle.

— Écoute, tu es une vampire, maintenant. Une vampire, tu te rends compte ? (Elle apprécia du regard mon nouveau look Cadogan.) En tout cas, ils ont amélioré ton sens de la mode et tu auras bientôt le côté chic et gothique des morts-vivants.

Je haussai les sourcils.

— Je ne plaisante pas. Tu es grande, intelligente, jolie. Tu as des jambes de deux mètres de long. (Elle désigna ces dernières d'un geste de tête, la mine un peu boudeuse.) D'ailleurs, je te déteste un peu à cause de ça.

— Toi, tu as de jolis seins, avouai-je.

Et, comme chaque fois que nous avions cette conversation seins-contre-jambes, nous baissâmes les yeux sur nos poitrines respectives pour nous inspecter et nous comparer. Mes seins étaient corrects, bien qu'un peu trop petits. Les siens étaient parfaits.

— C'est vrai, dit-elle finalement avant d'agiter la main d'un air dédaigneux. Mais c'est hors sujet. Tu es superbe et, même si personnellement ça te contrarie, tu es la fille de Joshua Merit. Tout le monde connaît son nom. Et malgré tout, tu n'as pas eu de rencard depuis quoi ? un an ?

Quatorze mois, mais on n'était plus à ça près.

— Si tu sors en faisant ton numéro de jolie vampire toute neuve, il est possible que cela t'ouvre de nouvelles perspectives.

— C'est vrai, Mallory. Je vais d'ailleurs passer un petit coup de fil chez moi. (J'imitai la forme d'un combiné avec mes doigts.) Salut, papa. C'est la fille que tu tolères tout juste. Ouais, je sais, tu es déçu que je sois une morte-vivante mais les vampires mâles sont vachement sexy. (Je fis mine de raccrocher le téléphone.) Non merci. Je ne sortirai pas avec un vampire.

Elle posa la tête sur mon épaule.

— Ma puce, tu es une vampire, je te rappelle.

Je me frottai les tempes, qui commençaient à me lancer.

— Je sais, et ça craint. Je ne veux plus en parler.

Mallory eut un soupir exaspéré mais n'insista pas. Elle s'enfonça dans les coussins du canapé et tapota du doigt la couverture du guide du parfait petit vampire, toujours fermé sur mes genoux.

— Alors ? Tu vas le lire ?

— Il faut probablement que je comprenne les règles de base. Et puisque j'ai toute la nuit…

— Eh bien, pas moi. (Elle se leva et s'étira.) Il faut que je dorme un peu. J'ai une réunion tôt demain matin. Amuse-toi bien avec ta bible des vampires.

— Bonne nuit, Mallory. Merci de m'avoir attendue.

— Pas de problème. J'appellerai l'université demain et je te ferai savoir s'ils envisagent de te réembaucher. (Elle sortit de la pièce, mais passa de nouveau la tête à la porte, en se tenant d'une main à l'encadrement en chêne.) Juste pour être sûre : tu es dégoûtée d'être une vampire et on déteste cet Ethan Sullivan, c'est bien ça ?

Je feuilletai les pages épaisses et visiblement anciennes du *Canon*, parcourant les remerciements et la table des matières, mon regard s'immobilisant sur le titre du chapitre deux : « Servir votre Seigneur ».

— Oh, oui, lui assurai-je. On le déteste.

Je m'endormis sur le canapé, le livre entre les mains. J'avais passé les dernières heures de la soirée plongée dans le *Canon*, longtemps après que Mallory se fut traînée à l'étage. J'étais, pour ma part, complètement éveillée pour ma séance de lecture – la transformation en vampire inversant déjà mes horaires de sommeil – du moins jusqu'à ce que la vague d'épuisement me frappe au lever du jour. Comme l'aube approchait, je sentis le soleil se lever doucement, se préparant à ouvrir une brèche dans l'horizon. Quand il apparut, il entraîna à sa suite une lourde somnolence. Qu'est-ce que Carl Sandburg avait dit au sujet du brouillard ? qu'il rampait comme un chat ? Ce fut ainsi que l'épuisement vint. Il s'immisça en moi en rampant, silencieux mais bien présent, et il m'enveloppa comme une lourde couverture de velours.

Alors que l'endormissement avait été progressif, je m'éveillai d'un coup recouverte d'un vieux couvre-lit qui sentait le moisi. Après avoir déplié mes membres, je découvris Mallory, en jean et tee-shirt des Chicago Cubs, assise sur la causeuse et qui me regardait avec curiosité.

— Tu as essayé de me momifier ?

— Il y a des fenêtres dans cette pièce, je te signale, et tu étais trop lourde pour que je te porte à l'étage. Si je te laisse exposée au soleil toute la journée, je peux faire une croix sur le loyer de ce mois-ci. (Elle s'approcha pour m'examiner.) Pas de brûlures ?

Je rejetai la couverture et examinai mon corps. J'étais toujours habillée de la robe de soirée moulante et ce que je voyais de ma peau paraissait normal, peut-être même en meilleur état qu'avant ma transformation. Et une fois la torpeur dissipée, je me sentais beaucoup mieux que la veille. J'étais à présent suceuse de sang en pleine forme !

— Non, lui dis-je en lui épargnant mon monologue intime. Je crois que je vais bien. Merci.

Mallory se tapota la cuisse d'un air pensif.

— Je pense que nous devrions passer un peu de temps à nous assurer que tout va bien. Savoir à quoi tu as affaire, déterminer quels sont tes besoins et en dresser une liste.

Je haussai les sourcils d'un air sceptique. Mallory était brillante, sans aucun doute. Pour preuve : elle avait décroché son boulot de cadre dans l'agence de pub

McGettrick-Combs dès sa sortie de fac, littéralement le lendemain de la remise des diplômes à l'université de Northwestern. Imaginez la scène. Mallory : « Monsieur McGettrick, je veux travailler dans votre agence. » Alec McGettrick, bougon mais enthousiaste : « Soyez là à 8 heures lundi matin. »

Mais Mallory était plus créative que pointilleuse, ce qui expliquait certainement pourquoi elle avait autant de valeur pour Alec et compagnie. Qu'elle me suggère de dresser une liste ne lui ressemblait pas du tout.

— Tu te sens bien, Mallory ?

Elle haussa les épaules.

— Tu es ma meilleure amie. C'est le moins que je puisse faire. (Elle s'éclaircit la voix, les yeux dans le vague.) Cela étant, le frigo est désormais rempli de sang. Tu as été livrée pendant ton sommeil, et il y a un numéro de téléphone sur le côté de chaque poche si tu as besoin d'en commander davantage.

Je voyais bien qu'elle se retenait de rire.

— Eh ! On parle de ma nourriture, là. Qu'est-ce qui te fait glousser comme ça ?

Elle ferma les yeux.

— Tu sais comment s'appelle la société qui s'occupe de ces livraisons aux vampires ? *Sang pour sang*. Pas très original, non ? Je veux dire, ils ont un public captif, mais quand même, il ne faut jamais prendre sa marque à la légère, pour l'amour de Dieu…

Elle eut soudain l'air absent tandis que des logos possibles ou des mascottes dansaient probablement dans sa tête sur la bande sonore d'un jingle qu'elle avait déjà dû conceptualiser.

— Peu importe, finit-elle par dire en secouant la tête comme pour écarter cette idée. Je ne suis pas au boulot. Dans le registre des nouvelles importantes, je t'ai acheté un rideau en cuir pour ta chambre. Il est immense et couvre complètement la fenêtre. Ça devrait te permettre d'avoir un endroit sûr où te réfugier, même si ça jure totalement avec la déco. (Elle regarda autour d'elle avec gravité.) Et quelle déco...

Quand Mallory avait emménagé dans cette maison, elle n'y avait rien changé, si ce n'est qu'elle avait réparti les chambres, rempli le réfrigérateur et pris une connexion Internet. Tout le reste demeurait donc dans le style de tante Rose. Cette femme, qui avait pris son nom très au sérieux, avait véritablement couvert toutes les surfaces de tapis ou de napperons fleuris. Même le papier peint était parsemé de roses aussi grosses que des choux.

— Encore une fois, merci.

— Tu dormais vraiment, je te signale.

Je lui souris.

— Tu as vérifié ?

— J'ai mis un doigt sous ton nez. Je ne savais pas si tu respirais, ou si tu étais en quelque sorte morte. Il y a des livres qui disent que les vampires font ça, tu sais, pendant la journée.

Et Mallory, en brillante étudiante de l'occulte, en savait quelque chose. Si elle n'avait pas été aussi comblée par son boulot dans l'agence de pub de Chicago, elle aurait sans doute consacré sa vie aux vampires et autres créatures du même genre – et cela avant même de savoir qu'ils existaient. Elle y passait d'ailleurs tout son temps libre.

Et à présent elle m'avait moi, son petit vampire domestique. Sa vampirette ?

— J'ai eu l'impression de dormir, en tout cas, confirmai-je. (Je me levai et posai le livre sur le sol entre nous, prenant soudain conscience de ma tenue.) Cela fait vingt-quatre heures que je suis dans cette robe. J'ai besoin de prendre une très longue douche et de changer de vêtements.

— Ne te gêne pas. Et n'utilise pas tout mon après-shampoing, espèce de morte-vivante.

Je ricanai en me dirigeant vers l'escalier.

— Je ne sais pas comment j'arrive à te supporter.

— Parce que tu as envie d'être un jour aussi cool et géniale que moi.

— Tu rigoles ? Tu es une totale obsédée des vampires.

Ses éclats de rire me parvinrent depuis le salon.

— Je crois qu'on va bien s'amuser.

Je n'en étais pas certaine, mais je m'étais déjà trop apitoyée sur mon propre sort. Je ravalai donc mes doutes et montai à l'étage.

J'évitai de me regarder dans le miroir de la salle de bains, de peur de ne pas y voir mon reflet. En revanche, je restai sous la douche jusqu'à ce qu'il n'y ait plus d'eau chaude, savourant le picotement chaud du jet sur ma peau et songeant à ma nouvelle… existence ? Helen avait évoqué les bases – les pieux, la lumière du soleil, le sang – mais elle avait omis la métaphysique. Qui étais-je ? Qu'étais-je ? Privée d'âme ? morte ? morte-vivante ?

Me forçant à affronter au moins une partie du problème, je passai la main sur le miroir embrumé, priant pour y voir un reflet. La vapeur tourbillonna dans la petite salle de bains mais me révéla, trempée et enroulée dans un drap de bain rose, le soulagement lisible sur mon visage.

Je fronçai les sourcils devant le miroir en essayant de considérer ma situation dans son ensemble. Je n'avais jamais été ouvertement religieuse. L'église, pour mes parents, était juste un prétexte pour sortir exhiber leurs mocassins Prada et leur décapotable Mercedes dernier cri. Mais j'avais toujours été gentiment spirituelle. Je m'efforçais, malgré mes parents, d'être reconnaissante pour tout ce qui m'avait été donné, de remercier le ciel pour ces choses qui me rappelaient que je n'étais qu'un simple grain de sable : le lac Michigan sous un ciel nuageux ; la divinité gracieuse de *L'Envol de l'alouette* de Vaughan Williams ; la dignité paisible d'une toile de Cassat à l'Institut des arts.

Alors que je frissonnais, nue et mouillée, devant le miroir de la salle de bains, je levai les yeux vers le ciel.

— J'espère que nous sommes toujours en bons termes.

Je ne reçus aucune réponse, mais je n'en attendais pas vraiment. C'est le propre de la foi, je suppose.

Vingt minutes plus tard, je descendis au rez-de-chaussée, propre et sèche, et de nouveau en jean. J'avais opté pour mon taille basse préféré, et l'avais associé avec deux tee-shirts superposés, un blanc et un bleu clair assorti à mes yeux, et une paire de Puma Mihara noires. Avec mon mètre soixante-quinze, je n'avais pas besoin de talons. Le seul accessoire qui manquait à l'ensemble était l'élastique noir que je gardais à mon poignet droit pour les coiffures d'urgence. J'avais en effet déjà relevé mes cheveux bruns en une queue-de-cheval haute, laissant ma frange me couvrir le front.

Mallory se trouvait dans la cuisine. Elle était assise sur un tabouret près de l'îlot central, une canette de Coca Light sur le plan de travail devant elle et un exemplaire de *Cosmo* entre les mains.

— Qu'est-ce que tu as appris la nuit dernière dans ta bible des vampires ? demanda-t-elle sans lever les yeux.

M'apprêtant à tout lui raconter, j'attrapai un soda dans le réfrigérateur, fis sauter l'opercule et me glissai sur un tabouret près d'elle.

— Comme l'a dit Helen, il existe douze Maisons de vampires aux États-Unis, dont trois à Chicago. L'organisation d'une Maison ressemble un peu… eh bien, imagine l'Angleterre féodale. Sauf qu'à la place d'un baron tu as un Maître vampire qui est responsable de tout.

— Ethan, dit-elle.

J'acquiesçai en hochant la tête.

— Pour Cadogan, c'est Ethan. Il est le vampire le plus puissant de cette Maison. Les autres sont en gros ses sous-fifres. Nous devons prêter serment de le servir, jurer allégeance, ce genre de trucs. Il a même droit à un titre de noblesse.

Elle leva la tête en haussant les sourcils.

— Il est mon « Sire ».

Mallory essaya en vain de retenir un petit hennissement – qui finit par s'échapper étouffé et anémique – avant de retourner à la lecture de son magazine.

— Tu dois appeler Dark Sullivan « Sire » ?

— Seulement si j'attends une réponse de lui.

Elle ricana.

— Quoi d'autre ?

— Les Maisons sont comme… (je marquai une pause pour trouver une comparaison appropriée) tu sais, ces villes industrielles occupées uniquement par les employés d'une seule société. Certains vampires travaillent pour la Maison. En qualité de gardes, ou dans les relations publiques ou je ne sais quoi d'autre. Ils ont des administrateurs, des médecins qui pratiquent en dehors de la Maison, certains occupent même des positions historiques. Ils reçoivent tous une allocation.

Mallory but une gorgée de son Coca.

— Des positions historiques ?

— Ethan a un Second, un genre de lieutenant.

— Ooh, comme Riker dans *Star Trek : La nouvelle génération* ?

C'était une fan inconditionnelle.

— Bien sûr, il y a aussi une Sentinelle qui est comme un garde de la Maison.

— Qui protège l'intégrité de la marque ?

— Exactement. Et la Maison elle-même se trouve dans le quartier de Hyde Park. C'est plutôt un manoir.

Mallory eut l'air impressionné.

— Eh bien, quitte à se faire attaquer et transformer en vampire contre son consentement, autant que ce soit par une Maison riche et chic.

— C'est sûr.

— Combien y a-t-il de vampires Cadogan ?

— Trois cent huit au niveau national, dont quatre-vingt-six vivent actuellement dans la Maison elle-même. Ils logent dans des dortoirs ou un truc dans le genre.

— Alors ces vampires vivent dans une sorte de résidence universitaire de luxe et tu reçois une allocation juste parce que tu as des dents plus pointues. (Elle pencha la tête vers moi.) Combien tu touches, exactement ?

— C'est correct. Mieux qu'une chargée de TD.

— Le libre arbitre en moins.

— C'est ça.

Mallory s'éclaircit la voix, reposa sa canette sur le comptoir et croisa les mains avant de me regarder. Je devinai aussitôt que je n'allais pas aimer ce qu'elle s'apprêtait à me dire.

— J'ai appelé l'université.

Le ton de sa voix suffit à me briser le cœur.

— Est-ce que tu leur as dit que je n'avais pas choisi cette situation ?

Elle baissa les yeux vers le plan de travail.

— Merit, ils n'acceptent pas les vampires. Légalement, rien ne les y oblige, et ils craignent les poursuites judiciaires si l'un d'entre vous… tu sais… (Elle fronça les sourcils en agitant la main.) Ils ont peur d'avoir des histoires de morsures. Honnêtement, si Helen ne s'en était pas chargée, l'université t'aurait laissé tomber dès qu'ils auraient découvert ta nouvelle nature.

La graine de méfiance se déploya et germa.

— Mais je ne leur aurais pas dit, insistai-je. Comment auraient-ils pu l'apprendre ? J'aurais pu arranger mon emploi du temps, j'aurais pris des cours du soir…

Mallory secoua la tête et me tendit, avec une expression encore plus sinistre, un journal qui était posé sur la table. C'était le *Trib* du matin, ouvert à une page qui portait le titre « FÉLICITATIONS ! » en lettres gothiques.

J'ouvris le journal. Le gros titre surmontait une publicité occupant une page complète dans la section « Art de vivre ». Une liste de noms, douze colonnes, une dizaine de noms par colonne. Le texte disait : « Le Registre des Vampires d'Amérique du Nord félicite les nouveaux Initiés suivants. Que votre service soit fécond et vous apporte une grande satisfaction. »

Je parcourus les Maisons : Navarre, McDonald, Cabot, Cadogan, Taylor, Lincoln, Washington, Heart, Lassiter, Grey, Murphy, Sheridan. Mon nom figurait dans la liste de la Maison Cadogan.

Mon estomac se noua.

— Des journalistes ont appelé, reprit calmement Mallory. Ils ont laissé des messages sur le répondeur. Ils veulent savoir ce que ça fait d'être une vampire. Une vampire Merit.

— Des journalistes ? (Je balançai le journal sur la table.) Je ne le crois pas. Je n'en reviens pas qu'ils aient fait ça. Qu'ils aient livré mon nom.

Je me frottai le visage, m'efforçant de réprimer la colère qui commençait à bouillir.

— Ça va ? demanda Mallory.

Laissant retomber mes mains, j'affrontai enfin son regard. Je voulais tellement qu'elle me comprenne.

— J'aurais pu faire semblant, m'assurer que personne ne l'apprenne. Tout ce que j'avais à faire, c'était prendre des cours du soir, ce qui n'aurait pas été difficile. Mon directeur de recherche aurait appuyé ma demande. Bon sang ! On ne m'a même pas laissé la chance d'essayer !

La fureur montait, forte, rapide, brûlante. Elle me démangeait comme si mon corps était trop petit d'une taille pour la contenir. Comme si ma peau ne m'allait plus. Je haussai les épaules d'irritation, sans parvenir à endiguer la colère.

J'avais envie de frapper quelque chose. De me battre contre quelque chose. De *mordre* quelque chose. Tournant lentement la tête, je jetai un coup d'œil avide vers le réfrigérateur.

— Seigneur, Merit.

Mallory avait les yeux écarquillés, les mains agrippées au bord du plan de travail. J'entendis un drôle de roulement de tambour, rapide, à deux temps, et je compris soudain qu'il s'agissait des battements de son cœur.

— Quoi ? murmurai-je.

Elle tendit la main mais la retira aussitôt.

— Tes yeux. Tes iris sont complètement argentés.

Je me précipitai dans les toilettes du rez-de-chaussée où j'allumai la lumière pour examiner mon reflet. Elle avait raison. Le bleu de mes yeux était devenu d'un argenté luisant, mes pupilles réduites à deux têtes d'épingle.

Mallory se faufila derrière moi dans la petite pièce.

— Tu t'es mise en colère. Ça doit arriver quand tu es énervée.

Ou quand j'ai soif, ajoutai-je en silence, puisque je venais d'envisager de boire du sang pour soulager mon stress.

— Ouvre la bouche.

Nos regards se croisèrent dans le miroir. J'hésitai une seconde ; j'avais besoin de rassembler mon courage, sachant déjà ce que j'allais découvrir.

Je vis les crocs qui descendaient de ma mâchoire supérieure. Mes canines s'étaient allongées et les extrémités en étaient plus longues, plus aiguisées. Cela avait dû se produire quand j'avais envisagé de piller le réfrigérateur. Je ne m'en étais même pas rendu compte… Qu'est-ce que cela révélait de ma nouvelle nature ? Je n'avais pas trop envie d'y penser.

Je murmurai un juron inquiet.

— Ces crocs n'étaient pas là avant.

— Je sais, dis-je d'un ton mordant.

— Je suis désolée mais, putain, c'est méchamment cool.

Je refermai la bouche d'un coup sec.

— Tu changeras d'avis quand j'aurais envie de faire de toi mon casse-croûte, fis-je remarquer à travers mes dents serrées.

— Tu ne ferais jamais ça.

Son ton était détendu, totalement confiant, mais je n'étais pas aussi convaincue qu'elle.

— J'espère que non.

Elle prit une mèche de mes longs cheveux raides entre ses doigts.

— Tes cheveux ont changé de couleur. (Elle pencha la tête.) Ils sont plus proches du noir que du châtain, maintenant. Et ta peau est plus pâle. Tu as cette sorte de teint de porcelaine qu'ont les morts-vivants.

J'examinai mon reflet. Elle avait raison : des cheveux plus sombres, une peau plus pâle… la vampire de base, quoi.

— Qu'est-ce que tu ressens d'autre ? Tu te sens plus forte ? Tu as l'ouïe plus fine ? La vue plus perçante ? Non ?

Je clignai des yeux, toujours face au miroir.

— Je vois les mêmes trucs et mon ouïe est la même. (Je songeai aux odeurs de la maison, à leur richesse.) Peut-être un meilleur odorat ? Et je ne me sens pas bombardée par quoi que ce soit mais, quand je m'énerve, j'ai l'impression d'être capable de nouvelles sensations.

Je ne mentionnai pas le picotement de l'air que j'avais perçu autour d'elle ou le fait que j'entendais désormais les battements de son cœur.

Mallory s'appuya contre le cadre de la porte.

— Puisque mon expérience pratique des morts-vivants est de dix-huit heures environ, c'est juste une supposition, mais je pense qu'il y a un moyen très simple de s'occuper de ce problème d'yeux argentés.

Je m'attendais au pire.

— Et ça consisterait en quoi ?

— Du sang.

Je déposai la poche en plastique sur l'îlot de la cuisine, à côté d'un verre à martini et d'un autre à jus de fruit, d'un thermomètre de cuisine, d'une bouteille de coulis de chocolat et d'un bocal d'olives, aucune de nous deux ne sachant réellement quoi faire. Mallory tapota le sachet avec l'extrémité émoussée d'une brochette en bambou. Le liquide fit des vagues en gargouillant dans la poche en plastique. Mallory émit un bruit dégoûté en m'adressant un regard compatissant.

— Oh putain, Merit.

Je baissai les yeux sur la poche de sang de groupe O. C'était une des sept qui avaient été livrées. Il y avait un sachet par groupe sanguin – A, B, AB et O – plus trois sacs supplémentaires de type O. Ce dernier devait satisfaire un appétit universel.

— Du sang, du sang, partout du sang, et pas une goutte à boire [1], fis-je observer.

— Tu veux bien arrêter de jouer les intellos, oui ?

— Espèce d'oppresseur capitaliste.

— Rat de bibliothèque.

— Cinglée aux cheveux bleus.

— Je plaide coupable. (Elle me tendit le verre à jus de fruit.) C'est maintenant ou jamais, Merit. Helen a dit que tu avais besoin d'une pinte tous les deux jours.

— Ce doit être une moyenne. Tu sais, deux litres par semaine, grosso modo, ce qui correspond à une moyenne d'une pinte tous les deux jours. Et j'en ai probablement bu une avant qu'ils me déposent, hier. Alors je n'ai pas vraiment envie d'ouvrir ça avant demain.

Mallory fronça les sourcils.

— Tu ne veux même pas essayer ? C'est du sang et tu es une vampire. Tu devrais avoir envie de déchirer ce truc avec tes crocs salement aiguisés et de boire à grandes lampées. (Elle agita le sachet qu'elle tenait entre deux doigts.) Du sang. Miam, du délicieux sang.

Le liquide cramoisi se remit à faire des vagues dans son minuscule océan contenu. Et ça me donna le mal de mer.

Je posai une main sur mon ventre.

— Lâche cette poche, Mallory.

Elle s'exécuta et nous la regardâmes pendant quelques minutes jusqu'à ce que je lève de nouveau les yeux vers mon amie.

---

1. Merit détourne ici un vers de Samuel Coleridge, tiré de *La Complainte du vieux marin*. La traduction d'Auguste Barbier pour les éditions Hachette, en 1877, est la suivante : « L'eau, l'eau était partout, et nous n'avions pas une goutte d'eau à boire. » (*NdT*)

— Je pense que je n'en ai tout simplement pas envie. Sûrement que ce serait plus appétissant si j'en avais vraiment besoin.

— Est-ce que tu as envie de quelque chose d'autre ?

Je parcourus des yeux notre collection de boîtes de céréales alignées au-dessus du réfrigérateur, des provisions que nous devions, entre autres, aux préparatifs de Mallory pour la prétendue apocalypse des vampires.

— Donne-moi les Chunkee Choco. Ceux aux marshmallows.

— C'est comme si c'était fait, dit-elle en glissant de son tabouret.

Elle prit la boîte sur le dessus du réfrigérateur et me la tendit. Je l'ouvris et y glissai la main, attrapai une poignée de céréales, puis dénichai parmi elles les marshmallows, que j'avalai avidement.

— Tu n'en veux pas ?

— Mark va passer, annonça-t-elle avec précaution, si ça ne te dérange pas.

Mark était le petit ami, gentil mais indécis, de Mallory. Je leur donnais encore deux semaines.

— Pas de problème. Demande-lui de s'arrêter nous prendre quelque chose dans un resto chinois avant de venir. Mais s'il m'agace, je serai probablement obligée de le mordre.

Elle leva les yeux au ciel.

— Espèce de garce à crocs.

Je haussai les épaules avant d'attraper une autre poignée de céréales.

— Je te préviens, je sens que je vais être une vraie dure à cuire.

Mallory sortit de la cuisine en ricanant.

— Ouais, eh bien, la dure à cuire, elle a un marshmallow violet collé au menton.

Je le décollai et le balançai dans l'évier. Des trucs comme ça risquaient de ruiner ma réputation.

À vingt-cinq ans, Mark Perkins décida qu'il voulait traverser la Manche à la nage. À vingt-six ans, qu'il allait escalader l'Everest. Puis ce fut le Machu Picchu, puis le *base jump*, la chasse aux fantômes à la Nouvelle-Orléans, enfin les courses de voiture sur le lac Salé, dans l'Utah. Contrairement à Mallory, qui n'aimait pas planifier, Mark prévoyait toujours de faire des trucs incroyables.

Sauf qu'il ne faisait jamais rien.

Grand, mince, les cheveux châtains courts, il franchit notre porte d'entrée telle une tempête, les bras chargés de guides, de cartes et de deux sacs en papier au fond graisseux.

— Cool, du chinois ! couina Mallory en bondissant vers la porte quand il entra.

Elle lui posa un baiser sur la joue, attrapa un des deux sacs et prit la direction de la cuisine. Je reposai le livre dans lequel j'étais plongée à sa place sur la table basse.

Mark m'adressa un signe de tête et laissa tomber ses propres bouquins sur la causeuse avant de suivre Mallory.

— Merit.

— Salut, Mark.

Je lui fis coucou de la main avant de me lever mais je marquai une pause pour voir ce qu'il lisait avant de lui emboîter le pas. Les couvertures brillantes agrémentées d'illustrations de montagnes annonçaient : *La Plus Grande*

Aventure de tous les temps, L'Alpinisme pour les nuls, et *Votre Fabuleuse Escapade suisse.* Le mont Cervin était apparemment l'objectif suivant sur la liste de Mark. Pauvre Mark… si gentil mais si bête !

— Fais gaffe, Mark, il lui a poussé des crocs, cria Mallory depuis la cuisine.

Il s'arrêta en plein élan et se tourna pour me faire face avec un grand sourire imbécile.

— Trop délire !

Je levai les yeux au ciel et lui arrachai des mains le second sac du restau chinois.

— Ouais, t'a raison… Tu as pris des beignets de crabes, au moins ?

Il fronça les sourcils.

— Quoi ? Les vampires se nourrissent de beignets de crabe, maintenant ? C'est nouveau, ça…

Dans la cuisine, je posai le sac sur le comptoir et farfouillai jusqu'à trouver la boîte de délices fourrés au crabe et au fromage blanc ainsi qu'une barquette de sauce aigre-douce. Je les ouvris toutes les deux et plongeai un beignet dans la sauce avant de mordre dedans. Ils étaient encore chauds et le goût me fit grogner de plaisir : c'était doux, salé, croustillant, crémeux. Tout ce dont une vampire récemment transformée avait envie.

— Je ne sais pas si c'est nouveau mais, en tout cas, ça a l'air jouissif, railla Mallory en sortant ses propres barquettes.

Elle en ouvrit une, puis sépara une paire de baguettes, jeta un coup d'œil dans la boîte et y attrapa un morceau de brocoli.

— Alors depuis combien de temps es-tu morte-vivante ? demanda Mark.

Mallory s'étrangla. Je lui tapotai dans le dos, toujours aussi serviable.

— C'est mon deuxième jour, lui répondis-je en saisissant un nouveau morceau de friture décadente et succulente. Jusqu'ici, il ne s'est rien passé de bien terrible.

Des paroles qu'on pourrait inscrire sur ma tombe un jour.

On dînait depuis dix minutes quand on entendit un bruit de verre cassé à l'avant de la maison. On tourna tous la tête avant de nous lever d'un seul élan mais je fis signe à Mallory et Mark de se rasseoir. Mallory écarquilla les yeux et je devinai ce qu'elle avait vu. Mon sang vibrait d'adrénaline et mes yeux avaient dû virer à l'argenté.

— Restez ici, dis-je en traversant la cuisine.

Après avoir éteint le plafonnier, j'avançai dans le couloir obscur. Il n'y avait pas d'autres bruits dans la maison et je n'entendais rien au-dehors – pas de voiture en pleine accélération, pas de pneus qui crissent ni de sirènes assorties de gyrophares. Rasant les murs, je progressai dans le salon. La fenêtre de la pièce, une grande baie vitrée faite d'un seul panneau de verre, avait été brisée de l'extérieur. Une brique reposait par terre, entourée de papier blanc. Une légère brise faisait voleter un coin de la feuille. *Chaque chose en son temps*, pensai-je, ne tenant pas compte du projectile mais préférant me frayer un chemin au milieu des éclats de verre jusqu'à la porte d'entrée pour jeter un coup d'œil par le judas. Le jardin était calme et désert. Il faisait nuit noire. Théoriquement, nos agresseurs auraient très bien pu se cacher dans les arbustes, mais je savais qu'il n'y avait personne. Disons que je le sentais. Il n'y avait pas de bruit, pas d'odeur, aucun signe que quelqu'un se soit approché de la maison, à l'exception de la légère odeur âcre de gaz d'échappement. Ils étaient passés en voiture et avaient commis leur blague douteuse avant de déguerpir.

De retour dans le salon, je ramassai la brique et en détachai la feuille de papier. Le message était écrit en lettres noires difformes :

Tu te crois trop bien pour nous, salope de Cadogan ?
La prochaine fois, tu mourras.

La menace était on ne peut plus claire et sans doute méritais-je dorénavant le nom de « salope de Cadogan ». Mais j'avais du mal à comprendre le « trop bien pour nous ». Le message semblait évoquer un choix : comme si j'avais sélectionné Cadogan dans le catalogue des Maisons de vampires. C'était complètement faux et, malgré tout, un bon indice : les vandales ne me connaissaient pas, du moins pas assez pour comprendre à quel point cette déclaration était inappropriée. Je n'avais vraiment pas eu le choix.

La voix de Mark résonna dans la pièce.

— Merit ?

Je levai les yeux et les découvris blottis l'un contre l'autre sur le pas de la porte. Mon cœur se serra d'un instinct protecteur. Il me fallut un moment – un long moment – pour me rendre compte que ce n'était pas la peur qui était la cause du fourmillement dans mes membres mais l'adrénaline. Je leur fis signe d'avancer.

—Ça va. Vous pouvez venir. Faites juste attention où vous mettez les pieds.

Mallory entra avec précaution dans la pièce et progressa sur la pointe des pieds parmi les fragments de verre brisé.

—Seigneur. La fenêtre. Qu'est-ce qui s'est passé ?

—Quel merdier, convint Mark en constatant les dégâts.

Mallory leva le visage vers moi, les yeux brillants de peur.

—Que s'est-il passé ?

Je lui tendis la note. Elle la lut puis croisa mon regard.

—C'est toi, la salope ?

Je haussai les épaules.

—Je suppose, mais je ne comprends pas ce qu'ils me veulent.

Mark s'avança vers la porte, l'ouvrit lentement et regarda à l'extérieur.

—Rien à signaler, nous lança-t-il, à part un peu de verre. (Il se recula, son regard passant de Mallory à moi.) Tu as une planche ou autre chose que je puisse utiliser pour condamner la fenêtre ?

Mallory haussa les épaules.

—Il y a peut-être quelque chose dans le garage.

—Je vais aller voir. Je reviens tout de suite.

Quand la porte d'entrée se referma sur lui, Mallory baissa les yeux sur la note qu'elle tenait à la main.

—Tu crois qu'on devrait appeler les flics ?

—Non, lui répondis-je en me rappelant l'avertissement de mon père.

Mais une idée me vint. Je lui repris la note et la fourrai dans ma poche.

—Je crois qu'on devrait aller à la Maison.

Dix minutes plus tard, Mark se tenait en équilibre sur le bord de la véranda, occupé à fixer un vieux panneau de contreplaqué aux montants de la fenêtre, et Mallory et moi sortions la voiture du garage, munies de l'adresse de Hyde Park. Mark n'était pas particulièrement ravi à l'idée que Mallory se rende dans un repaire de vampires au milieu de la nuit, mais je pense qu'il était surtout vexé de ne pas avoir été invité à nous accompagner. Ses fanfaronnades quant à la sécurité de Mallory ne paraissaient pas sincères étant donné l'air fasciné qu'il affichait.

Pour l'apaiser, on promit de garder nos téléphones à portée de main. Mais apparemment, des précautions supplémentaires lui paraissaient nécessaires. Alors qu'on descendait l'allée, Mark courut vers nous et, quand Mallory baissa la vitre passager, il lui fourra un porte-bonheur dans la main.

— Qu'est-ce que c'est ? demanda-t-elle

— De l'ail. (Il glissa un regard dans ma direction, puis haussa les sourcils d'un air conspirateur.) Contre les vampires, murmura-t-il les dents serrées, comme si le mouvement de ses lèvres était la pierre de Rosette qui allait me donner la clé de son code secret.

— Je ne suis pas sourde, Mark, lui rappelai-je.

Il rougit et haussa les épaules d'un air contrit. Mallory secoua sous mon nez la petite boîte en plastique renfermant des gousses d'ail biologique épluchées. Je reniflai, attendis une réaction, mais rien ne se produisit.

— Buffy ne se battait pas avec des légumes bio, mais merci d'y avoir pensé, mon chéri.

Elle souffla un baiser vers Mark et il retourna se poster près de la fenêtre. Pendant que je sortais la Volvo de l'allée, Mallory jeta la boîte en plastique sur la banquette arrière.

— Je ne sais pas combien de temps cette histoire avec Mark va durer.

— Ah, fis-je remarquer en m'efforçant de rester gentiment neutre. Ça ne va pas entre vous ?

— C'est un type chouette, et nous passons de bons moments. (Elle haussa les épaules.) Je ne sais pas. Il n'y a pas grand-chose à attendre de tout ça, mis à part la camaraderie, je veux dire.

Je hochai la tête.

— Je comprends.

— Nous avons d'autres problèmes plus importants à régler. (Elle pivota sur son siège pour me faire face.) Avant que nous arrivions à Hyde Park, je veux être certaine de ce que nous faisons. Est-ce qu'on botte le train de ces vampires ou est-ce qu'on se contente de leur demander de l'aide pour cette histoire de menace de mort ?

Je me mordillai la lèvre en réfléchissant à sa question. On s'apprêtait à mettre le pied dans un nid à problèmes, et on ne pouvait compter que sur nous-mêmes – à savoir, une cadre dans la pub et une vampire d'à peine deux jours – pour se défendre. Et même si Mallory passait une heure par jour à la salle de gym et que, de mon côté, j'avais dix ans de danse classique et pas mal d'heures de jogging à mon actif, je doutais que l'une de ces activités nous soit d'une très grande aide. En tout cas, cela ne m'avait pas aidée quelques jours plus tôt.

— Nous allons leur parler calmement et rationnellement, décidai-je.

— Tu ne vas pas dire à Dark Sullivan que tu rejettes sa conception fasciste de l'autorité ?

Je réprimai un rire.

— Peut-être pas au cours de cette première rencontre, non.

La circulation était fluide ; le trajet ne nous prit pas beaucoup de temps. Mallory faisait office de copilote et vérifiait les indications que nous avions imprimées sur Internet.

— On approche, dit-elle enfin avant de m'indiquer de tourner à gauche.

Parvenues à l'adresse, nous en restâmes bouche bée.

— Oh, mon Dieu !

— Je sais, j'ai vu.

Je me garai dans la rue – entre une BMW et une Mercedes, soit dit en passant – et on descendit de voiture. La Maison, qui était plutôt un manoir, occupait le centre d'une immense propriété entourée par une grille noire en fer finement forgé de trois mètres de haut, elle-même doublée d'arbustes et de haies afin de protéger la pelouse de la vue des passants. La Maison en elle-même était une gigantesque bâtisse en pierre calcaire de deux étages, sous un toit mansardé en ardoise. Elle comportait une tourelle et de hautes fenêtres rectangulaires. Des lucarnes à pignons et des belvédères donnaient une apparence gothique au dernier niveau. Mais, dans l'ensemble, même si la demeure était imposante et le terrain plus grand que ceux du quartier, la Maison ne détonnait pas au milieu de ses voisines de Hyde Park.

Mis à part le fait que ses habitants étaient des vampires.

Mallory me serra la main.

— Tu es prête ?

— Non, avouai-je. Mais il faut que je le fasse.

On longea la clôture jusqu'à une porte devant laquelle se tenaient deux types habillés de noir, tous les deux grands et minces, leurs longs cheveux noirs et raides attachés en queue-de-cheval. Ils portaient une épée à la taille. Les gardes aux traits légèrement émaciés se ressemblaient comme deux frères.

Celui de gauche chuchota dans son micro puis toucha son oreillette avant de hocher la tête en me regardant.

— Vous pouvez entrer, me dit-il avant de jeter un coup d'œil à Mallory. Mais pas elle.

La décision était simple.

— Elle entre, ou je n'entre pas.

Il nous tourna le dos et je l'entendis murmurer de nouveau. Quand il pivota vers nous, un bref signe de tête fut la seule réponse à laquelle on eut droit.

Tandis que nous remontions l'allée, Mallory me prit la main.

— Quels bavards, ces deux-là. Tu as vu ? Ils avaient des épées.

Pas de simples épées, pensai-je en jetant un regard vers les minces fourreaux courbes et les longues poignées droites qui en dépassaient.

— Je pense que ce sont des katanas.

C'étaient les sabres des samouraïs. Je l'avais appris en effectuant des recherches sur les armes pour mon mémoire. Même si c'était surtout l'aspect romantique de la littérature médiévale qui m'intéressait – comme Lancelot et Tristan –, ce genre regorgeait aussi de scènes de bataille et de descriptions d'armes.

— Tu penses que tu auras un ?

— Bon sang mais qu'est-ce que tu veux que je fasse d'un sabre ?

On atteignit la porte d'entrée, qui n'était pas gardée. Sur l'arche qui la dominait figuraient quatre symboles dont le plus bas était un « C » stylisé.

— Mmmm, fis-je. À ton avis, on frappe ou on entre comme ça ?

On n'eut pas le temps de décider. La porte s'ouvrit sur un grand homme d'une beauté exquise et à la peau couleur caramel. Ses cheveux étaient courts et ses yeux d'un vert clair. Il portait un costume sombre qui collait parfaitement à sa silhouette et une chemise d'un blanc éclatant. Il nous tendit la main.

— Malik.

C'était le deuxième vampire. Pas celui qui m'avait transformée, mais son collègue.

— Merit, dis-je en lui serrant la main. Et voici Mallory.

Il dilata les narines et haussa les sourcils en regardant Mallory.

— Serait-ce de la magie que je sens ?

J'échangeai un coup d'œil avec Mallory.

— Je vous demande pardon ? demandai-je.

Il ne répondit pas mais s'écarta pour nous laisser entrer.

L'intérieur de la Maison était aussi impressionnant que l'extérieur. Contrairement à ce que j'avais imaginé – voile noir partout, mobilier en cuir, bougies rouges et pentacles –, l'endroit était décoré avec goût. En fait, la Maison ressemblait à un hôtel cinq étoiles. Les sols étaient en parquet brillant, les hauts plafonds soutenus par de vieilles poutres en chêne. La déco – beaucoup de marqueterie, de vases de fleurs, d'éclairages choisis avec soin – était sophistiquée et d'inspiration française. Malik nous fit traverser un petit salon avant de parvenir dans un second.

— Attendez ici, nous ordonna-t-il sur un ton qui ne souffrait aucune discussion.

On obéit, debout épaule contre épaule sur le seuil afin d'avoir une vue générale de la pièce. Une dizaine de personnes, hommes et femmes confondus, tous habillés de costumes ou de tailleurs noirs à la mode, vaquaient à leurs occupations. Certains manipulaient des tablettes numériques tandis que d'autres, assis sur les canapés, consultaient des ordinateurs portables. Je me sentis incroyablement déplacée en jean et tee-shirt, surtout quand ils levèrent les yeux vers nous.

— Tu es la nouvelle, chuchota Mallory. C'est comme ton premier jour à l'école.

Je hochai la tête.

— C'est au moins aussi agréable.

— Tu crois qu'il est dans cette pièce ? Sullivan, je veux dire ?

Je regardai autour de moi, ce qui était inutile.

— Peut-être, suggérai-je. Je ne sais pas à quoi il ressemble.

Je n'avais pas pu distinguer son visage quand il m'avait mordue et, s'il avait été présent au cours de ma convalescence, je ne m'en souvenais pas. Je ne gardais que le vague souvenir d'yeux d'un vert particulier, mais je n'étais même pas sûre que ce soient les siens.

— Utilise tes super pouvoirs.

Je gloussai.

— Même si j'avais les pouvoirs de Spiderman, je ne saurais pas quoi en faire.

Une voix résonna soudain au-dessus du murmure calme des vampires au travail.

— Merci, Célina. J'apprécie que tu m'aies appelé.

Téléphone portable à l'oreille, un homme passa la porte à l'autre bout de la longue pièce. Il était grand – pas loin d'un mètre quatre-vingt-dix – et élancé comme un nageur – taille mince, épaules larges, longues jambes. Ses cheveux mi-longs étaient d'un blond doré. Son visage était finement ciselé : des pommettes taillées à la serpe et une mâchoire déterminée, une arcade sourcilière affirmée, des lèvres qui valaient le détour. Il portait un costume noir qui lui allait comme un gant et une chemise d'un blanc impeccable, dont le bouton du col était défait, et pas de cravate.

— Il est plus mignon que David Beckham, me souffla Mallory. Seigneur.

J'acquiesçai en silence. Il était incroyablement beau.

Le blond était accompagné d'une rousse tout aussi attirante, à la peau d'une pâleur lumineuse. Elle portait une robe de soirée étroite couleur rouille, et les ongles de ses pieds nus étaient vernis de rouge. Les bras croisés sur la poitrine, elle semblait très proche de l'homme blond et parcourait la pièce du regard avec une précision presque mécanique. Quand elle nous vit, Mallory et moi, elle se raidit avant de se pencher vers son compagnon pour lui murmurer quelque chose. Il leva la tête vers nous, une mèche de cheveux en travers du front.

Nos regards se croisèrent. Il me dévisagea et je fis de même.

Un frisson me parcourut la colonne vertébrale, comme la prémonition étrange de quelque chose que je ne parvenais pas bien à discerner. Les vampires avaient définitivement une sorte de super pouvoir, et le mien m'envoyait des signaux dignes d'un feu d'artifice du 4 juillet au bord du lac Michigan. Je repoussai cette sensation ainsi que l'impression troublante et croissante qu'il m'était familier. Je ne voulais pas de cette familiarité. Je ne voulais pas qu'il me connaisse, qu'il sache qui j'étais, qu'il soit à l'origine de ma transformation. Je voulais que cet homme magnifique soit nouveau dans la Maison, un vampire ordinaire vaquant à sa journée de dur labeur au service d'un Maître qu'il détestait en secret. Je voulais qu'il s'approche de moi pour se présenter, qu'il soit agréablement surpris de savoir que j'étais une nouvelle recrue dans ce club pour vampires super beaux et sophistiqués.

Je ne pouvais détacher mon regard de son visage, et il me dévisageait fixement, les lèvres entrouvertes sous le choc ou la surprise, les doigts crispés sur le dossier d'un fauteuil.

Les autres vampires nous observaient en silence, attendant probablement un signal. *Doit-on bondir sur cette nouvelle fille ? se moquer d'elle parce qu'elle porte un jean et des baskets ? l'accueillir dans notre confrérie autour d'un bon petit déjeuner ?*

D'un air décidé, le grand blond referma son téléphone portable et se dirigea vers nous d'une allure confiante et rapide. Il paraissait plus beau à chaque pas, ses traits parfaitement sculptés se révélant plus précisément.

Avant cet instant, avant de le voir s'approcher, j'étais une fille normale. Quand je voyais un garçon que je trouvais attirant, il m'arrivait de sourire. Je pouvais même, en de rares occasions, dire bonjour ou bien donner mon numéro de téléphone. Je n'étais pas une grosse dragueuse, mais je savais tenter ma chance quand j'étais intéressée. Cependant, quelque chose chez ce garçon – ajouté peut-être au fait que j'étais récemment devenue une vampire – faisait frissonner chaque molécule de mon corps. J'avais envie de plonger mes doigts dans ses cheveux et de coller mes lèvres aux siennes. Je voulais l'accaparer, et c'était comme le réveil d'un besoin profond et instinctif. Le temps sembla s'accélérer, filer, mon corps me conduisant vers un destin que ma tête ne comprenait pas. Mon cœur cognait comme un marteau dans ma poitrine et le sang rugissait dans mes veines.

Mallory se pencha vers moi.

— Pour ton information, tes yeux sont argentés. J'ajouterais « excitation » à la liste des raisons pour lesquelles cela t'arrive.

Je hochai la tête d'un air absent.

Mon beau blond s'approcha davantage. Il se tenait à présent en face de moi et je distinguais la couleur de ses yeux.

Un vert improbable.

Mon cœur se serra et je pris conscience qu'ils étaient d'un vert familier.

« Merde », fut tout ce que je trouvai à dire.

Notre grand et élancé sosie de Beckham était mon ennemi juré.

3

Il faut se battre pour ses droits

— Merit ?

Tirée de mon rêve par un soudain afflux d'adrénaline, je serrai les poings. J'avais entendu parler du concept « la lutte ou la fuite », cette énergie animale qui poussait à attaquer et se battre, ou à s'enfuir et chercher refuge. Jusqu'à ce soir, c'était une abstraction. Des fadaises biologiques. Mais j'avais ressenti cet instinct après l'attaque de notre maison et, à présent que je faisais face à Ethan Sullivan pour la première fois, je le ressentais de manière encore plus intime. Une partie jusque-là absente de ma psyché se réveilla et commença à évaluer les environs, à débattre des choix qui se présentaient à moi : prendre mes jambes à mon cou et m'éloigner le plus possible de lui, ou l'affronter, lui résister et, même si mes efforts étaient voués à l'échec, voir de quoi j'étais capable.

C'était un de ces moments cruciaux qui déterminaient la direction de votre vie et vous rappelaient les notions de courage et de libre arbitre.

Je sentis un petit coup de coude dans mes côtes assorti d'un murmure virulent.

— Merit !

À côté de moi, Mallory me zyeutait d'un drôle d'air.

— Tu vas bien ? Ethan vient de te dire bonjour. Tu n'avais pas quelque chose à lui dire, par exemple au sujet de ce petit message que tu as reçu ?

Je regardai Ethan, qui me dévisageait avec soin, puis mon attention se tourna vers les vampires, tous au garde-à-vous dans la pièce. Ils avaient cessé de tapoter sur leurs claviers et nous observaient ouvertement.

— Pouvons-nous parler en privé ? demandai-je à Ethan en évitant son regard.

Il marqua un temps d'hésitation, apparemment surpris.

— Bien sûr, dit-il d'une voix assez douce pour déclencher un second frisson le long de ma colonne vertébrale.

Ethan me prit le bras et m'escorta à travers la foule de vampires, bouche bée, jusque dans la pièce voisine. C'était un bureau, masculin et bien aménagé. Son bureau. Sur ma droite, une grande table de travail en chêne ; à gauche, un espace meublé de fauteuils en cuir brun. Au bout de la pièce, devant une rangée de fenêtres garnies de rideaux en velours bleu marine, se trouvait une longue table de réunion ovale. Les murs étaient couverts de bibliothèques encastrées remplies de livres, de trophées, des photographies et de souvenirs.

Mallory nous suivit à l'intérieur et Ethan ferma la porte. Il nous invita d'un signe de la main à nous asseoir sur deux fauteuils qui faisaient face à son bureau, mais Mallory se dirigea vers les étagères au bout de la pièce et, les mains croisées dans le dos, commença à en parcourir le contenu. Elle nous laissait de l'intimité sans pour autant m'abandonner avec lui. J'appréciai son attention. Quant à moi, je restai debout.

Ethan, les bras croisés, me regardait avec un air interrogateur.

— Eh bien ? Que me vaut ce plaisir, Merit ?

Je le regardais bêtement, essayant de me rappeler en quoi venir dans le bureau de Hyde Park d'un Maître vampire était une bonne idée, quand soudain ma bouche, qui n'était de toute évidence pas au courant de mon débat intime, lâcha soudain :

— Je ne vous ai pas donné la permission de me transformer.

Ethan me dévisagea un moment avant de tourner la tête et de se diriger avec assurance vers le fauteuil en cuir derrière son bureau. Il n'avait pas besoin de ses vêtements faits sur mesure ni de sa beauté impeccable pour respirer le pouvoir. Il en vibrait carrément et, même si ses mouvements étaient précis et élégants, ils véhiculaient quelque chose de plus sombre, quelque chose qui menaçait sous la surface, comme un requin tournant en rond dans une eau calme mais trompeuse.

Il déplaça quelques documents sur son bureau puis croisa les jambes et leva ses yeux d'un vert indécent sur moi.

— Franchement, je ne m'attendais pas à entendre ça. J'espérais plutôt quelque chose du genre « Merci, Sire, de m'avoir sauvée. J'apprécie tellement d'être en vie. »

— Si me sauver avait été votre véritable but, vous auriez pu m'emmener à l'hôpital. Un médecin aurait pu me sauver. Vous avez pris sur vous de faire de moi autre chose.

Il haussa les sourcils.

— Crois-tu que le vampire qui t'a mordue avait l'intention de te laisser en vie ?

— Je n'ai pas eu le loisir de lui poser la question.

— Ne sois pas si naïve.

J'avais vu la conférence de presse concernant la mort de Jennifer Porter et je savais que nos agressions étaient similaires. Incapable de réfuter cet argument, j'en avançai un autre :

— Ma vie ne sera plus jamais la même.

— En effet, Merit, dit-il, une pointe d'agacement dans la voix, ta vie d'humaine ne sera plus jamais la même. Elle t'a été enlevée, malheureusement. Mais nous t'en avons donné une autre.

— J'aurais dû pouvoir décider moi-même.

— Nous n'avions pas vraiment le temps, Merit. Et vu que tu es tout à fait consciente du choix que j'ai dû faire, cette attitude agressive est indigne de toi.

J'étais d'accord avec lui, mais qui était-il pour me parler ainsi ? Ma gorge se serra sous le coup de l'émotion.

— Excusez-moi de ne pas avoir encore accepté que mon existence a été bouleversée. Excusez-moi de ne pas réagir avec élégance.

— Ou gratitude, marmonna-t-il et je me demandai s'il savait qu'il avait parlé assez fort pour que je l'entende. Je t'ai donné une vie, Merit. Et je t'ai rendue semblable à moi, au reste de tes frères et sœurs. Sommes-nous de tels monstres ?

J'aurais aimé pouvoir lui répondre que c'était le cas. Je voulais dire « oui », simuler l'horreur.

Malgré tout, une larme m'échappa sous le coup d'un mélange de fureur et de culpabilité. Ethan ne me répugnait pas autant que je l'aurais souhaité. J'essuyai la larme du revers de la main.

Il me dévisagea longuement et je lus la déception dans son regard. Cela m'ennuya plus que je ne voulais l'admettre.

Les mains jointes, les coudes appuyés sur le bureau, il se pencha en avant.

— Alors peut-être ai-je commis une erreur. La maison Cadogan avait le droit d'accueillir douze nouveaux vampires cette année, Merit, et je t'ai offert une de ces douze places. Penses-tu que tu le méritais ? Penses-tu pouvoir apporter à la Maison Cadogan une contribution qui suffira à rembourser cet investissement ? Ai-je fait le bon choix en te faisant entrer dans la Maison ou bien aurais-je dû offrir cette nouvelle vie à quelqu'un d'autre ?

Je le regardai fixement. J'avais conscience de la valeur du don qu'il m'avait fait, même si je n'avais pas souhaité être l'une d'entre eux. Je m'assis dans le fauteuil devant moi. Ethan hocha la tête.

— Je pensais bien que cela t'assagirait un peu. Cela dit, je prends note de tes objections concernant ta transformation. Pour le moment, disons qu'on passe à autre chose, d'accord ? Je ne veux pas de ça entre nous, même si tu as décrété que j'étais ton ennemi mortel.

Il haussa les sourcils d'un air de défi. Je ne pris pas la peine de nier.

— Vous « prenez note » ? demandai-je après un moment de silence.

Ethan sourit d'un air entendu.

— Je prends note de tes déclarations faites devant témoin. (Il se tourna vers le coin de la pièce pour observer Mallory avec curiosité.) Ton amie ne m'a pas été présentée.

— Mallory Carmichael, ma colocataire.

Mallory leva la tête du livre épais qu'elle feuilletait.

— Salut !

— Et elle te sert également de renfort, je suppose, dit-il.

Il se leva et se dirigea vers un bar intégré à la bibliothèque de gauche. Il se versa un alcool de couleur ambrée dans un gros verre puis m'observa par-dessus le bord pendant qu'il en sirotait le contenu.

— J'ai rencontré ton père.

— Je suis désolée de l'apprendre.

Il crispa les mains autour du verre.

— Tu n'es pas proche de ta famille ?

— Mon père et moi ne nous entendons pas. Nous avons des priorités différentes. Il se préoccupe uniquement de bâtir son royaume financier.

— Alors que ce n'est pas le cas de Merit, intervint Mallory. Elle se contente très bien de rêver de Lancelot et Tristan.

— Lancelot et Tristan ?

— Je… je travaillais sur mon mémoire de thèse, bégayai-je, gênée par l'allusion de Mallory à mon côté fleur bleue. Avant.

Ethan posa son verre sur le bar puis s'appuya contre le comptoir, les bras croisés.

— Je vois.

— Franchement, j'en doute fort. Mais si vous espériez que le fait de me transformer vous permettrait d'accéder à l'argent des Merit, vous n'avez pas de chance. Je n'ai aucun des deux, ni l'argent ni l'accès.

L'air momentanément surpris, il évita mon regard en revenant vers son bureau. Quand il fut de nouveau assis, il fronça les sourcils à mon adresse. Ce n'était pas de la colère ; il paraissait intrigué.

— Et si je t'énonçais tout ce que je peux te donner ? Est-ce que cela t'aiderait à mieux vivre la transition ?

Mallory grogna.

— Je ne suis pas comme mes parents, répondis-je.

Il m'adressa un long regard, empreint d'une lueur de respect, cette fois.

— C'est ce que je commence à comprendre.

Je commençais enfin à cerner le personnage – il avait beau être un vampire, il n'en restait pas moins sujet aux préjugés, comme n'importe qui d'autre –, aussi, je me détendis contre le dossier du fauteuil, croisant les jambes et les bras, et haussant un sourcil.

— C'est ce que vous avez pensé ? Un coup d'œil aux vêtements Armani et à l'adresse de Hyde Park, et je serais séduite au point d'en oublier que je n'avais pas donné mon consentement ?

— Peut-être avons-nous tous les deux mal appréhendé cette situation, admit-il. Mais si tu nourris autant d'animosité envers ta famille, pourquoi te fais-tu appeler « Merit » ?

Je jetai un coup d'œil à Mallory, occupée à arracher une peluche d'un des lourds rideaux de velours qui doublaient les fenêtres. Seule une poignée d'amis – dont Mallory faisait bien entendu partie – connaissait toute l'histoire, et je n'étais pas près d'ajouter Ethan Sullivan à cette liste.

— C'est mieux que l'autre option, lui dis-je.

Ethan sembla considérer ma réponse avant de reporter son attention sur une pile de papiers qu'il rangea sur son bureau.

— Que les choses soient claires : tu n'es pas ni morte-vivante ni une zombie, et *Buffy* n'est pas une série documentaire. Tu n'es pas morte, cette nuit-là. Ton sang t'a été pris puis remplacé. Ton cœur n'a jamais cessé de battre. Tu es en meilleure forme aujourd'hui que tu l'étais auparavant. Tu es une prédatrice, au sommet de la chaîne alimentaire. Je t'ai rendue immortelle, à supposer que tu te tiennes à l'écart des ennuis. Si tu respectes les règles, tu peux mener une longue existence productive en tant que vampire Cadogan. D'ailleurs, Helen t'a-t-elle donné tout ce dont tu as besoin ? Tu as reçu un exemplaire du *Canon* ?

Je hochai la tête.

— Est-ce que tu as déjà bu du sang ?

— On m'a livré des poches de divers groupes sanguins mais je n'en ai pas encore pris. Pour être franche, ça n'avait pas l'air très appétissant.

— Tu en as reçu beaucoup pendant la transition, c'est pourquoi tu ne ressens pas encore la soif. Nous verrons dans un jour ou deux. Tu seras bien contente de les trouver quand tu seras frappée par la Première Faim. (Les lèvres d'Ethan s'étirèrent en un sourire, une expression troublante : il avait l'air plus jeune, plus heureux, plus humain.) Du sang en poche…

— C'est ce qui a été livré à la maison. Pourquoi est-ce si amusant ?

— Parce que tu es une vampire de la lignée des Cadogan. Tu peux boire directement aux humains ou à d'autres vampires. Assure-toi surtout seulement de ne tuer personne.

Je posai une main sur mon ventre afin d'apaiser les beignets de crabe qui se rappelaient à mon bon souvenir.

— Je ne mordrai personne. Je ne veux pas boire de sang, que ce soit en poche ou sous une autre forme, qu'il vienne directement d'une personne ou pas. Ça ne se fait pas de… mâchouiller les gens, comme ça, dis-je en agitant la main.

Ethan fit claquer sa langue.

— Et dire qu'on a failli avoir une conversation normale. Merit, tu es une adulte. Je te conseille de t'adapter à ta situation, et rapidement. Que tu le veuilles ou non, ta vie a changé. Il faut que tu acceptes la personne que tu es devenue.

— Je sais qui je suis, lui assurai-je.

— Non, tu sais qui tu étais. Moi, je sais qui tu es, Merit, et qui tu vas devenir.

— C'est-à-dire ?

Son expression était complètement sereine et confiante.

— Tu vas devenir mienne. Ma vampire. Mon sujet.

Son ton possessif réveilla ma colère et elle gonfla, s'épanouit et afflua dans mon corps avec une chaleur qui me fit crisper les orteils. Cette chaleur était délicieuse, et pourtant l'émotion était étrange – lointaine, presque. Comme s'il ne s'agissait pas de ma colère mais d'une colère à l'intérieur de moi. Quelle qu'en soit la source, elle était convaincante, forte et saisissante.

— Voudriez-vous tester cette théorie ? lui demandai-je, d'une voix plus rauque, plus grave, en me levant.

Le regard d'Ethan tomba sur mes lèvres et il humecta les siennes mais, quand il me répondit, quelques secondes plus tard, son ton était glacial. Contenu. Le ton d'un Maître qui soumet un sujet rebelle.

— Tu t'égares, Initiée. Tu n'es âgée que de deux jours. J'ai trois cent quatre-vingt-quatorze ans. Souhaites-tu réellement tester ton courage sur moi ?

J'étais complètement stupide. Je savais que ma réponse à cette question aurait dû être un « non » tonitruant. Mais cela n'empêcha pas mon corps qui, d'après ce que je commençais à comprendre, fonctionnait sur une fréquence complètement différente du reste de mon cerveau, de réagir avec toute la bravoure dont il était capable.

— Pourquoi pas ? demandai-je.

Un lourd silence s'abattit sur la pièce, le seul bruit audible étant les battements de mon cœur. Ethan repoussa son fauteuil.

— Suis-moi.

— Qu'est-ce que tu viens de faire ?

Mallory et moi traversâmes le rez-de-chaussée de la Maison Cadogan à la suite d'Ethan.

— Je ne sais pas, murmurai-je. Merit la vampire est beaucoup plus courageuse que Merit tout court.

— Ouais, eh bien, tu ferais mieux de trouver un moyen de te réconcilier avec tes nouveaux gènes, parce que Merit la vampire vient de te mettre sacrément dans la merde.

On prit à droite, descendit une volée de marches et suivit Ethan dans un autre couloir jusqu'à deux anciennes portes en bois. La pièce dans laquelle on entra était immense et lumineuse, le centre du parquet était couvert de tatamis. Les murs de six mètres de haut étaient lambrissés sur leur moitié inférieure ; le reste, jusqu'à un balcon soutenu par des colonnes en bois, était agrémenté d'une impressionnante collection d'armes anciennes comprenant des sabres, des masses, des arcs, des haches et des couteaux à la lame impressionnante.

C'était une salle d'entraînement.

Il me fallut un moment pour comprendre ce que cela impliquait.

— Vous plaisantez, n'est-ce pas ? demandai-je en me tournant vers lui. Vous ne croyez pas vraiment que je vais me battre contre vous ?

Ethan me considéra froidement en déboutonnant sa chemise. *Voilà sa réponse*, pensai-je, et je détournai les yeux après le premier aperçu de son torse.

Je m'avançai jusqu'au centre de la pièce, dans l'espoir que je me sentirais mieux si j'avais une meilleure appréhension de mon environnement. L'arsenal d'Ethan était impressionnant : une série de piques croisées, ornées de rubans bleus ; un glaive massif ; un bouclier en bois noir frappé d'un chêne doré dont les glands étaient peints en rouge ; des rangées de katanas sans fourreau.

— Ton expérience ?

— Danse classique et jogging. Et la force supplémentaire acquise en deux jours avec des crocs.

Je fis l'erreur de me retourner au moment où il passait sa chemise encore boutonnée par-dessus la tête. Ma bouche devint sèche. Ses épaules étaient larges et parfaitement sculptées, comme le reste de son torse. Sa poitrine était ferme, son ventre plat et fin, ponctué uniquement par le froncement du nombril et une fine ligne de poils blond foncé qui disparaissait sous la ceinture de son pantalon. Autour de son cou, une fine chaîne en or à laquelle était accroché un minuscule ovale décoré d'un poinçon. On aurait dit une médaille de saint, bien que je doute qu'un saint aurait approuvé qu'un Maître vampire porte une médaille à son effigie.

Ethan me surprit à l'observer et haussa un sourcil. Je détournai aussitôt les yeux. Mallory hurla mon nom, me faisant signe comme une folle de la rejoindre à l'endroit où elle se trouvait, au bord des tatamis. Quand je fus près d'elle, elle secoua la tête.

— Tu ne penses pas sérieusement te battre contre ce type, encore moins avec tous ses pouvoirs de vampire. Il pourrait te botter le cul avec un bras attaché dans le dos. Il est probablement plus fort que toi, plus rapide que toi. Il peut probablement sauter plus haut. Bon sang, il peut probablement te jeter un sort pour que tu t'envoies en l'air avec lui sur ces tatamis.

Nous nous tournâmes en même temps vers l'endroit où Ethan, à demi nu, se débarrassait de ses mocassins en cuir noir. Les muscles de son abdomen se contractaient quand il bougeait. Ainsi que ceux de ses épaules.

Mon Dieu, qu'il était beau !

Je plissai les yeux.

Beau mais mauvais. Vicieux. La lie répugnante de l'odieuse malveillance. Ou un truc dans le genre.

— Seigneur, murmura Mallory. Je veux bien te soutenir dans ta quête de vengeance et tout ça, mais peut-être devrais-tu simplement te laisser charmer. (Je vis qu'elle se retenait de rire.) Soit tu es baisée soit tu baises, non ?

Je soupirai d'un air agacé.

— Tu ne m'aides pas beaucoup.

Un bruit de pas emplit la salle et on leva les yeux. Les vampires se rassemblaient sur le balcon, tous habillés de noir, et nous jetaient des regards haineux. Même si je comprenais leur mépris évident, le risque que je prenais s'imposa soudain à moi. D'après le bien nommé *Canon*, la société des vampires était fondée sur des notions antiques de féodalisme impliquant une loyauté inconditionnelle à la Maison et au Maître. J'étais entrée dans ma Maison – dans la Maison d'Ethan –, j'avais fait la maligne et l'avais défié dans un combat. Après vingt-sept années passées à essayer d'échapper à la vigilance de mes parents, de ne jamais leur causer assez d'ennui pour qu'ils le remarquent, je venais de commettre deux très grosses erreurs en quelques jours. Traverser le campus avait failli me coûter la vie. Défier Ethan… Eh bien, nous le saurions bien assez tôt.

— Ce n'était probablement pas la meilleure décision, admis-je.

— Non, m'accorda Mallory dont les yeux brillaient d'estime. Mais c'est gonflé. Et tu avais besoin de prendre une décision gonflée.

— Il y a une minute, tu disais…

— Oublie. Je sais ce que j'ai dit, me coupa-t-elle. Mais j'ai changé d'avis. C'est le privilège des génies. Tu as fait le bon choix. C'est la nouvelle Merit. (Elle me serra rapidement dans ses bras.) Fous-lui une branlée, Vampirella.

Ethan nous rejoignit et nous adressa une révérence galante. Quand il se redressa, il me fit une pichenette sous le menton.

— Ne perds pas ton courage, Initiée.

— Ce n'était pas mon courage à moi, c'est la vampire en moi qui vous a défié.

— La vampire, c'est toi, Merit. Maintenant et à jamais. Mais il faut parfois que l'esprit se mette au diapason des gènes, admit-il.

Je jetai un regard inquiet vers le balcon.

— J'espère que ça va bientôt arriver.

— Je ne te ferai pas de mal et, en dépit du fait que tu as enfreint pratiquement toutes les règles du *Canon*, je vais te proposer un marché.

Les mains tremblantes, je me tournai de nouveau vers lui en m'obligeant à affronter ses yeux verts, même si mes mains tremblaient follement.

— Quoi ?

— Si tu parviens à me porter un coup, je te dégagerai de tes obligations envers moi.

C'était le contraire de ce que j'avais prévu, qui était plutôt du style « Si tu survis à ça, je te laisserai récupérer avant de te punir de m'avoir défié. » En comparaison, c'était plutôt un marché honnête, même s'il semblait improbable. Je le dévisageai ; j'avais du mal à croire qu'il soit sérieux.

— Comment puis-je être sûre que vous tiendrez parole ?

Ethan leva les yeux vers les vampires amassés sur le balcon.

— Ils sont au courant.

Quand nos regards se croisèrent de nouveau, je hochai la tête. Je tendis à Mallory la feuille froissée sur laquelle figurait la menace de mort, que j'avais oublié de mentionner tant j'avais été occupée à me comporter comme une imbécile. Puis je tirai sur le bas de mon tee-shirt avant de suivre Ethan jusqu'au centre de la pièce. Il se tourna et m'adressa un bref salut.

— Un coup. C'est tout ce dont tu as besoin.

Sans plus de cérémonie, il lança un élégant coup de pied circulaire qui m'aurait projeté son pied nu droit dans la figure si je ne m'étais pas jetée en arrière. Je percutai le tatami sur le dos, le souffle coupé par l'impact.

J'étais allongée, toute la galerie gloussant sottement au-dessus de moi, et je ne savais pas ce qui me faisait le plus peur : le fait qu'il m'avait presque assené un coup de pied dans la figure ou le fait que j'avais été assez rapide pour l'éviter.

J'avais changé, c'était certain.

— Jolis réflexes.

À quelques mètres, Ethan me considérait avec curiosité. Il n'était pas le seul à se poser des questions. Je me demandais de quoi je pouvais encore être capable. Je me redressai, les paumes bien à plat sur le tatami, remontai les jambes, roulai en arrière et me retrouvai soudain sur mes pieds après un bond fulgurant.

— Très joli.

J'écartai son compliment d'un haussement d'épaules mais j'étais excitée par le mouvement. Cela faisait des années que je n'avais pas pratiqué la danse classique, mais j'avais toujours savouré les quelques secondes que je passais en l'air lors de l'exécution du grand jeté, la brève sensation de défier la gravité… et de gagner. Cela y ressemblait, mais c'était infiniment plus satisfaisant. Mon corps paraissait encore plus léger, encore plus alerte que lorsque j'avais été au sommet de ma forme de danseuse. Peut-être y avait-il des avantages à être vampire, après tout.

— C'était une petite figure d'essai, lui dis-je en souriant.

Puis je décrivis un cercle autour de lui, à la recherche d'une faille. Ethan, sur la pointe des pieds, m'invita à attaquer d'un geste de la main.

— Alors voyons ce dont tu es capable.

Quelqu'un mit de la musique et *The Hand That Feeds* des Nine Inch Nails remplit la pièce.

— C'est approprié, marmonna-t-il en me faisant de nouveau signe.

NIN était un choix intéressant pour un vampire de près de quatre cents ans. Quels que soient ses défauts, je ne pouvais critiquer ses goûts musicaux.

Je reportai aussitôt mon attention sur le défi qui m'attendait et tentai ma chance. Je lui lançai un coup de poing, faisant tourner mon poignet pour le percuter de côté ; mais il évita mon attaque, suivit le mouvement de ma main et projeta sa jambe en un mouvement rasant qui faillit me faucher les pieds. Je bondis juste à temps et me cambrai pour effectuer un saut de mains qui me propulsa à quelques mètres de lui, hors de portée.

C'était du moins ce que je croyais jusqu'à ce qu'il se jette en avant si vite que son mouvement fut brouillé. Je fis un nouveau flip arrière, puis un autre, me livrant à cette pirouette sans aucun effort. Mais il continuait à avancer. Quand je me redressai la dernière fois, je m'accroupis aussitôt, ce qui me mit hors de portée du coup qu'il essaya de m'envoyer à la mâchoire. Son poing frappa l'air et je tentai de lui saisir les genoux, mais il s'envola au-dessus de moi, atterrissant dans mon dos avec un bruit sourd.

Je poussai de nouveau sur mes pieds et me tournai pour le découvrir en train de sourire, ses yeux verts jetant des éclairs.

— Je suis impressionné. Reprenons.

Puis son expression se fit plus grave et il sautilla sur place, m'invitant de nouveau de la main. Levant les yeux au ciel devant cette reprise de *Matrix*, je tentai un coup de pied papillon. J'avais vu une fois un prof de kick-boxing pratiquer cette figure mais, en tant qu'humaine, je n'avais eu ni la force ni la détente pour l'exécuter.

Être une vampire changeait la donne. À présent, j'avais la force de me propulser dans les airs, de balancer mes jambes et de faire pivoter mon corps à l'horizontale.

Malgré tout, les réflexes d'Ethan demeuraient plus rapides que les miens et je le manquai une nouvelle fois. Il rejeta son torse en arrière de presque 180°, tout en restant debout, et il évita mes jambes tendues.

— Presque, concéda-t-il d'une voix essoufflée.

— Presque, mais pas assez près.

Je souriais néanmoins, excitée d'avoir réussi ce coup. La foule parut s'en réjouir également et ils sifflèrent d'un air appréciateur.

— Attention, Sire ! cria quelqu'un. Elle pourrait abîmer ce joli visage.

Ethan éclata d'un rire bon enfant.

— Que Dieu m'en garde ! dit-il à l'intention des spectateurs sur la galerie. Il ne me resterait plus alors qu'une richesse fabuleuse et mon intelligence.

Les vampires gloussèrent de concert et il inclina la tête pour sourire à la foule.

C'était ma chance et je la saisis. Ethan était distrait. Je fondis sur lui, mais ce salopard sournois anticipa mon assaut. Il glissa sur la gauche juste avant que je puisse le pousser à terre. Je tendis les bras pour amortir ma chute en le dépassant dans les airs mais avant que j'atterrisse, il me saisit par un bras, me fit tourner en l'air et me plaqua au sol. J'atterris à plat dos, Ethan au-dessus de moi, son corps allongé sur le mien. Il me cloua les poignets – malgré mes efforts pour lui échapper – sur le tatami au-dessus de ma tête.

La foule explosa en sifflements et en suggestions obscènes.

— Vous m'avez trompée ! l'accusai-je.

Il me sourit d'un air vorace, ses lèvres à quelques centimètres à peine de mon visage.

— Et si facilement.

Je me débattais toujours mais il me colla plus fort contre le tatami et glissa un genou entre les miens.

— Initiée, tu peux deviner exactement où cela va nous mener.

Je grognai d'irritation.

Du moins, je me dis que c'était parce que j'étais agacée, et pas du tout parce qu'il sentait délicieusement bon, une odeur propre de lin, de coton et de savon. Pas non plus parce que son poids contre moi semblait complètement naturel – une chaleur languissante afflua soudain dans ma poitrine, comme si l'union de nos deux corps venait de fermer un circuit électrique.

Je m'efforçai de résister à cette sensation et, embarrassée par mes yeux qui devenaient argentés – j'éprouvais soudain de la compassion pour ces hommes qui étaient obligés de cacher leur excitation –, je fermai les paupières. Ethan me laissa le temps de me calmer et, quand j'ouvris enfin les yeux, l'expression de son visage était neutre.

— Es-tu d'accord sur le fait que tu n'as pas réussi à me porter de coup ?

Je hochai la tête pour toute réponse.

— À moins que tu veuilles me donner un petit cadeau ?

Pendant une seconde, son regard tomba sur mes lèvres. Je me demandai s'il allait m'embrasser, s'il y pensait, s'il en ressentait l'envie autant que moi. Mais il détourna les yeux puis relâcha sa prise sur mes poignets avant de se relever. Il me tendit la main et je le laissai me hisser debout… sous les huées de déception du poulailler.

— Est-ce la raison pour laquelle tu es venue ? demanda-t-il quand on fut tous les deux debout. Pour me combattre ?

Mallory avait dû entendre sa question par-dessus les marmonnements de la foule, car elle s'avança en tenant la note.

— Nous sommes venues pour ça.

Ethan s'essuya le front du revers de la main avant de prendre le message.

— Où avez-vous eu ça ?

— Ce papier enveloppait une brique qui a fracassé la fenêtre de notre salon, dis-je.

Il leva les yeux d'un coup.

— As-tu été blessée ? demanda-t-il en m'inspectant du regard à la recherche de blessures.

— Nous allons bien. Nous étions trois dans la maison et nous allons bien.

— Trois ?

— Le petit ami de Mallory était présent.

— Ah.

Je tapotai la note du doigt.

— Qu'est-ce que ça veut dire ? Existe-t-il une guerre entre vampires dont je ne serais pas au courant ? Est-ce que ma transformation a énervé quelqu'un ?

Il fronça les sourcils en lisant le message une seconde fois.

— Peut-être que ton premier agresseur est en colère car il n'a pas pu finir son œuvre ou parce que je l'ai fait à sa place. Nous pensons que celui qui t'a mordue est un Solitaire, un vampire qui vit en dehors du système des Maisons. La note confirmerait cette hypothèse. Il est aussi possible qu'il y ait un lien entre ton agression et la mort de Jennifer Porter.

Ce n'était pas la première fois que j'envisageais cette éventualité, mais l'idée était encore plus troublante dans sa bouche. Cela appuyait la théorie selon laquelle j'étais la cible première d'un vampire devenu tueur en série. Mais cela soulevait aussi d'autres questions.

— Vous savez, c'est une sacrée coïncidence que vous vous soyez trouvé sur le campus au moment même où je me faisais attaquer par un vampire.

Il leva ses yeux d'un vert profond.

— Il y a en effet une grande part de chance.

Nous nous dévisageâmes un moment.

— Ethan, dis-je doucement. Vous n'avez pas tué Jennifer Porter, n'est-ce pas ?

Il ferma les paupières, ses longs cils blond foncé ombrant sa peau dorée.

— Non, je ne l'ai pas tuée. Ce n'est pas non plus un vampire de ma Maison.

Je n'étais pas certaine de le croire, même si je n'avais aucune raison de douter de son honnêteté, pas quand il s'était comporté avec moi – je devais bien l'admettre – avec générosité. J'avais ouvertement défié le chef de ma Maison et tout ce que j'avais subi pour punition, c'était un peu d'embarras devant un public de vampires que je ne connaissais pas. J'ouvris la bouche pour l'interroger sur le message mais, avant que j'aie eu le temps de dire quoi que ce soit, on s'agita sur le balcon. Les vampires nous hurlaient après. Selon l'opinion générale, je méritais d'être battue.

— Sire ! cria l'un d'entre eux. Vous ne pouvez pas la laisser s'en sortir comme ça après vous avoir défié !

— Vous avez raison. Je vais l'envoyer dans sa chambre sans dessert et lui confisquer son téléphone portable !

La foule ricana doucement mais Ethan leva la main et, comme s'il conduisait la symphonie de leurs voix, les vampires se turent aussitôt. J'avais sans doute des problèmes avec l'autorité, mais ce n'était de toute évidence pas le cas de tout le monde.

— Mes amis, elle a fait un effort sincère pour me battre. Et puisqu'elle n'a pas encore prononcé ses vœux, elle n'a pas – il me jeta un regard – techniquement enfreint le *Canon*. De plus, elle s'est réveillée il y a peine deux jours et elle l'a presque emporté sur moi. Elle sera indéniablement un atout pour notre Maison, et nous savons tous combien nos alliances sont délicates.

Quelques gloussements suivirent, assortis de hochements de tête réticents.

— Plus important encore, elle est venue à nous parce qu'elle craignait pour sa vie. (Il montra le message.) Elle s'est réveillée il y a deux jours et elle a déjà reçu des menaces.

La rousse qui l'avait accompagné dans le petit salon s'avança jusqu'au bord de la galerie.

— Êtes-vous certain qu'elle ne nous apporte pas la guerre, Sire ?

Si je m'interrogeais sur ce qu'elle était pour lui, sa hanche avancée avec provocation et son regard sexy étaient des réponses suffisantes. Sa petite amie. Sa maîtresse. Sa consorte si nous en restions à la terminologie féodale. Je m'attendais à voir les yeux émeraude d'Ethan se balader sur ses courbes généreuses mais, quand je me retournai vers lui, son regard était posé sur moi, un sourire effronté aux lèvres, comme s'il savait que j'étais en train d'évaluer sa maîtresse.

Je haussai les épaules.

— Elle est pas mal, dans le genre Jessica Rabbit.

— À mon grand désarroi (cela s'entendait clairement dans le ton irrité et plat de sa voix), je me découvre une attirance soudaine pour les brunes obstinées, souples et dotées d'un sens approximatif de la mode.

Il aurait tout aussi bien pu déclamer des tirades d'*Orgueil et préjugés* tant sa voix résonnait de mépris et d'une répulsion évidente pour son attirance envers une femme aussi déclassée que moi. Je me sentais vaguement mal à l'aise dans ma tenue décontractée, mais je savais également que ce style m'allait bien, aussi je me retins de tirer sur mon tee-shirt ou mon jean. Je préférai glisser mes pouces dans les passants de ceinture en tapotant des doigts mes hanches plates. Ethan observa le mouvement avec intensité. Quand il releva les yeux, je haussai un sourcil.

— Même pas dans vos rêves, Sullivan.

Il se contenta de grogner. Je lui adressai un petit sourire satisfait.

La porte de la salle d'entraînement s'ouvrit et Malik entra en compagnie d'un homme de grande taille. Ce dernier semblait mal à l'aise dans son pantalon et sa chemise et, au vu de ses mâchoires puissantes, ses épaules larges et ses cheveux ébouriffés blondis par le soleil, je supposai qu'il se sentirait plus à l'aise dans un jean et des bottes de cow-boy. Je baissai les yeux pour vérifier ce qu'il portait comme chaussures. Comme de bien entendu, il s'agissait de Santiag en alligator noir au bout argenté. Tiens donc.

Il me vint également à l'esprit que je n'avais pas encore croisé de vampires qui ne soient pas attirants. Ils étaient tous en pleine forme, grands, impeccablement pomponnés, indéniablement beaux. C'était plutôt flatteur, je suppose, qu'ils aient choisi de me faire l'une des leurs, si je ne réfléchissais pas trop aux circonstances de ma transformation.

Ethan s'approcha des deux hommes pour leur donner le message. Ils le lurent chacun leur tour puis tous trois se mirent à discuter en jetant de temps en temps un coup d'œil dans notre direction. Mallory passa un bras dans le mien.

—Je sens que le spectacle va me plaire. (Je lui glissai un regard douteux.) Je te connais depuis trois ans. Tu as passé tout ce temps à tourner en rond dans la tour d'ivoire que tu t'es construite. Tu as besoin d'être sauvée. Et si tu ne peux pas être sauvée par un prince grand, sexy et vivant… (elle jeta un regard vers le trio de vampires qui discutaient et détailla le corps à demi nu d'Ethan) alors il est certainement ce qu'il y a de mieux. (Elle émit un gloussement coquin.) Et toi qui te plaignais de tes examens oraux. Ce garçon va être le plus grand défi de ta vie.

— Considérer que c'est un « défi » suppose que je sois intéressée. Et je ne tournais pas en rond. Je rédigeais un mémoire.

— Tu es intéressée, déclara-t-elle. Et vu le regard possessif qu'il pose sur toi, je dirais que lui aussi.

— Il pense que je suis ordinaire.

— Tu es toi-même, tout simplement. Et il ne peut pas trouver mieux que ça.

Je l'embrassai sur la joue.

— Merci, Mallory.

— *De nada*.

Elle me relâcha pour reluquer les trois vampires qui formaient un groupe serré devant nous et discutaient de notre destin. Puis elle se frotta les mains.

— Bon, lequel je vais récupérer, moi ? Qu'est-ce que tu penses du cow-boy ?

Je n'eus pas le loisir de lui donner ma réponse – qui, soit dit en passant, aurait été quelque chose du genre « Mais tu n'as pas déjà un petit copain ? » – car Ethan nous fit signe d'approcher. Quand on eut rejoint le groupe, il désigna ses camarades.

— Malik, mon Second, que vous avez déjà rencontré, je crois, et voici Luc, le Capitaine de la Garde. (Il nous désigna.) Merit, Initiée depuis deux jours, et Mallory, sa colocataire, qui semble avoir la patience d'une sainte.

Mallory gloussa, la traîtresse, mais elle récolta exactement ce qu'elle avait mérité. Même si les deux hommes hochèrent la tête pour la saluer, Luc fronça les sourcils dans sa direction depuis son mètre quatre-vingts et des poussières.

— Tu as la magie.

Mallory cligna des yeux.

— Qu'est-ce que ça veut dire ?

Ethan fit délicatement courir son doigt sur les cheveux de Mallory et elle tressaillit à ce contact.

— Ah, dit-il en hochant la tête. Je me demandais.

— Quoi donc ? demanda-t-elle.

— Qui avait apporté la magie, déclara Malik si naturellement qu'on aurait cru qu'il parlait de la météo.

Mallory mit les poings sur les hanches.

— Non mais de quoi vous parlez, là ?

Luc inclina la tête vers Mallory tout en regardant Ethan.

— Est-ce possible qu'elle ne le sache pas ?

— Qu'elle ne sache pas quoi ? (Je sentais l'agacement monter.) Qu'est-ce qui se passe, bon sang ?

Sans me prêter attention, Malik haussa les épaules.

— Si elle n'est pas encore syndiquée, il est possible que l'Ordre ne l'ait pas encore détectée dans sa postadolescence. On est à Chicago, après tout.

— C'est vrai, admit Ethan. Nous devrions appeler le Médiateur et l'informer qu'il y a une nouvelle sorcière en ville.

— Une nouvelle sorcière ? demanda Mallory en pâlissant. On arrête tout, là, mon grand. C'est qui, la sorcière ?

Ethan lui jeta un regard blasé, et le ton de sa voix n'aurait pu être plus neutre.

— Toi, bien entendu.

Pendant que Mallory se faisait à cette petite révélation, Ethan et son équipe m'informèrent de l'état actuel des relations parmi les vampires de Chicago. Alors que la plupart des vampires dans le monde – tous les vampires enregistrés – étaient affiliés à des Maisons, une minorité entrait dans la catégorie des Solitaires, des vampires qui n'avaient ni lien avec une Maison ni loyauté envers un Maître en particulier. Il existait plusieurs façons de devenir un Solitaire : se faire mordre par un vampire qui n'était pas un Maître et donc pas assez puissant pour commander l'être nouvellement transformé ; s'enfuir d'une Maison ; ou être transformé par un vampire sans affiliation qui ne demandait aucun serment de loyauté ni d'allégeance.

Parce qu'ils incarnaient un danger implicite pour la structure des Maisons, les Solitaires étaient traités comme des exclus. Et parce qu'ils étaient rarement assez forts individuellement pour s'attaquer aux vampires des Maisons, ils étaient habituellement oubliés par ces dernières à moins qu'ils ne choisissent – non sans une certaine ironie – de se regrouper en unités anarchiques.

Les vampires de Chicago pensaient que la mort de Jennifer Porter était l'œuvre d'un Solitaire, insatisfait peut-être de vivre dans l'ombre des Maisons. Cette hypothèse posait deux problèmes.

Premièrement, les humains ignoraient tout de l'existence des Solitaires. Ils connaissaient celle des Maisons et semblaient rassurés par le fait que leurs membres soient organisés en corps politiques, se soumettent au contrôle d'un Maître et vivent selon un code – le *Canon*. C'était un style de vie que les humains pouvaient comprendre. Et c'était pour cette raison que les vampires ne souhaitaient pas parler des Solitaires et du fait que des individus de leur espèce n'appartenant à aucune Maison, sans aucun contrôle et sans aucune loi, vivaient parmi les humains.

Deuxièmement, comme la conférence de presse l'avait souligné, une médaille des Cadogan, similaire à celle qu'Ethan – et, je m'en rendis compte tardivement, le reste des vampires Cadogan – portait autour du cou sur une courte chaîne, avait été retrouvée sur le lieu de l'agression de Porter. Ethan paraissait convaincu qu'aucun vampire de sa Maison n'était impliqué et il avait accepté de collaborer pleinement avec la police de Chicago. Il avait été interrogé et avait accepté de soumettre quelques questions à tous les vampires résidant à la Maison Cadogan pour s'assurer que ses sujets étaient innocents et rassurer les inspecteurs de police. Il soupçonnait, tout comme les représentants de la Maison Navarre avec qui il avait discuté (y compris Célina Desaulniers, la Maîtresse de Navarre), qu'un Solitaire était responsable de la mort de Porter. Mais cela n'expliquait pas pourquoi elle avait été tuée, et il était nécessaire de le savoir puisque le Présidium de Greenwich, l'organisation qui réglementait les vampires d'Amérique du Nord et d'Europe occidentale, infligerait son propre châtiment au criminel. Jusqu'à la mort de Jennifer Porter, la simple menace d'une peine capitale par coup de pieu en bois de tremble avait suffi à protéger les humains. À présent, qu'en était-il ?

Qui que soit celui qui avait commis ce crime, Ethan et ses deux compagnons étaient persuadés que mon agression avait été la seconde tentative du tueur et que le message montrait à quel point il était furieux d'avoir échoué.

— Mon nom était cité dans le journal d'aujourd'hui, leur rappelai-je. La personne qui a jeté la brique n'était donc pas nécessairement celle qui m'a mordue.

— Mais ce n'était que ton nom de famille, fit remarquer Malik. Je doute qu'il ait été capable de découvrir qui tu étais simplement à cause de ça.

Ethan secoua la tête.

— C'est une Merit. Comme la famille apparaît souvent dans les journaux, n'importe qui aurait été en mesure de deviner de quel membre il s'agissait. Robert et Charlotte sont plus âgés et ont des enfants. Ce ne sont pas des candidats typiques pour la transformation.

Troublant, pensai-je, *qu'il en sache autant sur ma famille.*

— Mais s'il avait l'intention de me tuer, pourquoi ce message ? demandai-je. Il fait allusion à un choix, comme si j'avais préféré Ethan au vampire qui m'a attaquée, comme si j'avais préféré Cadogan au groupe auquel il serait affilié. Quelle importance, s'il comptait me tuer de toute façon ?

Luc fronça les sourcils.

— Alors peut-être n'est-ce pas lié à la mort de la fille Porter.

— Peut-être que ça l'est, ou peut-être pas, déclara Ethan fort utilement. En l'absence d'informations supplémentaires, nous ne pouvons écarter aucune hypothèse. Nous savons que nous sommes arrivés en second sur la scène de l'agression. Le contenu du message suggère que, quels qu'aient été les plans concernant Merit – la tuer ou autre –, ceux qui les avaient échafaudés n'ont pu les poursuivre jusqu'au bout. Ce vampire la rend responsable de cet échec et, par conséquent, c'est nous qu'il accuse.

Vu le ton du message, c'est peut-être même le système des Maisons en général.

— Alors tout désigne définitivement des Solitaires, résuma Malik, ou une Maison qui nourrirait une animosité inexprimée à notre égard. Grey ?

Luc ricana.

— La saison de baseball a commencé la semaine dernière. L'attention de Scott est concentrée sur un sujet complètement différent en ce moment, à savoir la possibilité que les Cubs remportent la flamme. Il est peu probable qu'il soit impliqué dans tout ça, quand bien même les Grey se préoccuperaient de la politique des Maisons, ce qui n'est pas le cas. Et que pensez-vous de Navarre ?

Ethan et Malik échangèrent un regard énigmatique.

— J'en doute, dit Ethan. Prestigieuse et ancienne comme l'est Navarre…

— C'est du moins ce que pensent ses membres, l'interrompit Malik.

— Navarre n'aurait pas grand intérêt à entrer en guerre contre nous, poursuivit Ethan avec une expression amusée. Célina est forte, le Présidium de Greenwich l'apprécie, et elle est devenue de fait la représentante des vampires de Chicago. Elle n'a tout simplement aucune raison de se sentir menacée par Cadogan.

— Ce qui signifie que nous devons enquêter, conclut Luc.

Ethan m'adressa un signe de tête.

— Luc va poster des sentinelles chez toi. Nous allons continuer à nous renseigner au sujet de cette menace et peut-être qu'au fur et à mesure que nous glanerons des informations au sujet de la mort de Porter nous en saurons plus sur cette histoire. Si tu vois quelque chose de suspect ou si tu es de nouveau agressée, appelle-moi tout de suite.

Il sortit une carte de la poche de son pantalon et me la tendit. C'était écrit en élégantes lettres majuscules :

MAISON CADOGAN

(312) 555-2046

NAVR N°4 CHICAGO, ILLINOIS

— NAVR N° 4 ? demandai-je en faisant jouer la carte entre mes doigts.

— C'est notre numéro de registre, expliqua Malik et je me rappelai la mention NAVR sous l'annonce dans le *Sun Times*. Nous sommes la quatrième Maison de vampires instaurée aux États-Unis.

— Ah, dis-je en glissant la carte dans ma poche. Merci. Nous appellerons s'il se passe quelque chose.

— Bon, cette visite a été très instructive, dit Ethan, le regard posé sur Mallory, mais nous devons retourner travailler. Je crois que nous avons eu assez de distractions pour la soirée.

Il donna congé à Luc et Malik et nous fit signe de nous diriger vers la porte de la salle d'entraînement.

Les regards des vampires que nous dépassâmes étaient toujours empreints d'hostilité, mais au moins étaient-ils modérés par la curiosité. D'un autre côté, je ne savais pas si c'était mieux ou pire ; je préférais en général ne pas me faire remarquer par des prédateurs suceurs de sang.

Enfin, j'aurais préféré, si j'avais pu prendre le temps d'y réfléchir.

Ethan nous raccompagna jusqu'à la porte d'entrée, où il posa une main sur mon bras.

— Mallory, est-ce que je pourrais dire un mot à Merit, s'il te plaît ?

— À vous de tirer, répondit-elle avant de descendre les marches du perron en sautillant.

Il me regarda.

— Tirer ?

— C'est un truc de foot. Qu'est-ce que vous vouliez me dire ?

Sa bouche se crispa en une ligne sinistre et je sentis qu'il était sur le point de me faire la morale.

— Ce qui s'est passé ce soir était très inhabituel, dit-il. Qu'une Initiée défie le Maître est véritablement inédit, tout comme l'est le fait que le Maître ne punisse pas un individu qui a défié son autorité. Je te laisse tranquille parce que tu n'as pas choisi d'être élevée au rang de vampire, parce que nos lois prônent le consentement et que tu n'étais pas en position de donner le tien. (Il baissa son regard glacial sur moi.) Cela étant dit, si tu t'avises de refaire un coup pareil, tu seras punie. Si tu lèves encore une fois la main sur moi, tu regretteras amèrement cette décision. Je suis le Maître de cette Maison et je suis à la tête de trois cent huit vampires. Ils comptent sur moi pour les protéger et, en échange, ils me sont loyaux. Au cas où tu ne comprendrais pas ce marché qui est passé entre nous, je suis rapide, je suis fort et je suis tout à fait prêt à démontrer ces qualités. La prochaine fois, je ne ferai pas semblant de frapper. Tu comprends ce que je te dis ?

Son ton était tellement froid que j'en oubliai d'être sarcastique. J'acquiesçai.

— Bien. (Il m'invita à sortir d'un geste de la main.) Il te reste encore cinq jours avant la Recommandation.

Tu trouveras dans le *Canon* tout ce que tu dois savoir sur les serments, la cérémonie et la manière dont je t'appellerai à servir. Prépare-toi.

Après un nouveau hochement de tête, je descendis vers l'allée.

— Et fais quelque chose pour ton look, m'ordonna-t-il juste avant de refermer la lourde porte en chêne derrière moi.

On retourna en silence vers la voiture, où je trouvai une publicité pour une boîte de nuit glissée sous l'essuie-glace. Je lus le prospectus qui faisait la réclame du *Red*, un club dans le quartier de River North. Puis je montai dans la voiture, déverrouillai la portière de Mallory et fourrai le prospectus dans la boîte à gants. Je n'avais vraiment pas la tête à faire la fête.

Le trajet du retour fut calme. Nous ressassions chacune de notre côté les événements de la nuit, j'imagine. C'est en tout cas ce que je faisais, me concentrant particulièrement sur l'énigme qu'était Ethan Sullivan. Pendant les quelques secondes où je n'avais pas su qui il était, j'avais été subjuguée par son visage et sa silhouette, intriguée par son autorité et sa détermination presque palpables.

Que je le trouve mignon était une chose. Il était infiniment plus déconcertant qu'après avoir découvert qui il était – et même en sachant ce qu'il m'avait pris –, il m'attire encore. Son arrogance était agaçante mais il était beau, intelligent et respecté par ses sujets. Ethan portait son pouvoir – sa parure de confiante maîtrise de soi – avec la même élégance que ses vêtements griffés. Mais le danger, je le savais, couvait sous cette façade parfaite. Ethan demandait une loyauté totale, sans condition, et il ne semblait pas prêt à faire des compromis. Il était talentueux, fort, rapide, souple et assez sûr de lui pour démontrer son expérience face à un adversaire inconnu devant une galerie de spectateurs. Et même s'il était possible qu'il m'ait trouvée attirante – sa manière de flirter avec moi en était la preuve –, cette attirance ne le réjouissait pas. Bien au contraire, il semblait aussi pressé de se débarrasser de moi que je l'étais de lui.

Malgré tout cela, je n'avais pas été fichue de chasser le premier souvenir que j'avais de lui. L'image rémanente de ses iris verts hantait mes rétines quand je fermais les yeux, et je savais que rien n'effacerait cette vision. L'impact avait été si fort, comme si une météorite avait ouvert un passage dans ma psyché, laissant un vide qu'il me semblait peu probable qu'un homme mortel puisse remplir.

Je marmonnai un juron quand je pris conscience de la direction que prenait ma réflexion et reportai mon attention sur les rues sombres de Chicago.

Mallory s'éclaircit la voix.

— Alors c'était Ethan.

J'engageai la Volvo dans une rue transversale alors que nous approchions de la maison.

— C'était lui.

— Et tu en penses quoi ?

Je haussai les épaules, pas certaine de vouloir avouer mes sentiments, même à Mallory.

— Je devrais le haïr, non ? Je veux dire, c'est lui qui est responsable de ce que je suis. Il a tout changé. Il m'a tout pris.

Mallory gardait le regard rivé à l'extérieur.

— Tu devais changer, Merit. Et il t'a sauvé la vie.

— Il a fait de moi une morte-vivante.

— Il a dit que tu n'étais pas morte. Que c'était juste une transformation génétique. Et il y a des avantages, que tu veuilles l'admettre ou non.

« Juste une transformation génétique »... comme si c'était un détail.

— Je dois boire du sang, lui rappelai-je. Boire. Du sang.

Mallory me glissa un regard déplaisant.

— Arrête, sois honnête : tu peux boire ce que tu veux, manger ce que tu veux, et pourtant ces jambes interminables ne prendront probablement jamais un gramme. Le sang, c'est juste... (elle agita la main) une nouvelle vitamine ou un truc dans le genre.

— Peut-être, concédai-je. Mais je ne peux pas mettre le bout du nez au soleil. Je ne peux ni aller à la plage ni rouler en décapotable.

C'est alors que quelque chose d'incroyablement troublant me vint à l'esprit.

— Je ne peux pas retourner à Wrigley Field, Mallory. Fini les matches des Cubs, les samedis après-midi d'été.

— De toute façon, tu es une vraie Irlandaise. Le soleil provoque chez toi de grosses plaques rouges et cela fait au moins deux ans que tu n'es pas allée à Wrigley, de toute façon. Tu regarderas les Cubs à la télévision dans ta chambre, comme tu l'as toujours fait.

— Je ne peux pas retourner à la fac. Et ma famille me déteste.

— Ma puce, tes parents ont toujours été odieux. Au moins, de cette manière, dit-elle doucement, tu vas pouvoir les choquer jour après jour avec ta vie de vampire décadente.

Si agréable que soit cette pensée, elle ne soulagea pas complètement mon chagrin. Je savais qu'il fallait que je me secoue, que je renonce à ce que j'avais perdu et que je trouve un moyen de survivre et de réussir dans mon nouveau monde. Mais comment renonce-t-on à toute une vie de projets ? d'hypothèses sur votre vie, votre présent et votre avenir ?

Même si Mallory était plus que disposée à me distribuer des conseils et à me pousser à dépasser ma « petite contrariété » d'avoir été changée en vampire, elle ne souhaitait apparemment pas discuter de la conclusion bizarre d'Ethan, Malik et Luc selon laquelle elle était une sorcière qui avait fait entrer la magie dans la Maison Cadogan. Je ne savais rien de la magie mis à part ce que j'en avais appris à la télévision et d'après les quelques bribes que Mallory, dans son obsession pour l'occulte, parvenait à glisser dans la conversation. Et cela m'effrayait que ma colocataire habituellement bavarde évite la discussion. Au moment de rentrer la voiture dans le garage, je tentai de nouveau ma chance.

— Tu veux qu'on aborde l'autre sujet ?

— En ce qui me concerne, il n'y a pas d'autre sujet.

— Allez, Mallory. Ils ont dit que tu avais la magie. Tu te sens… différente ? Je veux dire, s'ils ont raison, tu as dû ressentir quelque chose.

Elle descendit de la voiture et je la suivis sans qu'aucune de nous tienne compte des deux gardes en noir qui flanquaient la porte d'entrée. Ils ressemblaient comme deux gouttes d'eau à ceux qui gardaient le portail de la Maison Cadogan. Grands et émaciés, un sabre brillant au côté. Quels que soient les défauts d'Ethan, il était fichtrement efficace.

On entra dans la maison, qui était calme et rassurante et, ma présence exceptée, vide de vampires. Mallory feignit un bâillement et traîna des pieds vers l'escalier.

— Je vais me coucher.

— Mallory.

Elle s'immobilisa sur la première marche, se tourna et me regarda avec une patience visiblement limitée.

— Quoi ?

— Euh… fais attention. Nous ne sommes pas obligées d'en parler maintenant mais, si cette histoire de menace continue ou si Ethan en apprend davantage sur qui tu es…

— Oui, oui.

Comme elle commençait à monter l'escalier, je ressentis le besoin de la rassurer comme elle l'avait fait pour moi.

— Ce pourrait être une bonne chose, Mallory, lançai-je. Tu pourrais avoir des pouvoirs spéciaux.

Elle s'immobilisa, un sourire sardonique aux lèvres.

— Vu mon état, je peux seulement présumer que le fait de te sortir les mêmes platitudes à la noix n'a pas dû t'être d'une grande aide.

Elle monta l'escalier et j'entendis la porte de sa chambre claquer. Je me rendis dans la mienne et m'allongeai sur le lit double, les yeux rivés sur le ventilateur du plafond jusqu'à ce que l'aube vienne me bercer.

4

Les créatures surnaturelles sont probablement inscrites sur les listes électorales de Cook County

Ayant évité d'accomplir mon devoir de petite-fille pendant deux jours, quand je me réveillai au coucher du soleil, le soir suivant dans une maison déserte, je me douchai, enfilai un jean et un tee-shirt moulant avec un ninja dessiné dessus – qui aurait certainement embarrassé Ethan – et je pris la direction de la maison de mon grand-père, située dans le West Side.

Malheureusement, même la combative vampire Merit craignait d'être rejetée. Je me tenais sur le perron étroit de la maison, incapable de frapper à la porte, quand elle s'ouvrit dans un grincement. Mon grand-père jeta un coup d'œil à travers la moustiquaire en aluminium.

— Ben alors, tu en as mis du temps à venir parler à ton papi !

Des larmes – de doute, de soulagement et d'amour – se déversèrent aussitôt. Je haussai les épaules d'un air penaud.

— Oh, Seigneur, mon bébé. Ne commence pas.

Il retint la moustiquaire avec son pied et m'ouvrit les bras. Je me blottis contre lui et le serrai fort. Il toussa.

— Doucement. Tu as plus de force dans ces petits bras que la dernière fois.

Je le relâchai et essuyai mes larmes.

— Désolée, grand-père.

Prenant mon visage entre ses grosses pattes d'ours, il m'embrassa sur le front.

— Ne t'en fais pas. Entre donc.

Je pénétrai dans la maison et entendis les deux portes se fermer derrière moi.

La maison de mon grand-père – autrefois celle de mes grands-parents – n'avait pas changé depuis des années. Le mobilier était simple et accueillant, les murs décorés de photos de famille représentant mes oncles et tantes – le frère et les deux sœurs de mon père ainsi que leurs familles. Mes oncles et tantes avaient supporté leur enfance avec beaucoup plus de grâce que mon propre père, et j'enviais la simplicité des relations qu'ils entretenaient avec leurs enfants et mon grand-père. Aucune famille n'est parfaite, je le sais bien, mais j'étais prête à échanger l'imperfection contre la farce qu'incarnaient mes parents, en quête d'ascension sociale.

— Assieds-toi, ma chérie. Tu veux des cookies ? J'ai tes préférés.

Je m'assis sur le canapé tendu de tissu à fleurs en lui souriant.

— Non merci, grand-père. Je n'ai pas faim.

Il s'installa dans un vieux fauteuil à dossier réglable, placé en diagonale du canapé, et il se pencha en avant, les coudes posés sur les genoux.

— Ton père m'a appelé après avoir reçu un coup de fil de la Maison. (Il marqua une pause.) Tu as été attaquée ? mordue ?

Je hochai la tête.

Il m'examina.

— Mais tout va bien maintenant ? Tu vas bien ?

— Je suppose, enfin, je ne me sens pas mal. Je suis la même, à l'exception de la partie vampire.

Il gloussa, mais sa bonne humeur se dissipa assez vite.

— Tu es au courant du meurtre de Jennifer Porter ? Elle a été agressée de la même façon que toi, tu le sais, n'est-ce pas ?

— Mallory et moi avons vu la conférence de presse à la télévision.

— Bien sûr, bien sûr.

Mon grand-père s'apprêta à parler puis sembla se raviser. Dans le long silence qui suivit, on n'entendit que le « tic-tac » de la pendule murale. Il leva finalement un regard inquiet vers moi.

— Ton père a demandé que la police n'enquête pas sur ton agression. Mais ton nom était dans le journal, donc toute la ville doit être au courant que tu as été transformée et que tu es une vampire, à présent.

— Je sais, lui dis-je. Les journalistes ont déjà appelé.

— Bien sûr. Je m'y attendais, vu la notoriété de ton père. Franchement, Merit, je ne vais pas entraver une enquête de police, pas pour des crimes de cette ampleur. En toute conscience, je ne peux pas m'y résoudre, pas quand l'assassin court toujours. Mais j'ai assez d'influence pour ne pas dévoiler la nature de ta transformation, si ce n'est à quelques inspecteurs que j'aurai choisis.

Si nous pouvons limiter l'accès à cette information aux cas d'extrême nécessité, tu ne seras pas appelée à comparaître en tant que victime potentielle de ce même tueur. Nous pouvons empêcher les journalistes de s'acharner sur toi et tu pourras apprendre à vivre en tant que vampire et oublier cette agression. D'accord ?

Je hochai la tête, les larmes commençant à poindre de nouveau. On pouvait dire ce qu'on voulait de mon père, une chose était sûre : j'aimais l'homme que j'avais en face de moi.

— Cela étant, même si je peux éviter de te faire parader dans un bureau du département de police, nous avons quand même besoin d'une déclaration officielle pour le rapport. (Il posa une main noueuse sur mon genou.) Alors pourquoi ne me raconterais-tu pas ce qui t'est arrivé avec tes propres mots ?

Mon grand-père, éternel flic.

Je lui rapportai toute l'histoire, depuis ma traversée du campus jusqu'à ma conversation avec Ethan, Luc et Malik, y compris leur hypothèse du vampire solitaire. Le public pouvait bien ignorer l'existence des Solitaires, mais je n'allais pas cacher ce fait à mon grand-père. Il me posa ensuite des questions sérieuses, principalement afin que je retrace une nouvelle fois les quelques jours passés, mais cette fois en extrayant des détails qu'Ethan, Malik et Luc n'avaient pas pris en compte. Par exemple : le fait que l'agresseur avait fui en voyant Ethan, apparemment au courant de son identité et ne souhaitant pas risquer un face-à-face. Après ce compte-rendu, il se carra dans son fauteuil en se grattant le peu de cheveux qu'il lui restait autour du crâne. En dépit de son impeccable vivacité d'esprit, il ressemblait vraiment à un grand-père : une chemise en flanelle rentrée dans un pantalon en velours côtelé, de grosses chaussures confortables, un crâne chauve et brillant.

Il reposa les coudes sur ses genoux.

— Alors comme ça, les vampires de Cadogan ont conclu que la mort de Porter était liée à ton agression ?

— Je pense qu'ils sont prêts à envisager cette hypothèse.

Après avoir hoché la tête d'un air pensif, grand-père se leva et disparut dans la cuisine. Quand il revint, il tenait une enveloppe Kraft. Il se rassit et l'ouvrit puis feuilleta quelques documents.

— Femme blanche de vingt-sept ans. Étudiante. Brune. Mince. Yeux bleus. Elle a été agressée juste après le crépuscule alors qu'elle promenait son chien dans Grant Park. Elle a été vidée de son sang et laissée pour morte. (Ses yeux bleu clair, de la même couleur que les miens, me regardaient avec intensité.) Il y a des similitudes incontestables.

J'acquiesçai, pas franchement réjouie que grand-père soit d'accord avec la théorie d'Ethan. Pire encore, le premier vampire avait eu l'intention de me tuer. Ce qui signifiait que j'étais censée être sa seconde victime et l'aurais été – morte par exsanguination au milieu du campus – si Ethan n'était pas passé par là.

Je lui étais vraiment redevable de m'avoir sauvé la vie.

Et je n'avais vraiment pas envie de lui devoir quoi que ce soit.

Mon grand-père me tapota le genou de sa grosse main calleuse.

— J'aimerais vraiment savoir à quoi tu penses à ce moment.

Je fronçai les sourcils en grattant de l'ongle un petit morceau de tissu.

— Je suis en vie. Et je dois remercier Ethan Sullivan pour ça, ce qui est… troublant. (Je levai les yeux vers mon grand-père.) Quelqu'un a essayé de me tuer parce que je ressemblais à Jennifer Porter ? Si c'est le cas, pour quelle raison balancer une brique dans ma fenêtre ? Ce type me voulait morte, peut-être pour lui, peut-être pour le compte de quelqu'un d'autre. Et il court toujours. (Je secouai la tête.) Des vampires qui sortent du placard, c'était déjà bien assez. La ville n'est pas préparée à ça.

Grand-père tapota encore une fois ma main puis se leva de son fauteuil et attrapa une veste qui reposait sur l'accoudoir.

— Viens, Merit, allons faire un tour en voiture.

Mon grand-père, l'homme qui s'était le plus occupé de moi pendant mon enfance, avait annoncé à la famille quatre ans plus tôt, après la mort de ma grand-mère, qu'il prenait une retraite partielle. Il déclara à mon père sarcastique qu'il ne voulait plus être sur le terrain et qu'il travaillerait pour le Bureau des services d'investigation de la police de Chicago en aidant les inspecteurs en service sur des homicides non résolus.

Mais, alors que nous roulions vers le sud dans sa gigantesque Oldsmobile – imaginez un intérieur en veloutine rouge –, il m'avoua qu'il ne nous avait pas dit la stricte vérité au sujet de son rôle dans la police de

Chicago. Il travaillait toujours pour la ville mais sous un titre complètement différent.

Lorsque les vampires avaient révélé leur existence au public quelque huit mois plus tôt, mon grand-père n'avait pas été surpris du tout.

— Les vampires sont établis à Chicago depuis un siècle, dit-il, les mains campées sur le volant pendant que nous parcourions les rues sombres de la ville. Navarre existait bien avant l'incendie. Bien sûr, l'administration n'a pas toujours été au courant, on ne le sait que depuis quelques décennies. Mais quand même, certains maires le savaient, les Daley père et fils, par exemple. Tate aussi. Il n'y a pas beaucoup de personnalités haut placées qui ne soient pas au courant. (Le regard fixé sur la route, il se pencha légèrement sur le côté.) Au fait, la vache de Mme O'Leary n'avait rien à voir là-dedans [1].

— Et pendant tout ce temps-là, personne n'a pensé à informer les habitants de la ville qu'ils vivaient parmi des vampires ? Tout ce temps et il n'y a pas eu de fuites ? à Chicago ? C'est impressionnant, je dois dire.

Mon grand-père gloussa.

— Si tu trouves ça impressionnant, tu vas adorer ce que je vais te dire. Les vampires ne sont que la partie visible de l'iceberg surnaturel. Métamorphes, nymphes, démons, fées, trolls… La Ville des vents accueille presque tous les genres qui figurent dans l'annuaire du surnaturel. Et c'est là que j'entre en scène.

Je lui jetai un regard abasourdi.

---

1. Selon la croyance populaire, ce serait la vache de Mme O'Leary qui, ayant donné un coup de sabot dans une lanterne, serait responsable de l'incendie de Chicago en 1871. (*NdT*)

— Qu'est-cc que tu entends par « c'est là que j'entre en scène » ?

— Je commence depuis le début ?

J'acquiesçai.

— Tous ces contingents surnaturels vivent aussi des conflits. Des coups fourrés entre Maisons, des désertions de fées, des querelles concernant les frontières de territoires entre nymphes de la rivière.

— Par « rivière », tu veux dire la Chicago River ?

Mon grand-père engagea la voiture dans une rue calme d'un quartier résidentiel.

— Comment crois-tu qu'elle devient verte pour la Saint-Patrick ?

— Je pensais qu'ils la teintaient.

Il étouffa un pouffement sardonique.

— Si seulement c'était aussi simple. Pour faire court, les nymphes contrôlent les affluents et les canaux. Si tu as des travaux à faire dans la rivière, tu les appelles d'abord. (Il leva la main.) Vois-tu, il ne s'agit pas seulement de querelles domestiques et de petits larcins. Ce sont des problèmes sérieux, pour lesquels la majorité des flics ne sont pas formés ; ils n'ont pas l'expérience. Donc Tate a cherché un moyen de rassembler tout ça sous l'égide d'un même bureau, et de le confier à des personnes capables de gérer ces disputes avant que tout cela n'affecte le reste de la ville. Alors, il y a quatre ans, il a créé l'Agence de médiation.

Je hochai la tête, me souvenant qu'Ethan l'avait mentionné.

— Ethan en a parlé, il a dit que Mallory devrait rencontrer le Médiateur. Ils pensent qu'elle a la magie, que c'est une sorcière ou un truc dans le genre.

Grand-père émit un petit sifflement.

—Ça alors ! Catcher sera intéressé de l'apprendre.

—Catcher ? demandai-je. C'est le Médiateur ?

Mon grand-père gloussa.

—Non, mon bébé, c'est moi le Médiateur.

Je me pétrifiai et tournai la tête pour le regarder.

—Quoi ?

—Le maire aime penser que je sers de « relais » entre les humains ordinaires et les surnaturels. Personnellement, je trouve que « relais » est une connerie de vocabulaire bureaucrate. Mais le maire m'a demandé de prendre ce poste et j'ai accepté. Je l'avoue, je n'avais jamais croisé de vampires ni de métamorphes lors de mes patrouilles et j'étais curieux comme tout de rencontrer ces gens. J'aime cette ville, Merit, et je m'assure que tout le monde y soit traité équitablement.

Je secouai la tête.

—Je n'en doute pas, mais je t'avoue que tout ça me cloue le bec. Tu étais à la retraite, grand-père. Tu nous as dit… tu m'as dit que tu avais pris ta retraite.

—J'ai essayé la retraite, dit-il. J'ai même accepté un boulot dans le placard à pièces à conviction, un emploi de bureau. Mais j'ai été flic pendant trente ans, et je n'étais pas prêt à abandonner. Les flics ont pas mal de talents, Merit. Nous ne faisons pas qu'enquêter, nous résolvons des problèmes. (Il haussa les épaules.) Je continue de faire la même chose mais pour des personnes un peu plus compliquées. J'ai commencé par occuper un bureau à l'hôtel de ville et aujourd'hui j'ai ma propre équipe.

Il m'expliqua qu'il avait embauché quatre personnes. La première était Marjorie, sa secrétaire, une quinquagénaire endurcie par vingt-cinq années passées à prendre les appels d'urgence dans un des quartiers où le taux de criminalité était le plus élevé de la ville. La deuxième personne était Jeff Christopher, un prodige de l'informatique de vingt et un ans et, en passant, un métamorphe d'une forme non encore identifiée. Le troisième de l'équipe était Catcher Bell. Catcher avait vingt-neuf ans et, comme disait mon grand-père, il était bourru. Il m'avait avertie : « Il est mignon mais rusé. Méfie-toi de lui. »

— Ça ne fait que trois, fis-je remarquer quand mon grand-père marqua une pause.

Un silence. Puis :

— Il y a aussi un vampire. Il appartient à une Maison mais ses collègues ne savent pas qu'il travaille pour moi. Il ne vient au bureau que quand c'est absolument nécessaire. Mes gars s'occupent du boulot sur le terrain, poursuivit mon grand-père, alors tout ce que j'ai à faire, c'est entrer en scène et jouer le rôle du brave flic.

Je doutais fort que son implication se réduise à ça, mais – particulièrement quand on le comparait à mon père – son humilité faisait du bien à entendre.

— Si incroyable que ça puisse paraître, dit-il dans un gloussement rocailleux, je ne suis plus aussi alerte qu'avant.

— Non ! m'exclamai-je en feignant la surprise, et il éclata de rire. Je n'arrive pas à croire que tu aies pu nous cacher tout ça. Ça fait quatre ans que tu trempes dans la magie et tu ne m'as rien dit. À moi ! La fille qui écrit sur le roi Arthur pour gagner sa vie.

Il me tapota la main.

— Ce n'est pas à toi que j'essayais de dissimuler cette information.

Je hochai la tête d'un air entendu. Si mon père avait découvert le secret de mon grand-père, cela aurait eu deux conséquences possibles : il se serait arrangé pour que mon grand-père soit viré ou bien il aurait tenté de le manipuler pour se rapprocher du maire. Mon père calculait toujours ses actions.

— Quand même, dis-je en regardant la ville qui défilait derrière la vitre, tu aurais pu me le dire.

— Si ça peut te soulager, je suis maintenant ton Médiateur. Et je te conduis à notre quartier général secret.

Je le regardai tenter en vain de dissimuler un sourire.

— Secret, hein ?

Il hocha la tête de façon très officielle.

— Tu as raison, dis-je, je me sens déjà beaucoup mieux.

Les bureaux de l'Agence de médiation étaient situés dans un modeste immeuble en briques dans un quartier de classe moyenne du South Side. Les maisons y étaient sans prétention mais bien entretenues et les cours entourées de grillage. Mon grand-père gara la Olds et je le suivis le long d'une étroite allée. Il appuya sur les boutons d'un clavier d'alarme sur le mur puis déverrouilla la porte d'entrée avec une clé. L'intérieur de l'immeuble était tout aussi modeste et le décor semblait ne pas avoir subi d'amélioration depuis les années 1960. Il y avait beaucoup d'orange. Vraiment beaucoup.

— Ils travaillent tard, dis-je en remarquant l'intérieur bien éclairé malgré l'heure.

— Ce sont des créatures de la nuit au service des créatures de la nuit.

— Tu devrais mettre ça sur tes cartes de visite, suggérai-je.

On dépassa un accueil et suivit un couloir central avant d'entrer dans une pièce sur notre droite. La salle contenait quatre bureaux métalliques disposés à intervalles réguliers le long des deux murs opposés. Au fond et de chaque côté de l'entrée se trouvaient des placards à dossiers gris. Des affiches étaient accrochées au-dessus, figurant pour la plupart des femmes superbes chichement vêtues et pourvues de chevelures flottantes. Les tirages semblaient faire partie d'une série : chacun représentait une femme portant un minuscule morceau de tissu stratégiquement placé, mais les « robes » étaient taillées dans des couleurs différentes, assorties aux fanions que les femmes brandissaient. L'une d'elles était blonde et portait une robe bleue, sur son fanion était écrit « Goose Island ». Une autre, aux longs cheveux d'un noir de jais, était habillée en rouge. Son fanion annonçait « North Branch ». Ces femmes, présumai-je, étaient quelques-unes des nymphes de la Chicago River.

— Jeff. Catcher.

En entendant la voix de mon grand-père, les deux hommes qui étaient assis aux bureaux levèrent les yeux de leur travail. Jeff ressemblait tout à fait au geek de base. Un grand type élancé avec une tignasse désordonnée de cheveux châtains, un visage frais et mignon. Il portait un pantalon et une chemise blanche, déboutonnée au col, les manches remontées sur ses bras fins, ses longs doigts posés sur toute une série de claviers.

Catcher avait franchement l'air d'un ancien militaire : un corps musclé sous un tee-shirt moulant kaki sur lequel était inscrit « Ennemi Public Numéro 1 » et un jean. Son crâne était rasé, ses yeux vert clair, ses lèvres pleines et sensuelles. Sans son expression agacée, je l'aurais trouvé incroyablement sexy. Cela étant, il avait juste l'air de mauvaise humeur. Mieux valait se méfier, en effet.

— Salut, Chuck. Qui c'est ? demanda Jeff en adressant un sourire joyeux à mon grand-père.

Ce dernier, la main dans mon dos, me fit entrer dans la pièce.

— C'est ma petite-fille, Merit.

Les yeux bleus de Jeff scintillèrent.

— Merit Merit ?

— Juste Merit, dis-je en tendant la main. Ravie de te rencontrer, Jeff.

Plutôt que de répondre à ma main tendue, il la regarda avant de lever les yeux vers moi.

— Tu veux me serrer la main ? à moi ?

Confuse, je me tournai vers mon grand-père mais, avant qu'il puisse répondre, Catcher, le regard rivé au livre épais et ancien devant lui, intervint.

— C'est parce que tu es une vampire. Les vampires et les métamorphes ne sont pas vraiment en bons termes.

C'était nouveau, pour moi. Tout comme, vingt minutes plus tôt, l'était l'existence des métamorphes et du reste des citoyens surnaturels de Chicago.

— Pourquoi ?

Catcher tourna une épaisse page jaunie.

— N'es-tu pas celle qui est censée le savoir ?

— Cela fait trois jours que je suis vampire. Je ne suis pas encore au fait des nuances politiques. Je n'ai même pas encore bu de sang.

Jeff écarquilla les yeux.

— Tu n'as pas encore bu de sang ? Tu n'es pas censée ressentir une soif terrible après avoir été transformée ? Tu ne devrais pas être en train de, tu sais, chercher des victimes consentantes pour assouvir ta méchante envie de sang ?

Son regard fit un rapide détour vers le tissu de mon tee-shirt tendu sur ma poitrine, puis il me sourit derrière une mèche de cheveux châtains.

— Je suis O négatif et en très bonne santé, si ça t'intéresse.

J'essayai de ne pas sourire, mais son enthousiasme envers ma poitrine pas franchement généreuse était touchant.

— Non, mais merci pour la proposition. Je te garde dans un coin de ma tête pour quand je serai prise par cette vicieuse envie de sang.

Je regardai autour de moi à la recherche d'une chaise, trouvai une monstruosité vert avocat derrière un des bureaux métalliques inoccupés et me laissai tomber dessus.

— Parle-moi de cette animosité entre vampires et métamorphes.

Jeff haussa les épaules et se mit à tripatouiller un animal en peluche qui ressemblait vaguement à une pieuvre. On entendit une sonnerie et mon grand-père sortit un téléphone portable d'un holster à sa ceinture. Il consulta le numéro qui s'affichait puis leva les yeux vers moi.

— Il faut que je réponde. Catcher et Jeff vont commencer à t'expliquer. (Il s'adressa au premier.) Elle est digne de confiance et elle fait partie de ma famille. Elle peut tout savoir à l'exception de ce qui est niveau 1.

Puis il sortit.

Je n'avais aucune idée de ce qu'était le niveau 1, mais j'étais certaine que c'était le genre de truc que j'aurais vraiment aimé savoir. Ou alors c'était le genre de truc qui me ficherait une trouille de tous les diables, aussi valait-il peut-être mieux ne pas insister.

— Maintenant je peux te révéler le vrai scoop, déclara Jeff en souriant.

Catcher ricana et referma son livre, puis il se cala dans son fauteuil et passa ses mains derrière la tête.

— Tu as déjà rencontré des vampires ? À part Sullivan, je veux dire.

Je le regardai.

— Comment tu… ?

— Ton nom était dans le journal. Tu es une vampire Cadogan, ce qui signifie que tu appartiens à Sullivan.

Ma peau fourmilla.

— Je ne lui…

Mais Catcher agita la main.

— Là n'est pas le propos, ma belle. D'après ta réponse tendue, je devine que tu as rencontré Sullivan et que tu comprends au moins les bases de la politique vampire. Tu sais donc que les gens de ton espèce sont un peu particuliers.

Je lui adressai un sourire narquois.

— J'ai eu cette impression, en effet.

— Eh bien, les métamorphes ne le sont pas. Les métamorphes sont heureux. Ce sont des personnes ; puis ce sont des animaux ; puis ce sont de nouveau des personnes. Ils ont toutes les raisons d'être heureux, non ? Ils vivent avec leurs amis. Ils boivent. Ils se promènent en Harley. Ils font la fête en Alaska. Ils ont une vie sexuelle très intense.

À cette révélation, Jeff agita les sourcils dans ma direction, une invitation dans le regard. Je me mordis la lèvre, retenant un sourire, et secouai la tête d'un air sévère. Imperturbable, il haussa les épaules et se tourna de nouveau vers son ordinateur avec entrain.

— Les vampires, quant à eux, poursuivit Catcher, jouent aux échecs avec le monde. Le public doit-il être informé de notre existence, ou non ? Sommes-nous les amis de telle Maison ou de telle autre ? Buvons-nous directement le sang des humains, ou pas ? Aargh !

Il se mordit un doigt d'un air théâtral.

— Attends, dis-je en levant la main, me rappelant quelque chose qu'Ethan avait dit concernant les vampires Cadogan. Arrête une minute. C'est quoi, cette histoire de boire le sang des humains ?

Catcher se gratta le crâne d'un air absent.

— Eh bien, Merit, il y a très très longtemps…

— Sur un continent très très lointain, intervint Jeff.

Catcher gloussa, un son bas et sensuel.

— En des temps reculés, l'Europe s'est soulevée contre les vampires. On a découvert que les pieux en bois de tremble et la lumière du soleil étaient les meilleurs moyens pour lutter contre une surabondance de vampires, et une grande partie de cette population a été éliminée. Pour résumer, les vampires ont fini par former le comité précurseur du Présidium de Greenwich, qui obligea les survivants à prêter serment de ne plus jamais boire le sang d'un humain sans son consentement. (Il eut un sourire méprisant.) Suivant leur penchant pour la manipulation, les vampires ont trouvé des personnes qu'ils pouvaient faire chanter, soudoyer ou séduire, ou n'importe quoi d'autre pour que celles-ci s'abandonnent pour rien.

— Pourquoi acheter la vache quand on peut avoir le lait gratuitement ?

Il hocha la tête d'un air approbateur.

— Précisément. Quand la technologie a permis de conserver le sang et de le conditionner dans des poches, la plupart des vampires se sont détournés des humains. Les immortels ont bonne mémoire et certaines Maisons ont pensé qu'elles seraient plus en sécurité si elles coupaient tout contact avec les humains, si elles ne consommaient que du sang conditionné ou si elles partageaient le sang entre elles.

Voyant mon air interrogateur, il ajouta :

— Ce n'est pas rare. Le système biologique du vampire a besoin de sang neuf, d'un nouvel afflux, ce n'est donc pas une source fiable de nutrition. Mais ça arrive, parfois de manière rituelle, parfois pour transmettre la force.

Jeff se manifesta d'un raclement de gorge.

— Et il y a autre chose, ajouta-t-il en rougissant.

Catcher leva les yeux au ciel.

— Certains vampires trouvent très sensuel de partager leur sang.

Mes joues s'enflammèrent aussi et j'acquiesçai avec le plus grand sérieux, essayant de ne pas penser aux détails d'un tel acte – ou avec quel vampire aux yeux verts il pourrait être envisagé.

— Cela étant, poursuivit Catcher, les temps changent et quelques Maisons, y compris Cadogan, ont donné à leurs membres la possibilité de choisir.

— Boire ou ne pas boire, dit Jeff.

— C'était la question, admit Catcher. Certains vampires pensent que les humains sont sales et que les mordre pour boire leur sang est un peu rétrograde. C'est ce qu'on reproche à Cadogan. Non pas que le faire en secret soit mieux.

— Comme dans les raves, dit Jeff avec un hochement de tête entendu.

— Les raves ? demandai-je en me penchant en avant, impatiente d'amasser le maximum d'informations.

Catcher secoua la tête.

— Nous garderons ce sordide petit chapitre pour une prochaine fois.

— D'accord, alors en quoi les vampires sont-ils particuliers ?

— Les vampires pensent que leur politique, ces rivalités à la con entre Maisons, est la chose la plus importante au monde. Ils pensent que ça dépasse même les préoccupations humaines, comme la famine dans le monde. Et beaucoup de créatures surnaturelles sont d'accord avec ça. Les vampires sont des prédateurs, des meneurs, et là où les vampires vont, nombre de surnats les suivent.

— Des surnats ?

— Ben oui, des surnaturels, ajouta-t-il d'un ton irrité devant mon expression confuse. Bref, des anges aux démons, en passant par les sorciers les plus importants, tous font attention aux Maisons. Qui baise qui, qui est allié à qui, toutes ces imbécillités. Les métamorphes, d'un autre côté, n'en ont rien à battre. Ils sont bien trop cools pour ça.

— Et nous sommes trop névrosés ?

Catcher sourit.

— Ça y est, tu commences à voir le tableau. Les vampires n'apprécient guère la désinvolture des métamorphes quand il est question de leurs problèmes. Les vampires veulent des alliances. Ils rassemblent des amis sur lesquels ils peuvent s'appuyer, particulièrement les plus anciens qui se rappellent les Purges européennes. La prochaine fois que tu seras à la Maison Cadogan, regarde les symboles au-dessus de la porte d'entrée. Ce sont des insignes d'alliances : ils montrent avec qui Ethan est parvenu à s'allier. En vérité, ce sont des renforts au cas où les humains en aient une nouvelle fois ras le bol, ou si d'autres Maisons décident que le fait que les vampires Cadogan boivent encore directement le sang des humains est un peu trop risqué. Et parce que les métamorphes ne jouent pas ce genre de jeux – Keene ne fera jamais figurer son insigne au-dessus de la porte de Sullivan –, les vampires font comme s'ils n'existaient pas. (Catcher soupira.) On raconte aussi que les métamorphes ont eu l'occasion d'intervenir au cours de la Seconde Purge, mais qu'ils ont décidé de ne pas agir, de ne pas s'impliquer.

— De ne pas sauver de vies ? demandai-je.

Catcher acquiesça d'un air grave, le visage tendu, le regard tourné vers Jeff qui s'était absorbé dans son travail pour ne pas se mêler à la discussion.

— Je vois. Et qui est Keene ?

— Mon chef de Meute, déclara Jeff en levant les yeux de son clavier avec une expression lumineuse. Gabriel Keene. Meneur de la Meute des Grandes Plaines. Il vit à Memphis.

— Hum.

Je me levai et déambulai dans la pièce. Il me fallait le temps de digérer ce déluge de renseignements.

— Hum.

— En voilà une qui sait parler, dit Catcher avant d'ajouter aussitôt : Jeff, cesse de mater son cul.

Ce dernier se racla la gorge avant de se remettre à taper consciencieusement sur son clavier.

C'était beaucoup plus complexe que je ne l'avais imaginé. Sans compter qu'avant la transformation je n'avais jamais beaucoup réfléchi à la question des vampires. Les seules réflexions que j'avais nourries – particulièrement après avoir vu Célina Desaulniers se sortir de l'audience au Congrès en usant de son charme – n'étaient pas flatteuses. Depuis ma transformation, mes méditations vampiriques impliquaient un peu trop Ethan Sullivan, et trop peu tout le reste.

— J'aimerais savoir à quoi tu penses en ce moment, poupée.

Je regardai autour de moi et vis Catcher qui attendait ma réponse, me souriant d'un air entendu, les sourcils haussés. Je me sentis rougir jusqu'à la racine des cheveux mais j'agitai la main d'un air désinvolte.

— Oh, rien... Je réfléchissais juste.

Comme son « hum-hum » me confirma qu'il n'était pas dupe, je changeai de sujet.

— Et quel est votre rôle, dans tout ça ?

En guise de réponse, Catcher se redressa brusquement sur son fauteuil et se remit à feuilleter son livre.

Message reçu.

Mon grand-père revint dans le bureau et, puisque Catcher ne tenait plus conférence, il prit sa suite en transmettant à son équipe les éléments relatifs aux événements récents et significatifs de ma vie : la morsure, la menace, le défi. Quand il eut tout raconté à Jeff et Catcher, il me mit au courant des derniers progrès de l'enquête sur le meurtre de Jennifer Porter. En ma qualité de victime potentielle – et tous les trois tombèrent d'accord sur le fait que j'aurais été la suivante sur la liste –, il pensait qu'il était important que je sois informée.

Malheureusement, un manque de communication ralentissait tout progrès dans l'enquête. Même si les vampires de la Maison Navarre avaient promis de coopérer avec la police de Chicago pour résoudre ce crime, ils avaient été peu loquaces au sujet de leurs découvertes, s'ils en avaient fait. Le contact vampire de grand-père avait permis de combler certains vides mais, selon les propos de Catcher, le vampire était un simple soldat et pas un officier. Son accès aux informations était donc limité. De plus, le vampire, craignant que sa Maison ne le considère comme un traître, faisait ses rapports au Médiateur et non à la police de Chicago. Ce qui voulait dire que le moindre renseignement qu'il découvrait devait suivre toute une série de canaux avant de parvenir sur le bureau d'un inspecteur. Et même alors, les officiers de la police de Chicago demeuraient suspicieux. Ces flics étaient de la vieille école ; pour eux, les informations provenant de sources surnaturelles n'étaient pas fiables. Même les trente-quatre années de service de mon grand-père ne l'immunisaient pas contre les préjugés. Nombre des flics avec qui il travaillait pensaient tout simplement qu'il prenait du bon temps en compagnie de cinglés bizarroïdes.

Plus important encore, toute la communication du monde ne pouvait empêcher le fait que la seule preuve retrouvée dans l'affaire Porter était le médaillon Cadogan. Les enquêteurs n'avaient pas découvert d'autres éléments tangibles, ils n'avaient pas de témoins, et même le médaillon, qui avait été essuyé, ne comportait aucune empreinte digitale. Malheureusement, avec trop peu de pistes pour avancer et beaucoup de préjugés contre les vampires, les policiers n'étaient pas disposés à écarter l'hypothèse que la Maison Cadogan héberge leur suspect.

Quand nous eûmes fini de passer tous ces faits en revue, j'étais assise à l'un des bureaux inoccupés, à tapoter un crayon contre la table d'un air absent. Je levai la tête et croisai le regard de Catcher.

— Peut-on affirmer que ce n'est pas lui, le coupable ? demandai-je en supposant que je n'avais pas besoin de préciser qui était le « lui » en question.

— Ce n'est pas lui, répondit aussitôt Catcher. Mais ça ne veut pas dire que personne dans la Maison Cadogan n'est impliqué.

Accoudée au bureau, je posai mon menton sur ma main et fronçai les sourcils.

— Il a dit qu'il interrogeait les vampires de la Maison Cadogan. Il ne pense pas que l'un des siens puisse être mêlé à cette histoire.

— Catcher n'a pas parlé d'un vampire de la Maison Cadogan, précisa mon grand-père. Il a dit quelqu'un dans la Maison Cadogan. Nous savons qu'un médaillon a été subtilisé. Ils en gardent certainement en réserve au cas où un vampire passe d'une autre Maison chez eux ou qu'un pendentif soit perdu. Et la Recommandation approche.

C'est à ce moment-là que les médaillons sont donnés aux nouveaux vampires. Ils sont dans la Maison.

— Et peuvent donc être volés, fit remarquer Jeff.

Catcher se leva en s'étirant et son tee-shirt se releva, pour dévoiler des abdos en tablette de chocolat et un tatouage circulaire. Catcher était bourru mais à croquer.

— Les vampires vont draguer en dehors de la Maison, dit-il en baissant les bras. Et parfois ils ramènent leurs conquêtes. Si les médaillons n'étaient pas convenablement cachés, n'importe quel visiteur aurait pu en dérober un. Et si Sullivan n'était pas aussi coincé, il envisagerait cette hypothèse.

— Vous ne vous entendez pas, tous les deux ? demandai-je.

Catcher gloussa avant de se rasseoir à son bureau, sa chaise couina sous lui alors qu'il se mettait à l'aise.

— Oh, on s'entend bien. Sullivan et moi, on se connaît par cœur.

— Comment ça ?

Il secoua la tête.

— Nous n'avons pas le temps ce soir. Il te suffit de savoir que…

Il marqua une pause, l'air songeur, avant de poursuivre :

— Disons que Sullivan apprécie mes talents uniques.

— Qui sont ?

Catcher eut un petit rire graveleux.

— Jamais le premier soir, beauté. (Il fit courir sa main sur son crâne rasé et rouvrit le livre posé sur son bureau.) Et même si Sullivan et moi sommes amis, il n'empêche qu'il est coincé. Et il n'est pas non plus du genre à admettre qu'il a tort.

Cela étant l'affirmation la plus profondément pertinente que j'avais entendue ces derniers jours, j'éclatai d'un rire sincère.

— Oh oui, dis-je en me tapotant la poitrine. Ça me va droit au cœur de te l'entendre dire. Ethan pense que les vampires solitaires pourraient être impliqués, déclarai-je. Mais comment auraient-ils pu s'introduire dans la Maison ? La sécurité avait l'air d'être très renforcée.

— Les Solitaires sont une théorie possible, dit grand-père. Et nous l'avons transmise au bureau des investigations.

— Alors quel est votre rôle dans tout ça ? demandai-je. Vous transmettez des informations ?

— Nous ne sommes pas des enquêteurs, confirma grand-père. Ce bureau fonctionne davantage comme un corps diplomatique. Mais puisque notre vampire ne veut pas parler aux flics, nous avons accès à des informations que les flics n'ont pas. Le maire a demandé que nous les communiquions et c'est ce que nous avons fait.

— Et pour être honnête, ajouta Catcher, toi et ta petite amie sorcière êtes impliquées, maintenant. Ce qui nous encourage à être plus attentifs et à boucler cette histoire – et ce psychopathe qui court les rues – sans tarder.

Je haussai un sourcil, me demandant comment il avait eu vent de l'identité secrète de Mallory, mais il détourna les yeux. Sullivan, supposai-je, avait appelé.

Mon grand-père posa une main sur mon épaule. Je découvris alors seulement que ces yeux étaient cernés et je me sentis soudain coupable d'avoir attendu aussi longtemps pour lui parler, de l'avoir inquiété sans raison, même si je savais que ce n'était pas moi mais le tueur en liberté qui chargeait son regard de tristesse.

— C'est tout ce que nous avons, dit mon grand-père. Je sais que ce n'est pas très satisfaisant, en tout cas pas pour toi qui as été une victime. Ta vie a été chamboulée.

Je serrai sa main, appréciant cette reconnaissance de sa part.

— Tout ça m'aide déjà, dis-je en croisant le regard de chacun pour faire passer mon sentiment. Vraiment.

Quand j'eus salué Jeff et Catcher, grand-père m'accompagna à l'extérieur pour attendre mon taxi. Il ferma la porte du bâtiment puis me conduisit vers un banc en bois au coin de la petite pelouse bien entretenue de l'immeuble.

— Je n'arrive toujours pas à croire que tu sois impliqué dans tout ça, lui dis-je. Il se passe tellement de choses en ville, et les gens pensent que cela se réduit aux vampires. (Je lui jetai un regard inquiet.) Et tu es en première ligne.

Grand-père gloussa sans joie.

— Espérons que nous n'en arriverons pas à une guerre. Ça fait huit mois. C'est sûr que leur coming out a généré un peu d'instabilité, mais les choses se sont calmées ces derniers temps. Je ne dirais pas que les humains ont accepté les vampires mais il semblerait qu'il y ait une sorte de… curiosité. (Il soupira.) Ou alors, nous sommes dans l'œil du cyclone. L'accalmie avant l'avalanche d'émeutes, le chaos. Et inutile de te dire combien cela déséquilibrerait le pouvoir. Comme Catcher le disait, nombre de surnaturels considèrent comme acquis que les vampires sont supérieurs. Ils les voient, ou plutôt ils vous voient, se reprit-il en me regardant par-dessus ses lunettes – une attitude qui ressemblait tellement à celle de mon père que mon cœur se serra –, comme des prédateurs nés. C'est la raison pour laquelle les surnaturels ont tendance à suivre les vampires. Mais cette loyauté, si on peut l'appeler ainsi, a été conditionnée par le fait que les vampires sont restés en dehors du feu des projecteurs. Ils sont restés discrets, ils ont protégé le monde surnaturel du regard des humains. Tu as vu ces affiches de nymphes dans le bureau ?

Je hochai la tête.

— Qui peut affirmer que les nymphes ne seraient pas capables de prendre le contrôle de Chicago si elles le souhaitaient ? (Il gloussa.) Ce serait très facile pour elles de mettre la population masculine de leur côté. Même si les métamorphes forment peut-être le seul groupe qui a le pouvoir et l'effectif pour se soulever contre les vampires au niveau national, je ne pense pas que cela les intéresse. Mais, encore une fois, nous sommes face à l'inconnu. (Il haussa les épaules.) La vérité, Merit, c'est que, pour la première fois dans l'histoire moderne, le surnaturel se révèle, et cela arrive après *Harry Potter*. Après l'époque du *Seigneur des Anneaux*. Les humains sont plus à l'aise avec les créatures et les événements surnaturels qu'ils l'étaient à l'époque où on brûlait les sorcières et les vampires. J'espère que les choses se dérouleront différemment, cette fois-ci.

Il resta silencieux un moment, nous donnant à tous les deux l'occasion d'envisager la possibilité que nous puissions tous nous entendre. C'était certainement mieux que d'imaginer le pire des scénarios. Des bûchers. Des lynchages. Des procédures dignes de l'Inquisition. Le genre de violence de foule qui se produit quand une majorité craint la perte de son pouvoir, le déséquilibre du statu quo.

Quand mon grand-père reprit la parole, sa voix était plus paisible. Plus solennelle. Accablée, peut-être.

— Il n'y a tout simplement aucun précédent. Je n'ai pas tenu trente-quatre années dans la police en émettant des hypothèses hasardeuses. Je ne peux donc pas prévoir ce qui va se passer ou, si le pire se produit, qui l'emportera. Il ne nous reste plus qu'à rester vigilants et espérer que les surnaturels continueront à nous faire confiance et que le maire interviendra si on en arrive à des situations extrêmes.

— Ce n'était pas le moment idéal pour être transformée en vampire, soupirai-je.

Il éclata d'un rire joyeux qui balaya ma soudaine mélancolie, et me tapota le genou.

— C'est vrai, mon bébé. C'est vrai.

La porte s'ouvrit derrière nous et Catcher sortit en faisant claquer ses bottes sur le trottoir.

— Je peux lui parler une minute ? demanda-t-il à mon grand-père, en inclinant la tête dans ma direction.

Grand-père me regarda pour avoir ma permission et je hochai la tête. Il se pencha pour m'embrasser sur le front puis il se leva en appuyant les mains sur ses genoux.

— Je t'ai amenée ici parce que je voulais que tu saches que tu auras toujours un endroit où tu seras en sécurité, Merit. Si tu as besoin d'aide ou d'un conseil, si tu as des questions, n'importe quoi, tu peux toujours venir ici. Nous savons ce que tu vis et nous t'aiderons si nous le pouvons. D'accord ?

Je me levai à mon tour pour le serrer dans mes bras.

— Merci, grand-père. Et je suis désolée d'avoir mis tant de temps avant de venir te voir.

Il me tapota dans le dos.

— Ce n'est pas grave, mon bébé. Je savais que tu appellerais quand tu serais parvenue à accepter la situation.

Je ne pensais pas que j'étais parvenue à accepter quoi que ce soit, mais je ne discutai pas.

— Donne-lui quelques cartes, conseilla grand-père et, après un rapide signe de la main, il rentra dans l'immeuble en traînant les pieds.

Catcher sortit une poignée de cartes de visite de sa poche et me les tendit. Elles ne portaient qu'un numéro de téléphone et la mention « Agence de médiation ».

— Considère ça comme une carte « Sortez de prison », expliqua Catcher avant de s'asseoir au bout du banc.

Il étira les jambes et les croisa aux chevilles.

— Alors tu as défié Sullivan, dit-il enfin.

— Pas intentionnellement. Je suis allée à Cadogan pour lui montrer le message. J'étais furieuse d'avoir été transformée mais je n'avais pas l'intention de me disputer avec lui.

— Et que s'est-il passé ?

Je me penchai pour cueillir un pissenlit dans l'herbe mouillée et je le fis tourner dans ma main, envoyant un nuage de graines éphémères dans l'air.

— Ethan a eu une parole excessivement possessive et cela m'a blessée. Je l'ai défié. Mes nouveaux gènes de vampire avaient certainement davantage envie d'un combat que moi mais il m'a fait une proposition : il me libérerait de mes obligations envers la Maison si je parvenais à lui porter un coup.

Catcher me glissa un regard en biais.

— Je suppose que tu n'as pas réussi…

Je secouai la tête.

— J'ai fini étendue par terre. Mais j'ai réussi quelques attaques. Je me suis pas mal débrouillée. Et il n'est pas parvenu à me porter de coup non plus. Il a paru surpris par ma force et ma rapidité.

Catcher souffla tout en hochant la tête.

— Si tu t'es débrouillée face à Sullivan, tes réflexes sont meilleurs que ceux d'une jeune vampire. Et cela veut dire, Initiée, que tu vas avoir du pouvoir. Qu'en est-il de ton odorat ? de ton ouïe ? Des améliorations ?

Je secouai la tête.

— Rien de différent, tout est normal, sauf quand je suis en colère.

Catcher sembla réfléchir à ma réponse tout en penchant la tête pour m'examiner.

— C'est… intéressant. Il se pourrait alors que ces pouvoirs ne soient pas encore… connectés.

Une moto déboula dans la rue sombre et nous restâmes silencieux jusqu'à ce qu'elle passe le coin de la rue.

— Si tu veux utiliser correctement tes pouvoirs, poursuivit Catcher, quels qu'ils soient, tu vas avoir besoin de t'entraîner. Les vampires ont leurs propres traditions de combat au sabre. Des mouvements offensifs, des bottes de défense. Il te faudra les apprendre.

Le pissenlit ayant perdu toutes ses graines, je laissai tomber la tige dénudée par terre.

— Si je suis plus forte, pourquoi aurais-je besoin de m'entraîner ?

— Tu seras puissante, Merit, mais il y a toujours quelqu'un de plus fort que soi. Crois-moi, il va y avoir pas mal de jeunes vampires qui vont vouloir se mesurer à toi. Tu accepteras les défis des bons comme des mauvais. Pour rester en bonne santé, force et rapidité ne suffiront pas. Tu auras besoin de maîtriser des mouvements. (Il marqua une pause puis hocha la tête.) Et tant que la police de Chicago n'aura pas coincé le meurtrier, ce serait bien que tu puisses te défendre. Chuck sera rassuré, et si Chuck est rassuré, moi aussi.

Je souris, appréciant que mon grand-père ait Catcher pour assurer ses arrières.

— Est-ce que Jeff sait se défendre ?

Catcher émit un ricanement sarcastique.

— Jeff est un métamorphe. Il n'a pas besoin des arts martiaux pour s'en sortir dans la vie.

— Et toi ? Tu en as besoin ?

Au lieu de répondre, il claqua des doigts dans ma direction. Une boule de lumière bleue s'envola de sa main et fila droit sur ma tête. Je me recroquevillai aussitôt avant d'esquiver sur le côté une seconde explosion lumineuse. Les deux boules se désintégrèrent en une pluie d'étincelles dans un grésillement électrique.

Je me tournai d'un coup vers l'homme affalé sur le banc en marmonnant une série de jurons qui auraient fait rougir mon grand-père.

— Bon sang, mais qu'est-ce que tu es ?

Catcher se leva et me tendit la main pour m'aider à me relever.

— Pas un humain.

— Un magicien ?

Ses yeux s'étrécirent dangereusement.

— Comment est-ce que tu viens de m'appeler, là ?

Je l'avais apparemment offensé, et battis aussitôt en retraite.

— Hum… désolée, je ne suis pas encore au point avec toutes ces appellations.

Il me dévisagea un moment avant de hocher la tête.

— Excuses acceptées. C'est une sacrée insulte pour quelqu'un comme moi.

Je ne lui avouai pas que les vampires utilisaient ce terme assez facilement.

— Et qu'est-ce que tu es, exactement ?

— Je suis… J'étais… un sorcier de quatrième niveau, compétent en Clés mineures et majeures, supérieures et inférieures.

— Des Clés ?

— Les divisions du pouvoir. De la magie, ajouta-t-il devant mon air éberlué. Mais, parce que j'ai rédigé la liste noire de l'Ordre – il désigna les mots inscrits sur son tee-shirt –, j'ai été excommunié.

— De l'Ordre ? C'est une Église ?

— Plutôt un syndicat. J'en faisais partie.

Je comprenais les mots qu'il utilisait mais je n'avais aucun contexte dans lequel replacer ce qu'il disait et rien de tout cela n'avait de sens pour moi. Il me fallait un guide. Un gros guide épais sur les créatures surnaturelles de Chicago, avec des images, une table des matières et un index. Est-ce que ça se faisait ? Malgré tout, la partie concernant son excommunication était assez claire et je me concentrai donc là-dessus.

— Tu es un Solitaire de la magie ?

Il haussa les épaules.

— C'est un peu ça. Mais parlons plutôt de toi. Je vais t'entraîner.

— Pourquoi ? (Je jetai un coup d'œil vers l'immeuble avant d'adresser à Catcher un regard soupçonneux.) Tu peux lancer des éclairs bleus avec tes mains mais tu travailles dans un immeuble délabré dans le South Side avec mon grand-père. L'entraînement va empiéter sur ton temps de travail… (je désignai son tee-shirt) et toute autre affaire surnaturelle dont tu t'occupes. De plus, ce n'est pas le boulot des vampires ?

— Sullivan clarifiera tout ça.

— Pourquoi ?

— Parce que, petite curieuse. Les armes et les objets de pouvoir relèvent de la deuxième Clé. C'est mon truc, ma spécialité, et Sullivan le sait.

— Et pourquoi te soucies-tu de qui va m'entraîner ?

Catcher me regarda en silence, assez longtemps pour que les criquets se sentent autorisés à chanter de nouveau autour de nous.

— En partie parce que Chuck me l'a demandé. Et en partie parce que tu as quelque chose qui m'appartient. Et le temps viendra où tu devras le protéger. J'ai besoin que tu sois prête.

— Tu es sérieux ?

— Très.

Les mains dans les poches, je penchai la tête vers lui.

— Qu'est-ce que je protège ?

Catcher secoua la tête.

— Ce n'est pas le moment.

Ce n'est jamais le moment pour tous les trucs intéressants, pensai-je quand mon taxi tourna au coin de la rue et vint s'arrêter près du trottoir devant nous.

— Demain, 20 h 30, dit Catcher en me donnant une adresse qui devait se trouver dans le coin de River North.

J'ouvris la portière arrière du taxi.

— Merit.

Je me retournai.

— Elle a besoin d'entraînement, de beaucoup d'entraînement. Je n'ai vraiment pas envie qu'un néophyte fasse des conneries avec les Clés inférieures.

Sullivan avait appelé pour parler de Mallory, cela ne faisait plus aucun doute.

— Comment sais-tu cela ? demandai-je.

Catcher ricana.

— Savoir, c'est mon travail.

— Eh bien, tu sais alors qu'elle ne prend pas très bien la nouvelle. Peut-être devrais-tu lui passer un coup de fil. Après les vampires et les tueurs en série, j'ai plus que ma dose de drames surnaturels.

Il me sourit, révélant des dents d'un blanc éclatant.

— Bébé, tu es une vampire. Va falloir t'y faire.

Quand je rentrai à la maison, Mallory dormait, blottie dans son lit, bien en sécurité. Et comment ne pas se sentir en sécurité avec deux gardes armés devant la porte ? Je filai directement vers le réfrigérateur. Les poches de sang ne me tentant toujours pas, je pris donc une pomme que je mangeai au comptoir de la cuisine tout en feuilletant le journal du jour. Sur la première page figurait une photo de Tate, grand et d'une beauté ombrageuse, sous le titre « Le maire annonce de nouvelles mesures anticriminalité ».

Je ricanai en me demandant ce que les lecteurs penseraient s'ils avaient connaissance des mesures anti-criminalité qui étaient mises en œuvre dans un petit immeuble en briques du South Side.

Après avoir parcouru le journal, je regardai la pendule. Il était 2 heures du matin. Il me restait une éternité avant que le sommeil vienne. J'hésitais à prendre un bain chaud quand on frappa à la porte. J'allai dans l'entrée en mettant mon trognon de pomme à la poubelle au passage et je jetai un coup d'œil par le judas. Le nez et les cheveux étaient déformés, mais il était impossible de ne pas reconnaître un certain vampire blond en costume Armani noir et très en colère. Je lui ouvris la porte.

— Bonsoir, Ethan.

Son regard tomba immédiatement sur le ninja dessiné sur mon tee-shirt. Il me gratifia d'un haussement de sourcils pour mon choix vestimentaire – du moins, c'est ainsi que je choisis d'interpréter son air méprisant – avant de lever ses yeux d'un vert intense vers les miens.

— Tu crois pouvoir faire tomber ma Maison en nous espionnant ?

Anticipant un deuxième combat, je soupirai mais l'invitai à entrer.

5

Juste un petit casse-croûte

Sullivan entra, suivi de Luc et de sa consorte, la superbe rousse que j'avais vue dans la salle d'entraînement. Puisque je n'avais pas officiellement été présentée à la copine d'Ethan, je lui tendis la main quand elle passa la porte d'un air nonchalant, vêtue d'un pantalon en cuir taille basse et d'un petit débardeur bleu ciel qu'elle avait injustement chargé de la tâche de couvrir sa poitrine généreuse.

— Merit, dis-je.

Elle regarda ma main et n'en tint pas compte.

— Amber, dit-elle avant de se détourner.

— Enchantée, marmonnai-je en emboîtant le pas au trio.

Je retrouvai Ethan debout dans le salon pendant que sa jolie escorte de vampires était affalée sur le canapé.

— Merit.

Voulant jouer la sécurité, j'optai pour l'honorifique.

— Sire.

Il arqua un sourcil.

— Qu'as-tu à dire pour ta défense ?

J'ouvris la bouche puis la refermai, m'efforçant en vain de deviner ce que j'avais bien pu faire.

— Je crois que je vais vous laisser l'honneur de prendre la parole en premier.

Deux grognements s'élevèrent du canapé.

Ethan planta ses mains sur ses hanches, écartant les pans de sa veste dans le mouvement.

— Tu es allée voir le Médiateur.

— Je suis allée voir mon grand-père.

— Je t'ai mise en garde hier, concernant ton rôle, ta place, et je pensais que tu avais convenu de ne pas défier mon autorité. Accepter d'espionner ma Maison, de la trahir, constitue clairement un défi à l'autorité.

Il baissa les yeux sur moi. Un moment passa, le temps que je comprenne de quoi j'étais accusée.

Il dilata les narines.

— J'attends, Merit.

Le ton de sa voix était condescendant. Profondément agaçant. Et d'après ce que j'avais vu jusque-là, typique de Sullivan. J'essayai d'être la plus adulte des deux.

— Je n'ai pas accepté d'espionner qui que ce soit, et ce sous-entendu me déplaît. Il se peut que vous ne m'aimiez pas, Sullivan, mais je ne suis pas une traîtresse. Je n'ai rien fait qui justifie une telle accusation.

Cette fois, il cligna des yeux.

— Mais tu admets t'être rendue à l'Agence de médiation ?

— Mon grand-père, commençai-je avec précaution en maîtrisant ma voix pour éviter de me mettre à lui crier après, m'a emmenée à son bureau pour rencontrer son équipe, et pour me parler des autres créatures surnaturelles de Chicago. Je n'ai accepté ni d'espionner ni de trahir qui que ce soit. Et comment le pourrais-je ? Je ne suis vampire que depuis trois jours et je dois bien admettre que j'ignore encore pas mal de choses.

Amber émit un soupir dédaigneux.

— Elle a raison, Sire.

Il ne me quittait pas des yeux. Le regard dura un long moment avant qu'il parle de nouveau.

— Tu ne nies pas t'être rendue au bureau du Médiateur ?

Je m'efforçai de comprendre en vain la logique sous-jacente à ces questions.

— Sullivan, il va falloir que vous m'éclairiez un peu, là, parce que, contrairement à l'information qu'on vous a fournie, je ne suis rien convenu du tout avec l'Agence de médiation. J'y suis allée pour rendre visite et en apprendre un peu plus, pas pour accepter une mission. Personne ne m'a demandé d'espionner, de transmettre des messages ou de faire des rapports, rien de tout cela. (Je plissai les paupières et croisai les bras.) Et je ne vois pas ce qu'il y a de mal à rendre visite à mon grand-père dans son bureau.

— Ce qu'il y a de mal, dit Ethan, c'est que le bureau de ton grand-père essaie de mettre la mort de Jennifer Porter sur le dos de ma Maison.

— C'est la police de Chicago qui essaie de vous faire porter le chapeau, le repris-je. D'après ce que j'ai entendu, mon grand-père et son équipe pensent que vous êtes innocents. Mais vous savez qu'il y avait un médaillon Cadogan sur les lieux du crime. En supposant que l'équipe des techniciens scientifiques n'ait pas planté cet indice à dessein, ce médaillon provient bien de votre Maison. Cadogan est impliquée, peu importe ce que fait mon grand-père, et que vous l'appréciiez ou pas.

— Personne dans ma Maison ne ferait ça.

— Je ne parle pas forcément du meurtre, admis-je. Mais à moins que vous ne distribuiez ces médailles comme des petits pains, quelqu'un de votre Maison est impliqué là-dedans. Au minimum, quelqu'un a laissé entrer la personne qui a volé le pendentif.

Sa réaction me surprit.

Je m'attendais à une nouvelle diatribe explosive au sujet de la loyauté des vampires de Cadogan. Je ne m'attendais pas à son silence ni à ce qu'il se dirige vers la causeuse et s'asseye, les coudes sur les genoux, les mains jointes. Je ne m'attendais pas à ce qu'il se passe les doigts dans les cheveux avant de se prendre la tête entre les mains.

C'est pourtant ce qu'il fit. Ce geste et cette position étaient si humbles, si las et tellement humains que j'éprouvai l'envie soudaine de toucher son épaule pour le réconforter.

C'était un moment de faiblesse, une nouvelle brèche dans les défenses que j'avais essayé d'ériger contre Ethan Sullivan.

Et ce fut ce moment-là entre tous que la faim choisit pour s'éveiller.

La flamme subite qui parcourut mes membres faillit me couper le souffle et je dus m'agripper au dos de la causeuse pour ne pas tomber. Mon estomac se serra, la douleur irradiant par vagues dans mon abdomen. La tête me tourna et, quand je touchai mes dents du bout de ma langue, je sentis le contact aiguisé d'un croc.

Je déglutis instinctivement.

J'avais besoin de sang. Tout de suite.

— Ethan.

Ce fut Luc qui prononça son nom. J'entendis des bruissements derrière moi.

Une main saisit mon bras et je tournai la tête d'un mouvement vif pour voir de qui il s'agissait. Ethan se tenait près de moi, les yeux écarquillés.

— C'est la Première Faim, annonça-t-il.

Mais ces mots n'avaient aucun sens.

Je baissai les yeux sur ses longs doigts posés sur mon bras et je sentis de nouveau l'afflux du feu. Je renversai la tête en arrière, me délectant de la chaleur.

Ça, ça avait un sens. La sensation, le besoin, la soif. Je reportai mon regard sur Ethan et détaillai le triangle de peau qui apparaissait au-dessus du col déboutonné de sa chemise, la colonne de son cou, la ligne marquée de sa mâchoire et les courbes sensuelles de ses lèvres.

Je voulais du sang – le sien.

— Ethan, murmurai-je d'une voix si rauque que je la reconnus à peine.

Il entrouvrit les lèvres et je remarquai l'éclat argenté de ses iris. Mais celui-là disparut aussitôt, remplacé par un vert cendré. Je me rapprochai de son corps, humectai mes lèvres et, sans penser aux conséquences de cet acte ni à ce qu'il impliquait, je les posai contre sa gorge. Il sentait si bon, une odeur propre de savon. Tout en lui était viril. Il était d'un goût exquis. Le goût du pouvoir et de l'homme. Les pointes de ses cheveux caressèrent ma joue tandis que j'embrassais la longue ligne de son cou.

— Ethan, murmurai-je.

Son nom était comme une invitation.

Une promesse.

Il se figea telle une statue quand je déposai un baiser sur sa peau, juste en dessous de son oreille. J'entendais le sang chanter dans les veines qui couraient à quelques millimètres sous mes dents. Puis il soupira, et ce son résonna dans ma tête. C'était l'aveu d'une passion partagée, d'un désir mutuel.

Les deux autres se mirent à parler. Je ne voulais pas de mots. Je voulais de l'action. De la chaleur. Du mouvement. Je raclai mes dents contre son cou sans entailler sa peau, juste assez pour lui faire comprendre ce que je désirais. De la direction que je prendrais. Son pouls battait vite et je dus me retenir de ne pas le mordre trop rapidement, de ne pas précipiter le plaisir.

Mais quelque chose de froid et d'indésirable pointa sous l'embrasement de l'excitation. Je secouai la tête pour m'en débarrasser.

— Sire, vous ne pouvez pas la nourrir la première fois. Elle a besoin de sang humain ou de Novice. Vous avez trop de pouvoir pour une première consommation. D'ailleurs, elle est déjà bien assez forte.

Ethan gronda mais ne broncha pas. Il resta exactement où il était, sous mes lèvres, en une posture de soumission silencieuse. Ravie, je glissai mes mains autour de sa taille.

— Lucas, détache-la de lui !

Je sentis une nouvelle fois la pique froide comme une goutte d'eau glacée contre ma peau chauffée à blanc. Un contact irritant. Indésirable. C'était ma conscience qui me suppliait de me réveiller, de me libérer de cette faim à coups d'épaule. Mais le surmoi livrait bataille contre des instincts trop profondément enracinés et une attirance latente mais puissante.

Le ça l'emporta.

Je grondai et passai le bout de ma langue contre son oreille, ne tenant pas compte de mes propres avertissements.

— Ethan.

— Luc, il va falloir que… Je n'ai pas…

Il grogna d'impuissance lorsque je dessinai une ligne de baisers le long de son cou. Mon Dieu, quel son ! Si rauque qu'il en devenait palpable.

— Je n'ai pas pris de sang depuis deux jours. Merit, il faut que tu arrêtes.

Étant donné qu'il se pressait contre mon corps en prononçant ces paroles, elles manquaient de conviction.

Une main se referma sur mon bras. Très lentement, sans bouger la tête, je jetai un regard en coin, pour découvrir des doigts aux ongles vernis couleur corail s'enfoncer dans mon biceps. Ce contact suffit à me distraire, à me faire comprendre, mes lèvres toujours posées sur le cou d'Ethan, que j'étais en train d'agir précisément selon les principes du *Canon*. Malgré ses protestations, j'avais insisté et je me préparais à le mordre. Je m'apprêtais à lui arracher ses vêtements et le mettre à terre.

J'étais sur le point de servir mon Seigneur, de bien des façons.

Cette idée me fit réagir, m'aida à repousser la faim et le désir d'une main froide, et à reprendre pied au pays de la pensée rationnelle et des choix avisés.

Rassemblant toutes mes forces, j'inspirai et m'écartai de lui… et d'elle. J'avais besoin d'espace pour reprendre le contrôle de mon corps. Je me courbai, les mains sur les genoux, et luttai pour reprendre mon souffle. La faim me laissa en sueur alors que je ne portais qu'un mince tee-shirt et un jean. Mes bras se couvrirent de chair de poule tandis que mon corps se refroidissait. Je ressentais toujours la faim, comme une tigresse en cage qui rôdait dans mon corps, affamée, et n'attendait que l'occasion de réapparaître. Je savais que le contrôle dont je faisais preuve était temporaire. Illusoire.

Mais dans un nouveau moi profond, je prenais grand plaisir à cette expérience. La tigresse allait et venait, électrisée par l'attente. Son heure viendrait.

Elle boirait.

— Le sang ? demanda Luc.

— Dans la cuisine, répondit Ethan d'une voix rauque. Ils ont livré des poches. Amber, accompagne-le. Laisse-nous une minute.

— Elle sait se contrôler. Pas mal pour une vampire de soixante-douze heures, fit remarquer Luc. Elle a maîtrisé la faim.

— Si j'ai besoin de commentaires, je te le ferai savoir, coupa Ethan. (Sa voix était ferme, de toute évidence troublée.) Allez à la cuisine tous les deux et préparez le sang, s'il vous plaît.

Quand nous fûmes seuls, une fois que ma respiration se fut calmée, je me redressai et osai affronter son regard. Je m'attendais à une réaction sarcastique, mais il se contenta de me dévisager avec une expression soigneusement neutre.

— Ce n'est pas grave, dit-il d'un ton sec. Il fallait s'y attendre.

— Moi, je ne m'y attendais pas.

Ethan tira sur son col de chemise puis lissa les revers de sa veste. *Il éprouve le besoin de recouvrer son sang-froid*, pensai-je, peut-être parce que lui aussi avait désiré quelque chose de moi. L'éclat argenté de ses yeux le prouvait, même s'il s'en défendait.

— La Première Faim peut se manifester subitement, dit Ethan. Nul besoin de s'excuser.

J'arquai un sourcil.

— Je ne comptais pas m'excuser. Il ne serait pas question de soif si vous ne m'aviez pas transformée.

— N'oublie pas quelle est ta place, Initiée.

— Je ne risque pas, vous me le rappelez sans cesse.

— Il le faut bien, dit Ethan en s'approchant de moi de sorte que ses mocassins de luxe touchèrent presque mes baskets. Tu m'as promis de te montrer docile. Je croyais que tu en avais fini avec ton comportement rebelle. Tu étais d'accord pour ne plus me défier. Et pourtant tu es sur le point de faire écrouler les murs de la Maison Cadogan sur nous.

— Maître ou pas, dis-je en lui adressant un regard furieux, retirez ce que vous venez de dire ou je vous défie de nouveau. (J'avais été assez souvent trahie dans ma vie pour connaître la valeur de l'honneur et de l'honnêteté et pour vivre selon ces principes.) Je ne vous ai donné aucune raison de douter de ma loyauté, ce qui est énorme en soi, étant donné la manière dont vous m'avez transformée.

Ses narines se dilatèrent mais il ne nia pas.

— Merit, je te préviens, si tu soutiens l'administration de Tate contre ma Maison…

Je le dévisageai d'un air neutre.

— Tate ? Le maire ? Je ne sais pas même pas ce que cela veut dire, « soutenir son administration ». Pourquoi est-ce que je ferais ça ?

— L'Agence de médiation est une création du maire.

Je ne comprenais toujours pas.

— D'accord. Mais pourquoi est-ce que le maire se préoccuperait de ce que je fais ? Pourquoi s'intéresserait-il au fait qu'un de ses employés amène sa petite-fille au bureau ?

— Parce que, même si tu es brouillée avec lui, ton père n'en reste pas moins Joshua Merit et tu es toujours sa fille. Pour couronner le tout, tu es la petite-fille d'un des hommes les plus influents de cette ville. Et au cas où nous aurions besoin d'arguments supplémentaires, tu es clairement plus forte que la moyenne des vampires. (Il agita la main en direction de la cuisine.) Même eux le reconnaissent.

Ethan enfonça les mains dans ses poches et recula, se tournant pour examiner une rangée de livres sur une étagère près de la porte d'entrée.

— Tate n'est pas digne de confiance, dit-il. Il sait que nous existons, il l'a toujours su, et même si la nomination de ton grand-père semble bien intentionnée, Tate est un cachottier. Nous savons qu'il a connaissance de l'existence des Solitaires mais il n'a pas communiqué cette information au public. Ce qui soulève plusieurs questions : essaie-t-il de ne pas semer la panique dans la population, ou bien cette information est-elle un argument de négociation qu'il utilisera contre nous plus tard ? Et il ne souhaite pas parler aux Maîtres des Maisons. Non, il communique par l'intermédiaire du Médiateur. (Il se retourna.) Même s'il est bien intentionné, ton grand-père travaille quand même pour Tate, et Tate contrôle le budget et les décisions politiques de l'Agence. Autant dire que c'est lui qui tire les ficelles.

— Mon grand-père est un homme intègre.

Ethan s'écarta de la bibliothèque, les bras croisés, et me dévisagea. Son front se creusa d'une ride.

— Réfléchis, Merit. Les vampires ont annoncé leur existence ici, à Chicago. Nous sommes les premières Maisons des États-Unis à l'avoir fait. Tate est donc le premier maire dans cette situation. C'est le premier à avoir mis en place une politique intégrant les créatures surnaturelles, le premier à passer des alliances avec les Maisons et à maintenir la sécurité. C'est le genre de position qui confère un certain pouvoir. Mais quoi qu'il ait prévu – et tu peux me croire, cet homme a des projets, probablement depuis qu'il sait que nous existons –, il n'est pas franc. Je ne peux permettre que tu fasses partie de ses plans ou que ma Maison soit prise dans ces remous. Aussi, tant que tu n'auras pas appris à te comporter de manière appropriée, à faire preuve de discrétion quand il s'agit de parler de nos intérêts, tu resteras à l'écart de l'Agence de médiation.

Je n'avais pas l'intention d'obéir à cet ordre et il le savait probablement, mais je ne voyais aucun intérêt à réfuter cet argument.

— Comment savez-vous que je me suis rendue à son bureau ?

— J'ai mes sources.

Je n'en doutais pas. Mais même si je m'interrogeais sur l'identité de la personne qui l'avait renseigné – Catcher, Jeff, le vampire infiltré qui travaillait pour le Médiateur ou quelqu'un d'autre dont la mission était de me surveiller –, je ne lui posai pas la question. Il ne m'en dirait rien de toute façon.

Mais quelqu'un l'avait informé de mes activités, quelqu'un qui n'avait pu s'approcher suffisamment pour distinguer les raisons de ma présence là-bas. Ça valait le coup de transmettre cette info.

— Juste un conseil, dis-je. Votre source ne se trouvait pas à l'intérieur du bâtiment. Si elle s'y était trouvée, elle aurait su pour quelle raison je me trouvais là-bas et ce dont nous avons parlé. Et plus important encore, ce dont nous n'avons pas parlé. Cette personne s'est contentée de faire des suppositions et elle est parvenue à faire passer ses déductions pour des faits. On se joue de vous, Sullivan, ou du moins votre indic essaie de gonfler le peu d'informations qu'il vous fournit pour se faire bien voir.

Ethan resta silencieux un moment. Il se contenta de me regarder comme s'il me voyait pour la première fois, comme s'il prenait subitement conscience que j'étais plus que sa dernière subalterne rebelle, plus que la fille d'un nabab de la finance.

— C'est une analyse intéressante.

Je haussai les épaules.

— J'étais dans la pièce. Je sais ce qui s'est passé. Il ou elle l'ignore. Et pour en revenir au sujet de notre conversation, c'est mon grand-père. À part Mallory, il est tout ce que j'ai, tout ce qu'il me reste de famille. Et je ne peux pas couper ce lien. Je ne le ferai pas, même si vous considérez cela comme un acte de désobéissance à votre autorité souveraine.

— Tu as d'autres liens, à présent, Initiée. La Maison Cadogan. Moi. Tu es ma vampire, à présent. Ne l'oublie pas.

Il devait considérer cela comme un compliment, mais le ton de sa voix était encore trop possessif à mon goût.

— Quoi qu'il se soit passé il y a six jours, je n'appartiens à personne d'autre qu'à moi-même, Sullivan, et certainement pas à vous.

— Tu es ce que j'ai fait de toi.

— Je suis assez grande pour me construire toute seule.

Ethan avança d'un pas, puis d'un autre, jusqu'à ce que je recule pour l'éviter et qu'il m'accule contre le mur du salon. Je sentis la surface lisse et froide du plâtre peint dans mon dos.

J'étais coincée.

Il appuya ses mains contre le mur, m'emprisonnant entre ses bras.

— Tu veux être punie, Initiée ?

Je le dévisageai, et le désir s'embrasa dans mon ventre.

— Pas particulièrement.

Menteuse.

Ses yeux sondèrent les miens.

— Alors pourquoi t'entêtes-tu à me provoquer ?

Son regard était trop insistant et je détournai la tête, essayant de ravaler mon excitation, mal à l'aise et consciente que je ne pouvais reporter la responsabilité de mes actes et de mon intérêt sur la vampire qui couvait en moi. Sur la transformation génétique. Elle et moi ne formions qu'une seule personne. Même esprit, même gènes, même attirance involontaire mais indéniable envers Ethan Sullivan.

Je me saisis de ce faible déni et m'y accrochai comme à un gilet de sauvetage. Je rêvais, en cette seconde, de m'enfuir, de recommencer une nouvelle vie sous un autre nom, dans une nouvelle ville, où je n'aurais pas envie de perdre mes doigts dans ses cheveux et de coller ma bouche à la sienne jusqu'à ce qu'il capitule et me prenne contre le mur blanc et froid, s'introduise en moi pour apaiser ce désir et calmer ce frisson.

— Je ne vous provoquais pas, déclarai-je avec sincérité.

Il resta immobile un instant puis baissa la tête, ses lèvres encore plus proches des miennes.

— Tu avais envie de moi, tout à l'heure.

Cette fois, sa voix était calme. Ses paroles ne véhiculaient pas le défi d'un Maître vampire mais la prière d'un garçon, d'un homme : *N'est-ce pas, Merit ? Tu avais bien envie de moi ?*

Je m'obligeai à être honnête, mais je ne parvins pas à parler. Je laissai le silence exprimer les mots que je n'arrivais pas à prononcer : *J'ai envie de toi. Malgré moi, malgré ce que tu es, j'ai envie de toi.*

— Merit ?

— Je ne peux pas.

Il pencha sa tête de sorte que ses lèvres frôlaient les miennes, son souffle sur ma joue.

— Laisse-toi aller.

Je levai les yeux pour rencontrer les siens, qui étaient du vert profond et sombre de la forêt vierge, des monstres anciens et inconnaissables se cachant dans les profondeurs des bois.

— Je ne vous plais même pas.

Il eut un sourire un peu malveillant.

— Il ne semble pas que ça ait grande importance.

Une gifle ne m'aurait pas sortie plus efficacement de la transe où je me trouvais. Je m'extirpai de la prison de ses bras tendus et m'éloignai.

— Je vois.

— Ça ne me réjouit pas non plus.

— Oui, je comprends que vous ne soyez pas attiré par moi, que vous pensiez que je ne suis pas digne de vous, mais merci de me le faire remarquer. Et au cas où vous ne vous en seriez pas rendu compte, ça ne m'amuse pas plus que vous. Je ne veux pas vous apprécier et je ne veux certainement pas être avec quelqu'un que je dégoûte. Je ne veux pas être… désirée à contrecœur.

Il s'avança vers moi avec la grâce d'une panthère. Il était tout aussi dangereux qu'un félin.

— Alors que veux-tu que je te dise ? (Sa voix était grave, sourde de pouvoir.) Que je désirais que tu goûtes mon sang ? Que, même si tu es obstinée, sarcastique, incapable de prendre mon autorité au sérieux, et manifestement irrespectueuse, j'ai envie de toi ? Tu crois que c'est ce que je choisirais ?

On y revenait, à la liste de mes défauts. Les raisons pour lesquelles il n'aurait pas dû se sentir attiré par moi. Les raisons pour lesquelles il détestait l'alchimie qui, contre nos volontés respectives, brûlait entre nous.

— Je ne veux rien de vous, dis-je d'une voix calme, bizarrement lointaine.

— Menteuse, m'accusa-t-il en posant sa bouche sur la mienne.

Il m'embrassa et le circuit électrique se ferma de nouveau.

Ses lèvres étaient douces et chaudes, elles imploraient une réaction, me défiaient de le rejoindre et de céder, même brièvement, à l'alchimie. Mes membres se relâchèrent, mon corps me mettant au défi de me noyer dans cette sensation, de m'en délecter. Mais j'avais déjà joué avec le feu quand je lui avais sauté dessus pour – presque – boire le sang de ses veines. Cela avait suffi. C'était même déjà trop. Je gardai donc mes lèvres closes et tentai de tourner la tête.

—Merit, murmura-t-il. Détends-toi.

Il glissa les doigts le long de ma mâchoire avant de les nouer dans mes cheveux, et me releva le menton de ses pouces. Il s'approcha encore, nos corps se frôlaient.

Puis il m'embrassa de nouveau, me caressant les joues tandis que ses lèvres exploraient les miennes. Son baiser n'était pas impérieux mais tendre, apaisant. Quand sa langue se glissa entre mes lèvres et effleura la mienne, le frisson électrique remonta le long de ma colonne vertébrale et je cédai.

Hésitante au début – et me promettant qu'après cela je ne le toucherais plus jamais –, je lui rendis son baiser. Je l'embrassai et accueillis la langue qu'il m'offrait, répondant à ses mordillements et ses morsures avec la même fougue.

J'étais incapable de m'en empêcher. Je ne pouvais pas ne pas l'embrasser. Il sentait tellement bon et son baiser était si délicieux. C'était le paradis, un phare lumineux dans les ténèbres surnaturelles qui m'entouraient. Mais la magie n'avait rien à voir avec ça. C'était plus élémentaire, beaucoup plus puissant. C'était de l'envie, du désir à l'état brut.

Mais je ne pouvais me permettre de vouloir à ce point quelqu'un qui ne me désirait pas. Pas vraiment.

Je posai donc une main sur son torse, et sentis le battement sourd de son cœur sous le fin coton de sa chemise avant de le repousser.

—Arrête.

Il recula de deux pas hésitants. Sa poitrine se soulevait et s'abaissait alors qu'il haletait.

— C'était une erreur, dis-je. Cela n'aurait pas dû se produire.

Il s'humecta les lèvres puis se passa la main sur la mâchoire.

— Non ?

— Non.

Silence, puis :

— Je pourrais t'offrir davantage.

Je clignai des yeux avant d'affronter son regard.

— Quoi ?

— Le pouvoir, le prestige, les récompenses. Il te suffit de n'être disponible que pour moi.

Mes lèvres s'entrouvrirent, les mots me faisant momentanément défaut. Le choc était tellement écrasant.

— Tu es en train de me proposer de devenir ta maîtresse ?

Il marqua une pause et j'eus l'impression qu'il se demandait lui aussi si c'était bien ce qu'il venait de suggérer. Il soupesait probablement les avantages et les inconvénients, et décidait si le fait de satisfaire son excitation valait réellement tous les problèmes que je pouvais provoquer. Un rougissement teinta ses pommettes sculptées.

— Oui.

— Oh, mon Dieu.

Je baissai les yeux, une main sur mon ventre, me demandant comment cette nuit avait bien pu devenir tout à coup si étrange.

— Oh, mon Dieu.

— Est-ce que ça veut dire oui ?

Je relevai la tête et décelai un éclair de panique sur son visage.

— Non, Ethan. Mon Dieu, surtout pas.

Ses yeux s'embrasèrent et je me demandai aussitôt s'il avait déjà essuyé un refus, si une femme au cours de ces quatre cents années d'existence avait déjà rejeté la chance de pouvoir le servir.

— Tu comprends ce que je t'offre ?

— Tu comprends que nous ne sommes plus en 1815 ?

— Il n'est pas inhabituel pour un Maître d'avoir une consorte.

— Oui, dis-je, et ta consorte actuelle se trouve en ce moment dans ma cuisine. Si tu as besoin de… te soulager, tu n'as qu'à lui en parler.

Le choc – le choc absolu de son offre – commençait à s'atténuer, remplacé par une légère douleur et l'indignation de savoir qu'il ne m'aimait pas assez pour me proposer autre chose, et qu'il avait pu croire que je serais flattée par le peu qu'il avait à m'offrir.

— J'ai du mal à l'admettre mais Amber n'est pas toi.

— Je ne sais même pas ce que tu entends par là. Est-ce que je devrais… Quoi ? être flattée que, malgré le fait que tu ne m'apprécies pas plus que ça, tu es prêt à la sacrifier juste pour me mettre dans ton lit ?

Ses narines se dilatèrent et une minuscule ride apparut entre ses sourcils.

— Quelle vulgarité.

— Pardon ? C'est moi qui suis vulgaire ? (Le murmure qui m'échappa était féroce.) Tu viens juste de me proposer d'être ta pute.

Il fit un pas vers moi, la mâchoire crispée, les muscles tremblants.

— Être la consorte d'un Maître vampire est un honneur, Initiée, pas une insulte.

— C'en est une pour moi. Je ne serai pas ton objet sexuel, ni celui de qui que ce soit d'autre. Quand ça… m'arrivera, quand je rencontrerai quelqu'un, je veux une relation fondée sur le respect et l'amour. Tu ne me fais pas assez confiance pour le premier et je ne suis même pas certaine que tu sois capable du second.

Il tressaillit. Je regrettai aussitôt mes propos.

J'inspirai profondément et mis un peu de distance entre nous en me dirigeant vers le canapé.

Il se passa un bon moment avant que j'ose affronter de nouveau son regard.

— Je suis désolée. C'était vraiment horrible de ma part de te dire ça. C'est juste que je vis dans une époque différente, poursuivis-je. Avec des attentes différentes. Je ne suis pas faite pour servir quelqu'un sans discernement, sans réfléchir par moi-même. S'il n'y a qu'une chose dont je peux être reconnaissante envers mon père, c'est de m'avoir toujours appris à être indépendante. À trouver ma propre voie. Même si, la plupart du temps, il pensait que la voie que je choisissais n'était pas la bonne.

» J'essaie d'être moi-même, Ethan. Je m'efforce de garder ma personnalité au milieu de tout ce chaos. (Je fis un geste vague de la main.) Je ne peux pas être ce genre de fille-là.

Il y avait davantage dans cette déclaration qu'une simple réponse à son offre, à sa proposition d'être sa maîtresse. Je n'étais pas certaine de pouvoir jamais être ce qu'il voulait. Une vampire obéissante, le parfait petit soldat dans l'armée Cadogan.

Le visage d'Ethan, déjà fermé, se fit complètement inexpressif. Son regard devint vide.

— Alors nous en avons fini. Je t'ai expliqué la situation. Que tu le veuilles ou non, nous ne sommes pas humains. Tu n'es pas humaine. Plus maintenant. Nos règles sont différentes de celles auxquelles tu étais habituée, mais ce sont les règles. Tu peux les dénigrer, les nier, mais elles existent. (Une étincelle de pouvoir traversa ses yeux durs.) Et si tu désobéis, si tu te rebelles, c'est moi que tu défies.

— Je ne me rebelle pas, dis-je aussi calmement que possible, bien consciente des limites que j'avais déjà dépassées – que nous avions tous les deux dépassées – au cours de la soirée. Je n'essaie pas non plus d'usurper ton autorité. J'essaie juste… de l'éviter.

Ethan tira sur les manchettes de sa chemise.

— Si nous avons des règles, ce n'est pas pour rien, Merit. Et ce n'est pas pour rien que nous sommes organisés en Maisons, que tu trouves, ou non, du *mérite* à cette idée. Que ça te plaise ou non, tu es mon sujet. Si tu renies ta Maison, tu en subiras les conséquences. Tu seras jugée comme une exclue. Une Solitaire. Tu seras rejetée par tous les vampires, ignorée et ridiculisée parce que tu auras choisi de ne pas me faire confiance. Tu n'auras plus accès aux Maisons, à leurs membres, ni à moi.

— Il doit bien exister un juste milieu entre soumission et anarchie.

Ethan leva les yeux au plafond puis ferma les paupières.

— Pourquoi t'obstines-tu à parler de soumission ? Tu as vu les vampires de ma Maison. Tu as vu la Maison elle-même. Était-ce un donjon ? Avaient-ils l'air malheureux ? Quand tu m'as défié, ai-je été injuste envers toi ? T'ai-je traitée cruellement, ou bien t'ai-je donné une réelle chance de prouver ce dont tu étais capable ? Tu es plus intelligente que ça.

Il avait raison, bien entendu. Les vampires de sa Maison le respectaient clairement et semblaient, du moins à mes yeux, heureux de reconnaître en lui leur chef. Mais ça ne voulait pas dire que j'étais capable de lui faire confiance aveuglément, ni à aucun d'entre eux. Ma foi n'allait pas jusque-là.

Nous restâmes silencieux un moment, puis Ethan émit un grognement frustré et appela Amber et Luc. Quand les deux vampires traversèrent le salon, Amber me dévisagea d'un air à la fois entendu et victorieux. Elle savait. Elle avait probablement entendu ce qu'il m'avait proposé et que j'avais refusé. Mais je ne m'étais pas simplement retirée de la course : j'avais renforcé sa position à elle. Elle m'adressa un clin d'œil enjoué et je fus prise d'une jalousie soudaine et inattendue. Je ne voulais pas qu'il pose les mains sur elle. Je ne voulais pas qu'elle le touche. Mais j'avais eu l'occasion de prendre sa place et j'avais refusé. J'avais pris ma décision. Aussi, je ne tins pas compte de mon agacement et détournai les yeux.

— Allons-y, dit Ethan.

Luc m'adressa un signe de tête.

— Il y a du sang sur le comptoir. Il est réchauffé et prêt à boire.

Ethan se tourna vers la porte sans un regard dans ma direction, et je sentis tout le poids de sa déception. C'était illogique mais je voulais qu'il soit fier de moi, fier de ma combativité et de ma force. Je ne voulais pas qu'il soit déçu parce que je ne me comportais pas comme un vampire de base. D'un autre côté, je n'avais pas à m'excuser de ne pas avoir sauté tout droit dans le lit du chef de la Maison.

Luc et Amber sortirent les premiers. Deux voitures étaient garées le long du trottoir : une Mercedes décapotable noire que je supposais être celle d'Ethan et un gros 4 × 4, noir également. Luc et Amber se dirigèrent vers ce dernier. Son escorte de sécurité, sans doute.

Ethan se tourna sur la première marche pour me jeter un regard soigneusement vidé de toute expression.

— Je t'aurais demandé si je l'avais pu, Merit. Je t'aurais demandé ton consentement et je t'aurais laissé décider. Mais je ne l'ai pas fait parce que cela serait revenu à te laisser mourir. Tu n'avais pas le temps de réfléchir aux mérites de l'affiliation. J'aurais préféré qu'il en soit autrement, Merit. Au moins, ton choix serait déjà fait et cette question serait réglée.

Après un silence, il poursuivit d'une voix soudain lasse.

— Le temps passe. Il te reste quatre jours avant la Recommandation, avant ton initiation officielle dans la Maison. Tu vas devoir prendre position, Merit. D'une manière ou d'une autre, tu décideras si tu veux accepter la vie qui t'a été donnée et en tirer le meilleur parti, ou t'enfuir et vivre en marge de notre société, résister à l'humiliation d'être rejetée par la Maison, par tous ceux qui te ressemblent. Par tous ceux qui comprennent ce que tu es. Qui tu es. Combien tu as soif. (Son regard s'intensifia.) Qui comprennent ton désir. Et cette décision, quelle qu'elle soit, te revient.

Sur ces mots, il descendit les marches en trottant.

Je le suivis à l'extérieur et, flanquée par les deux gardes à ma porte, je l'appelai depuis le perron. Il se retourna.

— Le… la faim. Ce sera toujours comme ça ?

Il m'adressa un sourire contrit.

— C'est comme le fait d'être une vampire Cadogan, Merit. Ta faim sera ce que tu en feras.

Je devais bien reconnaître qu'il avait raison sur un point : le temps était venu pour moi de prendre une décision. De choisir soit d'embrasser la vie qu'il m'avait donnée, telle qu'elle était, soit de fuir Ethan, la Maison et la communauté des vampires. Mais une éternité à regarder le monde – mes amis – changer autour de moi alors que je resterais la même, voir Mallory et mon grand-père vieillir alors que j'aurais vingt-sept ans pour toujours, cela promettait d'être déjà bien assez solitaire. À quel genre de vie allais-je me destiner si je décidais de rejeter également la Maison, de faire semblant d'être humaine et de survivre à ma famille, sans autres compagnons que des livres sentant le moisi et des poches en plastique remplies de sang ?

Pourtant, je n'étais pas prête à franchir le pas. Pas encore. Il me restait des détails à régler. Un détail majeur, en fait. Et c'est ce qui me poussa à prendre ma voiture à 4 heures du matin et à quitter la tanière de Wicker Park pour le quartier des vampires.

Cette fois, je ne me rendis pas à la Maison. J'allai à l'université, avec un but bien précis. Arrivée là-bas, je ne tins pas compte des interdictions de stationner et me garai sur le premier emplacement vide que je trouvai. Je descendis de voiture, la verrouillai et me dirigeai vers la pelouse du campus, une besace vide en bandoulière.

Une main sur le cou, je contemplai l'étendue de gazon, les trottoirs et les arbres. J'avais toujours aimé ce lieu et avais plus d'une fois marqué une pause afin de savourer le parfum de l'herbe et le bleu du ciel avant de me rendre au bâtiment Walker, qui accueillait le département de littérature. Je me dirigeai vers l'endroit où j'avais été agressée, m'accroupis là où mon sang avait coulé, et touchai l'herbe. Il n'y avait plus rien, pas de sang, pas d'herbe piétinée, aucun signe que ces quelques mètres carrés de pelouse avaient été témoins d'une mort et d'une renaissance. De ma présence. De celle d'Ethan.

Les larmes que je pensais avoir fini de verser se mirent de nouveau à couler. Je me laissai tomber à genoux, enfonçai mes doigts dans le tapis d'herbe en regrettant que les choses n'aient pas tourné autrement. Je déplorai ma décision malheureuse de sortir de la maison ce soir-là. Je sanglotais là, à genoux, submergée par la frustration et le regret.

Quelqu'un éclata de rire de l'autre côté de la pelouse. J'essuyai mes larmes et relevai la tête. Un couple d'étudiants passa main dans la main sur le trottoir avant de disparaître entre les bâtiments. Puis le silence retomba. La plupart des fenêtres étaient obscures, aucune brise ne remuait les arbres qui parsemaient le campus.

Je fermai les yeux. Inspirai. Expirai. Ouvris de nouveau les paupières. Malgré la chape de chagrin qui pesait sur mes épaules, c'était une belle nuit. Une nuit parmi une éternité d'autres que j'aurais l'occasion de vivre. Mais, pour cela, j'allais devoir trouver un moyen de faire le deuil de vies qui étaient vouées à s'éteindre, alors que la mienne continuerait. Un moyen d'assumer mes obligations envers Cadogan.

D'accepter Ethan.

J'allais devoir trouver comment soutenir Mallory et préserver ma relation avec mon grand-père malgré notre position. J'allais devoir apprendre à différencier les bons des méchants dans cet étrange et nouveau monde où j'étais tombée.

Plus important encore, j'allais devoir découvrir si je faisais partie des bons. Et Ethan, des méchants.

J'avais conscience de ce que je devais entreprendre pour y parvenir. Je devais faire un choix. J'avais été transformée en vampire sans mon consentement – j'avais subi cela comme une agression. La seule option qui me restait, si je voulais avancer et m'approprier cette nouvelle vie, serait de prendre cette décision en toute connaissance de cause, pour le meilleur et pour le pire. Vivre ou ne pas vivre en tant que vampire reconnue.

Ce choix m'appartenait. Je pouvais reprendre mon existence en main, sans plus attendre.

— Ce sera donc vampire, murmurai-je.

Ça n'était pas grand-chose mais cela suffit à me donner la force de me relever dans la nuit, au beau milieu du campus.

Et cette fois, je me relevai selon mes propres termes.

Ma décision prise, je repassai ma besace en bandoulière et me dirigeai vers le bâtiment Walker, plongé dans le noir. Je sortis ma clé, ouvris la porte et montai l'escalier.

Chaque doctorant possédait une boîte aux lettres. J'utilisai la mienne comme une sorte d'album où j'accumulais les vestiges de mon temps passé à Chicago. La souche d'un ticket pour une projection de nuit du *Rocky Horror Picture Show* à laquelle j'avais assisté avec d'autres chargés de TD. Un billet pour un match de basket que nous avions joué contre l'université de New York, où j'avais passé ma licence.

J'ouvris ma sacoche et la remplis de divers papiers et bricoles. Des souvenirs palpables. Des preuves que j'avais été humaine.

Il y avait aussi un ajout à ma collection : une enveloppe rose, cachetée mais pas adressée. Je reposai ma besace par terre et glissai mon pouce sous le rabat.

L'enveloppe contenait une carte rose festonnée sur laquelle un message à paillettes souhaitait à une fillette un joyeux sixième anniversaire. Je souris et l'ouvris, découvrant, à côté d'une licorne tout aussi scintillante, les signatures d'une bonne partie des étudiants du département, presque toutes accompagnées de formules de vœux bourrées de jeux de mots concernant ma nouvelle vie de bestiole à crocs.

Ce n'est qu'en lisant cette carte que je me rendis compte à quel point j'avais eu besoin de quelque chose comme ça : un lien entre mon ancienne vie et la nouvelle. J'avais besoin qu'ils sachent pourquoi j'avais disparu, pourquoi j'avais cessé de venir en cours. C'était une sorte de deuil. Cela n'excusait en rien le fait que je n'avais appelé aucun de mes amis du département, ni mon tuteur, ni mon jury de thèse. Dieu seul savait quand j'en aurais la force.

Mais c'était déjà quelque chose.

Pour cette nuit-là, ça suffisait.

J'attrapai mon sac, laissai ma clé dans la boîte aux lettres et quittai le campus.

De retour à la maison, je trouvai, comme promis, un verre de sang refroidi sur le comptoir de la cuisine.

La maison était calme, Mallory dormait toujours. J'étais seule et heureuse qu'elle ne soit pas là pour voir ce que je m'apprêtais à faire.

Je baissai les yeux sur le liquide rouge orangé dans le verre et sentis la faim se réveiller, signalée par un bourdonnement dans mes veines. Mon pouls s'accéléra et je n'avais pas besoin d'un miroir pour savoir que mes yeux étaient devenus argentés. Pourtant, ça restait du sang. Mon esprit le rejetait alors même que mon corps en crevait d'envie.

La faim l'emporta.

Je refermai la main autour du verre, les doigts tremblants, et le levai, tout en sachant que ce geste marquait véritablement la fin de ma vie d'humaine et le début de mon existence de vampire. Il n'y aurait plus de justifications, plus de rationalisations.

Je portai le verre à mes lèvres.

Je bus.

Il me fallut à peine quelques secondes pour le vider et ce n'était pas encore assez. Je sortis deux autres poches du réfrigérateur, sans me soucier d'en préparer ou d'en réchauffer le contenu. Je les bus en quelques minutes – je n'avais encore jamais consommé autant de liquide en une seule fois –, et m'arrêtai seulement quand je sentis mon pouls ralentir. Trois poches de sang que j'avais ingurgitées comme si j'étais morte de soif et de faim ou comme si je ne m'étais pas sustentée depuis des semaines.

Quand je fus rassasiée, mon regard se posa sur les sacs vides éparpillés par terre. J'étais horrifiée par ce que j'avais fait, par la substance, par le fait que je venais de boire du sang – volontairement, en plus. Je plaquai une main sur ma bouche, me forçant à ne pas vomir, sachant que, si cela arrivait, il ne me resterait plus qu'à boire davantage. Je me laissai glisser par terre, adossée contre l'îlot, et relevai les genoux contre ma poitrine en tentant de respirer calmement. J'obligeai mon cerveau à s'accorder avec mon corps, à accepter ce dont ce dernier avait besoin.

Accepter ce que j'étais.

Une vampire.

Une Initiée Cadogan.

C'est dans cette position – assise sur le sol de la cuisine, des poches de plastique vides à mes pieds – que Mallory me trouva, quelques minutes avant que le soleil se lève. Prête à aller travailler, elle portait un tailleur noir, des talons, de gros bijoux et un sac à main voyant, ses cheveux bleus encadrant son visage.

Son sourire s'effaça. Elle s'accroupit en face de moi.

— Merit ? Tu vas bien ?

— Je viens juste de vider trois poches de sang.

Laissant tomber son sac à ses pieds, Mallory ramassa un sachet de plastique vide du bout des doigts.

— Je vois ça. Comment tu te sens ?

Je gloussai.

— Bien. Je crois.

— Tu viens de glousser ?

Je gloussai de nouveau.

— Non.

Elle écarquilla les yeux.

— Tu es soûle ou quoi ?

— De sang ? Non. (Je balayai cette idée d'un geste de la main.) C'est du petit-lait pour moi.

Mallory ramassa l'autre poche et alla les jeter dans la poubelle.

— Ben voyons.

— Et toi, comment ça va ? Tu te sens d'humeur sorcière ?

Elle sortit une canette de soda du réfrigérateur.

— Je m'adapte. J'imagine que je peux en dire autant te concernant ?

Les sourcils froncés, je me mis à énumérer les événements de la nuit en comptant sur mes doigts.

— Alors, j'ai découvert que mon grand-père me ment depuis quatre ans au sujet de son boulot. J'ai rencontré un sorcier et un métamorphe d'une origine indéterminée, je me suis fait draguer par ledit métamorphe, j'ai découvert que j'ai failli être victime d'un tueur en série, j'ai manqué de me prendre des sortes de boules d'électricité magique en pleine poire, j'ai sauté sur Ethan, embrassé Ethan puis repoussé Ethan et, pour finir, j'ai été menacée par Ethan. (Je haussai les épaules.) Une journée banale, quoi.

Elle resta un moment bouche bée avant de refermer le bec avec un claquement de dents.

— Je ne sais par où commencer. Pourquoi pas par le fait que ton grand-père t'a menti ?

Je me relevai et posai les mains sur le comptoir pour garder l'équilibre. Il fallut un moment avant que ma tête cesse de tourner – les effets secondaires, j'imagine, d'une importante et brutale consommation de sang.

— À boire, s'il te plaît.

Mallory prit un soda dans le réfrigérateur, me le montra et, une fois que j'eus acquiescé, l'ouvrit.

J'en bus une longue gorgée, découvrant à mon grand émerveillement que le jus de raisin sans sucre chassait de son goût frais celui de trois pintes de sang humain. Je remerciai Mallory puis lui parlai de l'Agence de médiation et de ses employés. Je ne lui confiai pas que Catcher avait recommandé que Mallory s'entraîne. Je décidai que le plus simple serait de s'arranger pour les mettre tous les deux dans la même pièce – toute cette beauté et cette obstination – et d'observer le grabuge qui s'ensuivrait.

— Il faut que je m'entraîne, ce soir, lui dis-je. Je retrouve Catcher dans une salle de sport du North Side. Tu veux venir ?

Elle haussa les épaules.

— Pourquoi pas ?

— Est-ce que tu veux qu'on parle ? Je veux dire… tu ne m'en veux pas ?

Mallory sourit d'un air contrit.

— Ça va. Ce n'est pas ta faute si je suis… ce que je suis.

— Je parie que Catcher pourra t'apporter des réponses.

— Ce serait chouette.

Je finis ma canette et la jetai à la poubelle.

— Je dois être à la salle d'entraînement à 20 h 30. Mais d'abord, il faut que je dorme. L'aube approche, tu sais. (Je bâillai.) Tu ne m'as pas demandé ce que ça faisait d'embrasser Ethan.

Elle leva les yeux au ciel.

— Pas besoin de demander. C'est évident que ce type te plaît.

— Ce n'est pas vrai.

Elle m'adressa un regard sceptique, auquel je répondis par un haussement d'épaules. Je n'avais pas l'énergie de débattre de ce sujet avec elle… ce qui aurait requis pas mal de mensonges et une bonne dose de déni.

— Très bien, dit-elle. Je cède parce qu'on a peu de temps que tu es une morte-vivante. C'était bien ?

— Malheureusement, oui.

— De la technique ? du talent ? Et ses mains ?

— Bonnes notes dans toutes les matières. Bien sûr, au bout de quatre cents ans, il a forcément de l'expérience.

— J'imagine le tableau de chasse, convint-elle. Et cela n'aurait aucune importance s'il était incompétent. Rien que de rester tous les deux dans la même pièce, vous mettez le feu aux rideaux. Vu comme c'est chaud entre vous, ce n'est pas étonnant que vous en soyez venus aux mains, ajouta-t-elle. Tu as pu toucher ta cible ?

Je restai muette.

— Merit ?

— Il m'a demandé d'être sa maîtresse.

Elle se contenta de me dévisager, bouche bée.

— Eh ouais.

On resta un moment sans parler puis elle sortit un pot de crème glacée du réfrigérateur. Elle trouva une cuillère, fit sauter le couvercle du pot et me tendit les deux.

— Personne n'a jamais autant mérité ça que toi.

Je n'étais pas certaine que ce soit vrai mais je pris le pot et la cuillère pour me servir une dose de Chunky Monkey.

Mallory s'appuya au comptoir en le tapotant d'un doigt manucuré.

— Tu sais, c'est plutôt flatteur, d'une manière un peu réac. Même s'il livre une bataille intérieure, il te trouve clairement à son goût.

Je hochai la tête au-dessus d'une cuillère de crème glacée.

— Ouais, mais il ne m'aime pas. Il l'a admis. Il est, comme qui dirait, attiré par accident.

— Et tu as été tentée ?

Je haussai les épaules.

— Ça ne répond pas à ma question, Merit.

Qu'aurais-je pu dire ? Que même au beau milieu de la scène, une minuscule partie de moi, une petite pièce secrète de mon cœur (ou plus précisément de mon bas-ventre) avait désiré dire oui ? et prolonger ce baiser de caresses et de plus encore, plutôt que de passer une journée seule sous les draps froids d'un lit vide ?

— Pas vraiment.

Elle inclina la tête en paraissant considérer ma réponse.

— Je n'arrive pas à savoir si tu mens ou pas.

— Moi non plus, admis-je, la bouche pleine de crème glacée.

Elle se leva en soupirant et me tapota le dos avant d'attraper son sac à main et de se diriger vers la porte d'entrée.

— Réfléchis-y un peu pendant que tu hibernes. On se voit ce soir. J'irai m'entraîner avec toi.

— Merci, Mallory. Passe une bonne journée.

— C'est prévu. Dors bien.

Ça n'aurait pas dû m'étonner mais ce ne fut pas le cas.

6

Si tu ne réussis pas du premier coup, retombe, encore et encore

Il pleuvait quand je me réveillai, le soir du quatrième jour de ma nouvelle vie, bien bordée sous le vieil édredon qui couvrait mon lit. Je m'étirai avant d'écarter le rideau en cuir noir qui préservait mon corps du soleil pendant mon sommeil. La soirée était grise, la fenêtre froide contre la paume de ma main. De lourdes gouttes de pluie printanière cognaient contre la vitre. Il était environ 19 h 30 et la nuit s'étalait devant moi. Je n'avais rien de prévu à part l'entraînement avec Catcher, planifié la veille.

Je m'obligeai à ne plus penser de manière obsessionnelle au baiser. Après tout, j'aurais dû me féliciter de ne pas avoir été faible au point d'accepter la proposition d'Ethan. J'étais toujours Merit, l'amie de Mallory et la petite-fille de mon grand-père. Je remisai l'idée derrière moi et me concentrai sur la nuit qui m'attendait.

Je n'étais pas certaine de la tenue appropriée pour ma première séance d'entraînement en tant qu'Initiée de la Maison Cadogan, surtout étant donné la météo. J'optai donc pour un pantalon de yoga, un tee-shirt, des chaussures de course et une veste en polaire pour parer à la fraîcheur. Quand nous nous retrouvâmes dans le salon, Mallory avait troqué son tailleur contre un jean et un tee-shirt. Elle passa son bras dans le mien et on sortit sur le perron, adressant un signe de tête aux gardes avant de filer vers le garage.

Mallory ouvrit la porte et on pénétra à l'intérieur.

— Tu es prête pour ta grande aventure de vampire ?

— Tu es prête à découvrir qui tu es ? répliquai-je.

— Honnêtement. Je ne suis pas encore sûre d'avoir envie de savoir.

J'approuvai par un grognement, déverrouillai la portière de la voiture et me glissai derrière le volant. Mallory me rejoignit quand j'eus ouvert de son côté. La voiture démarra du premier coup – ce qui n'était pas toujours garanti avec un véhicule presque plus vieux que moi – et je sortis avec précaution en marche arrière jusque dans la rue.

— Franchement, tu y crois, toi ? Qu'on se retrouve fourrées dans cette histoire, je veux dire ? demanda-t-elle. Il n'y a même pas un an, personne ne savait que les vampires existaient. Et nous voilà aujourd'hui au milieu de tout ça. Et ce Catcher, il est quoi ?

— Il a dit qu'il était un sorcier de quatrième niveau jusqu'à ce qu'on le vire de l'Ordre. Je ne sais pas ce que…

— C'est l'instance qui gouverne les sorciers, intervint Mallory.

Je lui glissai un rapide coup d'œil.

— Et comment sais-tu ça ?

— J'ai bossé mon sujet, passé quelques coups de fil.

— Je vois. Et un sorcier de quatrième niveau ? Qu'est-ce que c'est exactement ?

— Le haut de gamme.

Pas vraiment étonnant vu la démonstration de feux d'artifice que Catcher m'avait faite la veille. Un peu effrayant mais pas étonnant.

— Pas mal.

Une fois dans le quartier des entrepôts, je trouvai une place de stationnement devant le bâtiment en briques dont Catcher m'avait donné l'adresse. L'édifice à trois étages était couronné de fenêtres carrées disposées à intervalles réguliers, tel un diadème de verre. Une imposante porte rouge s'ouvrait au centre de la façade. On dut esquiver les gouttes de pluie pour l'atteindre avant de pénétrer dans un atrium duquel on voyait toute la hauteur du bâtiment. Derrière un bureau d'accueil déserté en forme de demi-lune, l'espace était divisé par un long couloir en son centre.

N'ayant pas d'autres informations que l'heure et l'adresse, je regardai Mallory avec un haussement d'épaules et on avança dans le couloir. Les murs comportaient plusieurs portes mais rien n'indiquait la présence de notre sorcier ou d'une salle de sport. Plutôt que d'essayer chaque porte, ce qui nous aurait un peu trop fait penser à *Alice au pays des merveilles*, on décida d'attendre en espérant que quelqu'un finirait par venir nous chercher. Et on prit les paris pour savoir de quel côté on viendrait.

— Gauche ? proposai-je.

Mallory secoua la tête.

— Droite. La perdante paie le dîner.

— D'accord, dis-je quelques secondes trop tôt.

Mallory l'emporta : une porte s'ouvrit sur la droite et Jeff passa la tête dans le couloir. Il me sourit, me fit un signe de la main et écarquilla les yeux quand il vit mon amie.

— Tu as apporté la magie, dit-il d'une voix un peu rêveuse avant de nous inviter à entrer.

Mallory marmonna quelques reparties acerbes concernant la « magie » mais on le suivit docilement.

La pièce était immense. Les murs étaient en béton et le sol était recouvert de tapis de gymnastique bleus. Des sacs de frappe de différentes tailles étaient suspendus dans un coin. Le contraste entre cette pièce – stérile, équipée pour l'exercice de précision – et la salle d'entraînement de la Maison Cadogan – cérémoniale, conçue pour la parade – était flagrant. Cet endroit manquait de gravité mais également d'*ego*. Là-bas, on crânait. Ici, on suait. On se préparait. La musique, cependant, était étrangement douce. *You Talk Too Much* de John Lee Hooker.

— Moi, c'est Jeff, dit-il en tendant la main à Mallory qui la serra.

— Mallory Carmichael.

— Je suis un métamorphe. Et vous avez la magie.

— C'est ce qu'on m'a dit, répondit-elle sèchement.

— As-tu déjà rejoint l'Ordre ?

Elle secoua la tête. Jeff acquiesça.

— Parle avec Catcher. Mais ne te laisse pas embobiner quand il t'expliquera qu'il vaut mieux se syndiquer.

Une porte s'ouvrit alors au fond de la pièce dans un grattement métallique. Catcher en émergea et se dirigea à grands pas vers nous. Il était pieds nus et vêtu d'un jean et d'un tee-shirt sur lequel était inscrit « Les vrais hommes utilisent des clés ». Ça lui allait bien – il était sexy, rude, un peu dangereux. C'était l'apparence d'un homme qui venait juste de sortir du lit en laissant derrière lui une femme comblée.

Je l'observai parcourir la salle des yeux, puis son regard se posa sur Jeff, sur moi puis sur Mallory. Ce fut alors que je perçus le minuscule tressaillement dans son attitude quand il découvrit sa silhouette menue, ses cheveux bleus et son superbe visage. Je me tournai pour découvrir la même expression de choc sur les traits de mon amie. Ils ne se quittaient pas des yeux. La force de leur attirance semblait réchauffer l'air. Je souris.

— Tu es en retard, dit Catcher quand il nous rejoignit, croisant les bras sur le torse.

Jeff, cet amour, défendit mon honneur.

— Elle était à l'heure. Je les ai trouvées dans le couloir à admirer l'architecture.

— Ce bâtiment est superbe, dis-je.

— Merci, répondit Catcher, les yeux toujours rivés sur Mallory. Je n'ai pas le temps de m'occuper de toi, ce soir.

J'imaginais que les présentations étaient inutiles.

Mallory prit la mouche.

— Je ne me rappelle pas t'avoir demandé de l'aide.

L'air semblait crépiter autour de nous, provoquant une vague de chair de poule sur mes bras. Jeff recula de deux pas. Puisqu'il en savait sans aucun doute plus que moi, je l'imitai.

— Tu n'as pas besoin de demander, dit Catcher. Tu débordes de pouvoir et tu n'as de toute évidence aucune idée de ce que tu pourrais en faire.

Mallory croisa les bras d'un air excédé.

— Tu ne sais pas de quoi tu parles.

— Je sais que tu es sorcière de quatrième niveau, poursuivit Catcher en la regardant, les paupières mi-closes. Et je sais que tu sais ce que cela signifie. Je sais que tu as passé un coup de fil. Merit, elle, n'a pas la magie et je dois m'assurer, avant toute chose, qu'elle va pouvoir affronter ce qui l'attend. Alors pas maintenant, d'accord ?

Le regard de Mallory lança des étincelles. Puis elle finit par hocher la tête.

Catcher se tourna vers moi et pinça la manche de ma veste en polaire.

— Ça ne va pas aller. Tu es trop couverte. Tu as besoin de voir ton corps bouger, d'apprendre comment fonctionnent tes muscles. (Il désigna une porte au fond de la salle.) Va dans le vestiaire, il y a de quoi te changer. Et enlève tes chaussures.

— Tu plaisantes ?

— Tu veux que je te fasse un discours ?

Aucune envie, mais j'en avais un peu ma claque de recevoir des ordres de mecs surnaturels avec des problèmes d'*ego*. Je me contentai donc de marmonner quelques jurons bien sentis en revenant sur mes pas.

Le vestiaire était lumineux, vide et propre mais, comme dans tous les vestiaires, il y planait une odeur omniprésente de sueur et de détergent. Je ramassai une tenue en tissu noir posée sur un banc.

Catcher ne plaisantait pas quand il parlait de voir mes muscles travailler. Ces vêtements étaient à peine plus que des bouts de tissu : une bande de vingt centimètres de large de lycra pour couvrir ma poitrine et un short en lycra qui ne descendrait pas plus bas que le haut de mes cuisses.

On aurait dit une tenue de beach-volley même si, à mon avis, les joueuses portaient plus que ça.

— C'est une blague, marmonnai-je en me déshabillant malgré tout pour enfiler mes deux bouts de tissu.

Cela m'allait bien, du moins pour le peu de peau que ça couvrait. Je pliai et empilai mes vêtements, rangeai mes chaussures sous le banc puis attachai mes cheveux en queue-de-cheval. Un coup d'œil rapide dans le miroir au-dessus d'une rangée de lavabos révéla un corps d'une pâleur de vampire, mais l'effet n'était pas vilain. J'avais toujours été très mince mais mes muscles paraissaient plus dessinés à présent, les gènes de vampire étant visiblement plus efficaces sur mon corps que des kilomètres de jogging. Je soufflai sur les mèches qui me tombaient dans les yeux et me souhaitai bonne chance avant de retourner dans la salle de sport.

Pour ma peine, j'eus droit à des sifflements de la part de Mallory et Jeff qui se sourirent d'un air ravi. Je leur fis une petite révérence puis me dirigeai vers Catcher qui m'attendait debout au centre des tapis de sol, les bras croisés sur la poitrine et l'air mauvais.

— Commence par des pompes, dit-il en désignant le sol. Vas-y.

Je m'installai par terre, bras et jambes tendus et commençai à soulever mon corps. Ce mouvement ne me demanda quasiment aucun effort ; même si je n'aurais pas été capable de faire des pompes indéfiniment, mon torse était nettement plus fort. Je sentais mes muscles se tendre et plier et je savourais la sensation du sang qui courait plus vite dans mes veines. Je vis des pieds se rapprocher puis me tourner autour.

Catcher demanda à Jeff de changer de musique. Le nouveau morceau était plus dur, plus fort, plus rythmé.

— La première étape, c'est l'évaluation, expliqua Catcher au-dessus de moi. Les pouvoirs des vampires s'appuient sur le physique : force, vitesse, agilité. La capacité à sauter plus haut que ta proie, à la devancer. Un odorat, une vue et une ouïe améliorés, également, mais ces derniers ont parfois besoin de mûrir avant d'être actifs. Et le plus important, la capacité de guérir de tes blessures, ce qui t'assure que ton corps reste au sommet de sa forme.

D'où la peau intacte de mon cou malgré la morsure.

Alors que je me soulevais et m'abaissais en cadence, Catcher, accroupi devant moi, m'immobilisa au beau milieu d'une pompe en posant un doigt au-dessous de mon menton. Son regard plongé dans le mien, il appela Jeff.

— Jeff ?

— Elle vient juste de finir sa 132e pompe.

Catcher hocha la tête.

— Tu es plus forte que la moyenne. (Les mains sur les genoux, il se releva.) Et maintenant, des abdos. Allez.

Je pivotai pour me mettre en position et commençai une série. Qui fut suivie de fentes, de génuflexions, puis de quelques positions de yoga destinées, d'après Catcher, à tester ma souplesse et mon agilité. Tous ces mouvements étaient relativement faciles, mon corps s'adaptant à des positions qui auraient dû m'être impossibles, même lorsque j'étais au mieux de ma forme de danseuse. Mais je pris les postures du danseur, du guerrier, de la roue et du *shirshasana* en fournissant autant d'efforts que si je m'étais simplement tenue debout. Mes muscles se contractaient pour me maintenir en équilibre, mais la sensation était merveilleuse, comme un étirement langoureux après une longue sieste.

— Je crois qu'on peut d'ores et déjà affirmer que tu as une dominante physique très forte, commenta-t-il.

J'étais alors en équilibre sur la tête et je reposai les pieds au sol pour me relever.

— Ce qui signifie ? demandai-je en resserrant ma queue-de-cheval.

— Ce qui signifie que, si l'on tient uniquement compte de ton évidente force physique, tu te places déjà sur l'échelon le plus élevé. Les vampires sont classés selon trois domaines. Physique : force, résistance, technique. Psy : toutes les capacités psychiques et mentales. Strat : les considérations de stratégie et d'alliance. Qui sont tes amis, expliqua-t-il. Et au sein de ces catégories, il existe des niveaux. Très fort en haut, très faible en bas, et tout un éventail entre les deux.

Je fronçai les sourcils.

— Donne-moi un point de comparaison. Où se placent les humains ?

— En matière de Psy et Strat, ils sont très faibles, selon les critères des vampires. En matière de force physique, cela peut varier de faible à très faible. Beaucoup de vampires sont à peine plus forts que les humains. Ils ont besoin de sang et ils ont ces vilains problèmes d'allergie au soleil, mais leur musculature demeure essentiellement la même. Certains vont acquérir des pouvoirs, mais cela arrive plus tard. Ça ne fait que – quoi ? – quatre jours que tu as été transformée ? Bien sûr, même les vampires qui ne deviennent pas plus forts bénéficient d'un coup de pouce métaphysique : possibilité de charmer les humains et transmission de pensée, une fois que le Maître établit le lien.

Je campai mes mains sur mes hanches.

— La transmission de pensée ? Tu veux dire, comme de la télépathie ?

— Exactement, confirma-t-il. Ethan t'appellera et nouera le lien. Tu ne seras capable de communiquer qu'avec lui, en tant que Maître, mais c'est un don très pratique.

Je jetai un coup d'œil à Mallory en repensant aux paroles similaires qu'elle avait eues avant que je prenne la parole devant Ethan à la Maison Cadogan. Elle acquiesça.

— Tu as déjà le Physique, poursuivit Catcher. Tu auras le Psy, peut-être. Ces pouvoirs ne sont pas encore connectés, et ne le seront certainement pas avant qu'Ethan et toi le soyez. (Catcher s'approcha et plongea son regard dans le mien, sourcils froncés, comme s'il regardait à travers mes pupilles.) Tu auras quelque chose, dit-il calmement avant que ses yeux se focalisent de nouveau et qu'il recule. Et ces pouvoirs te permettront de monter dans la hiérarchie. Tu seras une Maîtresse vampire, Merit. Un jour, tu auras ta Maison.

— Tu es sérieux ?

Il haussa les épaules d'un air désinvolte, comme si la possibilité que je sois un jour une des vampires les plus puissants au monde n'était pas grand-chose.

— Ça dépend de toi, bien sûr. Tu pourrais rester une Novice sous l'aile d'Ethan.

— Toi, tu sais comment motiver une fille.

Il glousse.

— Pourquoi ne ferais-tu pas une pause de cinq minutes, puis nous commencerons à travailler les attaques ? Il y a une fontaine à eau dans le couloir.

Je me dirigeai vers Mallory qui se releva, m'attrapa par le coude et m'entraîna dans le couloir désert. Là, je me ruai à la fontaine avec l'impression soudaine de mourir de soif. Elle choisit ce moment pour se mettre à hurler.

— Tu as dit « sorcier » ! Sorcier ! cria-t-elle en désignant la porte de la salle d'entraînement. Je n'appelle pas ça un sorcier, moi.

Sa rencontre avec Catcher avait dû lui faire de l'effet. Je relevai la tête en m'essuyant le menton puis je jetai un coup d'œil dans la pièce où Catcher s'entraînait au combat avec un Jeff étonnamment alerte.

— Euh, pourtant c'en est un. Et crois-moi, je le sais. J'ai failli être la victime d'un de ces petits trucs qu'il envoie avec ses doigts.

— Mais il est jeune ! Quel âge a-t-il ? vingt-huit ans ?

— Il a vingt-neuf ans. Et à quoi tu t'attendais ?

Elle haussa les épaules.

— Eh bien, tu sais bien, je pensais que ce serait un vieux monsieur grisonnant, avec une longue barbe blanche et une robe miteuse, sympathique et intelligent mais un peu professoral et distrait.

Je réprimai un sourire.

— J'ai dit « sorcier », pas « Dumbledore ». C'est vrai qu'il est sexy. Ne te plains pas, ça pourrait être pire. Tu aurais pu avoir affaire à un vampire prétentieux, vieux de plusieurs siècles et qui a décidé que tu es sa dernière idée fixe.

Mallory me tapota le bras.

— Tu as gagné. C'est pire.

— Oh oui ! admis-je en la précédant dans la salle d'entraînement.

On travailla encore deux heures. Catcher me positionna devant une rangée de miroirs et commença à m'apprendre comment me déplacer, me protéger. On passa – enfin, je passai – la première heure à apprendre à tomber.

Je ne plaisante pas.

Prévoyant que je risquais de me blesser, soit en me faisant jeter à terre par un adversaire, soit en effectuant un saut maladroit, Catcher m'enseigna comment ne pas me blesser en touchant le sol : comment rouler, équilibrer mon poids, me servir de l'élan de la chute pour enchaîner un nouveau déplacement. Au cours de la deuxième heure, on travailla les bases : coups de pied, coups de poing, blocages, attaques à mains nues. Ces mouvements étaient comme des briques qui, enchaînées, finissaient par construire des katas, ces combinaisons qui étaient la base de la technique de combat vampire. Les figures trouvaient leurs origines dans différents arts martiaux asiatiques – judo, iaido, kendo et kenjutsu –, les vampires européens ayant appris ces disciplines d'un épéiste nomade. Catcher m'expliqua que les attaques avaient évolué vers une forme particulière de combat parce que, comme il le disait, « les vampires ont une relation particulière avec la gravité ». Ils pouvaient sauter plus haut et rester en l'air plus longtemps que les humains. Aussi les mouvements étaient-ils plus compliqués que les katas pratiqués par les humains. Le côté tape-à-l'œil était vivement encouragé.

Catcher attendit la fin de la deuxième heure, après m'avoir enseigné les figures de défense du combat au sabre, pour daigner me montrer une arme. Celle qu'il dévoila avec soin et concentration était enveloppée dans de la soie indigo. C'était un katana, assez similaire à ceux portés par les gardes devant la Maison Cadogan. Il était glissé dans un fourreau noir laqué d'où seul dépassait son long manche entouré de corde blanche. Catcher dégaina le katana dans un chuintement d'acier et la longue lame légèrement courbée renvoya la lumière des suspensions.

J'admirai l'arme, suivant la ligne de la lame de mon doigt sans oser la toucher, comme si je répugnais à en souiller la surface.

— Pourquoi un sabre ? demanda Mallory. Je veux dire, si les vampires peuvent être tués, pourquoi ne pas utiliser une arme à feu, tout simplement ? C'est plus rapide, et certainement plus facile à trimballer qu'un sabre d'un mètre de long. Ces trucs-là ne sont pas vraiment discrets.

— L'honneur, répondit Catcher en prenant le katana d'une main ferme pour lui faire décrire un huit. (Il me jeta un regard.) Tu es immortelle, ce qui veut dire que tu vivras à jamais si tu arrives à ne pas te faire tuer. Mais si quelqu'un décide que ta dernière heure est venue, il a trois options à sa disposition. La lumière du soleil est évidemment le moyen le plus simple. (Il saisit le sabre à deux mains, lame vers le sol, avant de lui imprimer un mouvement vif vers le bas.) Deux : il te perce le cœur avec un pieu. Détruis le cœur du vampire et il meurt. Traditionnellement, on utilise des pieux en tremble.

— Pourquoi le tremble ? demandai-je.

Mallory leva le doigt.

— Selon une théorie, les substances chimiques contenues dans ses fibres empêchent le cœur de se régénérer.

— Et comment tu sais ça ?

— Oh, je t'en prie, dit-elle en écartant ma question d'un geste de la main. Tu sais bien que je lis beaucoup.

Catcher balança le sabre au-dessus de sa tête avant de trancher l'air de la lame en faisant siffler l'acier.

— Trois : détruire le corps. Coupe la tête et les membres, et le vampire meurt. Découpe le corps en morceaux et je te garantis que cela l'affaiblira, comme une arme à feu. Mais les armes à feu, les balles, c'est trop facile. Quand on veut tuer un immortel, il faut le faire soigneusement, précisément et après un combat à la loyale. Tu élimines un immortel parce que tu l'as affronté en utilisant les bonnes vieilles méthodes et que tu en as gagné le droit.

Le pommeau vers le haut, il abattit le sabre à côté de son corps, un coup qui aurait éventré un ennemi posté dans son dos. Puis il leva les yeux vers moi.

— Les loups ne se mangent pas entre eux, conclut-il.

Je me demandai – et ce n'était pas la première fois – comment Catcher en savait autant sur les vampires et ce qui faisait briller cette lueur résolue dans son regard.

Il se tourna vers Mallory.

— Voilà pourquoi ils n'utilisent pas d'armes à feu.

— Comment sais-tu tout ça ? demanda-t-elle.

— Les armes, c'est mon domaine.

— C'est comme ça qu'il travaille son pouvoir magique, intervint Jeff.

— C'est la deuxième Clé, ajoutai-je en appréciant l'air étonné de Catcher. J'apprends, tu sais.

— Je suis surpris, déclara-t-il en s'agenouillant pour ranger le sabre dans son fourreau avant de le déposer sur le sol devant lui.

D'un air solennel, il se courba devant l'arme avant de l'envelopper dans la soie.

— La prochaine fois, je te laisserai la tenir.

— La prochaine fois ? et ton boulot ? mon grand-père ?

— Ça ne dérange pas Chuck que je me charge de ta sécurité.

Quand le fourreau fut de nouveau recouvert, il se leva, son paquet dans les bras, et nous regarda tous.

— Qui a envie d'une petite omelette ?

7

Qu'y a-t-il dans un nom ?

En fait de « petite omelette », on eut droit à un petit-déjeuner délicieusement gras. Je me douchai et me rhabillai, puis Mallory et moi suivîmes Catcher et Jeff dans une minuscule gargote en aluminium située dans l'ombre des rails surélevés du métro aérien, dans un quartier commerçant qui avait connu des jours meilleurs. Une enseigne en néon bleu annonçant « *Chez Molly* » clignotait à l'une des fenêtres rondes.

À l'intérieur, on s'entassa dans un box pour parcourir le menu des petits déjeuners. Une serveuse en uniforme vichy prit notre commande – œufs, saucisses et toasts pour tout le monde – et on s'abandonna à un silence complice, uniquement perturbé par les regards intenses que Mallory et Catcher semblaient ne pouvoir s'empêcher d'échanger.

Quand nos assiettes arrivèrent quelques minutes plus tard, chargées de nourriture grasse, je mordis aussitôt dans une saucisse. J'en avalai ainsi trois d'affilée avant de faire les yeux doux à Mallory, qui m'en donna une quatrième.

Catcher gloussa.

— Tu as besoin de protéines.

— Comme un métamorphe, déclara Jeff avec un sourire vorace.

Je mordillai le bord d'un toast.

— D'ailleurs, Jeff, en quel genre d'animal tu te transformes ?

Catcher et lui échangèrent un regard, assez prudent pour que je devine que j'avais commis une nouvelle gaffe. Je notai mentalement pour la seconde fois qu'il me fallait absolument acquérir un guide pratique. Bon sang, j'étais prête à en écrire un moi-même, s'il fallait en arriver là.

— Quoi, j'ai encore posé la mauvaise question ? demandai-je en mordant dans mon toast.

Clairement, ma maladresse n'affectait pas mon appétit.

— Demander à un métamorphe en quel animal il se transforme revient au même que demander à un type de sortir sa queue pour la mesurer, dit Catcher.

Là, le toast se coinça dans ma trachée. Je m'étranglai et dus boire la moitié de mon verre de jus d'orange pour reprendre ma respiration.

— Ça va, dis-je en faisant un geste de la main à Mallory. Je vais bien. (J'adressai un sourire contrit à Jeff.) Désolée.

Il tourna vers moi un visage épanoui.

— Oh, je ne suis pas blessé. Je pourrais te montrer, tu sais. Je pense que ça te plairait assez.

Je levai une main.

— Non.

Jeff haussa les épaules, imperturbable, et s'attaqua à une nouvelle bouchée. Catcher but une gorgée de son café puis trempa un coin de son toast dans le reste de jaune d'œuf de son assiette.

— Il existe un moyen facile de remédier à ton ignorance, tu sais.

— Lequel ? demandai-je en repoussant mon assiette.

J'avais dévoré cinq saucisses – trois des miennes et deux chapardées –, trois œufs et quatre tranches de pain grillé et j'avais tout juste apaisé ma faim. Mais deux mille calories et quelques de graisse, féculents et protéines représentaient mes limites pour un repas. Je mangerais un casse-croûte plus tard, décidai-je en me demandant déjà jusqu'à quelle heure *Giordano's* était ouvert. Ou même *Superdawg.* Un hot-dog et des frites, bonne idée, non ?

— Lis le *Canon*, répondit Catcher, interrompant mes rêveries carnivores. C'est la meilleure source d'informations qui soit au sujet des surnaturels, y compris toutes les conneries que tu es déjà censée savoir sur les vampires. Tu sais, si on te l'a donné, c'est pour une bonne raison.

Je tapotai des doigts sur la table – déjà bien décidée à commander un Hackneyburger au bleu – et fis la grimace.

— Eh bien, disons que j'ai été un peu occupée à recevoir des menaces de mort, à botter le cul de mon Maître ou à m'entraîner.

— Tu as enfin une excuse pour t'acheter un Blackberry, fit remarquer Mallory en sirotant son jus d'orange.

Je lui adressai un regard furieux puis battis des cils en direction de Catcher.

— Et Mallory ? Qu'est-ce qu'elle devient, dans tout ça ?

Elle grogna sans que Catcher tienne compte de sa réaction.

— Maintenant qu'elle a été identifiée, l'Ordre va la contacter. Elle va recevoir une formation, on va lui désigner un tuteur. Pas moi, précisa-t-il en jetant un regard à Mallory. Elle va aussi devoir jurer de ne jamais se servir de sa magie au nom des forces du mal, mais uniquement pour le bien.

Il posa une main sur son cœur.

— C'est ce que tu as fait ? lui demandai-je. Tu t'es servi de ta magie pour faire le mal au lieu du bien ?

— Non, lança-t-il en jetant sa serviette dans son assiette.

— Pourquoi maintenant ? demanda Mallory. Si je suis si puissante que ça, pourquoi est-ce que je n'ai pas été identifiée plus tôt ?

— La puberté, déclara Catcher en se détendant sur son siège. Tu viens juste d'entrer en possession de tes pouvoirs.

Je ricanai.

— Et toi qui croyais que la puberté se limitait à avoir soudain des poils partout et des boutons sur la figure.

Mallory m'envoya un coup de coude dans le ventre.

— Quels pouvoirs ? Ce n'est pas comme si je me baladais en agitant une baguette magique.

— Le pouvoir d'un sorcier ne fonctionne pas ainsi. Nous ne sommes pas des lanceurs de charmes. Pas de formules magiques, pas de recettes, pas de chaudrons. Nous n'avons pas besoin d'invoquer ce pouvoir ni de le demander. Il ne nous vient pas d'une baguette ou d'une combinaison de mots et d'ingrédients. Nous le tirons de notre corps, par la force de notre propre volonté. (Catcher me montra du doigt.) C'est une prédatrice, une humaine génétiquement modifiée, altérée par un phénomène magique. Sa magie est accidentelle ; les vampires la remarquent davantage que les humains. Ils en ont une plus grande conscience mais ils ne peuvent la contrôler.

Nous, en revanche, sommes des vaisseaux de la magie. Nous la gardons, la canalisons, la protégeons.

Face au regard vide de Mallory, Catcher se sentit obligé de poursuivre.

— Écoute, as-tu récemment désiré quelque chose juste avant de l'obtenir ? quelque chose d'inattendu ?

Mallory fronça les sourcils en mordillant le bout d'une saucisse, geste que Jeff observait d'un œil avide.

— Je ne vois pas. (Elle se tourna vers moi.) Quelque chose que j'aurais désiré et obtenu juste après ?

C'est alors que cela me frappa.

— Ton boulot, lui dis-je. Tu as dit à Alec que tu voulais le poste et, le lendemain, tu l'avais.

Mallory pâlit et se tourna vers Catcher.

— C'est possible ?

Son expression était empreinte de tristesse, et probablement de désarroi à l'idée qu'elle n'avait peut-être pas décroché son poste chez McGettrick grâce à ses qualifications ou à sa créativité, mais seulement parce qu'elle avait provoqué la chose par quelque force surnaturelle qu'elle pouvait déclencher à volonté.

— Ça se peut, dit Catcher. Quoi d'autre ?

On réfléchit, sourcils froncés.

— Helen, dit Mallory. Je voulais qu'elle sorte de la maison, je le désirais violemment. J'ai ouvert la porte, je lui ai demandé de sortir et « pouf », elle s'est retrouvée sur le perron. (Elle leva les yeux vers Catcher.) J'ai pensé que, quand on révoquait une invitation de vampire, il était aspiré à l'extérieur. Non ?

Catcher secoua la tête, le visage empreint d'une inquiétude muette. *Ils iraient bien ensemble*, pensai-je.

L'énergie de Mallory, son expressivité, son impulsivité, sa créativité s'opposaient parfaitement à la solidité ombrageuse de Catcher.

— Ils s'en vont lorsque la règle le leur dicte, pas parce qu'une formule leur impose. C'est ta magie qui l'a mise à la porte.

Mallory laissa retomber la saucisse dans son assiette.

— Tu peux essayer, si tu veux. Maintenant, pendant que je suis là.

La voix de Catcher était douce, rassurante. Les yeux rivés à la table, Mallory s'humecta les lèvres. Enfin, après un long silence, elle leva la tête.

— Qu'est-ce que je dois faire ?

— Suis-moi, dit-il en portant la main à la poche arrière de son jean.

Il sortit un portefeuille en cuir noir usé, d'où il tira quelques billets qu'il posa sur la table. Après s'être penché en avant pour ranger son portefeuille, il se leva du box et tendit la main à Mallory. Elle marqua une pause en observant celle-ci, puis accepta son aide. Ils gagnèrent la sortie.

Jeff avala d'un trait le reste de son jus d'orange puis on leur emboîta le pas.

Dehors, la pluie avait enfin cessé. Catcher entraîna Mallory derrière le restaurant. Je jetai un coup d'œil à Jeff, et on accéléra le pas pour les rattraper.

Catcher parcourut une cinquantaine de mètres, jusqu'à ce que Mallory et lui se tiennent directement sous les rails du métro, l'un en face de l'autre. À quelques mètres d'eux, Jeff posa une main sur mon bras pour que je m'arrête également.

— On est assez près, murmura-t-il. Laissons-leur de l'espace.

J'entendis Catcher dire à Mallory :

— Donne-moi tes mains et regarde-moi.

Elle hésita puis lui tendit les mains, paumes tournées vers le haut.

— Tu as le pouvoir de canaliser l'énergie, comme un conduit, dit-il.

Il plaça ses mains, paumes vers le bas, au-dessus de celles de Mallory, en laissant un peu d'espace entre elles.

Pendant une seconde, il n'y eut rien d'autre que les bruits de la ville : la circulation ; une conversation plus loin dans la rue ; le battement sourd des basses d'une chanson de hip-hop ; l'eau qui gouttait depuis les voies au-dessus de nos têtes.

— Attends, murmura Jeff. Regarde leurs mains.

Tout se produisit au même moment : le train passa en rugissant au-dessus de leurs têtes et une lueur commença à s'intensifier entre leurs doigts tendus.

Mallory écarquilla les yeux ; puis Catcher dit quelque chose et elle leva la tête. Ils se regardèrent pendant que Catcher prononçait des paroles que je ne parvenais à distinguer par-dessus le crissement et le grondement du métro.

La lueur grossissait, prenait la forme d'une sphère, d'un globe de lumière dorée entre Catcher et Mallory.

Le train s'éloigna, laissant derrière lui un silence soudain tel un trou noir aspirant tout le bruit.

— Je le sens, dit Mallory, les yeux baissés sur leurs mains et la lumière entre elles.

— Que sens-tu ? demanda Catcher.

Elle leva les yeux sur lui. Leurs deux visages étaient illuminés.

L'alchimie, pensai-je. Je souris en lisant un mélange de joie et de surprise dans l'expression de mon amie.

— La magie, murmura Jeff près de moi.

— Tout, répondit Mallory.

— Ferme les yeux, lui dit Catcher. Respire-le.

Elle eut un hochement de tête hésitant. Elle ferma les paupières puis sourit. Le globe gonfla, engloutit leurs mains, leurs bras, leurs torses jusqu'à ce qu'une bulle de lumière dorée les enveloppe tous les deux. L'air s'emplit d'électricité, la brise de magie faisant palpiter ma frange et la tignasse de Jeff.

Puis, avec un « pop », la lumière disparut et une nappe de brume se dissipa dans l'air autour d'eux.

Mallory et Catcher, les bras toujours tendus, s'observaient.

— Pas mal du tout, dit-il.

— Comme si tu avais déjà connu mieux.

Je souris. Ça, c'était la Mallory que je connaissais, entonnoir à magie ou pas. Elle s'en sortirait, décrétai-je.

Ils nous rejoignirent.

— Alors ? Qu'est-ce que c'était, au juste ? demandai-je.

— C'est top secret, bébé vampire, me répondit Catcher. Tu n'as pas besoin de savoir ça pour le moment.

On retourna à nos voitures, ma grosse Volvo, la berline branchée de Catcher et le vieux pick-up de Jeff.

— Vous avez quelque chose de prévu ? demanda Catcher.

Jeff sourit.

— C'est vendredi soir, je finis plus tôt. Je vais aller chatter avec cette jolie poulette de Buffalo, blonde et bien roulée. Il faut que je rentre chez moi pour me connecter. (Il fila un coup de coude à Catcher.) D'accord, C.B. ?

— Je t'ai déjà dit de ne pas m'appeler comme ça.

— C'est pour que nous ayons un truc rien qu'à nous, une complicité, tu vois ?

— Non, je ne vois pas, Jeff. Je ne vois vraiment pas. (Mais quand Jeff commença à s'expliquer, Catcher leva une main.) Et ça ne m'intéresse pas non plus. (Il se tourna vers Mallory et moi.) Alors, rien de prévu ?

Nous secouâmes la tête.

— Il y a un club dans le quartier de River North qui a l'air sympa, le *Red*. (Catcher sortit de sa poche un prospectus identique à celui que j'avais trouvé sous mes essuie-glaces quand je m'étais garée devant la Maison Cadogan.) Ce n'est pas très loin de la salle de sport.

Je montrai le flyer du doigt.

— J'en ai eu un aussi. Ils doivent arroser toute la ville.

Catcher haussa les épaules, replia le papier et le fourra dans sa poche.

— Quelqu'un a envie de danser ?

— Oh, Seigneur, murmura Mallory.

— Danser ? lui demandai-je. Ça me dirait bien. Il faut que je me change mais je suis partante.

J'étais toujours d'accord pour danser. Mes hanches ne mentaient pas.

Mallory fit claquer sa langue avant d'adresser un regard d'agacement feint à Catcher.

— Bien joué, Gandalf. Elle va être tout excitée et je n'arriverai jamais à la coucher. Tu veux lui filer des bonbons et de la caféine pendant que tu y es ?

Catcher lui sourit et, même si le sourire ne m'était pas destiné, il était suffisamment sexy pour me donner des frissons.

— Je suis sorcier, pas magicien. Alors, c'est oui ?

Après un moment d'hésitation, elle acquiesça, les pommettes rouges.

J'aurais hoché la tête, moi aussi, si j'avais été à sa place. J'y serais peut-être même allée aussi d'un battement de cils coquet pour donner bonne mesure.

— Je vous laisse vous occuper de lui, dit Jeff en déverrouillant la portière de son pick-up. Dansez bien. Et si vous vous ennuyez plus tard… appelez-moi.

Il nous fit un clin d'œil avant de monter dans sa voiture.

— Un de ces jours, je vais l'embrasser juste pour le principe, dis-je à Mallory alors que nous nous dirigions vers la Volvo.

— Tu aurais dû. Tu l'aurais comblé pour le week-end.

Je contournai la voiture et ouvris la portière.

— Mais sa jolie petite blonde aurait été délaissée. Ça ne se fait pas.

Mallory hocha la tête d'un air grave.

— C'est vrai. Tu es si magnanime.

Je m'installai au volant et attendis que Mallory et Catcher finissent de débattre de quelque chose. Le problème apparemment résolu, Mallory se glissa sur son siège, les pommettes de nouveau enflammées. Je faillis lui demander de quoi ils avaient parlé, mais elle porta ses doigts à ses lèvres d'un geste inconscient qui répondit amplement à ma question. Je réprimai un éclat de rire, démarrai et pris la direction de la maison.

Catcher, qui nous avait suivies jusqu'à Wicker Park, campa sur le canapé du salon pendant que Mallory et moi montions à l'étage nous changer. Nous redescendîmes toutes les deux en jeans branchés, talons et jolis petits hauts. Le mien était noir à petits pois blancs, avec de courtes manches en voile noir – une super affaire que j'avais dénichée dans une boutique vintage. Mallory portait un chemisier sans manches, avec un petit col et une longue cravate qui brillait d'un éclat argenté à la lumière.

— Très joli, me dit-elle en touchant le tissu d'une de mes manches. On dirait que ton style s'est épanoui en un jour.

J'avais droit à de sacrés commentaires sur mes choix vestimentaires cette semaine, ce qui n'était probablement pas surprenant pour une fille qui se contentait habituellement de choisir les couleurs des tee-shirts qu'elle superposait. Je n'aimais pas faire les boutiques, au grand désespoir de ma mère… et de Mallory… et d'Ethan.

Mais je remerciai quand même Mallory et je la regardai avec amusement passer brièvement ses doigts dans ses cheveux d'un geste nerveux alors que nous approchions du salon.

— Je suis sûre qu'il aime beaucoup ta coiffure, lançai-je avant de prendre mes clés et de fourrer mon portefeuille dans un petit sac à main noir.

Mallory me tira la langue. On prit Catcher en passant – il abandonna d'un air coupable un film sentimental – et on sortit.

Le *Red* était situé dans un bâtiment indépendant, un édifice en briques à deux étages qui, d'un point de vue architectural, aurait très bien pu héberger un cabinet de design. La façade était dominée par trois rangées de hautes fenêtres voûtées, chacune d'elles coiffée par un relief finement sculpté. Je garai la voiture dans une rue transversale et, plus on approchait de la porte, plus les basses de la musique se faisaient entendre au travers des murs. Nous nous dirigions vers le bout de la petite file d'attente quand le videur – chauve, habillé d'un tee-shirt noir et d'un treillis, et équipé d'un casque avec micro – nous fit signe d'approcher.

— Nous ne sommes pas sur la liste, lui dit Catcher.

— Vos noms ? demanda-t-il quand même, d'une voix grave et neutre.

— Catcher Bell, Mallory Carmichael et Merit, lui répondit Catcher.

L'air concentré, le videur consulta la liasse de feuilles qu'il tenait à la main. Puis il leva les yeux et regarda dans le vague avant de hocher la tête comme si quelqu'un lui parlait dans l'oreillette. Il s'écarta alors de la porte et nous fit signe d'entrer.

Étrange, mais qui étions-nous pour protester alors qu'on nous offrait le traitement VIP ?

On pénétra au rythme cadencé des basses lentes qui étaient assez fortes pour faire vibrer tout mon corps. La musique braillait, mais le décor était chic, élégant. Le bar, immense, était situé à côté de l'entrée et adossé à une série de miroirs tandis que les murs de chaque côté étaient doublés de glaces bordées de rideaux et d'alcôves en cuir rouge dans lesquelles étaient placées des tables basses. La lumière de minuscules lampes se reflétait dans les miroirs, donnant à l'endroit un air de café à l'européenne.

Un escalier en fer forgé s'élançait en spirale près du bar et une petite piste de danse bondée dominait le fond de la salle. La clientèle était aussi classieuse que le décor. Des couples élégamment vêtus discutaient en buvant des martinis et des cosmopolitans. Tous étaient étrangement attirants. On voyait beaucoup de sacs Vuitton et de chaussures Manolo Blahnik, de coiffures soignées et de vêtements parfaitement coupés.

Certains, je le savais, étaient des vampires. Je le sentais sans trop savoir comment, même si le fait qu'ils soient presque tous sans exception d'une beauté surnaturelle était un indice fiable. Mais, malgré l'atmosphère irréelle qui flottait autour d'eux, ils sirotaient des boissons à 10 dollars, flirtaient et se balançaient au rythme de la musique comme des gens normaux.

Catcher alla chercher nos boissons – une vodka tonic pour Mallory et un gin tonic pour moi – tandis que nous nous dirigions vers la dernière table disponible. On se glissa sur la banquette contre le mur en laissant la place vers la salle à Catcher.

— Superbe endroit, hurla Mallory par-dessus le vacarme. Je n'arrive pas à croire que nous ne soyons encore jamais venues ici.

Je hochai la tête en observant les danseurs, puis pris le verre que Catcher me tendait. La chanson se finit, pour enchaîner aussitôt sur une suivante, et les premières mesures d'*Hysteria* de Muse firent vibrer l'espace. Pressée de danser, je bus rapidement une gorgée et attrapai la main de Mallory pour l'entraîner vers la piste. On traversa la foule, se frayant une brèche dans la cohue des corps habillés de vêtements griffés avant de se mettre danser.

On se laissa submerger par la musique, avaler par elle, chassant les soucis de nos esprits au rythme du synthétiseur déchaîné. Après cette chanson-là, on resta pour la suivante, puis une autre, et une autre encore, avant de nous faufiler à travers la foule pour aller faire une pause, nous asseoir et boire un coup. (Et comme nous avions confié nos sacs à main à Catcher, nous nous sentions un peu obligées de revenir.)

Mallory se glissa sur le fauteuil près de lui pour lui raconter notre fabuleuse expérience sur la piste de danse. Les yeux de Catcher s'illuminèrent d'amusement tandis qu'elle lui parlait d'un ton animé et plein de vie, tout en repoussant ses cheveux derrière ses oreilles. Je sirotai mon cocktail et me servis un verre de la carafe d'eau qui nous attendait sur la table.

Soudain, la chanson s'arrêta et le club fut plongé dans le silence, même si les stroboscopes continuaient à lancer des éclairs tout autour de nous. Une brume commença à affluer à nos pieds comme un prélude au tempo menaçant de *Ramalama* de Roisin Murphy qui se déversa soudain dans la salle. Les danseurs, qui avaient marqué une pause incertaine entre les chansons, attendant le signal de se remettre en mouvement, hurlèrent de joie avant de se déhancher sur la musique.

Nous nous reposions depuis quelques minutes, bavardant de tout et de rien, quand Catcher prit le verre de la main de Mallory, le posa sur la table et la conduisit de nouveau vers la piste de danse. Quand elle se retourna vers moi, éberluée qu'il ait eu le cran de supposer qu'elle allait le suivre sans faire d'histoires, je lui adressai un clin d'œil.

Tout en faisant tourner les glaçons dans mon verre, j'observais Mallory rougir alors que Catcher dansait tout contre elle, quand une voix s'adressa soudain à moi.

— Chouette morceau, non ?

Je me tournai, surprise de découvrir un homme souriant, le bras étendu sur le dossier de la banquette derrière moi. Ses courts cheveux châtain foncé un peu ondulés encadraient des pommettes bien marquées, un menton à fossette et une mâchoire affirmée couverte d'une barbe d'un jour.

Mais bien qu'il soit beau, ce furent ses yeux qui m'attirèrent et qui firent battre mon cœur plus vite. Ils étaient sombres et ourlés de longs cils noirs. Il me dévisagea en clignant lentement des yeux d'un air séducteur.

Œil de braise était vêtu d'une veste ajustée de cuir noir – des lignes sobres, un col Mao, très rock alternatif – sur une chemise noire qui moulait son torse mince. Il portait une montre au large bracelet en cuir. En somme, un look urbain, rebelle, dangereux et sacrément efficace sur un vampire. Car c'était sans aucun doute un vampire.

— Oui, c'est une chouette chanson, répondis-je après mon petit inventaire. Et tout le monde semble apprécier, ajoutai-je en désignant la piste.

Il hocha la tête.

— De toute évidence. Pourtant tu ne danses pas ?

— Je fais une pause. Je viens d'y passer presque une heure, lui dis-je en hurlant presque pour qu'il puisse m'entendre par-dessus la musique.

— Oh ? Tu aimes danser ?

— J'aime surtout m'abandonner. (Prenant conscience de ce que cela pouvait sous-entendre, j'agitai les mains.) Ce n'est pas ce que je voulais dire. J'aime ça, c'est tout.

Il éclata de rire et posa une bouteille de bière sur la table.

— J'étais prêt à t'accorder le bénéfice du doute, dit-il avec un joli sourire en m'offrant une vue complète de ses yeux.

Ils n'étaient pas marron, comme je l'avais tout d'abord pensé, mais d'une sorte de bleu marine chiné.

Et je fus frappée par la pensée que, lorsqu'il finirait par m'embrasser, ils s'illumineraient et deviendraient plus profonds, l'argenté pulsant à la lisière des iris…

Une minute. *Lorsqu'il finirait par m'embrasser?* Mon Dieu, d'où cette réflexion m'était-elle venue?

Je plissai les yeux vers lui, devinant quelle était la cause de cette petite blague.

— Est-ce que tu viens juste d'essayer d'user de tes pouvoirs sur moi?

— Pourquoi me poses-tu cette question?

Il prit un air innocent. Trop innocent, mais un sourire s'invita au coin de mes lèvres.

— Parce que ça ne m'intéresse pas de savoir de quelle couleur sont tes yeux quand tu embrasses.

Il eut un rictus coquin.

— Qu'est-ce qui t'intéresse, alors? ma bouche?

Je levai les yeux au ciel d'un air théâtral et il éclata de rire, inclinant sa bière pour boire une gorgée.

— Tu blesses mon *ego*, tu sais.

Je jaugeai d'un coup d'œil la partie de son corps qui n'était pas cachée par la table.

— J'en doute, lui dis-je en sirotant à mon tour mon gin tonic.

Un rapide tour d'horizon dans la salle confirma mes soupçons, me révélant plus d'une femme – et une poignée d'hommes – dont le regard ne quittait pas mon compagnon. Étant donné l'intensité de leur attention – et mon penchant pour les bourdes –, je me demandai si c'était une sorte de célébrité vampire que j'aurais dû connaître. Je craignais de commettre une nouvelle gaffe, et j'hésitais à lui poser directement la question. Je décidai donc de dévier avec précaution vers des présentations.

— Tu viens ici souvent ?

Il s'humecta les lèvres et détourna brièvement les yeux avant de pivoter de nouveau vers moi, me souriant comme s'il détenait un secret.

— Je passe pas mal de temps ici, en effet. Je ne me rappelle pas t'avoir déjà vue.

— C'est la première fois que je viens, admis-je.

Je désignai Mallory et Catcher, qui dansaient au bord de la piste, littéralement collés de la taille jusqu'aux pieds, les mains agrippées aux hanches l'un de l'autre. *Ça n'a pas traîné*, pensai-je en souriant à Mallory quand son regard croisa le mien.

— Je suis venue avec des amis, lui dis-je.

— Tu es nouvelle. Récemment transformée, je veux dire.

— Quatre jours. Et toi ?

— C'est mal élevé de demander son âge à quelqu'un.

J'éclatai de rire.

— Tu viens juste de le faire !

— Ah, mais je suis chez moi.

Ce qui expliquait son sourire mystérieux mais, puisque je ne savais rien de ce club, qui ne m'en disait pas plus sur qui il était.

— Je peux aller te chercher un verre ?

Je levai le mien, encore à demi plein.

— Ça va. Merci quand même.

Il hocha la tête et sirota sa bière.

— Que penses-tu de la condition de vampire ?

— Si c'était une maison, répondis-je après mûre réflexion, je dirais qu'il y a des rénovations à faire.

Il ricana puis se couvrit le nez du revers de la main en me glissant un regard amusé. Je souris à l'idée que même les plus sexy des vampires pouvaient avaler leur bière de travers.

— Bien dit.

— On fait ce qu'on peut. Et toi, que penses-tu de ta condition ?

Il croisa les bras, sa bière coincée contre le torse, et me jeta un petit coup d'œil.

— Il y a de beaux avantages.

— Oh, arrête. Tu peux certainement faire mieux que ça.

Il prit un air vexé.

— Je te sers ce que j'ai de mieux.

— Alors je détesterais entendre ce que le moins bon réserve.

Posant une main sur mon épaule, il se rapprocha, son geste provoquant des étincelles sur ma peau, puis il tendit un bras devant nous.

— Imagine un paysage uniquement constitué de références astrologiques et de vilaines comptines. C'est à ça que tu vas me réduire.

Je posai une main sur mon cœur en feignant la compassion.

— Je suis désolée de l'apprendre, mais surtout j'ai pitié des femmes qui doivent l'entendre.

— Là, tu me tues.

— Ah non, je refuse de porter le chapeau, m'esclaffai-je. C'est ton petit speech qui demande à être retravaillé.

— Pourtant, je t'en veux, répondit-il d'un air grave. À cause de toi, je vais mourir seul…

— Tu es immortel.

— Alors je vais mener une longue existence solitaire, se reprit-il aussitôt en s'affalant un peu plus sur la banquette, parce que tu as été trop dure envers ma technique de drague.

Je lui tapotai le bras, sentis le muscle ferme sous ma main, et mes joues s'embrasèrent.

— Écoute, lui dis-je. Tu es plutôt pas mal. (*Une litote.*) Je doute que tu aies besoin d'une telle technique. Il y a probablement ici une femme qui attend désespérément que tu viennes la voir.

Il fit mine de s'arracher un couteau planté dans le cœur.

— Pas mal ? Pas mal ! Tu me portes le coup fatal. Et tu penses que je ne peux rien trouver de mieux qu'une femme désespérée ?

Il émit un grognement frustré dont l'effet fut amorti par sa moue espiègle. Reposant sa bouteille de bière sur la table, il se leva. Je pensais être parvenue à le décourager, jusqu'à ce qu'il me tende la main. Je haussai les sourcils d'un air interrogateur.

— Puisque tu m'as blessé, je suppose que tu me dois une danse.

Déclaration sans appel, et sans ambiguïté.

Je me demandais si c'était le propre du vampire mâle d'exclure toute possibilité de discussion, de refuser d'admettre qu'on puisse défier son autorité. Ou peut-être était-ce justement un problème d'autorité. D'après ce que je savais de son obsession pour le sport, il ne pouvait s'agir que de Scott Grey, le chef de la Maison qui portait son nom. Quelle que soit son identité, ce vampire irradiait le même sentiment de détermination qu'Ethan. Il était haut placé, quelle que soit la Maison à laquelle il appartenait.

Et je n'étais, bien sûr, qu'une Initiée de bas étage. Mais une Initiée de bas étage célibataire. Je me levai donc et acceptai sa main.

— Bien, dit-il, les yeux étincelants, avant de passer ses doigts entre les miens et de me conduire vers la piste de danse, ce qui me donna une nouvelle occasion de le détailler.

Il mesurait quelques centimètres de plus que moi, peut-être un mètre quatre-vingt-cinq. Ce que je découvris était aussi rock and roll que ce que j'avais déjà pu voir. Un jean noir délavé, retenu sur ses hanches par une large ceinture en cuir, moulait parfaitement ses longues jambes et, cerise sur le gâteau, mettait parfaitement en valeur un divin petit cul. Ce type était une pub vivante pour Diesel.

Quand il nous eut trouvé un petit espace, il se tourna vers moi et porta mes mains à son cou, posa les siennes sur mes hanches et se mit à bouger en cadence parfaite avec la musique. Il ne s'essaya pas à des pas de danse compliqués – pas de pirouettes, pas de courbettes, pas de démonstrations de ses prouesses. Mais il bougeait ses hanches contre les miennes, sans me quitter des yeux avec un demi-sourire malicieux. Puis il s'humecta les lèvres et se pencha en avant. Je crus qu'il voulait m'embrasser et je tressaillis, mais il approcha sa bouche de mon oreille.

— Merci de ne pas m'avoir refusé cette danse. J'aurais été obligé de quitter mon propre club la queue entre les jambes.

— Je suis certaine que ton *ego* l'aurait supporté. Tu es un grand vampire baraqué, après tout.

Il gloussa.

— Comme tu n'as pas l'air très impressionnée par la condition de vampire, je n'étais même pas sûr que cela joue en ma faveur.

— C'est normal. Mais tu as vraiment de belles… chaussures.

Il cligna des yeux puis jeta un regard dubitatif vers ses bottes noires.

— Oh, j'ai pris ce que j'ai trouvé dans mon placard.

Je ricanai en tirant sur la manche de sa veste.

— Arrête. Je suis sûre que tu as réfléchi toute la semaine à ce que tu allais porter ce soir.

Il éclata de rire, rejetant la tête en arrière pour savourer ce moment. Quand il se calma, secoué encore de temps à autre de petits gloussements, il m'adressa un sourire sincère.

— J'avoue. Je suis très à cheval sur mon apparence. (Puis il tira à son tour sur la manche fine de mon petit haut.) Mais regarde ce que j'ai gagné au change.

Je répondis à son compliment par un sourire lumineux. Il réagit de la même manière et posa de nouveau les mains sur mes hanches tandis que j'accrochai les miennes aux courbes fermes de ses épaules. Lorsque cette chanson laissa la place à une autre plus rapide, plus forte, on continua de danser en silence, avec intensité, tandis que les corps se mouvaient autour de nous.

Je pris soudain conscience que les vibrations qui parcouraient mes membres n'étaient pas dues à la musique qui braillait. Cela venait de lui, du bourdonnement palpable de pouvoir qui traversait sa silhouette élancée. C'était un vampire, et il était puissant.

La musique changea encore et il se pencha vers moi.

— Et si je te demandais ton numéro de téléphone ?

Je lui souris.

— Tu ne veux pas savoir comment je m'appelle, d'abord ?

Il acquiesça d'un air pensif.

— C'est probablement une information importante.

— Merit, lui dis-je. Et toi ?

Sa réaction ne fut pas celle que j'attendais. Son sourire joyeux s'effaça et il s'immobilisa, même si les gens continuaient à danser autour de nous. Ses mains quittèrent mes hanches et j'ôtai les miennes de ses épaules d'un geste gauche.

— Morgan. Navarre, je suis le Second de Célina Desaulniers. De quelle Maison es-tu ?

Voilà donc qui expliquait ces vibrations de pouvoir. J'eus un mauvais pressentiment concernant sa réaction à ma réponse, mais je lui donnai tout de même d'un ton hésitant.

— Euh… Cadogan.

Silence.

— Comment es-tu entrée ici ?

Je clignai des yeux.

— Quoi ?

— Comment es-tu entrée ici ? Dans mon club. Comment y es-tu entrée ?

Son regard se teinta d'un éclat métallique. Le temps du flirt et des approches était fini. Puis je me rappelai les paroles de Catcher. Il m'avait avertie que les vampires Cadogan étaient méprisés parce qu'ils buvaient le sang des humains.

Je dévisageai Morgan en essayant de déchiffrer son expression, de savoir si c'était là la raison de sa soudaine colère, une démonstration irrationnelle de la discrimination entre Maisons.

— Tu plaisantes, là ?

Il me saisit la main et me tira violemment hors de la piste de danse. De retour dans la salle, il m'arrêta et me lança un regard furieux.

— Je t'ai demandé comment tu es entrée ici.

— Je suis entrée par la porte, comme tout le monde. Est-ce que tu pourrais me dire ce qui se passe ?

Avant qu'il puisse répondre, ses troupes débarquèrent, une escorte de vampires qui l'entourèrent aussitôt. En première ligne et au centre se tenait Célina Desaulniers, la vampire la plus célèbre de Chicago. Elle était aussi belle en vrai qu'à la télévision. Une silhouette de pin-up de bande dessinée : élancée, avec de longues jambes, une taille minuscule et une poitrine voluptueuse. Ses longs cheveux noirs ondulés faisaient ressortir ses yeux bleu vif et son teint de porcelaine. Elle cachait d'ailleurs très peu de cette peau sous un court fourreau en satin couleur champagne froncé en plis complexes au niveau du buste. Ses escarpins étaient parfaitement assortis.

Elle m'adressa un regard de mépris ostensible.

— Qui est donc cette personne ?

Sa voix était comme un flot de miel onctueux, et me faisait même de l'effet à moi, qui étais résolument hétéro. Je ressentis le désir fugace mais insistant de me jeter à ses pieds, d'implorer son pardon, de m'approcher d'elle juste pour pouvoir effleurer sa peau qui, je le savais, devait être aussi douce que la soie. Mais je serrai les poings pour résister à ce que je compris – un peu tard – être une nouvelle tentative des Navarre pour me charmer. La résistance que j'opposais fut renforcée par l'arrivée de Catcher et Mallory, qui se postèrent près de moi en renfort. Célina écarquilla les yeux, probablement surprise que son pouvoir n'ait pas fonctionné.

— Merit, répondit Morgan la commère d'une voix crispée. Cadogan.

— Quelqu'un pourrait-il m'expliquer où est le problème ? demandai-je.

Je n'eus droit à aucune réponse. Mais Célina me détailla du regard en arquant un sourcil délicatement dessiné. Elle prononça le nom de Morgan comme une requête implicite.

— Tu dois t'en aller, me dit Morgan. Il y a des humains ici et nous n'acceptons pas les vampires Cadogan.

Qu'est-ce qu'ils croyaient ? que j'allais me mettre à croquer les danseurs ?

— Écoute, le videur à l'entrée nous a laissés passer, mes amis et moi, dis-je avec l'intention de démonter leurs préjugés aveugles. Nous ne causions aucun problème, nous dansions. Nous n'étions certainement pas en train de harceler des humains.

Je l'implorai du regard de me soutenir, mais il détourna la tête. Ce petit geste de rejet, de déni, me blessa.

La frustration commença à laisser la place à la colère et mon sang s'enflamma. J'allais avancer d'un pas mais une main sur mon coude m'arrêta.

— Ça ne vaut pas le coup de se battre, me murmura Catcher. Pas pour ça. (Il me tira doucement en direction de la porte.) On s'en va.

Célina me regarda de nouveau et, l'espace d'une seconde, nous fûmes les deux seules vampires dans la salle. Quel que soit son pouvoir – et il allait bien au-delà de ce que j'avais pu rencontrer jusque-là –, je le sentis lentement ramper vers moi comme de fins tentacules invisibles. En une fraction de seconde, il m'enveloppa. Au début, je n'étais pas certaine de ce qu'elle tentait de faire ; cette impulsion n'était pas une menace physique, pourtant je la ressentais comme une agression. Je ne pensais pas qu'elle puisse me blesser mais elle essaya de se glisser à l'intérieur de moi, cherchant mes faiblesses tout autant que mes forces. Elle me jaugeait, là, devant son Second et ses suivants, devant Catcher et Mallory. Elle m'évaluait, me testait, attendait que je pousse un cri, recule et m'effondre sous le déluge de son pouvoir.

Je savais ne pas être assez forte pour dresser un mur entre elle et moi et il était hors de question de craquer et de la supplier d'arrêter, de déclarer forfait. Même si j'en avais eu la force, je ne savais comment la combattre, ni comment lui résister. Aussi, je ne trouvai qu'une chose à faire : rien. Je fis le vide dans mon esprit, pensant que, si je n'opposais aucune résistance, son pouvoir glisserait sur moi. Plus facile à dire qu'à faire. Je dus lutter pour continuer de respirer alors que l'air autour de moi s'épaississait en pulsant littéralement d'énergie.

Mais je parvins à garder la tête claire et plongeai mon regard dans les yeux bleus de Célina en lui adressant un demi-sourire.

Ses iris s'embrasèrent d'un feu argenté.

— Célina.

La voix de Morgan rompit le charme. Je sentis sa concentration vaciller et son corps se détendre tandis que la magie se dissipait autour de nous. Elle inspira et jeta un regard à Morgan, les traits figés en une expression imperméable et hautaine.

— On dirait que tu as de la concurrence, avec le nouveau joujou d'Ethan, trésor.

Je m'apprêtais à bondir sur elle en grondant (et Dieu seul sait ce que j'aurais bien pu lui faire) mais les doigts de Catcher se refermèrent autour de mon bras.

— Merit, me dit-il doucement. Laisse tomber.

— C'est un sage conseil, petit joujou, ajouta Célina à mon intention. Tu ferais bien de l'écouter.

J'eus envie de lui montrer les dents mais c'était ce qu'elle attendait. Je décidai de ne pas répondre par la colère ou des propos agressifs. Non, c'était l'occasion de montrer que j'étais une meilleure vampire qu'elle, de faire preuve de calme et de sérénité. De jouer l'Initiée qui n'avait pas encore oublié sa part d'humanité.

Sans quitter Célina des yeux, je reproduisis un geste que j'avais vu Ethan faire : je mis mes mains dans mes poches, dans une attitude très posée, et donnai à ma voix une tonalité grave et profonde.

— Je ne suis pas un jouet, Célina. Mais sois sûre d'une chose : je sais exactement qui je suis.

J'avais repris, presque mot pour mot, les paroles d'Ethan, mais cela ne me vint à l'esprit que beaucoup plus tard.

— C'est bien, murmura Catcher en me tirant par le bras pour m'éloigner.

Je le suivis avec le peu de fierté qui me restait et réussis à ne pas me retourner pour adresser un regard furieux au beau gosse aux cheveux châtains qui m'avait dénoncée à sa Maîtresse.

Je ne pipai mot jusqu'à ce que nous nous trouvions à un pâté de maisons de la boîte de nuit.

— Vas-y, lâche-toi, me dit alors Catcher, jugeant apparemment que nous nous étions suffisamment éloignés.

Et c'est ce que je fis.

— Je n'arrive pas à croire qu'on puisse se comporter comme ça ! On est au XXIe siècle, pour l'amour de Dieu. Comment peut-on trouver normale une pareille discrimination ? Et qu'est-ce que c'est que cette histoire de Célina qui cherche à me tester ? (Je me tournai vers Catcher, les yeux probablement emplis de fureur, et le pris par le bras.) Tu as senti ça ? ce qu'elle a fait ?

— Il aurait fallu être complètement insensible, intervint Mallory. Cette femme est un sacré numéro.

— Je croyais que tu avais dit que les vampires n'avaient pas de pouvoirs magiques ? demandai-je à Catcher. Qu'est-ce que c'était, alors ?

Il secoua la tête.

— Les vampires sont incapables de manier la magie, la modeler ou lui donner forme. Mais tu es bien née de cette magie, de ce pouvoir, que tu appelles ça des gènes de vampires ou autre. Tu peux la sentir, la tester. Et s'il y a une chose que les vampires savent faire mieux que personne, c'est manipuler.

Il sortit de sa poche le prospectus du *Red*.

— Ils nous ont appâtés, compris-je. Ils ont identifié nos voitures et y ont laissé les prospectus.

Catcher hocha la tête et rangea le papier.

— Elle voulait voir.

— Quoi ? moi ?

— Je ne sais pas, dit-il, les yeux tournés vers Mallory. Peut-être. Peut-être pas.

— Et puis il y a Regard de braise, dis-je. Je n'arrive pas à croire que j'aie pu me laisser embobiner par ce type : j'ai même dansé avec lui ! Tu crois que tout ça était un stratagème ?

Catcher soupira et joignit les mains au-dessus de la tête avant de se retourner vers le *Red*.

— Je n'en sais rien, Merit. Tu crois qu'il complotait quelque chose ?

Il m'avait paru sincère, vrai. Mais comment en être sûre ?

— Je ne sais pas, répondis-je. Mais tu connais la morale de cette histoire ?

Nous avions atteint la voiture et je marquai une pause afin de m'assurer que j'avais bien toute leur attention.

— Ne faites jamais confiance à un vampire. Jamais, dis-je une fois qu'ils se furent tous les deux tournés vers moi.

J'allais monter dans la voiture quand je remarquai que le gros Hummer garé devant ma Volvo arborait une plaque d'immatriculation marquée « NVRRE ». Avec un sourire malicieux, je filai droit vers le véhicule et décochai un coup de pied dans un des pneus surdimensionnés. Quand l'alarme se mit à couiner sauvagement, je grimpai aussi vite que possible dans la Volvo, démarrai et appuyai sur le champignon.

Le Hummer ne subit pas de grands dégâts, mais ce fut cathartique.

Quand on fut à plusieurs rues de la boîte de nuit, je croisai le regard de Catcher dans le rétroviseur.

— Tout ce drame parce que nous buvons du sang humain ?

— En partie, répondit-il. Le prospectus t'a attirée dans ce club pour qu'ils puissent voir qui tu étais, et le fait que tu boives du sang t'a fait jeter de la même boîte. C'est une façon pratique pour Célina de surveiller la ville, d'amener les gens à sa porte malgré eux.

— Les attirer dans sa toile, oui, marmonna Mallory.

J'acquiesçai. Inutile, supposai-je, de regretter mon appartenance à Cadogan, mais quelle drôle de manière d'entrer dans le monde des vampires. Quatre jours avaient passé depuis ma transformation et une partie des habitants de Chicago avaient déjà décidé qu'ils ne m'aimaient pas à cause de mon affiliation. À cause de ce que les autres faisaient. Ça puait les préjugés humains à plein nez.

Catcher s'étira sur la banquette arrière.

— Si ça peut te soulager, ces deux-là vont récolter ce qu'ils méritent.

Je tapotais des doigts sur le volant.

— Ça veut dire quoi exactement ?

Il haussa les épaules et détourna le visage vers la vitre. Apparemment, notre ancien sorcier de quatrième niveau était également médium.

— Catch, est-ce que tu savais ce qui allait arriver ? Tu savais que c'était un établissement Navarre ?

« Catch » ? Je jetai un coup d'œil à Mallory, surprise qu'ils en soient déjà arrivés à se donner des petits noms. De toute évidence, ces deux-là s'étaient sacrément rapprochés sur la piste de danse. Mais son visage ne trahissait rien.

— Oui, *Catch*, répétai-je pour l'imiter. Est-ce toi qui as monté ce coup ?

— Je voulais aller jeter un coup d'œil dans ce club, dit-il. Je savais qu'il était affilié à Navarre, mais il ne m'est pas venu à l'idée que nous avions été appâtés. Je n'avais certainement pas prévu que nous nous fassions virer, ni prévu de jouer un rôle quelconque dans le numéro de moralité de Célina, même si cela ne m'étonne pas. Les vampires sont épuisants, ajouta-t-il avec un soupir las.

J'échangeai un regard avec Mallory tandis qu'elle entortillait une mèche de cheveux autour de son doigt.

— Oh, oui, très chère, dit-elle en affectant un accent de grande bourgeoise. Les vampires sont ééépuisants.

Je feignis de sourire et nous rentrâmes à la maison.

J'étais en train de me brosser les dents, vêtue d'un pyjama miteux – un tee-shirt vert clair laissé par un ancien petit ami et où on pouvait lire « JE SUIS UN ZOMBIE » et un caleçon usé –, quand Mallory, toujours dans sa tenue de soirée, entra avec précipitation dans la salle de bains de l'étage et claqua la porte derrière elle. Je m'arrêtai, la brosse à dents dans la bouche, et la dévisageai.

— Bon, il faut que je rompe avec Mark.

Je souris.

— Il se peut que ce ne soit pas une mauvaise idée, admis-je en reprenant mon brossage.

Mallory se plaça à côté de moi et croisa mon regard dans le miroir.

— Je ne plaisante pas.

— Je sais. Mais tu parlais déjà de rompre avec Mark avant de rencontrer Catcher.

Je me rinçai la bouche. *Merci, mon Dieu, il existe des amies assez proches pour vous regarder vous brosser les dents sans être débectées.*

— Je sais. Ce n'est pas le mec qu'il me faut. Mais il est vraiment tard et j'ai besoin de dormir, et je me sens toute bizarre de savoir que j'ai obtenu mon boulot juste parce que je l'ai souhaité. Et puis il y a Catcher.

Elle se calma, apparemment perdue dans ses pensées, et le silence s'emplit des bruits provenant de la télévision au rez-de-chaussée. Un narrateur décrivait la situation critique d'une femme meurtrie qui avait surmonté l'adversité, le cancer et un dénuement presque total pour recommencer une nouvelle vie avec ses enfants.

Je m'essuyai la bouche sur une serviette.

— Et le fait qu'il est de nouveau en bas en train de regarder la chaîne sentimentale.

Elle se gratta la tête.

— Tu crois que ça l'inspire ?

J'appuyai une hanche contre le lavabo.

— Fonce.

— C'est juste que je ne suis plus très sûre, tout à coup. Le boulot, ça, je sais. Tes crocs, ça va aussi. Mais ce type… Il a du bagage, il est sorcier et je ne sais pas…

Je la serrai dans mes bras, comprenant qu'il ne s'agissait pas seulement de Catcher, mais de sa vie qui prenait une nouvelle forme. Son intérêt pour l'occulte et la magie était devenu quelque chose de beaucoup plus intime.

— Quoi que tu fasses, je serai là, lui dis-je.

Mallory se recula en reniflant et tamponna soigneusement les larmes sous ses yeux bleus.

— Ouais, mais tu es immortelle, toi. Tu as le temps.

— Va te faire voir, grosse vache ! lançai-je avant de sortir de la salle de bains en éteignant la lumière, histoire de la laisser seule dans le noir.

— Euh... qui c'est qui a mangé son poids en saucisses tout à l'heure ?

J'éclatai de rire et gagnai ma chambre.

— Amuse-toi bien avec Roméo, lui dis-je en fermant la porte derrière moi.

Dans la chambre fraîche et calme, avec encore quelques heures avant l'aube, je rejetai les couvertures, allumai ma lampe de chevet et choisis un livre de contes. Il ne me vint pas à l'esprit qu'étant donné l'état actuel de ma vie, je n'avais pas besoin de lire ce genre d'histoires. J'en vivais une.

8

Quand on a des crocs, on ne s'excuse pas

Ce fut l'odeur de tomate et d'ail qui me réveilla au coucher du soleil et je descendis au rez-de-chaussée en pyjama. La télévision braillait mais le salon était vide. J'entrai en traînant les pieds dans la cuisine et trouvai Mallory et Catcher installés à l'îlot central en train de manger des spaghetti à la bolognaise. Mon estomac gronda.

— Je suppose qu'il n'en reste pas ?

— Sur la cuisinière, répondit Catcher en mordant un morceau baguette. Nous t'en avons laissé. On se doutait que tu aurais faim.

Nous ? pensai-je avec un sourire en gagnant la cuisinière. Je n'étais pas certaine d'avoir vraiment envie de spaghetti pour le petit déjeuner – même pris à presque 20 heures –, mais mon estomac, qui n'avait aucun scrupule, gargouilla bruyamment pendant que je versais le contenu de la casserole dans une assiette. J'allai me chercher une boisson dans le réfrigérateur mais ma main se posa sur les poches de sang et mes dents m'élancèrent soudain de l'envie de mordre dedans. Promenant ma langue dans ma bouche, je sentis la pointe de mes crocs. Je n'éprouvais plus, pourtant, cette faim violente et agressive que j'avais connue deux jours plus tôt. Je sortis malgré tout une poche de sang de groupe A en évitant de regarder Mallory et Catcher.

— J'ai besoin de sang, dis-je, mais je peux aller le boire ailleurs si ça vous dégoûte.

Mallory gloussa en mâchant une fourchetée de spaghetti.

— Tu me demandes la permission de me mordre ? Parce que tu devrais savoir que ton autre manière de te nourrir ne me fait ni chaud ni froid.

Je lui adressai un sourire reconnaissant et, puisque j'en avais la permission, je sortis un verre du placard et le remplis. Ne sachant pas vraiment combien de temps il fallait réchauffer le sang, je programmai le micro-ondes sur quelques secondes. Quand la sonnerie retentit, je me jetai presque dessus pour en sortir le verre que je vidai d'un trait. Le sang avait un léger arrière-goût de plastique, probablement à cause de la poche, mais cela valait quand même la peine. Je répétai l'opération – verser, réchauffer et boire – jusqu'à finir le contenu du sac, puis je me tapotai le ventre d'un air heureux, pris mon assiette de spaghetti et m'installai sur un tabouret à côté de Catcher.

— À peine trois minutes, me fit-il remarquer en saupoudrant du piment rouge sur ses pâtes.

— Et c'était un peu décevant, ajouta Mallory. Tu t'es contentée de garder les yeux rivés au micro-ondes pendant tout ce temps. J'imaginais que tu allais au moins réciter une sorte d'invocation ou bien ronger le plastique de la poche. Que tu allais grogner (elle prit une nouvelle fourchette de spaghetti), griffer le sol, aboyer.

— Je suis une vampire, pas un berger allemand, lui rappelai-je en m'attaquant à mon assiette. Bon, fis-je après avoir avalé quelques bouchées. (On pouvait dire ce qu'on voulait du comportement de Catcher, ce type savait cuisiner.) Qu'est-ce qui s'est passé, aujourd'hui ?

— Mark se met au parachutisme, annonça Catcher. Fort heureusement, nous n'avons plus à nous en soucier.

Mallory le fusilla du regard.

— J'aimerais autant que tu ne parles pas de lui de cette manière. Il a des sentiments, tu sais.

— Oui, oui.

— Tu pourrais également modérer cette attitude, avertit Mallory en se laissant glisser de son tabouret.

Elle balança son assiette dans l'évier et sortit de la cuisine.

— Des problèmes au paradis ? demandai-je.

Il haussa une épaule.

— Elle a demandé à Mark de venir pour pouvoir rompre avec lui en personne. Il était bouleversé. Ils ont pleuré tous les deux.

— Ah.

On finit de manger en silence, et il déposa nos assiettes dans l'évier.

— Laissons-la tranquille. Il est temps d'aller à la salle de sport. Je vais m'occuper de toi pendant deux heures. Puis il faudra que je passe au bureau.

— Un samedi ?

Il se contenta de hausser les épaules. Catcher, je commençais à m'en rendre compte, savait garder un secret.

Ce talent le rendait sans aucun doute inestimable pour mon grand-père.

— Est-ce que je pourrais tenir ton sabre aujourd'hui ? lui demandai-je en sortant de la cuisine.

Catcher me jeta un coup d'œil par-dessus l'épaule et arqua un sourcil.

— Enfin… *le* sabre, me repris-je.

— On verra.

On s'entraîna pendant deux heures, abordant directement les mouvements de base que Catcher avait commencé à m'enseigner la veille. J'apprenais vite. C'était un talent que j'avais affiné à force de retenir rapidement des chorégraphies, mais ma mémoire musculaire se renforçait encore plus à présent et les mouvements m'étaient presque devenus automatiques à la fin de la séance. Cela ne voulait pas dire que j'étais élégante et gracieuse, mais au moins je savais quoi faire.

Catcher ne tint qu'à moitié sa promesse de me laisser prendre le sabre en mains. Il refusa de me laisser toucher la lame dénudée mais il me permit de passer la ceinture qui tenait le fourreau, avant de me reprendre le sabre pour me montrer comment le dégainer et le ranger en position agenouillée. Ces mouvements, m'expliqua-t-il, étaient identiques à ceux de l'iaido et étaient censés permettre au porteur du sabre de réagir à une attaque surprise – et donc déshonorante. Je faillis lui demander pourquoi, si une telle attaque était déshonorante, il avait besoin de m'enseigner comment m'en défendre. Mais je supposai que ma question l'agacerait, que sa réponse serait cinglante et que je ne récolterais qu'une tirade sur le manque d'honneur des vampires. Je ne pris donc pas la peine de l'interroger à ce sujet.

Quand Catcher en eut fini avec moi, j'enfilai mes vêtements de ville et pris congé. Catcher partit pour le bureau de mon grand-père, dans le South Side, et je décidai, pour ma part, de jouer la bonne petite vampire Cadogan. Je me rendis à Hyde Park avec l'intention de raconter à Ethan les événements de la veille. La perspective de le revoir ne me réjouissait pas vraiment, pas après notre dernière entrevue, mais je ne doutais pas une seconde qu'il avait déjà entendu parler de ce qui s'était passé au *Red*. Et cette histoire, il valait mieux qu'il l'entende de ma bouche. Je ne savais trop comment aborder le sujet de Morgan ni même s'il fallait que je dise à Ethan que j'avais flirté avec un vampire Navarre à peine vingt-quatre heures après le baiser que nous avions échangé avant qu'il me fasse son ignoble proposition. En entrant dans la Maison Cadogan, son domaine, je décidai qu'il valait probablement mieux ne pas en parler du tout.

Ethan, comme m'en informèrent les gardes, se trouvait dans son bureau. Je m'y rendis directement et frappai à sa porte, même si j'étais sûre qu'il avait été prévenu de mon arrivée. Il aboya un brusque « Entrez » et je pénétrai dans la pièce en refermant la porte derrière moi. Ethan, dans son uniforme Armani, était assis à son bureau, un dossier ouvert devant lui. Il semblait absorbé dans la lecture de son contenu.

— Regardez donc qui vient de son propre gré dans mon antre de l'iniquité.

Je me détendis progressivement, plus que ravie de constater qu'il était d'humeur sarcastique.

— Tu peux m'accorder une minute ?

— Qu'as-tu encore fait ?

Manifestement nous allions éviter le sujet de notre baiser. Ça me convenait.

— Rien, mais merci pour cette éclatante preuve de confiance. Mon *ego* en est tout émoustillé.

— Hum, marmonna-t-il l'air dubitatif, le regard toujours rivé aux papiers sur son bureau. Si tu es venue ici de ton gré et que je ne t'ai pas entendue crier parce que Malik te traînait dans le couloir, alors je suppose que… tu t'es résignée à ton sort ?

— Je fais de mon mieux pour accepter le fait que je suis une vampire, dis-je en me perchant sur le bord de son bureau.

— Voilà qui me réchauffe le cœur, répondit Ethan en levant enfin ses troublants yeux verts sur moi avant de se caler dans son fauteuil. Même si je ne peux constater une quelconque amélioration de ta garde-robe.

— Je m'entraînais avec Catcher Bell. Il m'enseigne les katas.

— Oui. Nous en avons parlé. Qu'est-ce qui t'amène ?

— Une rencontre désagréable avec les vampires de la Maison Navarre.

Ethan me dévisagea avec calme avant de croiser les bras sur son torse.

— Explique-toi.

— Je suis allée au *Red* la nuit dernière. Tu connais cet endroit ?

Il hocha la tête.

— C'est le club des Navarre.

Si seulement Catcher avait mentionné cela avant qu'on entre, pensai-je avec regret. Mais ça ne servait à rien de ressasser.

— Ils nous ont laissés entrer, Mallory, Catcher et moi, mais ils nous ont fichus à la porte quand ils ont découvert que j'étais de Cadogan.

Ethan fronça les sourcils.

— Puisque je doute que tu aies répandu cette information toi-même, comment ont-ils découvert que tu étais une Cadogan ?

— J'ai rencontré un vampire Navarre. Morgan ?

Une pause prudente, puis Ethan hocha de nouveau la tête.

— Il s'est présenté, m'a dit à quelle Maison il appartenait et j'ai fait de même.

— Il s'est présenté ?

— C'est à ce moment-là qu'il a découvert que j'étais Cadogan et alors il a piqué une crise. Célina et d'autres vampires ont débarqué et ils nous ont fichus à la porte. Je voulais te le dire au cas où tu entendrais cette histoire de la bouche de quelqu'un d'autre et imaginerais que j'étais sortie, je ne sais pas, pour semer le chaos et donner une mauvaise réputation à la Maison.

Ou une réputation pire que celle qu'elle a déjà, me repris-je mentalement.

Ethan plissa les paupières.

— Pourquoi irais-je imaginer ça ?

— Pourquoi chercher un coupable quand tu m'as, moi, comme bouc émissaire ?

— Touché, convint-il avec un demi-sourire.

Je penchai la tête. Ethan se leva de son fauteuil, les mains jointes dans le dos, et se dirigea vers la table de réunion au bout de la pièce. Puis il se tourna et s'appuya contre elle, entre deux chaises. Ce déplacement mit de la distance entre nous et je trouvai intéressant qu'il éprouve un tel besoin de s'éloigner.

— Et pourtant ils vous ont d'abord laissés entrer dans le club. Pourquoi ?

— Ils savaient peut-être qui j'étais. Nous avons trouvé des prospectus du *Red* sur nos voitures, Catcher et moi. Il a suggéré qu'on aille y faire un tour et ils nous ont laissés entrer.

— Elle voulait voir à quoi tu ressemblais.

Je hochai la tête.

— C'est la théorie de Catcher.

— Célina connaissait probablement ton nom de famille, elle a vu la liste des nouveaux vampires dans le journal et elle a organisé des présentations pour le moins tordues.

— Elle m'a tout l'air d'être une vraie peste.

— Célina n'est pas la plus philanthrope des vampires, convint Ethan. Mais elle est intelligente, et très, très protectrice quand ses vampires sont concernés. La Maison Navarre s'est épanouie sous sa responsabilité et le Présidium de Greenwich l'apprécie beaucoup. Sans oublier le fait que c'est une des vampires les plus puissantes des États-Unis.

Je croisai son regard en repensant au test qu'elle m'avait fait passer, et au fait que je lui avais suffisamment résisté pour qu'elle en soit agacée.

— Ses capacités psychiques sont tout à fait remarquables, poursuivit-il. Elle a un pouvoir incroyable en matière de charme. C'est un peu comme dans ces vieilles histoires de mortels qui se retrouvaient comme drogués après un contact visuel inopportun avec un vampire.

Il inclina la tête vers moi avec un regard appréciateur. Je ressentis – tout comme je l'avais ressenti avec Célina la nuit précédente – le subtil afflux d'une magie qui cherchait à m'éprouver. Mais là où l'investigation de Célina avait été insistante, agressive, Ethan agissait comme l'eau sur les rochers. Il glissait sur l'objet de son étude et l'étudiait d'un mouvement fluide et doux.

— Tu seras à la hauteur, dit-il enfin.

J'acquiesçai, décidant de ne pas lui confier qu'elle avait essayé de me charmer ni même qu'elle avait échoué. Que j'avais senti sa force, mais que je m'en étais débarrassée. Si c'était un échantillon de mes pouvoirs naissants, il le découvrirait bien assez tôt par lui-même.

Sans développer sa déclaration, Ethan traversa la pièce jusqu'à la bibliothèque remplie de livres aux reliures de cuir et en sortit un mince ouvrage.

— Approche, Merit.

Je le rejoignis, m'arrêtant à quelques pas de lui. Ethan feuilleta le livre à la reliure de cuir rouge jusqu'à la page qu'il cherchait puis il me tendit l'ouvrage qu'il maintenait ouvert de ses longues mains fines. Quand je croisai son regard, il tapota le livre du doigt. J'avais le ventre noué mais je m'obligeai à me concentrer sur ce que j'avais sous les yeux.

Les gravures étaient aussi terribles que je l'avais anticipé. Sur chaque page figurait une illustration dont les lignes noires ressortaient avec une netteté brutale sur le papier épais. Chacune des gravures représentait un vampire, du moins tel qu'on se représentait les vampires au Moyen Âge. Celle de gauche montrait une jeune femme à la poitrine généreuse allongée sous un arbre. Une caricature animale de vampire, les crocs de plusieurs centimètres découverts et prêts à mordre, était penchée sur elle. Le prédateur était torse nu et ne portait pas de chaussures. Ses doigts étaient crochus comme des griffes, ses cheveux longs, noirs et crasseux. Peut-être de manière encore plus parlante, ses pieds avaient la forme de sabots fendus. Sous la gravure, en une calligraphie élaborée, était inscrit : « Prends garde au vampyre, dont le désir tente les cœurs chastes. »

Mais le paysan assidu qui avait gravé le bloc de bois originel n'avait pas seulement illustré un drame – le vampire spoliant la vierge – mais également sa solution. Sur la page d'en face, le vampire était seul, les mains attachées à l'arbre auquel il était également ligoté au niveau du cou et des chevilles. Sa gorge avait été presque entièrement tranchée et sa tête pendait sur le côté. Il avait été éventré et ses organes internes se répandaient de la blessure béante à son abdomen. Dans son cœur, qui reposait au sol à ses pieds, était planté un pieu en bois.

Pire encore, ses yeux ouverts étaient bordés de larmes et il regardait, avec une expression de terreur douloureuse, quelque chose qui ne figurait pas sur la page. Ce n'était pas une caricature. C'était un portrait, une image du vampire dans les affres de l'agonie. L'artiste, si c'était le terme approprié pour parler du créateur d'une œuvre aussi épouvantable, n'avait pas fait montre d'une grande compassion. Cette gravure sur bois était accompagnée de la légende suivante : « Réjouissons-nous de la terreur au cou tranché. »

— Seigneur, marmonnai-je en me mettant subitement à trembler au point que le livre tressaute entre mes mains.

Ethan reprit l'ouvrage, le ferma et le glissa soigneusement à sa place.

Je levai les yeux vers lui. Son expression était grave, ce qui n'était pas surprenant.

— Nous ne sommes pas en guerre, dit-il. Pas aujourd'hui. Mais la situation pourrait changer à tout moment. C'est pourquoi nous faisons ce qu'il faut pour préserver cette paix. Nous avons appris à faire la différence entre nos amis et nos ennemis, et à nous assurer que nos ennemis sachent qui sont nos amis.

Voilà qui faisait écho à l'opinion de Catcher sur l'état des relations entre vampires et métamorphes. Je comprenais que ces derniers, qui avaient choisi de garder l'anonymat plutôt que de protester contre le massacre des vampires, ne soient pas très populaires auprès des Maisons. Cela expliquait également la tendance des vampires à se regrouper en Maisons, à former des alliances explicites et à considérer les autres avec méfiance.

— Tu as déjà vu de tels châtiments ? lui demandai-je en choisissant mes mots avec soin.

— Pas exactement. Mais j'ai perdu des amis au cours de la Seconde Purge et j'y ai échappé de justesse.

Je fronçai les sourcils et me mordillai la lèvre inférieure.

— Mais si c'est vrai, n'était-ce pas une mauvaise idée de tenir une conférence de presse ? de révéler notre existence ? N'était-il pas moins risqué de rester anonymes ?

Ethan ne répondit pas, ne broncha pas. Il se contenta de me regarder comme s'il souhaitait que je parvienne seule à la conclusion qu'il ne désirait pas exprimer.

Ce n'était pas difficile à deviner : se montrer au grand jour nous mettait à la portée des humains et mettait en danger notre survie, même à l'époque d'*Harry Potter*, comme disait mon grand-père. Nous avions eu de la chance, jusque-là – si on ne tenait pas compte des enquêtes du Congrès et des émeutes mineures. La curiosité l'avait généralement emporté sur le vampiricide. Si Dieu le voulait bien, notre chance durerait, mais le fait qu'un vampire assassin soit en liberté dans Chicago et que notre Maison soit soupçonnée d'être impliquée n'était pas de bon augure. Le vent pouvait très bien tourner.

J'eus soudain hâte de rentrer chez moi, de me réfugier dans la sécurité de ma maison fermée à clé et gardée par deux vigiles armés de sabres.

— Je devrais y aller, lui dis-je et il m'accompagna à la porte de son bureau. Crois-tu que tu vas avoir des nouvelles de Célina à propos de cet incident au club ?

— Je vais avoir des nouvelles de Célina.

Il ouvrit la porte et m'invita à sortir.

— Merci de m'avoir informé de ton… escapade.

Je n'étais pas d'accord avec sa formulation mais je compris qu'il essayait de détendre l'atmosphère. Je me contentai d'un petit sourire affecté.

— Pas de problème. Merci pour la leçon d'histoire.

Ethan hocha une nouvelle fois la tête.

— Si tu avais lu…, commença-t-il avant que je l'interrompe d'un geste.

— Je sais. On m'a conseillé de lire le *Canon*. Je vais m'y mettre en rentrant. (Je portai deux doigts à mon front.) Parole de scout.

Il eut un petit sourire.

— Je suis certain que, si tu faisais un petit effort, tu pourrais utiliser ton intelligence à bon escient au lieu de la gaspiller en sarcasmes inutiles.

— Mais ce ne serait pas drôle.

Ethan s'appuya contre la porte.

— Je comprends que l'obéissance soit une nouveauté pour toi mais, après tout, la nouveauté, c'est excitant, non ? Il te reste deux jours avant la Recommandation et les serments. Tu devrais passer ces deux jours à réfléchir à ton allégeance.

Cela me pétrifia sur place et je pivotai pour lui faire face.

— Si je fais partie des douze qui ont été choisis, as-tu tenu le même discours aux autres ? Est-ce que, eux aussi, tu les as menacés ? As-tu eu autant de doutes à leur sujet ?

Leur as-tu fait la même proposition ?

Je me demandai s'il allait me mentir et me servir un discours sur le devoir et le fait qu'il était le Maître de cette Maison.

— Non. Les enjeux ne sont pas aussi importants en ce qui concerne le reste de tes camarades. Ce sont des fantassins, Merit.

— Et moi ? demandai-je, voyant qu'il ne développait pas.

— Tu n'en es pas un.

Sur cette réponse énigmatique, il retourna dans son bureau et ferma la porte derrière lui.

Il était presque minuit quand je revins à Wicker Park. La maison était vide et je me demandai si Mallory et Catcher étaient parvenus à faire la paix après leur dispute du dîner. Je crevais de faim et je me préparai un sandwich au jambon avec une couche de tortillas, que j'enveloppai dans une serviette en papier avant de l'emporter avec moi dans le salon. J'allumai la télévision en guise de fond sonore – c'était malheureux d'avoir à vivre pendant les heures où on passait le plus de publicités, de séries B et d'émissions de ventes par correspondance – et posai le *Canon* sur mes genoux. Je lus pendant une heure tout en mangeant et finis le premier chapitre avant d'en arriver au passage intitulé « Servir votre Seigneur ». Par chance, le texte était un peu moins conjugal que le titre pouvait le faire penser. Alors que le premier chapitre était une sorte d'introduction au vampirisme, le deuxième exposait plus en détail les devoirs du vampire novice : loyauté, allégeance, et quelque chose que le livre désignait comme la « révérence reconnaissante » et qui était aussi rétrograde que son nom le suggérait. J'étais censée offrir à Ethan mes « hommages gracieux », le traiter avec déférence et respect, et généralement satisfaire ses requêtes et ses besoins, tout en lui sachant gré de me les avoir exprimés.

Je gloussai, prenant conscience à quel point mon comportement rebelle devait le choquer et me demandant pourquoi le *Canon* n'avait pas été réactualisé depuis, disons, l'époque de Jane Austen ?

Je venais juste de jeter ma serviette en boule sur la table basse quand on frappa à la porte. Mallory, peut-être, qui avait oublié ses clés ; ou Ethan, qui ressentait soudain le besoin que je révère avec reconnaissance son honorable personne. Me sentant un peu trop en sécurité avec les gardes à ma porte, je commis l'erreur d'ouvrir sans penser à regarder par le judas. Morgan coinça la pointe de sa botte noire dans l'entrebâillement avant que j'aie pu lui claquer la porte au nez.

— Je suis désolé, me dit-il par les dix centimètres de la porte ouverte.

— Sors ton pied de ma maison.

Il se mit de côté pour me jeter un coup d'œil.

— Je suis venu me confondre en excuses. Et je suis prêt à me mettre à genoux. (Sa voix se fit plus douce.) Écoute, je suis vraiment désolé pour ce qui s'est passé la nuit dernière. J'aurais pu me comporter mieux que ça.

J'ouvris la porte et lui adressai mon regard le plus hautain.

— Tu aurais pu mieux te comporter ? Tu veux dire que tu aurais pu éviter que mes amis et moi-même soyons humiliés ? ou prendre ma défense quand j'ai dit – ce que tu savais déjà – que nous ne causions aucun problème ? ou bien ne pas nous traiter comme de la merde parce que je suis d'une autre Maison que la tienne ? Qu'est-ce que tu aurais pu faire de mieux, dans tout ça ? Sois plus précis, s'il te plaît.

Morgan sourit d'un air penaud, une expression tellement mignonne sur ce garçon aux cheveux noirs et aux yeux de biche que c'en était agaçant. Il portait encore un jean, assorti cette fois d'un tee-shirt bleu ardoise à manches trois quarts qui moulait son torse. Je distinguai une touche d'or à son cou et supposai qu'il s'agissait du médaillon des Navarre, identique en style à celui que portait Ethan mais, comme la nuit précédente l'avait démontré, symbolisant une philosophie tout à fait différente.

Il affronta mon regard avec un charmant sourire en biais.

— S'il te plaît ?

Je soupirai lentement en soufflant sur ma frange mais reculai pour le laisser passer.

— Entre, lui dis-je.

— Merci.

Je gagnai le salon, supposant qu'il me suivrait, et me laissai tomber sur le canapé avant de croiser les jambes. Puis je levai les yeux vers lui, l'air d'attendre quelque chose pendant qu'il fermait la porte.

— Alors ?

— Alors quoi ?

J'agitai la main.

— À genoux. Voyons de quoi tu es capable.

— Tu es sérieuse ?

Je haussai les sourcils. Il réagit de même manière avant de hocher la tête puis de s'avancer. Il mit un genou à terre en tendant les mains.

— Je te présente mes monumentales excuses pour la douleur et l'humiliation que je t'ai fait subir, à toi et tes...

— Les deux genoux.

— Pardon ?

— Je préférerais que tu aies les deux genoux à terre. Si tu as l'intention de ramper devant moi, autant faire ça bien, non ?

Morgan me dévisagea un moment, sa bouche tressaillit légèrement, sur le point de sourire, puis il acquiesça d'un air solennel. Il s'agenouilla avec une expression digne d'un chien fidèle.

— Je suis vraiment désolé.

Je le dévisageai un moment, le laissant s'attarder par terre, puis je hochai la tête.

— D'accord.

Je n'étais donc pas immunisée contre le charme d'un beau gosse prêt à se ridiculiser pour moi. Vraiment, quelle fille de vingt-sept ans, ancienne étudiante et vampire Cadogan, le serait ?

Il se leva en époussetant ses genoux puis s'assit sur la causeuse. Juste au moment où je me demandais pour quelle raison exactement il avait décidé de faire acte de contrition, il s'expliqua :

— On parle beaucoup des Cadogan chez les Navarre. On parle des Maisons qui autorisent leurs membres à boire directement le sang des humains. Nombre de vampires ont la mémoire longue et beaucoup d'entre eux sont affiliés à Navarre. Ça n'a rien à voir avec toi personnellement, c'est plutôt lié à des décennies de peur. La peur que tout ce que nous avons œuvré à bâtir – le système des Maisons, le Présidium, le *Canon* – soit anéanti par les vampires qui boivent le sang des hommes.

C'était un argument valable dont je comprenais la portée, ayant eu un aperçu des châtiments infligés aux vampires par les hommes.

— C'est la Maison Navarre qui a tenu la conférence de presse, lui rappelai-je. C'est Navarre qui a révélé notre existence.

— C'était une manœuvre préventive. Chaque jour passé sans que les vampires en prennent l'initiative nous rapprochait du moment où les humains le feraient à notre place, en nous plaçant sous les feux des projecteurs d'une façon que nous ne pourrions pas contrôler. D'une manière que nous ne pourrions élaborer. Il s'agissait de révéler notre existence selon nos propres règles.

J'étirai mes jambes sur le canapé et appuyai ma tête sur l'accoudoir.

— Et tu y crois ?

— Peu importe ce que je crois. Je suis le Second de Célina. J'agis selon ses désirs. Mais oui, je le crois. Le monde est différent, aujourd'hui.

— Tu agis selon ses désirs, et pourtant tu es là à discuter avec l'ennemi.

Il gloussa.

— Cette petite mutinerie me semblait valoir la peine.

— Et cela ne valait pas la peine, la nuit dernière, quand elle nous a mis à la porte ?

Morgan soupira en se passant les mains dans les cheveux.

— Au risque de paraître indigne de ton pardon, je t'ai déjà demandé de m'excuser pour mon attitude. (Il laissa retomber ses mains avant de m'adresser un regard plein d'espoir.) Peut-être pourrions-nous parler d'autre chose ? Ni de vampires ni de la manière dont on boit le sang ; ni d'alliances ni de Maisons. Si nous faisions semblant d'être normaux pendant quelques heures ?

Mon sourire s'épanouit lentement.

— Que penses-tu des Chicago Bears ?

Morgan ricana puis jeta un coup d'œil vers le couloir.

— La cuisine est par là ? (J'acquiesçai.) Tu as quelque chose à manger ?

Si j'avais eu l'intention de sortir avec ce garçon – si mon intérêt ne s'était pas évaporé la nuit passée quand je m'étais promis de ne plus jamais flirter avec un vampire –, j'aurais décrété que c'était le second rendez-vous le plus pourri que j'aie jamais connu.

— Pourquoi pas.

Il se leva d'un coup et gagna le seuil de la pièce.

— Merci. (Il disparut dans le couloir.) Mon équipe préférée, ce sont les Packers, me lança-t-il. Je viens du Wisconsin.

Il était en train de fouiller dans un tiroir quand je débarquai dans la cuisine.

— Tu dois bien admettre qu'ils sont meilleurs, surtout cette année. Chicago a un problème avec sa ligne d'attaquants, ses quarterbacks n'assurent pas et il n'y a pas de défense secondaire.

Je m'appuyai contre le montant de la porte, les bras croisés.

— Tu comptes rester dans ma cuisine et vider mon garde-manger en déblatérant sur les Bears ? Tu es soit courageux, soit stupide.

Morgan sortit un couteau et une planche à découper, qu'il posa à côté des ingrédients qu'il avait déjà empilés sur le comptoir : du pain aux céréales, de la moutarde, de la mayonnaise, du jambon, du fromage américain et suisse (une petite Société des Nations fromagère !), de la dinde fumée, un pot de pickles en tranches, des olives noires, de la laitue et une tomate.

En d'autres termes, le contenu de notre réfrigérateur excepté le soda et le sang.

Puis il sortit deux canettes, en ouvrit une puis me tendit l'autre pendant qu'il sirotait la sienne, une hanche appuyée contre le placard.

— Merci de penser à moi, dis-je d'un ton sec en acceptant la boisson avant de le rejoindre au comptoir. On ne vous nourrit pas à la Maison Navarre ?

Il se coupa deux bonnes tranches de pain puis entreprit de trancher la tomate.

— Ils nous servent un gruau entre les séances d'endoctrinement et les films de propagande. Après ça, on a droit à une bonne marche dans la propriété en récitant des sonnets en hommage à la beauté de Célina.

Je gloussai et arrachai quelques feuilles de salade que je lui tendis. Il hocha la tête puis entama le processus très méticuleux de superposer la viande, les fromages, les légumes et les condiments dans son sandwich.

— Non, on trouve de bonnes choses à la cafétéria, mais je n'ai pas souvent l'occasion de pouvoir confectionner mon sandwich à ma façon, tu vois ?

Ayant été élevée au homard et au caviar, je comprenais très bien. C'est pourquoi je l'arrêtai avant qu'il pose la dernière tranche de pain. J'attrapai le sac de tortillas à l'autre bout du comptoir et je lui tendis.

— Mets-en une couche, expliquai-je d'un air grave. Ça donne du croquant.

— Génial, dit-il en écrabouillant des chips sur son sandwich.

On admira tous deux le résultat : un délice de six bons centimètres d'épaisseur.

— On prend une photo ?

— C'est sacrément impressionnant. (Il inclina la tête de côté.) Je regrette presque d'avoir à gâcher ça, mais je suis affamé, alors…

Une fois ses regrets exprimés, il prit son sandwich à deux mains et mordit dedans. Les yeux fermés, il mâcha la première bouchée croustillante.

— Ça, c'est du sandwich.

— Je te l'avais dit, lui dis-je en m'appuyant contre le comptoir et en tirant le sac de tortillas vers moi.

— Parle-moi de toi, me demanda-t-il entre deux bouchées.

Le sachet crissa bruyamment quand j'y plongeai la main.

— Que veux-tu savoir ?

— D'où tu viens. Ce que tu aimes. Pourquoi la fille d'un des hommes les plus puissants de Chicago a décidé de devenir une vampire ?

Je le dévisageai une minute, un peu déçue qu'il ait posé la question et me demandant si c'était la fortune de mes parents qui l'avait attiré. Et puisqu'il était au courant, je me demandai si la nouvelle de ma transformation et de mes connexions familiales circulait déjà dans les Maisons. Bien sûr, puisqu'il pensait que c'était moi qui avais fait ce choix, il n'était clairement pas au courant de tout.

— Est-ce si important de savoir qui est mon père ?

Morgan haussa légèrement les épaules.

— Pas pour moi. Pour d'autres, peut-être. Je me demande si cela importe pour Ethan.

Cela avait importé, pensai-je avec regret, mais je ne le dis pas.

— Il m'a sauvé la vie.

Morgan leva les yeux d'un coup.

— Comment ?

Je débattis intérieurement de ce que je pouvais lui confier, puis j'optai pour la vérité. S'il ne savait vraiment rien, tant mieux. S'il savait quelque chose, peut-être que les limites de ce qu'il savait pourraient m'aider à déterminer quels étaient les coupables.

— J'ai été attaquée. Ethan m'a sauvé la vie.

Morgan me dévisagea puis s'essuya la bouche avec une serviette en papier qu'il avait prise dans le distributeur en acier sur le comptoir.

— Tu plaisantes.

Je secouai la tête.

— Un vampire m'a agressée alors que je traversais le campus. Il a failli m'égorger. Ethan m'a trouvée et il a amorcé la transformation.

Morgan froncé les sourcils.

— Comment peux-tu être sûre qu'Ethan n'avait pas tout organisé ?

Une crampe me tordit l'estomac. Je n'en savais rien, à vrai dire. Je faisais confiance à mon intuition et à l'explication que m'avait fournie Ethan lorsqu'il m'avait juré être innocent. Je me demandais encore comment il avait pu se trouver à cet endroit-là au beau milieu de la nuit, et sa réponse – un coup de chance, d'après lui – ne m'avait pas vraiment satisfaite. Je ne le croyais pas capable de me faire du mal à dessein, pas physiquement en tout cas. Émotionnellement, c'était une tout autre histoire et cela suffisait amplement pour que je garde mes distances avec lui. C'était mon patron et je lui obéirais autant qu'il le serait nécessaire dans le cadre de mon travail, quel que soit ce dernier. Mais je refusais d'avoir affaire à lui en dehors, surtout en raison de l'intérêt qu'il me portait malgré lui.

— Merit ?

Je clignai des yeux et revins à la réalité de la cuisine, où Morgan était assis en face de moi.

— Désolée, dis-je. Je réfléchissais. Je sais qu'il n'a rien manigancé. Il m'a sauvé la vie.

Je croisai les doigts sous le comptoir en espérant que c'était la vérité.

Morgan fronça les sourcils.

— Hum. On a quand même trouvé une médaille Cadogan sur le lieu du crime de Jennifer Porter.

— N'importe qui ayant accès à la Maison aurait pu planter cette pièce à conviction, y compris un Solitaire essayant de donner une mauvaise image du système des Maisons.

Il acquiesça.

— C'est une théorie. En fait, c'est ce que pense Célina.

— Elle ne pense pas que c'est Ethan le coupable ? ou quelqu'un de Cadogan ?

Morgan m'observa un moment avec prudence puis haussa les épaules avant de terminer les dernières bouchées de son sandwich.

— Il serait plus exact de dire que nous craignons davantage la réaction des humains à l'égard des Cadogan que celle des vampires eux-mêmes. La paix est fragile.

C'est ce que j'avais cru comprendre mais, d'une manière ou d'une autre, cet avis sonnait plus faux venant de Morgan que quand Ethan l'exprimait.

— Qu'est-ce que tu faisais avant ? me demanda-t-il.

J'allai prendre un second soda dans le réfrigérateur avant de retourner à ma place près du comptoir.

— J'étais étudiante en thèse de littérature anglaise.

— Ici, à Chicago ?

— Oui.

— Alors tu voulais enseigner, c'est ça ?

— En fac, oui. Je voulais être professeur. La littérature courtoise du Moyen Âge était ma spécialité. Les sagas arthuriennes, *Tristan et Iseult*, ce genre de choses.

— *Tristan et Iseult*. C'est intéressant.

Je plongeai la main dans le sac de chips, pour en ressortir une entière que je croquai.

— Tu trouves ? Et toi, que faisais-tu ?

— Mon père était propriétaire du *Red*, ou du moins du bar qui était là avant que je rénove l'endroit. Il est mort quelques années avant ma transformation et j'ai repris l'affaire.

— Pourquoi as-tu décidé de devenir vampire ?

Morgan se frotta la nuque.

— J'avais une petite amie. Elle était malade et elle a été approchée par quelqu'un de chez Navarre. Nous avons fait quelques tentatives auprès de Carlos – c'était le Second de Célina à l'époque – et ils ont accepté que nous devenions Initiés. Mon amie était intelligente et forte. Elle aurait fait une grande vampire. (Il marqua une pause et contempla le comptoir d'un air vide. Sa voix se fit plus basse.) La nuit de la transformation est arrivée. Ils m'ont changé, moi, mais elle n'a pas pu passer à l'acte. Elle est morte environ un an plus tard.

— Je suis désolée.

— Elle a dit qu'elle ne voulait pas vivre éternellement. J'étais jeune et stupide, je me sentais immortel de toute façon. Qui n'a pas ce sentiment à cet âge-là ? J'étais avec elle quand elle est morte. Elle n'avait pas peur.

Nous restâmes assis en silence quelques minutes pendant que je le laissais ruminer ce souvenir.

— Bref, voilà mon histoire.

— À quand cela remonte-t-il ?

— 1972.

— Alors tu devrais avoir…

Il gloussa et je me réjouis de voir son visage reprendre des couleurs.

— Un âge qui te mettrait mal à l'aise.

Je m'appuyai contre le comptoir, bras croisés, et l'examinai attentivement.

— Tu as l'air d'avoir… quoi ? la trentaine ? Ce qui voudrait dire que tu es né aux alentours de 1940 ?

— J'ai soixante-douze ans, avoua-t-il en m'évitant d'avoir à soustraire. Pas assez âgé pour arrêter de compter, et juste assez pour me considérer comme un vieux.

— Tu ne fais pas tes soixante-douze ans, en tout cas. Et tu ne te comportes certainement pas comme un homme de cet âge. Non pas qu'il y ait un problème à ce sujet, ajoutai-je un peu tard en levant le doigt pour souligner mon propos.

Morgan éclata de rire.

— Merci, Merit. Ça me flatte vraiment.

— Soixante-douze ans et toutes tes dents.

— Ça, on peut le dire, convint-il avec un sourire. Mais tu sais, il y a tout un débat au sujet de l'impact de notre apparente jeunesse sur notre comportement et sur l'âge que nous prétendons avoir.

Je souris d'un air dubitatif.

— Des vampires philosophes ?

— L'immortalité pose un éventail de dilemmes bien particuliers.

À vrai dire, l'immortalité était un dilemme auquel je n'avais pas encore réfléchi dans sa globalité et je me demandais ce que le reste des vampires en pensait.

— Comme quoi ?

Morgan attrapa le sachet de tortillas, frôlant mon bras au passage. Je ne tins pas compte de la petite onde de choc qui se répandit dans mon bras, me rappelant que je m'étais promis de ne plus rien entreprendre avec des garçons pourvus de canines inhabituellement longues.

— Les vampires changent d'identité environ tous les soixante ans, répondit Morgan en agitant une chips dans l'air. Et pourtant, pour éviter d'être repérés, nous avons dû nous intégrer au système. Ce qui signifie que nous simulons notre mort. Nous devons mentir aux amis et à la famille que nous avons tout au long de chacune de nos vies. Nous utilisons de faux numéros de sécurité sociale, de faux permis de conduire, de faux passeports. Est-ce que c'est moral ? (Il haussa les épaules.) Nous le justifions en disant que c'est nécessaire à notre protection. Mais c'est quand même mentir.

— Où travaillent-ils ? Je veux parler de ces philosophes, demandai-je en songeant à mon départ précipité de l'université.

— Ils vivent de manière assez recluse. Certains travaillent à l'université, habituellement à des postes assez prestigieux pour pouvoir exiger des bureaux en sous-sol et des cours du soir uniquement. Tu as déjà vu ces types qui traînent dans les cafés avec leurs ordinateurs portables et leurs petits carnets noirs ? On les voit toujours à écrire comme des acharnés à la nuit tombée.

Je souris.

— Je faisais partie de ces types.

Morgan se pencha d'un air conspirateur et fit mine de griffer l'air.

— Ce sont peut-être des vampires qui rôdent.

— C'est bon à savoir, répondis-je en gloussant.

Morgan me sourit. C'était un beau sourire, qui s'effaça quand il sortit la main du sachet de chips, bredouille. Je pris le sachet vide, le froissai et le jetai à la poubelle en visant en plein dans le mille.

— Joli, dit-il. Et en parlant de paniers, tu as quelque chose de prévu ?

Je ne savais pas que nous parlions de paniers mais je jouai le jeu.

— Qu'est-ce que tu as en tête ?

Il consulta sa montre.

— Il est une heure et quart. Il doit bien y avoir un match de basket à la télé.

— Ça, c'est un rendez-vous galant, dis-je en hochant fermement la tête avant de le précéder dans le salon.

Il avait raison. Il y avait bien un match. Je n'aurais pas dû en douter, à cette heure. Quoi de meilleur qu'une petite rediffusion au plus noir de la nuit ? On s'installa dans le salon pour quarante-cinq minutes de commentaires sarcastiques et de pronostics quant aux équipes de la NBA. Quand l'émission se termina, Morgan se leva du canapé.

— Il faut que j'y aille. J'ai deux ou trois trucs à faire avant le lever du soleil, dont passer au *Red*.

Je me rendis compte soudain que nous étions samedi soir, certainement une grosse soirée au club, et qu'il avait choisi de la passer ici, à manger des sandwiches devant un match de basket. Alors qu'il se dirigeait vers la porte, il s'étira, dénudant un peu de peau veloutée au creux de ses reins, et je me surpris à regretter qu'il soit un vampire. Nous étions parvenus à une sorte d'entente agréable et nous avions passé une soirée tranquille devant la télé. Ça me changeait des intrigues politiques, des menaces de mort et des révélations surnaturelles.

— Merci d'être venu t'excuser, dis-je en me levant pour le raccompagner. Évidemment j'aurais préféré que tu ne te comportes pas comme un gros con en premier lieu, mais les filles apprécient toujours une bonne dose de remords.

Morgan éclata de rire.

— Ah bon, c'est ce qu'aiment les filles ?

Je lui ouvris la porte en souriant et restai ainsi une minute à le regarder. Puis il se pencha, une main sur ma hanche, et posa ses lèvres sur les miennes. Il m'embrassa lentement, épousant mes lèvres puis se retirant avant d'y revenir. Ce baiser taquin était incroyablement bon. Mais je ne tenais pas vraiment à reproduire l'erreur d'embrasser un vampire. Je posai donc une main sur son torse afin de le repousser.

— Morgan.

Il protesta d'un grognement puis dévia sa bouche dans mon cou, où il déposa une traînée de baisers de mon oreille à ma clavicule. Je fermai les yeux, mon corps apparemment aussi désireux que le sien d'aller plus loin.

— Tu es une vampire, sexy et célibataire, murmura-t-il à bout de souffle. Je suis un vampire, également sexy et célibataire. Et malgré ton allégeance insondable pour les Bears, nous devrions être ensemble.

Je le repoussai une nouvelle fois et cette fois il se redressa.

— Je n'ai pas envie d'avoir un petit ami en ce moment.

Il afficha une moue délicieusement renfrognée et se passa la main dans les cheveux.

— Il y a quelque chose entre Ethan et toi ?

— Ethan ? Non, répondis-je, d'un ton probablement plus défensif que j'aurais dû. Mon Dieu, non.

— D'accord, dit-il, l'air toujours boudeur.

— Je ne sors pas avec des bêtes à crocs.

Il se recula, apparemment choqué, et me dévisagea.

— Mais tu en es une, toi aussi.

— Ouais. J'ai bien compris. On reste amis ? lui dis-je en lui tendant la main en signe de réconciliation.

— Pour le moment.

Je levai les yeux au ciel et le repoussai encore une fois de la main pour lui faire franchir le seuil.

— Bonne nuit, Morgan.

Il descendit les marches du perron. Arrivé sur le trottoir, il se retourna et revint sur ses pas.

— Je trouverai bien un moyen de m'incruster dans ta vie, Merit.

Je lui fis un petit signe d'adieu.

— C'est ça. Et tu me diras si ça te réussit.

— Je te préviens, tu rates quelque chose. Je suis super doué.

— Je n'en doute pas. Trouve-toi une jolie et gentille petite Navarre. Tu n'es pas prêt pour Cadogan.

Il fit mine de s'arracher un couteau planté dans le cœur puis m'envoya un clin d'œil et traversa la rue jusqu'à sa voiture – une décapotable. Le véhicule couina joyeusement à son approche et, quelques secondes plus tard, le moteur vrombissait au bout de la rue.

Je dormais quand ils revinrent à 5 h 30. Ils commencèrent par se disputer – Mallory hurlant sur Catcher et ce dernier lui répondant sur le même ton. Il était question de magie, de contrôle et de savoir si Mallory était assez mûre pour que Catcher la laisse se débrouiller seule. Elle lui reprocha son arrogance et lui sa naïveté. La dispute me réveilla mais ce fut leur réconciliation qui m'empêcha de me rendormir. La porte de la chambre de Mallory claqua, et il s'ensuivit un concert de grognements et de gémissements. J'adorais Mallory et je commençais à apprécier les sarcasmes de Catcher. Mais je n'avais aucune envie de les écouter en pleine extase. Quand elle hurla son nom pour la troisième fois – Catcher était une vraie machine, apparemment –, je m'emmitouflai dans ma couverture et descendis à tâtons jusqu'au salon où je me rendormis sur le canapé.

Quand je me réveillai pour la deuxième fois, il était presque midi. La maison était calme et parsemée de taches de lumière. J'étais juste assez hébétée – ou juste assez stupide – pour essayer de regagner ma chambre en vacillant. Je repositionnai la couverture, ne laissant dépasser qu'un avant-bras, quelques orteils et mon visage, et j'entamai mon périple jusqu'au premier étage. Je traversai le salon indemne, sans être consciente de ma chance. Après seulement quelques jours d'existence en tant que vampire, il me restait encore à faire l'expérience de cette terrible petite vulnérabilité connue de tous ceux qui ont déjà regardé *Buffy* : l'allergie au soleil. J'étais tout juste assez réveillée pour traverser la salle à manger avec précaution et ce ne fut que parvenue à la moitié de l'escalier que je ressentis un picotement suivi d'une soudaine brûlure. J'avais traversé un rayon de soleil avec mon avant-bras complètement exposé. Je suffoquai aussitôt de douleur, manquant presque de m'écrouler en plein dans le rayon acéré comme une flèche – la souffrance était celle d'une brûlure, amplifiée jusqu'à un degré insondable. La chaleur était étonnante – comme si j'avais donné un coup de poing dans un four trop chaud – et ma peau commença aussitôt à rougir et à cloquer. Je retirai mon bras d'un geste vif et agrippai la couverture de ma main libre, cherchant comme une folle par quel moyen rejoindre l'obscurité. Je compris seulement que je me trouvais prise au piège d'une minuscule parcelle d'ombre. Je tâtonnai derrière moi à la recherche de la poignée du placard du couloir et je l'ouvris en prenant soin de ne pas de nouveau m'exposer à la lumière du soleil. Une fois le placard ouvert, je reculai dans l'obscurité et la fraîcheur, m'accroupis sur le plancher, sanglotant tant la douleur était vive, et finis par m'endormir.

9

Il n'existe pas beaucoup de problèmes qu'un pot de Chunky Monkey ne puisse résoudre

Je crus tout d'abord que j'étais dans un cercueil. Je pensai être la victime d'une horrible farce Navarre, ou d'un terrible bizutage Cadogan. On m'avait fourrée dans une boîte en pin, comme la jeune femme morte que j'avais cru être à un moment donné. Je commençai à suffoquer, griffai les couvertures autour de moi, puis martelai le bois, hurlant qu'on me laisse sortir.

Soudain je m'affalai en avant et atterris le nez sur les pantoufles à pompon de Mallory quand elle ouvrit la porte. Le visage rouge de honte, je me redressai sur mes coudes en recrachant de petits morceaux de fourrure synthétique. On repassera, pour la dure à cuire.

— Mais qu'est-ce que tu fous là-dedans ?

La voix de Mallory était étranglée et je sentais qu'elle faisait de son mieux pour ne pas rire.

— Mauvaise nuit. Très mauvaise nuit.

Je m'assis par terre, les jambes repliées sous moi, et examinai mon bras. Il était rouge homard du bout des doigts jusqu'au coude, mais les cloques avaient disparu. La guérison surnaturelle était pratique quand on était une vampire tête en l'air, même si mes ennemis profitaient du même avantage. Un prêté pour un rendu, en somme.

Mallory s'accroupit à côté de moi.

— Seigneur, Merit. Qu'est-il arrivé à ton bras ?

Je soupirai et passai quelques secondes à m'apitoyer sur mon sort.

— Vampire. Soleil. « Pouf », fis-je en agitant mes mains pour évoquer la forme d'un champignon atomique. Brûlures au troisième degré.

— Je peux te demander pour quelle raison tu dormais dans le placard ?

Comme je ne voulais pas l'embarrasser en lui rejouant le film de la nuit passée, je me débarrassai de sa question d'un haussement d'épaules.

— Sommeil puis soleil… me suis cachée.

— Allez, dit-elle en m'attrapant par le coude pour m'aider à me relever. Allons au moins mettre de l'aloé vera sur ce bras. Est-ce que ça te fait mal ? Non, laisse tomber. Ne réponds pas. Tu fais une thèse en littérature et pourtant tu n'as pas encore réussi à me faire une phrase cohérente. Je vais tirer mes propres conclusions.

— Mallory ! gronda Catcher au premier étage.

Mallory serra les lèvres et me conduisit dans la cuisine.

— Ne fais pas attention, me conseilla-t-elle. C'est un peu comme la peste bubonique, ça s'arrête au bout d'un certain temps.

— Mallory ! Tu n'as pas fini ! Remonte !

Je jetai un coup d'œil vers l'escalier.

— Tu ne l'as pas laissé menotté au lit ou un truc dans le genre, n'est-ce pas ?

— Seigneur, non, dit-elle en se détendant progressivement. Ma tête de lit est d'une pièce. Je ne peux pas l'y menotter.

Je grognai et essayai de me débarrasser de l'image de Catcher, nu et attaché, se débattant sur le lit. L'image n'était pas déplaisante, mais quand même…

Mallory ne s'arrêta même pas.

— Il est agacé parce qu'il croit que je ne suis pas assez attentive à ses fichus discours sur la magie. (Elle baissa la voix pour l'imiter.) Mallory Delancey Carmichael, tu es une sorcière de quatrième niveau avec des devoirs et des obligations, bla bla bla. Je pense savoir maintenant pour quelle raison l'Ordre l'a viré. Il veut toujours jouer au patron, même avec eux.

Dans la cuisine, je m'assis pendant que Mallory sortait un tube d'un tiroir près de l'évier. Elle m'étala de la crème sur le bras avec précaution avant de reboucher le tube.

— Je me demande si tu as besoin de sang, aujourd'hui.

Je fronçai les sourcils à cette idée, en partie parce que je pris conscience que Mallory était devenue comme une mère pour moi dans ma nouvelle vie de prédatrice. Depuis quand avais-je autant besoin d'elle ?

— Ça va, je crois.

— C'est juste que parfois, dans les livres, – et par là, elle entendait les fanzines occultes qui apparaissaient dans notre boîte aux lettres avec une régularité surprenante – quand les vampires sont blessés, ils ont besoin de davantage de sang pour accélérer le processus de guérison. (Elle leva les yeux vers moi.) Tu guéris, n'est-ce pas ?

— Oui, les cloques ont déjà disparu.

— Bien.

Elle sortit une poche de sang du réfrigérateur. Mon estomac se mit aussitôt à gargouiller.

— J'en ai besoin, admis-je d'un air penaud, un peu honteuse de connaître aussi peu le fonctionnement de mon corps depuis ma transformation.

J'avais un torticolis sans doute dû au fait d'avoir dormi en boule sur le plancher du placard.

— Si cette petite discussion a pour objet de déterminer si je suis forte ou non, mieux vaut admettre que je ne m'en sors pas très bien dans ma nouvelle condition de vampire.

Mallory réchauffa le sang et le versa dans un verre qu'elle me tendit. Mais elle leva la main avant que je le porte à mes lèvres, retourna au réfrigérateur et en sortit une branche de céleri et une bouteille de Tabasco. Elle versa quelques gouttes de sauce dans le sang et y plongea le céleri.

— Bloody bloody Mary.

Je bus une gorgée et hochai la tête.

— Pas mauvais. Ça manque de vodka et de jus de tomate mais ce n'est pas mal du tout.

Mallory eut un petit rire mais son sourire s'effaça quand Catcher entra d'un pas furieux dans la cuisine. Il avait dans les mains l'épais livre relié de cuir que je l'avais vu feuilleter la nuit où j'étais venue visiter le bureau de mon grand-père. Il était à demi nu, vêtu uniquement d'un jean porté bas sur ses hanches sculptées. Ce type avait un corps à tomber raide, tout en courbes, avec de délicieux petits creux entre ses muscles saillants.

— Vas-tu cesser de me suivre partout ? hurla Mallory alors que Catcher découvrait la scène qui se déroulait dans la cuisine. Tu n'es même pas chez toi.

— Il faut bien que quelqu'un te surveille ! Tu es un véritable danger public !

Presque ravie que ce drame surnaturel n'ait rien à voir avec moi, je cessai de feindre un manque d'intérêt poli pour leur dispute, posai mon verre et leur accordai toute mon attention.

Catcher traversa la cuisine, jetant quasiment l'ouvrage sur le comptoir, puis assit Mallory de force sur un tabouret. Il désigna le livre.

— Lis !

Mallory se redressa et le dévisagea un long moment, la bouche crispée, les poings tellement serrés que ses jointures étaient blanches.

— Bon sang mais pour qui tu te prends, pour me donner des ordres comme ça ?

La tension et la magie s'élevèrent en spirales dans l'air, assez palpables pour me donner la chair de poule. Des tourbillons plongeaient et remontaient, les cheveux de Mallory se soulevant autour d'elle comme si elle était au milieu d'une forte brise.

— Seigneur, marmonnai-je en les observant tous les deux.

Soudain, il y eut un craquement lumineux. Mon verre, heureusement vide, explosa sur le comptoir.

— Mallory, l'avertit Catcher dans un demi-grondement.

— Non, Catcher.

Le plafonnier clignota pendant qu'ils s'affrontaient du regard, comme un stroboscope éclairant la bataille de leurs volontés.

Finalement Catcher soupira et le pouvoir se dissipa dans la pièce avec un souffle audible. Sans parler ni hésiter, il l'attrapa par les bras et l'attira contre lui. Puis il baissa la tête vers elle et l'embrassa. Elle poussa un cri perçant et se débattit mais, comme Catcher ne lâchait pas prise, elle s'immobilisa. Quand il finit par s'écarter, il la regarda avec l'air d'attendre quelque chose.

Pendant une seconde, puis deux, elle se contenta de le dévisager.

— Je t'ai dit que c'était fini entre nous.

— Bien sûr que tu me l'as dit.

Il l'embrassa sur le front, la fit pivoter et appuya sur ses épaules pour qu'elle s'assoie sur le tabouret. Puis il lui releva le menton pour affronter son regard.

— Il faut que j'aille travailler. Lis la Clé.

Il sortit de la cuisine. La porte d'entrée claqua quelques secondes plus tard.

Pendant cinq bonnes minutes, aucune de nous deux ne pipa mot. Mallory, les mains sur les genoux, contemplait le livre d'un air vide. Quand je me fus débarrassée de la stupeur provoquée par le drame, j'allai vers le réfrigérateur et en sortis le pot de glace Chunky Monkey. J'enlevai le couvercle, pris une cuillère, tendis le tout à Mallory et m'assis sur le tabouret près d'elle. Thérapie réciproque à la crème glacée, décidai-je.

— Bon. Ça, c'est fait.

Mallory hocha la tête d'un air absent et prit une gigantesque cuillerée de glace.

— Je le hais.

— Ouais.

Elle laissa tomber la cuillère dans le pot puis se prit la tête à deux mains.

— Comment quelqu'un d'aussi arrogant peut-il être aussi mignon ? C'est injuste. C'est un crime contre la nature. Il devrait être puni pour être aussi prétentieux… avoir la peau grêlée et des verrues poilues, ou un truc du genre.

Je lui pris la cuillère des mains et piochai dans la glace à la recherche d'un carré de chocolat blanc.

— Il va passer la nuit ici ?

— Probablement. Non pas que j'aie mon mot à dire.

Je réprimai un sourire en me mordant les lèvres. J'avais appris pas mal de choses sur Mallory. La première d'entre toutes était qu'elle faisait rarement les choses à moitié. Quand elle s'impliquait dans quelque chose, qu'il s'agisse d'un petit ami ou de sa carrière, elle y accordait un degré d'attention quasi obsessionnelle. Aussi, cette nonchalance feinte annonçait quelque chose de très intéressant au sujet d'un certain Catcher Bell.

— Tu es amoureuse de lui, pas vrai ?

— Un peu, dit-elle en hochant la tête. (Elle se frotta les bras avant de baisser les yeux sur la table.) Le problème, Merit, c'est qu'il ne me laisse pas lui donner d'ordres. Pas comme Mark. Si j'avais demandé à Mark d'escalader le mont Blanc, il aurait sauté dans le premier avion pour l'Europe. Catcher me tient tête. (Un coin de sa bouche se releva.) Je n'avais pas compris à quel point cette qualité pouvait être attirante chez un homme.

Son regard croisa le mien. Ses yeux bleu vif brillaient.

— Il se fout complètement que j'aie un super boulot dans la meilleure agence de pub de la ville, ou que j'aie les cheveux bleus, ou même que je sois jolie sous tout ça. Il m'aime parce que je suis moi.

Je la pris dans mes bras.

— Dommage que ce soit un sale prétentieux.

Mallory eut un petit rire.

— Oui, en effet. Mais il est membré comme un cheval, alors ça aide.

Je m'écartai en faisant la grimace et me dirigeai vers la porte de la cuisine.

— Cette maison devient trop petite pour nous trois. Sérieux.

Mallory éclata de rire mais je n'étais pas certaine de plaisanter.

Après avoir pris une douche et revêtu une tenue qui, je le savais, ne recevrait pas l'approbation d'Ethan – jean, baskets et deux débardeurs superposés –, je décidai de me rendre au bureau de mon grand-père. Je voulais savoir où en était l'enquête et j'essayais également d'éviter de penser au lendemain. Le septième jour. La cérémonie de Recommandation au cours de laquelle on m'assignerait une position dans la Maison Cadogan, je prêterais serment à Ethan et serais probablement bizutée à mort... enfin, presque.

N'étant pas certaine d'être bien accueillie, ni même si quelqu'un s'y trouverait un dimanche soir, je décidai de les corrompre à l'aide de poulet frit. Je me garai devant le bâtiment de l'Agence de médiation, pris ma tentative de corruption sous le bras, sonnai à la porte et attendis.

Il se passa quelques minutes avant que Catcher remonte tranquillement le couloir, habillé cette fois d'un tee-shirt des Ramones, d'un jean et de bottes. Il eut l'air surpris de me voir mais composa le code pour déverrouiller la porte, les yeux rivés sur le seau en carton que je portais.

— J'ai apporté du poulet, dis-je.

— Je vois ça. Toi aussi, elle t'a mise à la porte, ou bien s'agit-il d'une visite humanitaire ?

— Ni l'un ni l'autre, je venais aux nouvelles à propos de l'enquête…

— Et tu as une trouille du diable pour demain.

— Et j'ai une trouille du diable pour demain.

Catcher jeta un regard prudent dans la rue puis s'écarta pour me laisser passer. J'attendis qu'il verrouille l'entrée et prenne un pilon dans le seau. Puis je le suivis jusqu'au bureau. Il s'installa aussitôt à sa table et appuya sur le bouton d'un intercom datant de l'époque de *Drôles de dames*.

— Merit est là, dit-il.

Jeff bondit de sa chaise et s'approcha du seau que j'avais posé sur le bureau vide après m'être servie. Apparemment dépourvu du gène de la délicatesse, il saisit un morceau de poitrine de poulet, et ne mordit dedans qu'après avoir souligné le symbolisme du morceau qu'il avait choisi. Je ne pus m'empêcher de rire, même si je savais qu'il n'avait nul besoin d'être encouragé.

— Bonjour, mon bébé.

Mon grand-père, tout sourires, entra en traînant des pieds dans le bureau. C'était bon de se sentir aimée, et de se prélasser dans cette chaleur.

— Que nous vaut le plaisir de ta présence ?

Catcher arracha un morceau de chair de son pilon.

— Elle se planque. La Recommandation a lieu demain.

— Ah oui ? demanda grand-père en fouillant dans le seau à la recherche d'une pièce de choix, puis en appuyant une hanche contre le bord du bureau. Tu es nerveuse ?

Jeff recula sa chaise et croisa les chevilles à côté de son clavier mutant.

— Est-ce qu'ils demandent toujours aux Initiés de manger un poulet cru ?

Je déglutis avec difficulté, ayant soudain perdu l'appétit, et laissai retomber dans le seau le morceau que je venais de choisir.

— Je crois que ce n'est plus qu'un demi-poulet, de nos jours, ajouta mon grand-père d'un air grave. Ils commencent avec un poulet entier mais ils y mettent deux Initiés et les obligent à se l'arracher. Sans les mains. Seulement avec les crocs.

— Sanguinaire et répugnant, approuva Jeff en mordant dans le blanc qu'il tenait à deux mains.

C'était écœurant mais, n'ayant pas encore fait l'expérience de la Recommandation, je ne compris la plaisanterie que lorsque mon grand-père m'adressa un clin d'œil. J'aurais dû m'en douter. Deux vampires se battant au-dessus d'un poulet cru n'était pas vraiment ethanesque – ça n'en était même pas digne. Il était d'un style plus européen, moins sportif. Il était plus probable, imaginai-je en souriant, qu'il demande aux nouvelles recrues de réciter les noms des monarques anglais ou de jouer un morceau compliqué de Chopin.

— Cesse donc de soupirer en pensant à Sullivan, marmonna Catcher en se penchant au-dessus de moi pour prendre le seau de poulet. La Recommandation va bien se passer, poursuivit-il avant que je puisse réfuter sa précédente remarque. C'est plus cérémonial qu'autre chose, à l'exception des serments. En fait, commença-t-il avant de s'appuyer sur le bureau près de mon grand-père, si quelque chose doit se produire, je crois que c'est Sullivan qui sera surpris.

Je fronçai les sourcils.

— Comment ça ?

Catcher haussa les épaules.

— Je dis ça comme ça. Tu es forte. Il est fort. Le résultat devrait être intéressant.

Je m'assis sur une chaise libre.

— Dans quel sens ?

Catcher secoua la tête.

— Tu es une fille intelligente. Tu devrais faire tes devoirs. Qu'as-tu appris de la cérémonie pour l'instant ?

J'essayai de me rappeler ce que j'avais lu dans le *Canon*.

— Tous les vampires qui vivent à Cadogan seront présents, en tant que témoins. Ethan me demandera d'avancer, il dira mon nom ou un truc dans le genre, et je suis censée prêter deux serments, allégeance et hommage. Jurer de servir la Maison et d'y être fidèle.

— Pas seulement à la Maison, dit Catcher en tendant le bras pour prendre un autre morceau de poulet. Au Maître lui-même. (Il mordilla le bout du pilon avant de lever les yeux vers moi.) Es-tu prête pour ça ?

Comment pouvais-je être prête ? J'aurais vingt-huit ans dans quelques jours et je n'avais pas récité une seule fois le serment d'allégeance à mon pays au cours des dix dernières années. Comment pouvais-je être prête à jurer fidélité et service à une communauté que j'avais rejointe pour éviter la mort et à un homme qui ne me considérait ni capable de loyauté ni digne de confiance ?

— Ai-je la possibilité de ne pas prêter serment ?

— Non, sauf si tu souhaites vivre séparée d'eux, répondit Catcher en arrachant un morceau de chair. Si tu as envie de faire semblant de ne pas avoir été transformée par lui, de ne pas être ce qu'il a fait de toi.

« Tu es ce que j'ai fait de toi », m'avait dit Ethan. Difficile de prétendre le contraire.

— Si tu étais entrée dans ce monde de vampires de ton plein gré, si tu y étais arrivée par ton propre cheminement, que ferais-tu ?

— Je n'y serais pas venue de mon fait, répliquai-je. Je ne suis pas comme eux, je ne suis pas branchée par cette mystique du vampire.

Son expression s'adoucit.

— Donc, puisque les choses ne sont pas exactement telles que tu voudrais qu'elles soient, tu vas te débiner ? Crois-moi, Merit, l'exil est une vie solitaire.

— Parfois, intervint mon grand-père, même si tu ne peux pas être ce que tu veux, tirer le meilleur parti de ce que tu peux être n'est pas une mauvaise solution. Tu as une chance de te reconstruire, mon bébé.

— Mais à quelle image ? demandai-je sèchement.

— C'est à toi de décider, dit Catcher. Tu as été changée en vampire par Sullivan, c'est sûr, mais c'est à toi de prêter serment. Et tu ne l'as pas encore fait.

Mon grand-père hocha la tête.

— Tu sauras quoi faire le moment venu.

Pourvu qu'il ait raison.

— Du nouveau dans l'affaire Porter ?

— Pas grand-chose, admit-il en balançant une jambe. Côté preuves, nous n'avons rien de plus.

— Mais nous avons eu vent de rumeurs intéressantes, intervint Jeff en marquant une pause pour avaler un morceau avant d'incliner la tête vers mon grand-père. Le vampire de Chuck dit que Célina Desaulniers a rencontré le maire cette semaine. Apparemment, elle a essayé de le rassurer sur le fait qu'il était impossible qu'un vampire affilié à une Maison soit responsable du meurtre.

— Morgan m'a dit qu'elle pense que les vampires Cadogan sont innocents, que ce sont les Solitaires qui se cachent derrière cette affaire.

J'expliquai ma nouvelle amitié avec le vampire Navarre.

Grand-père sembla s'en amuser et acquiesça. Il commençait à me communiquer ce qu'ils savaient des vampires non affiliés dans la Ville des vents – en gros, qu'il y en avait une vingtaine – quand son téléphone portable sonna. Il descendit du bureau, ouvrit son appareil pour répondre et fronça les sourcils en voyant le numéro avant de porter le combiné à son oreille.

— Chuck Merit… Quand ?

Il fit signe de la main qu'il voulait écrire et Jeff lui passa un stylo et un bloc-notes. Mon grand-père commença à prendre des notes, en prononçant de temps en temps un « D'accord » ou un « Bien, monsieur ».

Le maire, articula Catcher en silence et je hochai la tête.

La conversation se poursuivit pendant quelques minutes, mon grand-père rassurant le maire qu'il passerait des coups de fil. Il resta ensuite à observer son téléphone, un morceau de plastique argenté, et, quand il releva la tête, l'inquiétude était lisible sur son visage.

— Un autre meurtre, fut tout ce qu'il dit.

Elle s'appelait Patricia Long. On resta assis en silence, sans émettre ni plaisanterie ni sarcasme, les yeux baissés, pendant qu'il nous transmettait les détails du crime. Elle avait vingt-sept ans. C'était une grande brune, avocate dans un cabinet international situé sur Michigan Avenue. Elle avait été trouvée dans Lincoln Park, cette fois. Un coup de fil anonyme avait dirigé la police sur les lieux du crime. La cause de la mort était la même : exsanguination consécutive aux blessures faites à son cou et sa gorge.

Mais il y avait une information supplémentaire dans ce nouveau meurtre. Celui qui avait prévenu la police avait déclaré avoir vu un vampire quitter la scène. Un homme portant un maillot de baseball bleu et jaune, les crocs visibles, la bouche couverte de sang.

Catcher jura.

— C'est probablement lié à la Maison Grey. C'est une des signatures de Scott.

Il me glissa un coup d'œil avant de m'expliquer :

— Grey est un fou de sport. Il ne donne pas de médaillon à ses Initiés, comme les Cadogan ou les Navarre. À la place, les vampires revêtent tous le même maillot.

— Malheureusement, tu as raison, approuva grand-père. Ça ressemble à la Maison Grey. Ils n'ont rien trouvé d'autre sur la scène – ni médaille ni détritus qui relieraient ce qui s'est passé à quelqu'un d'autre –, mais ils y travaillent encore. (Il rattacha le téléphone à sa ceinture, ses doigts noueux peinant pour enclencher les pièces de plastique entre elles.) Ce qui lève les soupçons sur Cadogan et les fait glisser droit sur Grey. Quelqu'un veut parier qu'on aurait retrouvé un objet appartenant aux Navarre sur la scène de l'agression de Merit ?

Ils me regardèrent tous les trois, l'air sinistre.

— Vous pouvez demander à Ethan, dis-je. Mais il ne m'a rien dit.

Il ne risquait pas de le faire. Il doutait toujours de ma loyauté.

— Même s'il y avait eu quelque chose, intervint Catcher, ça ne veut pas dire que ce soit lié aux agressions. Je suis certain que personne dans la Maison Grey n'a trempé dans ce crime. J'en mettrais ma main au feu. C'est une équipe soudée et complètement inoffensive.

— C'est peu probable, en effet, admit mon grand-père.

— Mais aucune preuve n'indique qu'il s'agisse d'un Solitaire, fis-je remarquer.

— En fait, ça n'est pas totalement vrai, dit grand-père. Les policiers savaient que le maillot les dirigeait vers la Maison Grey et ils y ont envoyé deux gars en uniforme. Quand ils sont arrivés là-bas, ils ont trouvé un mot sur la porte d'entrée. Scott ne l'avait pas encore vu. Ils n'ont pas de gardes à la Maison Grey, ils pensent certainement que la Maison est trop jeune pour avoir des ennemis. Elle a à peine trois ans.

Catcher, sourcils froncés, croisa les bras.

— Et qu'est-ce que le mot disait ?

— C'était un essai poétique : « Bleu, jaune, Grey/ Qui va payer ?/Le diable sans doute/Et le système coûte que coûte. »

Je grimaçai.

— C'est vraiment mauvais.

— Le « système » en question, vous croyez que cela fait référence aux Maisons ? demanda Jeff. Les attaques sont mises en scène de telle sorte qu'on croie qu'elles sont commises par les Maisons, mais le mot semble clairement émaner des Solitaires.

— Ou alors, si on considère que ce sont eux les responsables, les meurtres sont destinés aux flics et les menaces aux vampires des Maisons, suggérai-je.

Mon grand-père hocha la tête d'un air pensif.

— Ça marche aussi vu comme ça.

Catcher tira le bloc-notes à lui pour lire ce que mon grand-père avait inscrit.

— Je n'aime pas ça. C'est trop propre. Je n'aimais déjà pas cette histoire de médaille et j'aime encore moins la présence du maillot. Mais qu'un Solitaire laisse un mot, ce n'est pas un peu suspect ? Ils auraient su que la note les désignerait comme coupables, et innocenterait les Maisons. Pourquoi prendre la peine de mettre en scène les meurtres de manière à incriminer les Maisons, pour se tirer ensuite une balle dans le pied en laissant un mot qui vous fait porter le chapeau ?

— Tout dépend des Solitaires, suggéra mon grand-père. Si les meurtres sont censés punir le système, la note dit « Hé, regardez ce que j'ai fait juste sous votre nez, affiliation ou pas ». Ils ne pensaient peut-être pas que les vampires feraient part de ce message aux flics.

Catcher se passa une main sur son crâne rasé.

— Je ne sais pas ce qui se trame, mais il faut mettre Sullivan sur le coup. Les Maisons doivent réunir les Solitaires, essayer de trouver qui se cache derrière tout ça, envisager des châtiments ou des récompenses contre information. Ils adorent ce genre d'affaires, je ne comprends pas pourquoi ils ne s'en sont pas déjà occupés.

— Parce que discuter avec les Solitaires serait admettre que ces derniers ont un certain pouvoir, déclara Jeff. Les vampires des Maisons devraient alors en reconnaître d'autres qui ont rejeté le système et leur demander de l'aide. Aucune chance qu'Ethan ou Célina se plie à ça. Grey peut-être, mais pas les deux autres. Leur mémoire est bien trop ancienne.

Grand-père reprit le bloc-notes et se dirigea vers la porte.

— Tu as raison, il faut qu'ils se réunissent. Ne serait-ce qu'à cause de la régularité des crimes. Une semaine s'est écoulée entre la mort de Porter et l'agression de Merit, puis neuf jours avant l'assassinat de cette fille. L'échantillon n'est peut-être pas significatif mais...

— Nous n'avons pas beaucoup de temps, conclus-je calmement. Ce qui signifie que nous pourrions avoir un nouveau crime dans les dix prochains jours ?

Mon grand-père soupira lentement puis leva les mains au-dessus de la tête.

— Peut-être bien. Je n'envie pas la police de Chicago dans cette histoire. (Il me regarda avec un sourire triste.) Je suis désolé de te mettre à la porte mais nous devons commencer à passer des coups de fil. Il faut que nous prévenions Cadogan et Navarre et j'ai besoin de parler à mon informateur.

— Merci pour le dîner, dit Jeff.

— Pas de quoi.

Je jetai un coup d'œil dans le seau, dans lequel ne restait plus qu'une poignée de morceaux de poulet, et je décrétai que je n'avais plus aucune envie de volaille.

— Finissez, dis-je. Je n'ai plus faim.

— Oh, avant que tu partes, dit Jeff en plongeant sous son bureau. J'ai quelque chose pour toi.

Il resta là-dessous pendant une bonne minute, à faire un boucan de tous les diables, avant d'émerger avec un sac de l'armée en toile verte. Il me le tendit et je regardai à l'intérieur.

— Tu essaies de me dire quelque chose, Jeff? demandai-je en découvrant un tas de pieux pointus en bois.

— Juste que je préférerais que tu restes en vie.

Je balançai le sac sur mon épaule et lui adressai un clin d'œil enjoué.

— Alors, merci.

Il me sourit de façon touchante. Jeff était un gamin, mais un gentil gamin. Catcher se leva.

— Je te raccompagne.

Je serrai grand-père dans mes bras et lançai un salut de la main et un sourire à Jeff avant que Catcher me reconduise dans l'entrée. Il tapa le code et me tint la porte ouverte.

— Ne t'éloigne pas des gardes, cette semaine. Il se pourrait que ce maniaque essaie de finir ce qu'il a commencé avec toi et qu'il frappe une troisième fois.

Je frissonnai et serrai un peu plus fort le sac de pieux.

— Merci pour le réconfort.

— Je ne suis pas là pour te réconforter, poupée. Je suis là pour te garder en vie.

— Et baiser ma colocataire.

Il éclata de rire, une fossette se dessinant à gauche de ses lèvres retroussées.

— Ça aussi, en supposant que je puisse l'amener à voir les choses à ma façon.

Je le quittai sur un sourire, contente, malgré toutes ces histoires surnaturelles, d'avoir trouvé des amis qui m'aident à traverser cette épreuve. Une nouvelle famille, malgré nos différences génétiques.

Je rentrai à la maison, les vitres de la voiture baissées, en essayant de me raccrocher à ce sourire, ce réconfort, en laissant la brise de printemps et une chanson douce emporter mon incertitude.

Avez-vous déjà vécu un moment où vous saviez, sans l'ombre d'un doute, que vous vous trouviez au bon endroit ? que vous étiez sur la bonne voie ? Peut-être le sentiment que vous aviez franchi une frontière, un obstacle et, d'une manière ou d'une autre, après avoir affronté une montagne insurmontable, que vous vous retrouviez de l'autre côté ? La nuit était chaude, et le vent était frais, et une chanson résonnait dans les rues tranquilles alentour. Vous sentiez le monde entier autour de vous, vous faisiez partie de cette vibration ambiante et tout allait bien.

Je suppose qu'il s'agit tout simplement de satisfaction. Mais il semble pourtant que ce soit davantage, plus consistant que ça, une certaine notion de but, un sentiment d'être à sa place, vraiment, sincèrement, en cet instant.

Ces moments semblent ne jamais durer assez longtemps. La chanson se termine, la brise se calme, l'inquiétude et la peur reviennent s'immiscer en vous et vous essayez d'avancer en jetant un regard à la montagne derrière vous, en vous demandant comment vous êtes parvenu à la franchir, craignant de ne pas l'avoir vraiment franchie. Craignant aussi que la masse et l'ombre par-dessus votre épaule s'évaporent et se reforment devant vous, vous obligeant à affronter l'épreuve de les franchir encore une fois.

La chanson se finit et vous contemplez la maison tranquille et sombre devant vous, vous actionnez la poignée de la porte et vous retournez dans votre vie.

10

Garde de nuit

— C'est l'heure de se lever, grosse flemmarde !

J'entendis sa voix mais tirai l'édredon sur ma tête en grommelant :

— Va-t'en !

— Oh, allez, Merit. C'est ton grand jour ! C'est le Bal des vampires débutants !

Je m'enfonçai sous les couvertures.

— Je ne veux pas être une vampire aujourd'hui.

Je l'entendis soupirer et elle arracha les couvertures avant de les jeter à terre.

— Bon sang, Mallory ! (Je m'assis en repoussant un fouillis de cheveux de mon visage.) J'ai vingt-sept ans et je suis parfaitement capable de me lever toute seule. Tu peux sortir de ma chambre ? Va embêter Catcher.

— Catcher a d'autres chats à fouetter en ce moment, Merit. (Elle cessa de parcourir les chemisiers dans ma penderie.) Tu as entendu parler de cette autre fille ? Celle qui a été tuée.

Je hochai la tête en frottant mes yeux ensommeillés.

— Ils en ont parlé la nuit dernière.

— C'est un drôle de moment pour devenir vampire.

— Tu peux le dire. J'ai pensé la même chose l'autre jour.

Mallory commença à décrocher des vêtements des cintres et les laisser tomber en tas sur le sol. Je lui adressai un regard théâtral qu'elle ne se donna pas la peine de remarquer.

— Qu'est-ce que tu fiches ?

— J'essaie de trouver quelque chose à te mettre. Tu assistes à une cérémonie, aujourd'hui.

Même si Mallory se déclarait immunisée contre les avantages d'être aussi superbe qu'elle l'était, il y avait des moments où elle savourait les trucs de filles. Ses sœurs de fraternité étudiante auraient été fières d'elle.

Je balançai les jambes hors du lit.

— Ce n'est pas un bal, c'est un bizutage. Un bizutage vampire. Je n'ai pas besoin de me pomponner pour me faire humilier par Ethan.

— C'est vrai. Il t'a assez humiliée quand tu étais en jean et en tee-shirt. (Elle me jeta un regard assez blessant pour faire pleurer un bizut.) Mais tu seras en présence de... quoi, une dizaine de nouveaux vampires ? Il faut que tu leur montres de quelle trempe tu es faite. Aujourd'hui, c'est le premier jour de ta nouvelle vie. Tu vas te réinventer.

Je frémis quand Mallory sortit une paire d'escarpins à talons noirs et un chemisier blanc ajusté. Ils rejoignirent le pantalon qu'elle avait disposé sur le lit.

— Je n'ai pas l'habitude de porter des trucs comme ça.

Elle ricana.

— Et c'est bien pour ça que tu vas les mettre ce soir. (Elle fit le geste de me chasser.) File à la salle de bains procéder à tes ablutions.

Une fois que je me fus douchée et séchée, Mallory prit le relais. Rien n'échappa à son attention. Je fus parfumée, épilée et poudrée, mes longs cheveux brossés et laqués jusqu'à ce qu'ils scintillent, ma longue frange brune lissée sur mon front. Je fus fourrée dans le pantalon droit et le chemisier très moulant blanc à manches trois-quarts. La chemise fut rentrée dans le pantalon et Mallory me passa une ceinture noire avant de défaire les deux boutons du haut de mon chemisier.

— On voit mes seins si tu fais ça, la prévins-je.

— Exactement, répliqua-t-elle. Et c'est justement ce qu'il faut. Ce soir, tu joues le rôle de la vampire célibataire et sexy.

J'observais mon reflet se transformer dans le miroir – passer de celui d'une jolie étudiante sans prétention à quelque chose de plus incisif. Elle entoura mon poignet droit de trois rangs serrés de grosses perles argentées, ajouta quelques touches de maquillage – pour me donner, m'expliqua-t-elle « un œil dramatique et des lèvres roses comme après un baiser » – avant de me percher sur mes talons hauts.

— Très bien, conclut-elle. Tourne-toi.

Je fis mon numéro de chien savant, pivotant lentement sur moi-même afin qu'elle puisse m'examiner.

— Joli, me complimenta-t-elle. Tu t'en sors très, très bien.

Je haussai les épaules et la laissai ajuster les revers de mon pantalon et le col de ma chemise avant de vérifier que je n'avais pas de rouge à lèvres sur les dents.

— Très bien. Examen final. Allons-y.

Comme je n'avais pas l'habitude de marcher avec des talons, elle m'aida à descendre l'escalier puis me laissa en plan au bas des marches pendant qu'elle disparaissait dans le salon.

— Messieurs, je vous présente le tout nouveau membre de la Maison Cadogan, la vampire la plus intelligente de Chicago : Merit !

J'étais déçue qu'elle n'ait pas dit que j'étais la vampire la plus sexy de Chicago, mais j'acceptai quand même le compliment et avançai quand elle m'en donna le signal. Catcher et Jeff étaient assis sur le canapé, le jeune informaticien bondissant presque quand j'entrai dans le salon.

— Waouh ! hurla-t-il. Tu es belle à croquer !

Je regardai à Mallory de travers.

— C'est lui, ton examen final ? Il trouve que tout ce qui a des seins est beau.

— C'est justement parce que tu n'entres pas dans cette catégorie que je l'ai fait venir.

Je pris une pose d'adolescente, les bras croisés sur ma poitrine d'un air protecteur. Je n'avais pas grand-chose à protéger, mais ils étaient à moi, bon sang. Je laissai retomber mes mains quand Jeff se planta devant moi avec un sourire enfantin.

— Tu es drôlement sexy ! Tu es sûre que tu ne veux pas laisser tomber ces histoires de vampires et rejoindre la Meute ? Nous avons une bien meilleure… assurance.

Je lui souris, certaine qu'« assurance » n'était pas le premier mot qui lui était venu à l'esprit mais avait été le résultat du doigt que Catcher avait enfoncé entre ses omoplates. Je le remerciai malgré tout puis écartai les bras devant Catcher.

— Bonne chance, me dit-il en m'étreignant. Tu as déjà décidé ce que tu allais faire au sujet des serments ?

— Pas encore, admis-je, cette seule question aiguisant mes nerfs.

Comme à propos, on frappa à la porte. Jeff, qui était le plus près, ouvrit. Un chauffeur en livrée salua en portant la main à sa casquette.

— Mademoiselle Merit, s'il vous plaît, je dois vous conduire à la Maison Cadogan.

J'expirai lentement, m'efforçant d'apaiser la peur qui me nouait l'estomac, et j'adressai un regard nerveux à Mallory. Elle sourit en m'ouvrant les bras et je me lovai dans son étreinte.

— Ma petite fille grandit.

Je ne pus m'empêcher de rire, ce qui, j'en étais certaine, était son intention.

— Tu ne racontes vraiment que des conneries.

Quand je m'écartai d'elle, Catcher s'avança et posa une main dans le dos de mon amie d'un geste possessif.

— Tiens-toi bien, ce soir.

Je hochai la tête et attrapai le minuscule sac à main noir et blanc que Mallory m'avait préparé. Il contenait, comme elle m'en avait informé plus tôt, un tube de rouge à lèvres, mon téléphone portable (éteint, pour ne pas agacer mes collègues), mes clés de voiture et un peu d'argent en cas d'urgence.

Et, hum, un préservatif. Mallory pensait sans doute que je risquais de me retrouver dans une situation coquine.

(Les vampires peuvent-ils attraper des MST ? J'étais prête à parier que le sujet n'était pas abordé dans le *Canon*.)

J'adressai à tous un geste de la main tremblant et suivis le chauffeur jusqu'à la limousine noire et brillante garée le long du trottoir. Pendant que je me dirigeais vers la portière que l'homme me tenait ouverte, et même si la plupart de mes cellules cérébrales se concentraient sur la tâche de me garder en équilibre sur mes talons de huit centimètres, je pris le temps de me rappeler la dernière fois qu'une limousine avait stationné devant la maison. C'était six jours plus tôt, quand j'étais rentrée, récemment vampirisée et habillée d'une robe de soirée, encore dans les vapes après mon agression et ma transformation.

Six jours plus tard, il y avait des métamorphes partout dans Chicago, mon grand-père employait un mystérieux vampire, ma colocataire sortait avec un sorcier, et j'apprenais à manier un sabre de l'ère des samouraïs.

La vie suivait son cours.

La limousine prit tranquillement la direction du sud et s'arrêta devant une Maison Cadogan décorée et éblouissante. Des torches éclairaient le trottoir ainsi que l'allée qui menait à la porte d'entrée, et des bougies brillaient à chacune des dizaines de fenêtres. Un des gardes du portail m'ouvrit la portière, m'adressant un sourire entendu quand je sortis de la limousine. En pénétrant dans la propriété, je découvris que les torches qui bordaient le trottoir n'étaient pas de vulgaires flambeaux de jardin. Elles étaient en fer forgé sculpté et, plus important encore, elles étaient brandies par des vampires – hommes et femmes, tous vêtus de costumes ou de tailleurs noirs impeccables – se tenant, épaule contre épaule, tout le long de l'allée.

Mon estomac se noua mais je m'obligeai à avancer entre eux. Je n'étais pas certaine de savoir à quoi m'attendre – des regards mauvais ou bien des remarques moqueuses, peut-être ? Un signe qu'ils avaient clairement vu en moi et savaient que je n'étais pas aussi puissante qu'une certaine personne semblait le croire ?

Leur réaction fut presque plus effrayante. Chaque paire de vampires, alors que je progressais, courba la tête.

— Ma sœur, disaient-ils calmement, laissant ces mots flotter derrière moi tandis que je m'avançais.

Mes bras se couvrirent de chair de poule. J'entrouvris les lèvres, absorbant le poids de ce qu'ils m'offraient – la solidarité, la parenté, une famille. Je gravis le perron couvert, jetant un regard derrière moi, et j'inclinai la tête dans leur direction, espérant que j'étais digne d'eux.

Malik se tenait à la porte et il m'invita à entrer d'un geste de la main.

— Il veut en faire tout un spectacle, me dit-il tranquillement. Les femmes sont en haut dans l'antichambre de la salle de bal. (Il désigna l'escalier d'un mouvement de tête.) Tout en haut et à gauche.

J'agrippai la rampe au bas de l'escalier, consciente que les marches, les talons de huit centimètres et mes cuisses vacillantes d'adrénaline ne feraient pas bon ménage. Sur le palier, je pris à gauche.

Des plaisanteries et des gloussements féminins résonnaient dans le couloir et je me dirigeai vers eux avant de m'arrêter devant une porte ouverte. Une dizaine de femmes étaient rassemblées dans la pièce qui avait été décorée de manière à ressembler à une mise en scène de reconstitution historique – de grands miroirs, beaucoup de lumières, beaucoup de produits de beauté en tout genre. La moitié des vampires étaient vêtues du traditionnel noir des Cadogan. Ces Novices aidaient les cinq autres, qui portaient toute une variété de tenues glamour (robes de soirée, dos nus scintillants, pantalons de smoking au liseré de satin), à se préparer pour la cérémonie. Ces jeunes femmes coiffées et maquillées étaient mes compagnes Initiées et je me sentis soudain vieille et poussiéreuse dans mon ensemble noir et blanc.

Je constatai également qu'elles étaient toutes souriantes. Leurs yeux brillaient d'excitation, comme si elles se préparaient pour l'événement le plus mémorable de leur vie. Elles avaient été invitées à rejoindre la Maison. Elles avaient choisi – sciemment – d'oublier le monde humain pour la nuit, le sang et les intrigues politiques des vampires.

Je ressentis un pincement de jalousie. Qu'est-ce que cela faisait d'entrer dans la Maison Cadogan et de demander à en devenir membre, ou bien de considérer la Recommandation comme la célébration d'un accomplissement profond ? C'était vraiment le Bal des débutantes pour ces femmes, anciennes humaines qui s'estimaient chanceuses d'avoir été choisies.

— On dirait des lions qui s'apprêtent à bondir sur une gazelle.

Je souris malgré mon état d'anxiété, me tournant pour découvrir une vampire blonde et souriante derrière moi. Elle portait le noir de rigueur, et ses longs cheveux raides étaient rassemblés en une stricte queue-de-cheval sur sa nuque.

— C'est Ethan, la gazelle ?

— Oh, oui.

Elle désigna la horde – les Initiées commentaient une nouvelle teinte de rouge à lèvres M.A.C. – avant de secouer la tête.

— Non pas qu'elles aient la moindre chance : il ne touche pas aux nouvelles. Mais je ne vais pas aller leur dire ça.

Son sourire s'élargit et j'essayai de ne pas trop penser au fait que j'étais une nouvelle et qu'il m'avait déjà touchée, moi.

— Je crois que je vais les laisser mariner, décida-t-elle. Ça permettra aux plus anciennes d'en rigoler plus tard.

— La victoire de la défaite ?

— Exactement, dit-elle en me tendant la main. Lindsey. Et tu es Merit, c'est ça ?

Je hochai la tête avec prudence et acceptai sa poignée de main, me demandant quelle autre information elle avait glanée à mon propos ou, puisqu'il semblait que ce soit un sujet de potin parmi les vampires, à propos de mon père.

— Rien à craindre de ma part, m'assura-t-elle sans que j'aie évoqué la question.

J'écarquillai les yeux.

— J'ai le don d'empathie. Tu t'es crispée et j'ai eu l'impression que cela avait trait à quelque chose de profond, de familial, peut-être. Mais ça pourrait m'intéresser de savoir qui sont tes parents. De plus, mon père était le roi du cochon de Dubuque. Alors je sais ce que c'est que de venir d'une grande famille, *chica*.

J'éclatai de rire, attirant l'attention des femmes groupées face au miroir qui se tournèrent toutes vers moi pour m'observer. Et pour m'évaluer. Je fus gratifiée d'une série de regards scrutateurs et de quelques sourcils prudemment haussés avant qu'elles se préoccupent de nouveau de parfaire leur coiffure ou leur maquillage. Je me sentais comme une étrangère – assez familière avec Ethan et la Maison pour avoir perdu leur éclat de « nouvelle », mais certainement pas encore une des « anciennes » que j'avais vues se déplacer parmi les Initiées avec une efficacité assurée, proposant leur aide, laquant les cheveux et calmant la nervosité.

Lindsey frappa soudain dans ses mains.

— Mesdames, nous sommes prêtes. Suivez-moi, s'il vous plaît.

Elle se dirigea vers la porte. L'estomac noué, je déglutis avec difficulté et me mis en rang avec les autres filles.

On reprit le couloir en sens inverse mais en dépassant cette fois l'escalier. Nous nous dirigions vers un groupe d'hommes qui attendaient, visiblement nerveux, devant de larges doubles portes. Ils étaient six, tous habillés de costumes dernier cri, et ils se tournèrent à notre approche avec un sourire appréciateur. C'était le reste des nouveaux, les six vampires mâles qui, dans quelques minutes, deviendraient des membres à part entière de la Maison Cadogan.

On se mit en ligne derrière les garçons pendant que les vampires qui nous avaient accompagnées se rangeaient derrière nous. J'étais la dernière vampire et Lindsey se plaça derrière moi.

On resta immobiles un moment, à ajuster nos vêtements et lisser nos cheveux, nous dandiner d'un pied sur l'autre en attendant que les portes s'ouvrent et qu'arrive l'heure de jurer loyauté et allégeance à l'homme qui aurait la responsabilité de nous assurer santé, bien-être et protection. Je ressentis soudain un pincement de compassion pour la charge qu'il avait endossée, mais je luttai contre ce sentiment. J'avais déjà bien assez de préoccupations comme ça.

Dans un bruit doux, les portes s'ouvrirent sur une salle de bal qui baignait dans la lumière et vibrait au rythme d'une musique d'ambiance aux basses marquées.

Mon estomac se crispa et je posai une main sur mon ventre pour apaiser cette soudaine crampe.

— Ça va bien se passer, me murmura Lindsey. Je vais t'escorter à l'intérieur. Et puisque tu es la dernière, tu n'auras qu'à faire comme les autres. C'est facile.

J'acquiesçai, gardant les yeux fixés sur les courts cheveux noirs de la femme devant moi. La file se mit en branle, au pas des vampires à côté de nous.

De gigantesques miroirs encadrés et surmontés de riches tissus blancs drapés étaient suspendus de part et d'autre de la salle de bal. Le sol était en chêne brillant, d'une nuance or pâle. Des chandeliers garnis de centaines de bougies scintillaient et baignaient la pièce d'une lueur dorée.

Les vampires, tous en noir, faisaient un étrange contraste avec le décor. Ils étaient alignés en deux longues colonnes séparées par un couloir, comme un escadron au garde-à-vous. Notre file avança entre eux, Lindsey et moi fermant la marche.

Au fond de la salle, sur une estrade, se tenait Ethan, flanqué de Malik et Amber, Luc en retrait. Ethan avait l'air d'un pirate. Il était habillé tout en noir, cette fois d'un tee-shirt moulant à manches longues qui mettait en valeur chaque courbe de son torse, d'un pantalon droit et de chaussures à bouts carrés. Il avait repoussé ses longs cheveux blonds derrière ses oreilles et se tenait, jambes écartées, comme s'il raidissait son corps pour affronter la houle, les bras croisés sur la poitrine tandis qu'il nous regardait approcher, tout à fait dans le rôle du capitaine surveillant son équipage. Il avait l'air plus sûr de lui que jamais – les épaules droites, la mâchoire déterminée, une lueur de pouvoir implacable dans ses yeux verts.

Il survola du regard la rangée de vampires, passant de l'un à l'autre, et je le vis froncer les sourcils avant de me repérer au bout de la colonne. Nos regards se croisèrent de nouveau, de manière tout aussi puissante que la première fois que nous nous étions vus, sept jours plus tôt. Puis, d'un mouvement si ténu que je me demandai si je ne l'avais pas imaginé, il inclina la tête.

Je répondis de même.

Le regard toujours rivé sur Ethan, je faillis bousculer la femme devant moi lorsqu'elle s'immobilisa, notre ligne s'arrêtant au même niveau que les colonnes de vampires de chaque côté.

La musique cessa et la salle fut plongée dans le silence. Ethan décroisa les bras et avança d'un pas.

— Mes frères. Mes sœurs. Vampires de la Maison Cadogan.

La pièce explosa en applaudissements bruyants, les vampires tout autour sifflant et criant jusqu'à ce qu'Ethan les fasse taire d'un léger mouvement de la main.

— Ce soir, nous initions douze nouveaux vampires Cadogan. Douze vampires qui vont devenir vos frères, vos sœurs, vos colocataires, vos amis. Vos alliés.

La foule approuva.

— Ce soir, douze vampires prêteront serment d'allégeance à la Maison Cadogan, à moi, et à vous. Ils nous rejoindront, travailleront pour nous, riront avec nous, aimeront avec nous et, si nécessaire, combattront à nos côtés.

Ethan marqua une pause et avança encore.

— Mes amis, mes vassaux, êtes-vous d'accord ?

Leur action fut la plus éloquente des réponses. D'un même mouvement, les vampires à nos côtés pivotèrent pour nous faire face. Puis, presque tous en même temps, le visage grave, ils tombèrent à genoux devant nous. Mis à part le groupe de vampires sur l'estrade, nous étions les seuls encore debout. Ils nous offraient leur camaraderie et, à Ethan, leur consentement et leur foi.

J'en eus la chair de poule des pieds à la tête.

C'était une leçon d'humilité étonnante et bouleversante que d'assister à ce spectacle, de voir cette centaine de vampires prostrés devant moi, de savoir que je faisais partie de ça, partie d'eux. La nervosité fit place à une sorte de profonde compréhension : j'étais devenue quelque chose de différent, d'historique.

Quelque chose de plus.

Je laissai mon regard dériver sur la foule des vampires, toujours à genoux devant nous, et je perçus également la lente vibration du pouvoir, un délicat courant électrique qui les parcourait, comme l'eau sur les rochers.

La magie.

Je levai la main. Mes doigts effleurèrent la forme subtile de la magie, les courbes et les arcs qu'elle dessinait dans l'air. Ce n'était pas très différent de sortir la main par la fenêtre de la voiture pour sentir la poussée du vent ; je ressentis la même impression de solidité. Et, comme Catcher l'avait dit, les vampires ne pratiquaient pas la magie, ils l'exsudaient. Elle émanait d'eux et façonnait l'air qui les entourait. Quoi qu'Ethan ait pu dire, être un vampire n'était pas seulement une histoire de gènes.

Prenant conscience que je me tenais au milieu de près d'une centaine de vampires, la main en l'air comme une imbécile, je la ramenai en frottant ma paume du pouce pour effacer les picotements résiduels. Puis je contemplai les vampires tout autour, découvrant que personne d'autre que moi ne paraissait avoir remarqué la magie. Les Initiés observaient les autres vampires de la Maison, la bouche entrouverte de surprise, passant nerveusement en revue les hommes et femmes à nos pieds.

Je risquai un regard vers Ethan, toujours sur l'estrade. Il avait les yeux rivés sur moi, son expression illisible mais concentrée. Je me demandais s'il m'avait vue lever la main pour sentir le courant, et si cela avait été une nouvelle erreur de ma part.

Après un moment, il se tourna vers ses troupes.

— Levez-vous, mes amis, et souhaitons la bienvenue à nos camarades, qui vont prêter le serment de protéger cette Maison.

Les vampires se relevèrent tous ensemble comme s'ils avaient répété ces mouvements. Ceux-ci étaient si bien synchronisés qu'ils donnèrent l'impression d'une envolée d'oiseaux – ce qui était un peu troublant pour un groupe d'hommes et de femmes.

Ils pivotèrent de nouveau pour faire face à Ethan, et la tension dans la pièce sembla augmenter progressivement, les nouveaux vampires devant moi s'agitant sur place avec nervosité. Quelque chose allait se passer.

Lindsey se pencha vers moi.

— Quand il appellera ton nom, quand il te demandera d'avancer, va vers lui. Il se peut que ça te fasse peur mais c'est tout à fait naturel. Il nous appelle tous.

Sans prévenir, l'Initié qui se trouvait en première place – un jeune homme d'environ vingt-cinq ans – tituba en avant. Le vampire près de lui le rattrapa par le coude puis l'accompagna sur la dizaine de pas qui le séparaient de l'estrade, devant laquelle il s'agenouilla face à Ethan. Ensuite l'escorte s'écarta. Le silence régnait dans la pièce et tous les yeux étaient tournés vers le Maître et l'Initié devant lui. Ethan se pencha, dit quelque chose au garçon qui acquiesça avant de répondre.

L'échange se poursuivit pendant un moment avant que Malik avance pour donner quelque chose à Ethan. L'objet scintilla dans la lumière – un médaillon sur une fine chaîne d'or – et l'Initié baissa la tête afin qu'Ethan lui passe le médaillon autour du cou. Puis le Maître lui murmura encore une fois quelques mots et l'homme se leva.

— Joseph, Initié Cadogan. Je te sacre membre à part entière de la Maison Cadogan, avec tous les droits et les devoirs inhérents aux Novices.

La foule applaudit à tout rompre quand Joseph et Ethan s'étreignirent. Amber descendit ensuite de l'estrade et conduisit Joseph sur le côté, où il se tint face à nous, comme le finaliste d'un concours de beauté.

Le même rituel se répéta pour les dix autres vampires devant moi – à genoux, l'échange, l'étreinte, les applaudissements. Warner, Adrian, Michael, Thomas et Connor suivirent Joseph dans les rangs des Novices Cadogan, ainsi que les cinq femmes – Penny, Jennifer, Dakota, Melanie et Christine. Sans que j'aie eu le temps de m'en rendre compte, ce fut mon tour, Lindsey à mes côtés, Ethan devant moi, tous les Novices, nouveaux et anciens, nous regardant tandis que j'attendais d'être appelée. L'adrénaline commença à affluer.

La salle de bal fut de nouveau plongée dans le silence. Je m'obligeai à lever les yeux pour rencontrer le regard d'Ethan. L'échange visuel dura un moment avant qu'il baisse la tête.

Ce fut alors que je l'entendis, l'écho léger de sa voix dans mon esprit, comme un murmure provenant du bout d'un tunnel. Je fonçai alors à toute allure dans ce tunnel, vers cette voix, et fermai les yeux en m'efforçant de contenir une soudaine nausée. Il m'appela clairement par mon nom. Mon nom entier – prénom, second prénom et nom de famille. Et dans sa bouche, ce n'était pas si désagréable.

Mais je n'étais plus cette fille-là. Je ne l'avais peut-être jamais été, certainement plus depuis que j'avais atteint l'âge de revendiquer ma propre identité. J'étais Merit, pas le fantôme de quelqu'un d'autre.

Les yeux fermés, je réfléchissais à mon identité et ne l'entendis pas approcher. Je me rendis compte de sa présence seulement lorsque ses doigts se refermèrent comme un étau autour de mes bras.

J'ouvris les paupières. Ethan baissa les yeux sur moi, les narines dilatées, les iris cerclés d'argent. Je déglutis et regardai autour de moi, découvrant qu'il régnait un silence de mort dans la salle de bal et que tous les regards étaient braqués sur moi. Je me tournai vers Lindsey, dont l'expression véhiculait un mélange d'horreur, de choc et d'admiration. Je n'avais aucune idée de ce que j'avais fait.

Je clignai des yeux et regardai de nouveau Ethan. Un muscle de sa mâchoire tressaillit et il se pencha vers moi.

— À quoi est-ce que tu joues ?

J'ouvris la bouche mais j'étais trop troublée pour parler. Voulant à tout prix lui faire comprendre que je ne l'avais pas, cette fois, volontairement déçu, je secouai vigoureusement la tête.

— Je n'ai rien fait, parvins-je à prononcer en souhaitant de tout mon cœur parvenir à le convaincre.

Ethan resserra légèrement ses doigts autour de mes bras et me dévisagea avant de croiser mon regard.

— Tu ne t'es pas avancée quand je t'ai appelée.

— Tu ne m'as pas appelée.

— Tu m'as entendu prononcer ton nom ?

Je hochai la tête.

— Je t'ai appelée à moi comme je l'ai fait avec tous les autres. Tu n'es pas venue. (Puis il entrouvrit les lèvres, les yeux écarquillés sous le coup d'une compréhension nouvelle.) Tu ne me résistais pas ?

Je secouai la tête.

— Bien sûr que non. Pas maintenant. Pas comme ça. Je ne suis peut-être pas toujours très… malléable, mais j'ai quand même un instinct de survie. Je ne vais pas t'insulter devant les tiens. (Je lui adressai un petit sourire.) Enfin, pas une deuxième fois.

— Ethan ? dit Malik, qui s'était rapproché. Doit-on congédier les autres ?

Ethan secoua la tête. Il me lâcha les bras, puis tourna les talons.

— Suis-moi.

Sans hésiter, je lui emboîtai le pas, le laissai monter les deux marches de l'estrade et m'arrêtai en face de lui. Je ne m'agenouillai pas, ne sachant pas ce qu'il attendait de moi. Malik se plaça à côté d'Ethan et, quand ses gens se furent de nouveau rassemblés, le Maître parcourut la foule du regard.

— Mes amis.

Ce seul mot réduisit les vampires au silence et fit taire du même coup toutes les spéculations que je savais déjà se propager dans la Maison : pourquoi ne s'est-elle pas avancée ? Était-ce un acte de rébellion ? (Encore ?) Allait-il me punir, cette fois ? (Enfin ?)

— En cette période de paix fragile, les alliés sont la clé. Le pouvoir est la clé. (Il abaissa son regard sur moi.) Je l'ai appelée. Cela n'a eu aucun effet.

Les murmures reprirent de plus belle.

— Elle a résisté à l'appel, poursuivit Ethan en haussant la voix par-dessus le brouhaha. Elle a résisté au charme. Elle a la force, mes amis, et sera un atout pour notre Maison. Parce qu'elle est des nôtres. C'est une vampire Cadogan.

Pour la troisième fois, j'eus la chair de poule.

Il m'adressa un signe de tête et je m'agenouillai devant lui. Puis il fit un pas en avant. Ses yeux verts luisaient véritablement comme du verre sous la frange de ses longs cils blonds.

Voilà. Le moment était venu de m'engager ou pas au service de ces vampires.

De Cadogan.

D'Ethan.

— Merit, Initiée de la Maison Cadogan, en présence de tes frères et sœurs, promets-tu fidélité et allégeance à la Maison Cadogan, à son honneur, à son Maître ? Promets-tu d'être sincère et fidèle envers la Maison Cadogan et ses membres, à l'exclusion de tous les autres, sans jamais les trahir ? Promets-tu de faire respecter la liberté de tes frères et sœurs ?

Sans le quitter des yeux, en un seul mot, j'acceptai une éternité d'obligations.

— Oui.

— Merit, Initiée de la Maison Cadogan, promets-tu de servir la Maison et son Maître sans hésitation et de ne jamais, par tes paroles ou tes actes, chercher à blesser la Maison, ses membres ou son Maître ? Aideras-tu à la défendre et à la protéger contre toutes créatures, mortes ou vivantes ? Fais-tu cette promesse, avec joie et sans contrainte, et la tiendras-tu tout au long de ta vie ?

J'ouvris la bouche pour répondre mais il m'arrêta en haussant un sourcil.

— La vie est longue lorsqu'on est immortel, Merit, et cette promesse est éternelle. Songes-y sérieusement avant de répondre.

— Oui, répondis-je sans hésiter, ayant déjà pris la décision que j'étais, pour le meilleur et pour le pire, une vampire Cadogan.

Ethan hocha la tête.

— Qu'il en soit ainsi. Fille de Joshua, chérie par Charles (je souris à la mention du nom de mon grand-père), tu nous donnes ta foi et ta fidélité et nous t'acceptons dans notre grâce.

Il prit le dernier pendentif des mains de Malik, se pencha davantage et l'accrocha autour de mon cou. J'eus l'impression que sa main s'attardait un moment avant qu'il recule, mais je n'eus pas le temps de m'interroger sur ce que cela signifiait car sa voix résonna aussitôt dans la salle.

— Merit, Initiée Cadogan, je te sacre... Sentinelle de cette Maison.

La foule en eut le souffle coupé. Ethan baissa les yeux sur moi pour m'observer.

Mes doigts touchèrent instinctivement le médaillon et ma réaction fut immédiate : bouche bée, je levai des yeux écarquillés vers lui. J'étais sous le choc, en partie parce que je savais ce qu'était une « Sentinelle » et aussi parce qu'il venait de m'en donner le titre.

Comme je l'avais expliqué à Mallory, la position de Sentinelle, comme presque toute chose en cette Maison, avait une origine féodale et n'était plus beaucoup utilisée dans les Maisons modernes. Alors que le Capitaine de la Garde de la Maison, Luc dans ce cas précis, était à la tête d'une petite armée de fantassins, la Sentinelle, elle, était chargée de protéger la Maison en tant qu'entité. En qualité de Sentinelle, je serais responsable de la structure en elle-même et, plus important encore, de la Maison en tant que symbole.

Comme Mallory l'avait formulé, je défendrais l'image de marque, et bien plus. Je serais tenue par l'honneur de servir la Maison, et Ethan n'aurait aucune raison de se méfier de moi.

Dans les faits, il s'assurait ma loyauté vis-à-vis de Cadogan de la manière la plus astucieuse qui soit, en m'assignant le devoir de la défendre.

C'était malin. Une stratégie digne d'Ethan, qui s'enorgueillissait de savoir manœuvrer en politique.

Toujours à genoux, je levai les yeux vers lui.

— Bien joué.

Il me tendit la main en souriant. Je la saisis et me relevai.

— Encore une fois, dit-il, le regard lumineux, nous ne pouvons que constater ton talent à semer la zizanie.

— Ce n'était pas mon intention. Je n'y peux rien si je suis… anormale.

Ethan sourit.

— Pas anormale, dit-il. Unique. Et je crois que nous nous adapterons à ce nouvel épisode.

Il était d'une bonne humeur tout à fait inhabituelle et je me demandais si, en prêtant serment, je n'avais pas franchi une étape importante pour accéder à sa confiance. À présent que j'étais officiellement une vampire Cadogan, soumise aux règles du Maître et du *Canon* en matière de discipline et de sanctions, il oserait peut-être enfin se fier à moi.

Ethan me dévisageait toujours. Il semblait chercher quelque chose, attendre quelque chose et je compris que, même si nous avions fait des progrès, nous n'en avions pas fini.

— Quoi ?

— Je veux ton allégeance.

Je fronçai les sourcils, interdite.

— Mais tu l'as déjà. Je viens juste de prêter serment, par deux fois, de te protéger toi et les tiens contre toutes créatures vivantes ou mortes. Je ne sais même pas ce que cette dernière partie signifie et je me suis malgré tout engagée.

Il secoua la tête.

— Les Maisons vont être informées de ta force, elles sauront que tu es rapide et agile. Elles apprendront que tu peux résister aux charmes.

Il haussa les sourcils et je compris qu'il attendait ma confirmation. J'acquiesçai.

— D'autres vampires, quand ils auront connaissance de tes origines, vont essayer d'éprouver ta loyauté et ta docilité. On va douter de ta volonté à te plier à mon autorité. (Son regard se fit plus intense, ses iris à présent d'un vert plus profond, comme une mer froide et sombre.) Je veux que les autres Maisons sachent que tu es mienne.

Son ton était tendu et ses paroles toujours aussi possessives, mais je savais que ce n'était pas personnel. Cela n'avait rien à voir avec moi mais reflétait son inquiétude qu'une autre Maison essaie de m'attirer. Et Ethan ne souhaitait pas partager son nouveau jouet. Quelle que soit son attirance physique pour moi, j'étais une arme, un instrument, un outil secret à préserver pour défendre sa Maison et ses vampires.

Il m'avait cependant également donné une arme. Même si j'étais une vampire Cadogan soumise à ses diktats, et même si je n'avais aucune intention de me rebiffer contre son autorité, j'étais la Sentinelle de la Maison Cadogan, et pas d'Ethan. Les projets que je mettrais en place pour protéger la Maison supplanteraient ses projets personnels me concernant. De manière ironique, en essayant de me rapprocher davantage de lui, il m'avait en fait donné les clés de mon indépendance.

— Je suis certaine que cela te plairait de m'exhiber, lui dis-je, mais il vaut mieux pour Cadogan qu'on ne fasse pas étalage de mes forces devant les autres Maisons. Il vaut mieux qu'elles n'en sachent rien et que tu me laisses faire mon travail. J'attirerai moins de soupçons s'ils ignorent que je suis forte, surtout s'ils ignorent que j'ai une certaine résistance aux charmes. La surprise jouera en notre faveur.

Mon ton ne laissait aucune place au désaccord. J'exposais juste une stratégie que je savais qu'il approuverait.

— À moins que tu préfères que je n'aie de Sentinelle que le nom et que tu ne tiennes pas à exploiter mes talents pour protéger la Maison, suggérai-je dans l'attente de sa réponse.

Ethan secoua la tête en fronçant les sourcils.

— Non. Tu seras une vraie Sentinelle. Mais on doutera malgré tout de ta loyauté. Des rumeurs concernant nos… conflits circulent déjà.

— Alors la rumeur comme quoi tout va bien à la Maison Cadogan, que je me suis – disons – engagée à te servir, n'aura pas plus d'effet. Les autres ne se fieront qu'aux actes, Ethan, pas aux paroles.

Je décelai une étincelle d'approbation dans ses yeux.

— Tu as raison.

Son regard dériva vers la foule derrière moi et je compris que tous observaient notre conversation, qui n'était pas vraiment privée puisque nous nous tenions face à la salle et à des dizaines de vampires encore attentifs.

— Nous poursuivrons cette conversation demain, Sentinelle.

Prenant note que j'avais désormais perdu mon prénom au profit de mon nouveau titre, je hochai la tête. Au signe de sa main, je pris place en qualité de douzième Initiée de la Maison Cadogan, juste devant Amber. Malgré son regard furieux, que je sentais dans mon dos, je gardai une expression ouverte et neutre, les yeux tournés vers les vampires devant nous. Leurs coups d'œil suspicieux ne valaient guère mieux mais au moins me considéraient-ils avec une jalousie dont Ethan était moins explicitement la cause.

Ce dernier se tourna vers la foule.

— Mes amis, ayant reçu les serments de nos douze nouveaux membres, nous affrontons l'aube avec une Maison plus grande, plus forte, et mieux protégée contre nos ennemis. Je vous demande d'accueillir à bras ouverts vos nouveaux frères et sœurs.

— À bras ouverts, oui ! cria un vampire dans l'assistance. Mais n'oubliez pas de fermer vos portes de chambre à clé !

Ethan gloussa avec les autres.

— Et sur ce commentaire irrévérencieux, je clos la cérémonie de la Recommandation et je vous souhaite une bonne soirée. Vous pouvez disposer.

— Merci, Sire, répondit en chœur l'assistance.

Les rangs de vampires commencèrent à se défaire tandis que de petits groupes se formaient. Les femmes sur ma gauche poussaient de petits cris de joie en s'étreignant les unes les autres, aux anges d'avoir été enfin acceptées dans la Maison. Je n'avais pas le cœur de me joindre à cette euphorie, je ne me sentais pas vraiment l'une d'entre elles et je cherchai Ethan des yeux. Il avait repris sa pose de pirate inspectant son équipage et je me demandais s'il éprouvait lui aussi ce même sentiment d'être à part, membre de Cadogan mais, en sa qualité de Maître, pas vraiment l'un d'entre ces vampires.

Je me rapprochai de lui, certaine de l'avoir bien cerné mais éprouvant le besoin de me rassurer sur un point.

— Ethan ?

— Hum ? répondit-il, le visage tourné vers la foule.

— Que penses-tu des Bears [1] ?

Il me glissa un coup d'œil en arquant un sourcil.

— Que ce sont des gros prédateurs qui hibernent. Pourquoi ?

J'ouvris la bouche pour le détromper, mais je compris que sa réponse se suffisait à elle-même.

— Laisse tomber, dis-je avant d'aller me fondre dans l'assistance.

Les nouveaux vampires s'étaient regroupés juste à l'extérieur de la salle de bal, s'esclaffaient au souvenir de la cérémonie, se tapaient dans le dos et partageaient des étreintes victorieuses. J'observais cette célébration, pas vraiment sûre qu'ils apprécieraient que je me joigne à eux.

---

1. « Bear » signifie « ours » en français. (*NdT*)

On me donna un petit coup de coude dans le dos. Je me retournai, pour découvrir Lindsey qui me tendait une pile de classeurs et d'épais dossiers cartonnés, celui du dessus présentant une bosse. Je pris le tout, qui devait peser cinq kilos, et j'interrogeai Lindsey du regard.

— De la paperasse, m'expliqua-t-elle. Des contrats d'assurance. Le règlement de la Maison, plein de trucs sympas. Nous avons un site Internet Cadogan. Tu trouveras les protocoles de sécurité de Luc dans la partie sécurisée. Connecte-toi et lis-les dès que possible. Tu devras les connaître d'ici à une ou deux semaines. Ton bipeur se trouve dans cette enveloppe. Garde-le toujours sur toi, sans exception. Si tu es sous la douche, emporte-le dans la salle de bains. Luc considère que tout le personnel de sécurité doit être joignable vingt-quatre heures sur vingt-quatre, sept jours sur sept. Y compris la sacro-sainte Sentinelle.

— Est-ce que tu fais partie de cette équipe ? parvins-je à demander entre deux petits sourires narquois.

— Oui, je suis garde. (Elle me donna un petit coup de hanche.) Alors nous nous verrons encore plus souvent maintenant que tu es Sentinelle. Moment historique, en tout cas. Je peux te poser une question ?

Je regardai instinctivement autour de moi, vérifiant que nous nous trouvions assez loin des autres membres pour que je ne révèle aucun secret d'État en répondant avec honnêteté. Les Novices paraissaient organiser leur petite fête et je supposai donc que je ne risquais rien.

— Vas-y.

Lindsey se pencha vers moi.

— Tu couches avec Ethan ?

Pourquoi est-ce que tout le monde me posait cette question ?

— Non. Bien sûr que non. Pas du tout. Non.

Le premier « non » aurait probablement suffi, mais il me paraissait impossible d'arrêter de les enchaîner. Est-ce que je protestais trop pour être crédible ?

— Oh, c'est juste que...

— C'est juste que quoi ?

Elle me tapota l'épaule.

— Hé, ne t'énerve pas. Je ne tiens pas à finir clouée au sol de la salle d'entraînement.

Son commentaire me fit hausser un sourcil mais elle me sourit. Je commençais à apprécier cette fille.

— Vous deux semblez avoir un lien. (Elle haussa les épaules.) Je m'en fiche, de toute façon. Il est sexy comme un diable. (Elle jeta un regard intéressé vers les portes de la salle de bal restées ouvertes, au moment où Ethan en sortait d'un pas nonchalant en grande conversation avec Malik.) Grand, blond, le corps d'un dieu.

— Et l'*ego* d'un dieu, intervins-je en observant les deux vampires passer devant les nouveaux pour se diriger vers l'escalier.

Ethan avait apparemment fini de jouer au Maître attentionné et avait repris son attitude froide et distante.

— Quand même, il est beau gosse.

Lindsey gloussa, un petit rire qui sonna comme un adorable grognement.

— Je le savais, que tu ressentais quelque chose pour lui. Tes yeux changent quand il est dans les parages.

— Mes yeux ne changent pas.

— Ils deviennent argentés.

— Pas tout le temps, admis-je au bout d'un moment.

Elle émit un petit hennissement et, cette fois, le son en était franchement coquin.

— Tu es mordue, ma belle.

— Je ne suis pas mordue. Peut-on parler d'autre chose ?

Lindsey ouvrit la bouche et j'ajoutai :

— D'un sujet qui n'aurait rien à voir avec moi et les garçons de confession vampire ?

Quand elle referma la bouche, je me réjouis d'avoir pris l'offensive.

Une main posée sur mon coude nous interrompit avant que nous puissions passer à une discussion plus agréable.

— Viens avec nous.

Je me tournai vers un des nouveaux vampires, dont je cherchai l'espace d'un instant à me rappeler le nom. Grand, jeune, cheveux châtains courts et bouclés, mignon comme peuvent l'être les gamins de la haute bourgeoisie de la côte est. Ah, oui : Connor.

— Quoi ? demandai-je.

— On va faire la fête. (Il inclina la tête vers un groupe de Novices qui se dirigeait vers l'escalier.) Viens avec nous.

Je m'apprêtais à lui offrir une réponse évasive, un « je ne sais pas » qui aurait véhiculé le fait que je n'avais pas le sentiment de faire partie de la bande, mais il m'interrompit d'un geste de la main.

— Je n'accepterai aucun refus. C'est notre première nuit officielle en tant que vampires Cadogan. On va au *Temple Bar* pour fêter ça. Nous sommes douze et il ne serait pas convenable d'y arriver à onze. (Il adressa un sourire touchant à Lindsey.) Tu ne crois pas ?

— Je suis d'accord, admit-elle en me prenant par le bras. Nous vous rejoindrons au bar.

Connor se tourna de nouveau vers moi pour m'adresser un sourire juvénile.

— Super. On se voit plus tard, alors. Et je vous aurai commandé un verre. (Il recula, les poings sur les hanches, et m'examina.) Gin tonic ?

Je hochai la tête.

— Je le savais. Tu as l'air d'une fille qui boit du gin tonic. Nous t'attendrons, dit-il en me donnant une pichenette sous le menton.

Sa veste de costume sur l'épaule, il descendit l'escalier à toute vitesse. Lindsey soupira ostensiblement.

— Il est mignon.

— C'est un gamin.

Je ne parlais pas seulement de son âge – il avait probablement vingt-cinq, vingt-six ans. Mais il dégageait cette impression d'optimisme typique des rejetons de riches familles, optimisme partagé par nombre de gosses avec qui j'avais grandi. J'étais un peu trop cynique pour ça. Je préférais un garçon blasé et légèrement désabusé.

— Un peu trop bichonné, convint Lindsey en allant droit au fait. Mais ça ne veut pas dire qu'il ne peut pas nous payer un verre. Viens, on va faire semblant de croire pendant quelques heures qu'être vampire équivaut à faire la fête, porter des fringues de créateur et avoir toujours vingt-cinq ans.

Je la suivis dans l'escalier et devant le petit salon où Ethan et Malik étaient toujours en grande discussion. Les mains sur les hanches, les sourcils froncés, le Maître regardait Malik, qui semblait lui expliquer quelque chose.

Lindsey marqua une pause devant la porte. Je vis Ethan secouer la tête puis donner des ordres à son Second qui acquiesça obligeamment avant de se mettre à pianoter sur son Blackberry.

— Allez, mesdames ! L'alcool nous attend !

Le regard d'Ethan passa de Connor à Lindsey, à moi et son expression se vida d'un coup. *Demain. Dans mon bureau.* Nous venions tout juste de clore la cérémonie et il utilisait déjà notre connexion mentale.

— Viens, Merit, dit Lindsey en me tirant par le bras.

J'adressai un signe de tête à Ethan et me laissai entraîner par Lindsey.

Le *Temple Bar* occupait un bâtiment étroit dans un coin de Wrigleyville. Il appartenait à la Maison Cadogan et était rempli d'objets à l'effigie des Cubs ; c'était une tuerie pendant la saison de baseball – sans vouloir faire de mauvais jeu de mots.

À notre arrivée, peu après minuit, le bar était bondé. Une foule de vampires et d'humains (apparemment peu soucieux d'être entourés de prédateurs) remplissait l'établissement exigu, dont la partie droite était occupée par un bar surchargé de souvenirs et la gauche, par une série de boxes et de tables. Perchée tout au fond, une petite galerie offrait aux clients une vue d'ensemble de la salle et de ses clients surnaturels.

J'aperçus Connor et le reste des Novices, verre à la main, autour d'une longue table étroite.

— Merit ! hurla Connor quand je croisai son regard en traversant la foule alors qu'il venait à notre rencontre. J'avais peur que tu nous poses un lapin.

Je m'apprêtais à lui faire remarquer que nous nous étions quittés à peine quelques minutes plus tôt mais Lindsey m'envoya un coup de coude dans les côtes. Je lui adressai un regard mauvais avant de sourire à Connor.

— Eh bien, nous voilà, dis-je avec légèreté en prenant le gin tonic qu'il me tendait.

Il servit la même chose à Lindsey et elle enleva aussitôt la tranche de citron vert de son cocktail avant d'en boire une longue gorgée. Je réprimai un sourire, devinant qu'elle avait besoin de patience sous forme liquide pour endurer une soirée en compagnie de bébés vampires.

Par hasard, je me demandai si, compte tenu des théories de Catcher sur ma force physique et psychique, je pouvais établir le même genre de connexion avec Lindsey que celle qu'Ethan avait établie avec moi. Je la regardai fixement et essayai de l'atteindre, de progresser le long d'un tunnel mental entre nous, mais tout ce que je récoltai pour ma peine fut un début de migraine et un coup d'œil étrange de la part de Lindsey.

— Qu'est-ce que tu regardes ? demanda-t-elle.

— Comment Ethan établit-il sa connexion mentale ? demandai-je tandis que nous suivions Connor à travers la foule vers les autres Novices, levant nos verres pour éviter de les cogner dans les clients autour de nous.

— Je ne sais pas comment il fait précisément, répondit Lindsey, si c'est ce que tu veux savoir. Seuls les Maîtres en sont capables. C'est un lien qu'ils ont avec les vampires qu'ils ont transformés.

On se fraya un passage parmi l'élégante clientèle, pour émerger enfin près de la table au bout du comptoir. Les vampires qui y étaient assis – les femmes perchées sur des tabourets, les hommes debout entre ou autour d'elles – cessèrent aussitôt de discuter.

— Mes amis, annonça Connor dans le silence relatif, je vous amène la Sentinelle de la Maison Cadogan. (Il leva son verre vers moi.) Merit, voici tes semblables.

Ils me scrutèrent, m'inspectèrent, m'évaluèrent et s'interrogèrent. Attendant leur jugement, je levai aussi mon verre en leur adressant un sourire hésitant.

— Salut.

Une femme aux cheveux noirs brillants coupés au bol glissa un regard en coin à sa voisine avant de me sourire.

— Ravie de te rencontrer, Merit. Tu as fait ton petit effet, ce soir.

Sa diction était parfaite, ses mots précis, son tailleur ajusté noir au décolleté en V digne d'un défilé de mode. Elle me rappelait vaguement quelqu'un et il me fallut un moment pour comprendre que ce n'était pas la première fois que je la voyais – qu'en fait je la connaissais. C'était Christine Dupree, la fille de Dash Dupree, le plus réputé des avocats de droit criminel de Chicago. Nos pères étaient amis et Christine et moi avions été présentées des années auparavant lors de la soirée d'une école privée où mon père voulait que je fasse mes études. Je l'avais supplié de me laisser dans le public et il avait finalement cédé – à la fois à cause de mes suppliques et de ce qu'il avait cru être une grève de la faim de deux jours. (Je n'avais pas évoqué les provisions de petits gâteaux que mon grand-père m'avait apportées en douce dans ma chambre.)

— Nous nous sommes déjà rencontrées, Christine. Tu connais mon père.

Elle fronça ses sourcils délicats puis un sourire s'épanouit sur son visage.

— Oh mon Dieu. Tu es cette Merit-là ! La fille de Joshua. Bien sûr.

Elle se tourna vers les autres filles qui nous observaient avec une curiosité avide et expliqua de quelle manière nous nous connaissions.

— Mon Dieu, assieds-toi ! dit Christine en désignant une chaise vide à la table de derrière. Va lui chercher une chaise, Walter.

Obéissant, Walter s'exécuta et m'invita à m'asseoir avec un grand geste du bras.

— Ma chère.

M'asseoir ou ne pas m'asseoir ? Je jetai un coup d'œil vers Lindsey qui était en grande discussion avec Connor, battant des cils tout en riant à quelque chose qu'il venait de dire. Tout allait bien pour elle et je m'assis donc pour faire connaissance.

Je bavardai avec les Novices Cadogan. Ils m'expliquèrent pourquoi ils avaient choisi d'être vampires et je découvris avec surprise combien leurs raisons étaient diverses : maladie, noblesse, immortalité, liens familiaux (l'arrière-arrière-arrière-grand-père de Michael avait été un vampire Cadogan, mais il avait été tué au cours d'un duel entre deux Maisons en guerre) ou possibilités de carrière. Je racontai mon histoire, en omettant les détails sordides de ma transformation, et je sentis que le mur entre nous commençait à tomber. Ils furent tout particulièrement excités par le fait que j'avais défié Ethan, les garçons me demandant de répéter l'anecdote jusqu'à en connaître les moindres détails. Ethan, me confièrent-ils, était réputé pour être un bon combattant. Il possédait un record quasi inégalé de victoires contre d'autres vampires. Les Novices étaient amusés de savoir que je l'avais défié, et impressionnés que je m'en sois assez bien sortie.

Honnêtement, leur réaction me surprit. Pas tant parce que mon histoire les intéressait, mais bien parce qu'ils l'écoutaient sans rancune pour le fait que j'avais perturbé par inadvertance leur cérémonie de Recommandation. Je m'étais attendue à de la colère ou du snobisme, mais pas à ce qu'ils m'acceptent.

On échangea nos histoires jusqu'au petit matin, jusqu'à ce que les clients quittent le bar au compte-gouttes et que Sean et Colin – les barmen, également vampires Cadogan – nous chassent gentiment des lieux. Je raccompagnai Lindsey à la Maison Cadogan. Elle passa le trajet à débattre des avantages à sortir avec un bébé vampire. Quelques minutes avant l'aube, je descendis de la voiture et éclatai de rire en découvrant la banderole géante suspendue en travers de la porte d'entrée de la maison de Mallory.

C'était une bâche en plastique sur laquelle était imprimé en lettres blanches géantes : « JOYEUSE ÉTERNITÉ ! » Une tête de mort avec deux os croisés dessous ornait une extrémité de la banderole tandis que l'autre était agrémentée de pierres tombales de bande dessinée.

Je gloussai en devinant qui était la coupable. L'expression des deux gardes à la porte était aussi neutre que d'habitude. Ils ne devaient pas être sensibles à la plaisanterie. Je les dépassai et entrai dans la maison. Dans le salon désert, sur la table près de la porte, je trouvai un message à mon intention.

Merit,
Félicitations pour ton Bal des vampires débutants. J'espère que tu t'es bien éclatée et que tu as dit à Dark Sullivan d'aller se faire foutre. J'espère aussi que tu aimes la banderole. Elle n'est pas exactement comme j'aurais voulu qu'elle soit mais j'aimais bien les pierres tombales. Difficile de trouver un cadeau plus parfait pour une nouvelle morte-vivante.

Bisoux
M.

Un autre message suivait, écrit en un gribouillis de pattes de mouche :

La banderole, c'était son idée.

C.B.

Le sourire aux lèvres, je fourrai la note dans ma poche, touchai le médaillon à mon cou et, tandis que le soleil pointait à l'horizon, je montai me coucher.

11

Conseil à l'adresse des avocats et des vampires : ne jamais poser une question dont vous ne connaissez pas déjà la réponse

— Debout, feignasse.

Deux nuits d'affilée ? Je grognai en tirant mon oreiller sur ma tête.

— J'essaie de dormir.

On m'arracha l'oreiller et on me colla un téléphone portable contre l'oreille juste à temps pour que j'entende hurler :

— Bouge ton cul, Sentinelle, et ramène-toi à la Maison ! Je ne sais pas à quel boulot pépère tu t'attendais mais, chez nous, on mérite notre paie. Je te donne quinze minutes.

Soudain réveillée et comprenant qui était au téléphone, j'arrachai le portable de la main de Mallory et me débattis avec mes couvertures pour me redresser.

— Luc ? Je ne peux pas traverser la ville en un quart d'heure.

Un gloussement râpeux résonna à l'autre bout de la ligne.

—Alors apprends à voler, Fée Clochette, et ramène ton joli cul à la Maison.

La communication fut coupée et je laissai tomber le portable avant de bondir hors du lit.

—Faut que tu te dépêches, c'est ça ? demanda Mallory.

Jurant comme un charretier, je plongeai dans ma penderie.

—Je suis en retard, déclarai-je de mauvaise humeur. Déjà que les vampires de la Maison pensaient que j'étais un monstre, maintenant ils vont croire que je suis une princesse chochotte qui n'est pas fichue d'arriver au travail à l'heure. Je ne savais pas qu'il voulait que je débarque pile à la nuit tombée.

—Regarde la porte, chérie, me dit Mallory d'une voix d'un calme irritant.

—Je n'ai pas le temps pour les devinettes, Mallory. Je suis pressée.

Je pris un tee-shirt à manches longues, puis un autre, et un autre, sans rien trouver que les vampires Cadogan puissent qualifier ne serait-ce que de passable.

—La porte, Merit.

Avec un grognement, je repoussai la porte du placard et regardai celle de la chambre. Un haut noir à manches courtes et un pantalon gris y étaient suspendus. Des escarpins noirs à brides étaient posés par terre. Comme ensemble, c'était simple, classe et, avec les talons aiguilles, un peu sexy. Je me tournai vers Mallory.

—Qu'est-ce que c'est ?

—Un cadeau pour ton premier jour de travail.

Mes yeux s'emplirent de larmes que j'essuyai du revers de la manche longue du tee-shirt dans lequel j'avais dormi.

— Tu prends soin de moi.

Elle soupira et s'approcha pour me prendre dans ses bras.

— Tu en es à ton huitième jour de vacances du cerveau, Merit. Je t'accorde dix jours. D'ici là, il faudra que tu aies pris tes marques. (Elle écarta les cheveux de mon visage puis en tordit une mèche.) La Merit surdouée me manque.

Je souris d'un air penaud.

— À moi aussi.

Elle hocha la tête.

— Bien. J'irai faire les magasins pour te trouver un truc noir, puisque c'est bientôt ton anniversaire. Et je décrète que ce sera mon cadeau.

J'aurais vingt-huit ans la semaine suivante. Et même si j'appréciais cette idée, je ne raffolais pas du cadeau qu'elle avait prévu.

— Je ne veux pas jouer la difficile, Mallory, mais est-ce que je pourrais avoir un cadeau d'anniversaire qui ne soit pas lié à Ethan Sullivan ?

— Existe-t-il quelque chose dans ta vie actuelle qui ne soit pas lié à Ethan Sullivan ?

Hum. Elle venait de marquer un point.

— Allez, arrête de traîner ! Saute dans la douche, enfile ces jolis vêtements et va faire ton boulot de Sentinelle.

Je fis un salut militaire avant de m'exécuter.

Il me fallut vingt minutes pour m'habiller et me donner l'air à peu près ordonné : je coiffai mes cheveux en une queue-de-cheval haute, brossai ma frange, enfilai mes nouveaux vêtements, attachai les minuscules brides de mes escarpins à talons, pris ma besace noire et accrochai mon bipeur à ma ceinture. Il me fallut encore quelques minutes pour me rendre à la Maison Cadogan. Je garai la voiture près du portail et courus sur le trottoir – je suis certaine qu'avec mes talons ça valait le coup d'œil.

La Maison était calme et déserte quand je gravis les marches du perron et entrai. Les vampires devaient déjà être debout et à leurs postes, occupés à se dévouer à la cause Cadogan. Je jetai un coup d'œil dans le petit salon, n'y vis personne et me dirigeai vers le second. Toujours personne.

— Tu cherches quelqu'un ?

Quelle chance… M'efforçant de prendre une expression légèrement contrariée, je pivotai pour faire face à Ethan. Sans surprise, il était vêtu d'un costume noir sur une chemise blanche, sans cravate. Il se tenait sur le seuil de la pièce, les bras croisés sur le torse, les cheveux attachés sur la nuque.

— Je suis en retard, confessai-je.

Il haussa les sourcils, relevant à peine un coin de la bouche d'un air amusé.

— Pour ton premier jour ? Je suis choqué. J'aurais imaginé que tu te montrerais la plus fiable et la plus sûre de nos employés.

Je le contournai, jetai un coup d'œil par la porte qui menait à un autre couloir, tout aussi vide.

— Et je parie que c'est ton sens de l'humour spectaculaire qui t'a valu de devenir Maître de la Maison Cadogan. (Je m'immobilisai face à lui, les poings sur les hanches.) Où puis-je trouver Luc ?

— S'il te plaît ?

— Quoi, s'il me plaît ?

Ethan poussa un soupir excédé.

— J'essayais juste de t'encourager à montrer un peu de respect vis-à-vis de ton employeur.

— Tu veux dire : toi ?

En guise de réponse, il haussa un sourcil.

— Parce que, le truc, fis-je remarquer, c'est que, comme je suis responsable d'assurer la sécurité de la Maison, j'ai également autorité sur toi.

Ethan décroisa les bras pour se camper lui aussi les poings sur les hanches. La posture était vaguement menaçante, son ton légèrement moins.

— Uniquement dans le cas où ma conduite mettrait la Maison en danger. Et ça n'arrivera pas.

— Mais c'est à moi de juger, non ?

Il se contenta de me toiser.

— Tu discutes toujours tout ?

— Je ne discute pas. Je suis têtue, sans doute. Et ne dis pas que je te causais problème. Je posais juste des questions.

— Tu causes problème dès l'instant où tu te réveilles. La preuve : tu es en retard.

— Retour à la case départ. Où est Luc ? (Il haussa les deux sourcils en soupirant.) Mon Dieu, et tu prétends que c'est moi qui suis têtue. S'il te plaît, Sullivan, où est Luc ?

Le silence se prolongea le temps qu'il mette les mains dans les poches, puis il finit par me donner une réponse qui n'incluait aucune critique de mon caractère.

— Dans la salle des opérations. En bas de l'escalier, à droite. Première porte sur ta gauche avant d'arriver à la salle d'entraînement. Si tu t'aperçois tout à coup que tu es entourée de vampires qui ont l'intention de t'enseigner ces bonnes manières dont tu manques de toute évidence, c'est que tu es allée trop loin.

Je soulevai légèrement les pans de ma chemise et les laissai retomber en une petite courbette, tout en battant des cils d'un air coquet.

— Merci, Sire, dis-je avec une révérence reconnaissante.

— Tu n'es toujours pas en tenue Cadogan, tu sais.

Je fronçai les sourcils. C'était démoralisant, j'avais essayé une fois de plus de jouer au vampire Cadogan mais avais encore échoué. Serais-je jamais capable d'être assez bien pour Ethan ? J'en doutais mais je fis mine de sourire.

— Tu aurais dû voir ce que je comptais mettre, dis-je avec insolence.

Ethan leva les yeux au ciel.

— Va travailler, Sentinelle, mais passe me voir avant de partir. Je voudrais qu'on fasse le point sur les enquêtes.

J'acquiesçai. Difficile d'être sarcastique quand il était question de meurtres en série.

— Bien sûr.

Ethan m'adressa un dernier regard scrutateur et silencieux puis se tourna et sortit de la pièce. Je gardai les yeux rivés sur la porte ouverte, même après qu'il eut disparu, m'attendant à ce qu'il revienne pour m'assener un dernier commentaire désagréable. Mais le silence s'abattit sur la Maison. Ethan ne souhaitait apparemment pas poursuivre la bagarre. Soulagée, je descendis l'escalier et pris à droite. La porte qu'il m'avait indiquée était fermée. Je frappai et attendis que quelqu'un m'invite à entrer pour m'exécuter.

C'était comme pénétrer sur un plateau de tournage. La pièce était superbement décorée, à l'image des étages supérieurs de la maison Cadogan, avec des couleurs pâles et du mobilier de goût, mais elle portait la marque de la technologie – écrans plats, ordinateurs, imprimantes. Deux côtés de la pièce rectangulaire étaient occupés par de longues rangées d'ordinateurs et d'équipement coûteux, surmontés d'écrans de sécurité. Des images en noir et blanc des abords de la Maison Cadogan alternaient sur les moniteurs. Une table de réunion ovale autour de laquelle étaient assis une poignée de vampires – Luc et Lindsey compris – était installée au centre de la pièce. Et sur le long mur derrière la table de réunion était suspendu un écran de deux mètres de large sur lequel était projetée une série de photos d'une fille brune.

Des photos de moi.

Je contemplai, bouche bée, un cliché où je dansais sur une scène, en justaucorps rose pâle, une jupette légère couvrant mes cuisses, les mains en arc au-dessus de ma tête. Un « clic » et l'image changea. On me voyait à présent à la fac avec un tee-shirt NYU. Clic. J'étais dans la bibliothèque, absorbée dans la lecture d'un livre. La photo ne contenait pas la moindre trace d'élégance vampire : j'étais en jean, assise en tailleur dans un gros fauteuil, les cheveux retenus en un nœud désordonné, des lunettes rétro punk perchées sur le nez et des Converse aux pieds.

Je penchai la tête pour lire le texte sur l'écran.

— *Les Contes de Canterbury*, dis-je à voix haute.

Toutes les têtes se tournèrent vers moi. Je me tenais d'un air hésitant sur le seuil.

— Je révisais, si vous voulez tout savoir.

Luc, qui était assis au bout de la table, tapota sur un écran encastré dans le plateau et les images disparurent, remplacées par un logo de la Maison Cadogan. Il avait encore son air de cow-boy : ses cheveux blonds ébouriffés frôlaient le col d'une chemise en jean délavé à manches longues et je vis qu'il portait des bottes puisqu'il avait les pieds croisés sur la table devant lui. C'était le seul vampire de la pièce à être habillé entièrement en jean. Tous les autres arboraient le noir des Cadogan, des hauts et des chemises ajustés qui permettaient sans doute aux gardes d'être plus à l'aise pour faire leur travail que s'ils avaient porté des costumes ou des tailleurs guindés.

— Vous vous renseignez ?

— Tu serais étonnée de savoir ce qu'on peut trouver sur Internet en une semaine, répondit Luc, et le service de sécurité s'assure toujours de la fiabilité de ses membres avant tout.

Il me désigna une place près de Lindsey et en face d'une vampire que je ne connaissais pas – une grande rousse à l'air guilleret qui ne devait pas avoir plus de vingt-deux ans quand elle avait été transformée.

— Pose ton cul, dit Luc. Tu as déjà mis assez de temps pour arriver. Tu devrais vraiment envisager de venir t'installer dans la Maison.

J'offris un sourire tendu aux autres gardes – que je ne reconnus pas, Lindsey mise à part – et m'installai à la place désignée.

— Je ne vois pas en quoi cela pourrait être une bonne idée, déclarai-je sur le ton de la légèreté. Je m'énerverais contre Ethan et finirais par lui planter un pieu dans le cœur pendant son sommeil. Et évidemment personne ne veut que ça arrive.

— Surtout pas Ethan, fit remarquer Lindsey en agitant un morceau de bœuf séché. C'est très magnanime de ta part, Merit.

— Merci.

Luc prit un air excédé.

— Avant que tu nous interrompes, dit-il en m'adressant un regard pesant qui exprimait clairement qu'il me tenait responsable de la perturbation, j'expliquais à ton équipe que je vais te tester au sujet du protocole C-41 et que, si tu ne comprends pas encore les quatre sous-ensembles de ce protocole, tu vas te retrouver le cul dans le bureau d'Ethan à lui expliquer pourquoi tu as passé ta soirée à faire la fête avec les bébés vampires, alors que tu aurais dû te préparer à assurer la protection de ta Maison.

Luc leva les yeux vers moi.

— Je suppose que tu as consulté le site Internet la nuit dernière et que tu peux donc nous parler des quatre sous-ensembles du protocole C-41 ?

Je ravalai un vif sentiment de panique. C'était comme vivre un cauchemar éveillé – celui dans lequel on n'a pas préparé un examen et où on se présente complètement nu. J'étais peut-être bien habillée, mais sur le point d'être humiliée devant une troupe de gardes Cadogan. J'aurais tout aussi bien pu me passer d'améliorer ma tenue.

J'ouvris la bouche pour livrer une vague réponse – une excuse, quelques phrases minables au sujet de l'importance de la sécurité de la Maison en période de problèmes d'alliances (et Ethan qui disait que je n'écoutais jamais !) –, quand Luc reçut un morceau de bœuf séché en pleine face.

Lindsey éclata de rire et faillit en tomber de sa chaise, se rattrapant de justesse – ainsi que le sachet de bœuf séché qui était sur ses genoux – avant de dégringoler.

Avec l'aplomb d'un homme habitué à recevoir du bœuf séché en pleine figure, Luc décolla la tranche de viande de sa chemise et la souleva en fusillant Lindsey du regard.

— Quoi ? dit-elle. Tu ne crois pas que je vais te laisser la torturer comme ça. (Elle se tourna vers moi.) Il te raconte des conneries. Il n'y a pas de protocole C-41. (Elle plongea la main dans son paquet de bœuf séché et en sortit un long morceau, puis elle regarda de nouveau Luc tout en en mordillant l'extrémité.) Tu es vraiment trop con.

— Et toi, tu es virée.

Je ne suis pas virée, articula-t-elle en silence en me regardant. Puis elle me tendit le paquet.

— Tu en veux ?

Je n'avais jamais été une fan de ce truc, mais j'avais incontestablement les crocs. Je plongeai la main dans le paquet et pêchai deux morceaux que je commençai aussitôt à mâchouiller. Ce qui est bizarre quand on est vampire, c'est qu'on n'est jamais certain d'avoir faim à moins d'être en présence de nourriture. Alors l'envie se déclenche.

Luc ôta ses jambes de la table en ronchonnant pour se rapprocher du paquet. Quand elle le lui proposa, il se servit lui aussi avant de tirer sur un bout de viande de toutes ses dents.

— Mes amis, puisque notre fauteuse de troubles s'est enfin décidée à nous rejoindre, pourquoi ne nous présenterions-nous pas ? (Il posa la main sur sa poitrine.) Je suis Luc, et je suis là pour te donner des ordres. Si tu contredis ces ordres, tu te retrouveras le cul par terre. (Il eut un sourire vorace.) Des questions, poupée ?

Je secouai la tête.

—Je crois avoir compris.

—Bien. Peter, à toi.

Peter, d'une corpulence plus fine, mesurait environ un mètre quatre-vingt-cinq, et ses cheveux châtains lui tombaient juste en dessous des oreilles. Il portait un pull, un jean et des bottes noirs. Probablement transformé peu après ses trente ans, il dégageait un air de richesse désinvolte qui me rappela les Novices. Mais alors que ces derniers arboraient un vernis d'optimisme naïf, Peter avait l'apparence vaguement fatiguée d'un homme qui en avait trop vu dans sa vie.

—Peter, je suis ici depuis trente-sept, trente-huit ans.

—Peter est concis, commenta Luc en hochant la tête en direction du garde suivant. Juliet.

C'était la rousse au visage mutin.

—Juliet. Quatre-vingt-six ans, dont cinquante-quatre à Cadogan. J'ai été Recommandée dans la Maison Taylor puis transférée ici. Ravie de te rencontrer, Merit.

—Kel, à ton tour.

—Je m'appelle Kelley, déclara la femme à ma droite. (Elle avait de longs cheveux noirs et raides, une bouche à l'arc de Cupidon parfaitement dessiné, une peau de porcelaine et des yeux légèrement en amande.) Deux cent quatorze ans. J'ai été transformée par Peter Cadogan avant que la Maison soit créée. Quand il a été tué, je suis restée avec Ethan. Tu vas être Sentinelle ?

J'acquiesçai. Je n'avais pas le choix, puisque son ton ne souffrait aucune discussion. L'énergie qu'elle dégageait était contenue, intense et d'une agressivité presque pesante. Malgré tout ça, elle était souple et fine, et probablement d'apparence inoffensive pour l'humain moyen.

— Et – je t'ai gardé la pire pour la fin – Lindsey.

Il lui adressa un regard hautain, qu'elle balaya d'un geste désinvolte.

— Tu me connais. J'ai cent quinze ans, si ça t'intéresse, je suis originaire de l'Iowa, mais j'ai vécu à New York. Vive les Yankees ! J'ai trop bu la nuit dernière et j'ai une migraine atroce, mais j'ai dépouillé un petit nouveau d'une pinte de sang.

Je souris mais fus gratifiée d'un grondement de la part de Luc. Quelque sentiment non partagé, peut-être ?

— Je t'en prie, épargne-nous les détails, Lindsey.

Elle eut un sourire satisfait.

— Et je suis la médium de service.

Il claqua des doigts.

— Bien sûr. Je savais bien qu'il y avait une raison pour qu'on te garde dans le coin. Tout le monde a une spécialité ici. Peter a les contacts, Juliet est insaisissable. Elle rassemble les données. (Je supposais qu'il sous-entendait qu'elle le faisait de manière clandestine.) Kelley est notre génie de la mécanique et de l'informatique.

Quand il se tourna vers moi, les autres gardes l'imitèrent. Je restai sans bouger pendant qu'ils me scrutaient, estimant probablement mes forces et mes faiblesses, mes pouvoirs et mon potentiel.

— Je suis forte et rapide, dis-je. Je ne sais pas ce que je vaux comparée à vous mais, comme vous l'avez probablement appris, j'ai montré à Ethan à qui il avait affaire, alors vous savez ce dont je suis capable au bout de quelques jours. Depuis, je m'entraîne avec Catcher Bell, j'apprends les mouvements et le maniement du sabre, et je progresse. Il semblerait que je puisse résister au charme mais je n'ai pas d'autres pouvoirs psychiques. Du moins, pas pour le moment.

— Je suppose que cela fait de toi un soldat, me dit Kelley, ses grands yeux couleur whisky tournés vers moi.

— Et je suis le chef qui n'a peur de rien, déclara Luc. Je harangue mon groupe de racailles vampires pour en faire davantage que la somme de ses individus. J'aime penser que…

— Patron, elle fait partie de la troupe. Pas besoin de lui servir le discours de recrutement, dit Peter en haussant les sourcils.

— Tu as raison, admit Luc. Bref, en plus de nous six, nous sommes en liaison avec les gardiens de jour, ceux qui restent à la porte. Ils sont employés par RDI. C'est notre société de sécurité extérieure.

— Et comment pouvons-nous être sûrs qu'ils sont fiables ? demandai-je.

— Cynique, approuva Luc. J'aime ça. Quoi qu'il en soit, RDI est dirigée par des fées. Et personne ne cherche de noises aux fées. Le truc, c'est que pendant que nous protégeons la Maison…

— Parce qu'une Maison sécurisée, c'est un Maître en sécurité, déclarèrent en chœur les quatre gardes, ces paroles prononcées de façon tellement automatique que je supposai que Luc devait fréquemment répéter cette maxime.

— Ça alors, vous écoutez donc ce que je dis, bande de salopards. Ça me touche. Vraiment. Comme j'étais en train de vous dire, notre loyauté première est vis-à-vis d'Ethan et des vampires. Tu es avant tout fidèle à Cadogan. Je ne pense pas qu'à court terme cela fasse une grande différence, mais si quelque chose devait se produire qui remettrait en cause les liens entre le Maître et la Maison, tu en serais alors informée. (Il secoua la tête en pinçant les lèvres.) Tu serais alors dans une position sacrément inconfortable si tu devais t'opposer à Ethan en matière de sécurité. Mais il a pensé que tu étais la fille idéale pour ce boulot, alors… Tu t'y connais en armes ? me demanda-t-il, l'air soudain tendu.

Je clignai des yeux.

— Hum, juste qu'il vaut mieux ne pas s'en approcher ?

Il soupira en se passant les mains dans les cheveux.

— Il faut t'entraîner, alors. Seigneur, tu es inexpérimentée. Tu passes de la danse classique et de la fac au poste de Sentinelle de Cadogan. Ça va prendre du temps. (Il hocha la tête puis inscrivit quelque chose sur un bloc-notes posé sur la table devant lui.) Tu vas avoir besoin d'une formation sur les armes, la stratégie, le nettoyage et la sécurité, tout ça.

Il ne dit plus rien pendant un moment, tournant de temps à autre une page tout en prenant des notes. Lindsey me proposa un autre morceau de bœuf que j'acceptai avec reconnaissance.

— Maintenant que nous avons fini les amabilités, dit Luc en repoussant le bloc-notes et en se carrant dans son fauteuil, le moment est venu de notre revue annuelle des règles que vous, salopards irrespectueux, ne suivez jamais.

Un gémissement collectif de mécontentement s'éleva dans la salle des opérations. Luc n'en tint pas compte.

— J'explique ces règles pour Merit, mais puisque vous les respectez rarement (il adressa un regard entendu à Lindsey auquel elle répondit en tirant la langue), je suis certain que vous apprécierez que je vous rafraîchisse la mémoire.

Il tapota le panneau devant lui. Le logo Cadogan disparut de l'écran sur le mur et fut remplacé par une liste intitulée : « Gardes de Cadogan – Missions ».

Luc croisa les mains derrière la tête et appuya ses pieds bottés sur la table.

— Règle numéro un, vous êtes toujours en service. Je me fous de savoir où vous êtes, avec qui et ce que vous fichez. Vous dormez, vous prenez votre douche, vous faites des avances déplacées à des bébés vampires. (Lindsey émit un grognement.) Si votre bipeur sonne, vous rappliquez à la Maison et vous passez à l'action. Numéro deux, vous mettrez à jour le site Internet et vous apprendrez les protocoles de sécurité. Si le pire se produit, si Cadogan subit une attaque directe, je veux que tout le monde soit à son poste, connaisse sa mission et ses responsabilités, qu'il sache s'il fait partie de la zone de défense ou bien s'il est assigné au combat face à face.

Lindsey se pencha vers moi.

— C'est un obsédé de basket, murmura-t-elle. Attends-toi à ce qu'il parle comme un entraîneur avant un match chaque fois qu'il peut oser l'analogie.

Je souris.

— Deux fois par semaine, poursuivit Luc, nous reverrons lesdits protocoles, en nous concentrant sur les progrès, les stratégies, ou ce qui me prendra la tête à ce moment-là.

Chaque jour, vous consulterez quelles sont vos tâches dans les dossiers qui sont placés sous votre responsabilité.

Il désigna une rangée de dossiers suspendus au mur, de couleurs différentes, chacun portant un de nos noms. L'étiquette sur le dossier du bas mentionnait « Sentinelle de Cadogan ».

— Ces documents vous renseigneront sur la moindre menace, le moindre changement dans la gestion de cette Maison ou de toute autre, l'identité des invités de Cadogan, la moindre instruction de notre Maître ainsi que les miennes. Quatre fois par semaine, vous vous entraînerez selon le manuel que vous trouverez sur le site Internet. Faites-le ici, avec vos camarades, en dehors de la Maison, je m'en fous. Mais vous serez évalués régulièrement – force, vitesse, endurance, katas, maniement des armes. Vous êtes des gardes Cadogan et vous devez votre vie et votre santé à la Maison. Vous devez être prêts à payer cette dette, dans sa totalité, si nécessaire.

Un silence pesant s'abattit sur la pièce et j'observai les gardes qui hochaient la tête d'un air solennel, certains touchant leur médaillon Cadogan.

— Numéro trois, poursuivit Luc en désignant l'écran. Vous êtes un employé de la Maison Cadogan. Ce qui veut dire que, si vous foutez la merde dans l'exercice de vos fonctions, si vous blessez des passants, si vous énervez des humains, alors vous risquez d'attirer l'attention sur la Maison, de provoquer un procès ou une augmentation de nos primes d'assurance, et surtout de vous retrouver le cul dans la rue, où vous finirez par suivre des Solitaires pseudo-gothiques dans la Ville des vents. Pour reprendre les paroles de Merit, personne n'a envie que ça arrive, et surtout pas Ethan. Et je suis certain que vous ne tenez pas à ce qu'on joue du pieu en tremble parce que vous aurez été négligents. Numéro quatre, bien que ce ne soit pas une règle inflexible et qu'Ethan ne l'admettra jamais, vous devez être prudents dans vos relations avec les autres créatures surnaturelles. Ce qui inclut les vampires des autres Maisons, les sorciers, les métamorphes et peut-être encore plus pertinent aujourd'hui (Luc regarda Peter en tapotant de deux doigts sur la table) les nymphes. Malik est le seul vampire Cadogan autorisé à établir des alliances au nom de la Maison sans l'accord d'Ethan. Vous pouvez être amicaux. Nous n'avons pas besoin de nous faire d'ennemis en nous comportant comme ces connards de Navarre. (Des gloussements s'élevèrent autour de la table, soulageant un peu de la tension.) Mais c'est à notre Maître et à son Second d'établir les alliances. Faites preuve de bon sens. Et si vous en manquez, parlez-m'en. (Il sourit lentement, voracement, à Lindsey.) Je m'assurerai de vous remettre sur la bonne voie.

Elle leva les yeux au ciel.

— Numéro cinq. Vous travaillez quatre jours d'affilée pour un jour de congé. Durant les jours travaillés, à moins que je vous aie assignés autre part, vous vous présentez dans la salle des opérations. Vous travaillez ici ou vous patrouillez, dans la Maison et le domaine. Au moins un jour par semaine, vous assurerez la garde personnelle d'Ethan, et vous le suivrez en qualité de garde du corps. (Il se tourna vers moi.) Techniquement, en tant que Sentinelle, tu établiras ton propre emploi du temps. Mais je suggère que tu travailles avec nous, que tu apprennes les ficelles ici, au moins jusqu'à ce que tu sois familiarisée avec nos procédures.

J'acquiesçai d'un hochement de tête. Luc haussa les sourcils.

— Eh bien, tu es un peu plus docile que ce que nous pensions.

Ce qui déclencha un nouveau gloussement collectif. Je rougis mais souris malgré tout à mes collègues. Luc chambrait tout le monde et je savais qu'il fallait – et que je pouvais – le supporter.

— À votre bon plaisir, répondis-je sèchement, ce qui provoqua un ricanement approbateur de la part de Lindsey.

Luc tapota de nouveau l'écran et l'image sur le mur disparut.

— Je vais faire visiter la Maison à Merit. Lindsey, puisque tu la chaperonnes – et toutes mes excuses pour ça, Sentinelle –, tu reprendras ton boulot de baby-sitter après la visite. Tous ceux qui ont leur planning se mettent au travail.

Luc se leva mais les vampires restèrent docilement assis jusqu'à ce qu'il lance « Disposez ». Après avoir chuchoté des « Merci », ils se levèrent à leur tour et piochèrent du bœuf séché dans le sachet que Lindsey avait placé au centre de la table. Cette dernière et Kelley se dirigèrent vers les ordinateurs. Peter quitta la salle ; ce devait être son jour de repos. Juliet prit sa veste avant de gagner la porte.

— Je patrouille sur la propriété, annonça-t-elle en touchant du bout du doigt l'appareillage en forme de coquillage qui était fixé derrière son oreille. Tu me reçois ?

— Cinq sur cinq, dit Kelley. Transmission audio activée. J'appelle RDI. (Elle marqua une pause.) Kelley,

Maison Cadogan, en service. (Elle hocha la tête puis se tourna vers Juliet.) Sécurité transférée. Juliet en poste. C'est bon, Juliet.

Elle m'adressa un joyeux clin d'œil avant de sortir.

—C'est parti, lança-t-elle.

Une fois qu'il eut mis ses gardes au travail, Luc entreprit de me faire visiter la Maison. Il commença par le sous-sol, qui incluait la salle des opérations, la salle d'entraînement, un gymnase et l'arsenal blindé contenant les armes Cadogan : des arcs modernes, des lames de tous types et de toutes formes, des pieux en tremble, des lances et, même si Catcher avait sous-entendu que les vampires ne s'en servaient pas, un placard rempli d'armes à feu. Fusils, carabines, armes de poing, des armes que je n'étais capable d'identifier qu'après des années passées à suivre fidèlement la série *New York section criminelle.*

Au rez-de-chaussée se trouvaient les salons, le bureau d'Ethan, la salle de réception, la cuisine, une cafétéria pour les repas de tous les jours, et une série de bureaux plus petits, dont celui d'Helen à qui avait été assignée la mission peu enviable de me présenter le monde des vampires. Je me promis intérieurement d'aller lui présenter mes excuses.

Pendant que nous montions l'escalier jusqu'au premier étage, Luc m'expliqua que la demeure avait été bâtie à l'âge d'or de Chicago par un industriel qui voulait faire étalage de sa richesse nouvellement acquise. Malheureusement, la maison fut achevée seulement seize jours avant qu'il soit abattu dans un hôtel miteux, dans l'un des quartiers les plus malfamés de la ville, à la suite d'une dispute avec le petit ami d'une prostituée appelée Flora, d'après la rumeur.

Le Présidium de Greenwich avait racheté la maison au nom de Cadogan pour un très bon prix.

Au premier étage, qui accueillait la salle de bal que j'avais déjà visitée la nuit passée, se trouvait également la bibliothèque – que je n'eus pas le temps de voir –, quelques bureaux et la moitié des petites chambres dans lesquelles vivaient les vampires qui habitaient sur le site. Chaque chambre, au plancher de bois et haut plafond, contenait un lit, une penderie, une bibliothèque et une table de nuit, et chacune était décorée selon les goûts du vampire qui l'occupait. Les quatre-vingt-dix-sept vampires qui vivaient ici (y compris tous les Novices de la veille mis à part moi) étaient célibataires et travaillaient presque tous dans la Maison en tant qu'administrateurs, gardes, personnel de la Maison ou autres membres de l'entourage d'Ethan.

Le second étage était occupé par d'autres chambres et un autre bureau. Les appartements spacieux d'Ethan s'y trouvaient également ainsi que la suite de pièces que Luc appela le « boudoir ». C'était les quartiers d'Amber, la consorte de la Maison. Luc ne me fit pas visiter l'intérieur – la représentation mentale d'un « boudoir » me suffisait – mais je ne pus m'empêcher de m'arrêter devant la porte en songeant que j'aurais pu emménager dans cette suite et remplacer Amber en mettant mon corps à la disposition d'Ethan.

Je frissonnai à cette idée avant de me remettre en marche.

Luc me conduisit de nouveau au rez-de-chaussée, jusqu'à deux portes vitrées menant à un vaste patio.

— Waouh, fis-je en sortant dans l'arrière-cour éclairée par les torches.

Devant nous s'étendait un immense jardin, avec un barbecue sur la droite et une piscine sur la gauche. Tout l'espace était cerné d'une haute haie qui dissimulait la grille en fer forgé et la rue au-delà.

— C'est beau, n'est-ce pas ? demanda Luc.

— Superbe.

Il ouvrit la marche vers le parterre dont la bordure était formée d'arbustes d'un vert vif entrelacés d'une plante aux feuilles violettes dont je ne connaissais pas le nom. Au milieu du jardin clapotait une fontaine entourée de bancs en acier noir.

— Jardin à la française, déclara Luc.

— Je vois.

Je plongeai les doigts dans la fontaine avant d'en secouer l'eau fraîche.

— Pas mal comme endroit pour un moment de repos, non ? dit-il en me précédant sur le chemin qui divisait le jardin en carrés pour se diriger vers le bassin. On ne peut pas prendre le soleil mais la piscine est agréable quand il fait chaud. On peut organiser des soirées, des barbecues, ce genre de choses.

Un petit bosquet bordait le bassin et Luc me désigna, au milieu de la végétation, un chemin qui longeait la limite de la propriété et était éclairé par de minuscules lumières enterrées.

— C'est notre piste de course. Ça nous permet de faire un peu d'exercice en extérieur sans avoir à quitter le domaine. Il est chauffé par le sol donc tu peux même courir l'hiver, si c'est ton truc.

— Non, ça ne l'est pas, pas à Chicago. Mais ce sera agréable en été, répondis-je.

Sauf qu'on n'était pas encore en été et que les nuits d'avril étaient encore fraîches. Luc renonça à me faire visiter les moindres recoins de la propriété et préféra me décrire les parties que nous n'avions pas vues. Puis il me reconduisit dans la maison, en y entrant cette fois par une porte sur le côté qui s'ouvrait sur un couloir étroit du rez-de-chaussée. Luc me précéda ensuite jusqu'à la salle des opérations et me planta devant un ordinateur.

— Tu connais le mot de passe ?

J'acquiesçai, me connectai à un navigateur, ouvris la page du site Cadogan et entrai le mot de passe. Il me tapota l'épaule.

— Apprends les protocoles, me conseilla-t-il avant de gagner son bureau et de s'attaquer à une pile de dossiers haute de trente centimètres.

Les heures passèrent. Même si la défense et la guerre n'avaient jamais été mon dada, la sécurité des vampires était hautement contextuelle et donc incroyablement intéressante. Il y avait des liens avec l'histoire (les vampires s'étaient fait baiser par le passé !), la politique (la Maison X nous avait baisés par le passé !), la philosophie (pourquoi croyez-vous qu'on nous avait baisés par le passé ?), l'éthique (si nous ne buvions pas le sang des humains, nous serions-nous fait baiser par le passé ?) et, bien sûr, la stratégie (comment nous avait-on baisés ? Comment pouvait-on éviter de nous faire baiser de nouveau ou, mieux encore, comment pouvions-nous les baiser en premier ?).

Même si je n'y entendais pas grand-chose en stratégie élémentaire, à part ce que j'avais appris des discours sur le maniement du sabre, je comprenais du moins l'histoire et la philosophie. Je savais lire un journal de guerre rédigé à la première personne et glaner des informations. C'était, après tout, comme ça que j'avais fait mes recherches pour mon mémoire. Aussi, quand le moment de partir arriva, j'étais assez satisfaite de mon sort. J'étais certaine que je pourrais en apprendre assez pour accroître ma force physique, m'aider à prendre les bonnes décisions pour la Maison Cadogan et protéger ces vampires que j'avais promis de servir.

Luc nous donna congé et, au rez-de-chaussée, je dis au revoir à Lindsey avec l'intention d'aller voir Ethan comme il me l'avait demandé plus tôt. Son bureau était ouvert mais vide. Et même si je fus momentanément tentée de prendre le risque de fouiller dans ses livres et papiers pour y découvrir ce que ces antiquités avaient à offrir, je ne me sentais pas prête à oser porter atteinte à son intimité. Je restai à l'entrée du bureau, apparemment assez longtemps pour attirer l'attention de quelqu'un.

— Excuse-moi.

Je me tournai vers une vampire brune habillée comme une secrétaire de film noir, perchée sur le seuil, une main accrochée au cadre de la porte.

— Tu es dans le bureau d'Ethan, me dit-elle d'une voix hautaine.

— Il m'a demandé de venir le voir. Tu sais où il se trouve ?

Elle croisa les bras, tapotant de ses ongles noirs sur les manchettes de sa veste tout en me détaillant du regard.

— Je suis Gabrielle, une amie d'Amber.

Ça ne répondait pas à ma question mais c'était malgré tout une information. Gabrielle semblait penser que je cherchais à voler le Maître de la Maison sous le nez de la consorte. Si seulement elle avait su.

Mais je n'avais aucun intérêt à lui dire – ni à qui que ce soit d'autre d'ailleurs – ce qu'il m'avait proposé. Je n'en avais même pas parlé à Lindsey. Je me contentai donc de sourire poliment et de faire la gentille.

— Je suis ravie de te rencontrer, Gabrielle. Ethan m'a demandé de le retrouver pour discuter de problèmes de sécurité. Sais-tu où il se trouve ?

Pour ma peine, je fus gratifiée d'un nouveau regard scrutateur. Gabrielle défendait son territoire. Elle finit par lever les yeux en arquant un sourcil noir impeccablement épilé.

— Oh, il est… à l'intérieur.

— Je sais qu'il est dans la Maison. Je l'ai vu plus tôt et il m'a demandé de passer le voir. Sais-tu où il se trouve précisément ?

Elle pinça les lèvres comme si elle réprimait un sourire et secoua légèrement la tête d'un air présomptueux.

— Il est à l'intérieur, répéta-t-elle. Et je doute qu'il ait envie de te voir.

Mais elle souriait malgré tout. Je voyais bien qu'il y avait là une plaisanterie que je ne saisissais pas.

Je serrai les poings pour m'empêcher de la griffer de frustration.

— Il m'a demandé de venir le trouver, expliquai-je, pour parler travail avec lui.

Elle haussa délicatement une épaule.

— Ça ne m'intéresse pas. Mais si tu tiens vraiment à le voir, alors je t'en prie… vas-y. Ça te fera certainement du bien. Il est dans ses appartements.

— Merci.

Elle patienta sans bouger jusqu'à ce que je quitte le bureau puis elle ferma la porte derrière nous. Je repris la direction de l'escalier principal et l'entendis glousser d'un air mauvais alors que je m'éloignais dans le couloir.

Je montai au premier, fis le tour du palier puis grimpai au second. Dans de petits espaces garnis de canapés et de fauteuils, des vampires lisaient des livres ou des magazines, ou bavardaient. La maison devenait plus calme au fur et à mesure que je montais et le deuxième étage était quasiment plongé dans le silence. Je m'engageai dans le long couloir menant aux appartements d'Ethan et m'arrêtai devant les doubles portes closes.

Je frappai et, n'obtenant aucune réponse, je collai mon oreille au panneau. Je n'entendis rien, et saisis donc la poignée de la porte de droite que j'ouvris lentement.

J'aperçus un salon décoré avec goût. Des lambris en chêne arrivaient à hauteur d'épaule et une cheminée en onyx dominait un des murs. La pièce accueillait deux coins aménagés pour la discussion dont le mobilier sur mesure avait dû coûter très cher. Des vases emplis de fleurs agrémentaient les tables basses et la chaîne hi-fi diffusait doucement une sonate de Bach pour violoncelle. Sur le mur d'en face, juste à côté d'un petit bureau, je vis deux autres portes. Un panneau était fermé, l'autre légèrement entrebâillé. Je risquai un timide :

— Ethan ?

Mais ce n'était qu'un chuchotement bien incapable d'attirer l'attention. Je m'approchai des portes, posai la main contre celle qui était fermée et jetai un coup d'œil à l'intérieur.

Je compris alors pourquoi Gabrielle avait insisté sur le fait qu'Ethan se trouvait à l'intérieur.

Ethan était à l'intérieur de la Maison, de ses appartements… et d'Amber.

12

On ne peut pas faire confiance à un homme qui mange son hot-dog avec une fourchette

Je portai une main à ma bouche pour étouffer le petit cri que je sentais monter dans ma gorge.

Puis, après avoir vérifié que personne ne se trouvait dans le salon, je me penchai pour regarder une seconde fois.

Il se tenait de profil, complètement nu, ses cheveux blonds repoussés derrière les oreilles. Amber était devant lui, à genoux sur le lit à colonnes, et lui tournait le dos. Même de profil, il était facile de voir qu'elle était en pleine extase – ses lèvres entrouvertes, ses paupières mi-closes et ses doigts crispés sur le drap étaient assez parlants. Elle s'agrippait des deux poings et, mis à part les tressautements de ses seins, elle était immobile, se satisfaisant apparemment de laisser Ethan faire le travail.

Et il travaillait dur. Ses jambes étaient largement écartées et les muscles de ses fesses se tendaient pendant qu'il allait et venait contre le corps d'Amber. Sa peau était dorée et scintillait de transpiration, son corps long, mince et sculpté. Je remarquai un mot tatoué derrière son mollet droit, mais le reste était immaculé. Il avait une main crispée sur la hanche droite d'Amber tandis que l'autre était posée sur les reins mouillés de sa partenaire, son regard – intense, charnel, plein de désir – braqué sur l'union rythmée de leurs corps. Il caressa le creux du dos d'Amber et s'humecta les lèvres du bout de la langue sans ralentir la cadence.

Je les regardais, complètement captivée par ce spectacle. La fine volute du désir s'embrasa dans mon ventre, une sensation aussi malvenue qu'elle était familière.

Il était magnifique.

D'un air absent, je portai les doigts à mes lèvres puis me pétrifiai en prenant conscience que j'étais cachée dans son salon en train d'épier par une porte ouverte un homme en train de faire l'amour, alors qu'une semaine plus tôt j'avais décidé qu'il était mon ennemi mortel. J'étais complètement bouleversée.

Et je serais partie – oui, je serais sortie avec rien d'autre qu'un sentiment de mortification – si Ethan n'avait pas choisi ce moment-là pour se pencher sur Amber et la mordre.

Ses dents frôlèrent le creux de son cou avant de percer la peau. La pomme d'Adam d'Ethan se mit à bouger convulsivement. Les assauts de ses hanches se firent plus virulents à présent qu'il avait mordu dans la gorge d'Amber. Deux traits rouges, du sang de cette dernière, se dessinèrent sur la pâleur de son cou.

Instinctivement, je levai une main pour toucher l'endroit où j'avais été mordue, là où auraient dû se trouver mes cicatrices. J'avais fait l'expérience de la morsure et de sa violence intéressée, mais cette situation était différente. C'était ça, être un vampire. Vraiment vampire. Le sexe mis à part, c'était comme ça que l'on était censés se nourrir. Ethan et Amber partageaient cet acte, ne se contentaient pas de siroter dans une poche médicale en plastique. Je savais cela, je le comprenais à un niveau génétique. Et cette connaissance, le fait d'être témoin de cet acte, le sentir, si près – même si je n'avais pas faim, et certainement pas du sang d'Amber – réveilla la vampire en moi. J'inspirai profondément, m'efforçai de la repousser et de garder mon calme.

Mais je ne fus pas assez rapide.

Ethan leva soudain la tête et nos regards se croisèrent. Il cessa de respirer et ses yeux s'embrasèrent d'un feu argenté.

Puis il dut déceler l'expression mortifiée qui traversa mon visage et ses iris redevinrent aussitôt verts. Mais il ne se détourna pas. Il s'immobilisa, une main sur la hanche d'Amber, et continua de boire sans me quitter des yeux.

Je bondis en arrière et m'adossai au mur, mais c'était trop tard. Il m'avait déjà vue et, le temps d'une seconde, avant que l'éclat argenté disparaisse, j'avais vu son regard. J'y avais lu l'espoir que je sois venue me présenter à sa porte avec une bonne raison, pour me donner à lui comme Amber l'avait fait. Mais il n'avait pas lu d'abandon dans mes yeux. Et il n'avait pas certainement pas prévu ma gêne.

C'était à ce moment-là que ses iris étaient redevenus verts, quand l'espoir avait été remplacé par un sentiment beaucoup plus froid. L'humiliation peut-être, parce que je lui avais dit non deux nuits plus tôt, parce que je n'étais pas venue le chercher ce soir. Parce que j'avais rejeté un vampire vieux de quatre cents ans devant lequel tous s'inclinaient, qui intimidait tout le monde et que personne n'osait contrarier. S'il avait d'abord été contrarié de me désirer, il avait très mal pris mon refus. Voilà ce qui avait éteint son regard et resserré ses pupilles en deux minuscules pointes noires de colère. Qui étais-je pour dire non à Ethan Sullivan ?

Avant que je puisse trouver une réponse à ma question, ma tête se mit à tourner et j'eus la sensation d'être aspirée le long d'un tunnel. Puis il fut dans mon esprit.

Pour quelqu'un qui m'a rejeté aussi facilement, tu sembles étrangement curieuse, aujourd'hui.

Je reculai et choisis de ne pas résister. Ce n'était pas le moment de se battre. *Je passais te voir pour te parler, comme tu me l'as demandé. J'ai frappé. Je n'avais pas l'intention de déranger.*

La chambre devint silencieuse et Amber émit soudain un petit cri de frustration, sans doute parce qu'il avait cessé de donner des coups de reins.

En bas. Un ordre sans appel. Quand ces deux mots résonnèrent dans ma tête, je crus percevoir encore une fois ce soupçon de déception.

Et soudain j'eus envie de réparer ça. J'eus envie de le guérir de cette déception, la soulager. L'apaiser. Mais cette idée était tout aussi dangereuse que celles que j'avais pu avoir jusque-là. Aussi, je me repoussai du mur et me dirigeai vers la porte. En approchant du couloir, j'entendis le grincement rythmé du lit qui reprenait. Je sortis des appartements d'Ethan et fermai la porte derrière moi.

J'étais dans l'entrée quand il arriva. Assise près de la cheminée – le même modèle que celui qui se trouvait dans ses appartements, mais en plus grand –, je lisais l'exemplaire du *Canon* que j'avais apporté dans ma besace. Je tournais les pages d'un air absent, m'efforçant d'effacer de mon esprit les images d'Ethan, ses bruits.

Du moins, j'essayais.

Il descendit. Il avait laissé tomber la veste et portait un pantalon noir et une chemise blanche dont le bouton du haut, défait, révélait la médaille Cadogan à son cou. Ses cheveux, retenus par un bandeau serré, retombaient sur ses épaules.

Je baissai de nouveau les yeux sur le livre.

— Tu as trouvé une occupation productive ? me demanda-t-il sur un ton incontestablement hautain.

— Comme tu peux le voir, répondis-je avec légèreté en tournant une page du *Canon* sans avoir lu la précédente. Mon entretien avec le patron ne s'est pas passé comme prévu.

Je m'obligeai à lever la tête et à lui sourire afin de dédramatiser ce moment qui pouvait devenir profondément embarrassant. Ethan ne me retourna pas mon sourire mais il sembla se détendre peu à peu. Peut-être avait-il espéré une scène, une crise de jalousie. Et peut-être cette hypothèse n'était-elle pas aussi inconcevable que je voulais bien l'admettre.

— Me voilà rassasié pour la journée, si tu as envie d'en discuter maintenant, me dit-il, les paupières mi-closes. On monte ?

Je relevai la tête d'un coup. Il eut un petit sourire crispé.

— Je plaisantais, Merit. J'ai le sens de l'humour.

Mais ça n'avait pas sonné comme une plaisanterie et il n'avait toujours pas l'air de plaisanter.

Ethan me proposa de le suivre dans son bureau, et je décroisai les jambes et me levai. Nous nous trouvions près de l'escalier quand Catcher et Mallory passèrent la porte d'entrée. Catcher portait des sacs en papier et ce qui ressemblait à un journal sous le bras ; Mallory transportait un plateau en polystyrène garni de gobelets en carton.

Je reniflai l'air. De la nourriture. De la viande, si mon instinct vampire était correct.

— Si tu penses que c'est vrai, disait Catcher à Mallory, alors je t'avais surestimée.

— Sorcier ou pas, tu es vraiment un trou du cul.

Les quelques vampires présents dans l'entrée s'immobilisèrent pour regarder la femme aux cheveux bleus qui parlait comme ça dans leur Maison. Catcher posa sa main libre sur les reins de Mallory.

— Elle s'adapte à sa magie, mes amis. Ne faites pas attention à elle.

Ils ricanèrent avant de reprendre leurs activités qui, je supposais, consistaient à avoir l'air chic et très occupés.

Catcher et Mallory se dirigèrent vers nous.

— Chers vampires, nous lança Catcher en guise de salut.

Je consultai ma montre, remarquai qu'il était presque 4 heures du matin et me demandai pour quelle raison Mallory n'était pas au lit avec son escorte.

— Qu'est-ce que tu fais là ? lui demandai-je.

— Je prends deux semaines de congés. McGettrick me doit quatorze semaines de vacances. J'ai pensé que c'était le moment d'en profiter.

Je me tournai vers Catcher.

— Et toi. Tu n'as pas de boulot ?

Il m'adressa un regard sardonique et me colla les sacs de nourriture contre la poitrine.

— Et tu crois que je fais quoi, là ? dit-il avant de se tourner vers Ethan. J'ai apporté de quoi manger. Allons discuter.

Ethan examina les sacs d'un air dubitatif.

— Qu'est-ce que c'est ?

— Des hot-dogs. (Comme Ethan ne réagissait pas, Catcher entreprit de mimer la chose.) Francfort. Saucisse. Tube de viande entouré d'une masse de sucres lents passés au four. Arrête-moi si ça te dit quelque chose, Sullivan. Tu vis à Chicago, pour l'amour de Dieu.

— Ça me dit quelque chose, répondit sèchement Ethan. Dans mon bureau.

Les sacs étaient remplis de ce qu'il y avait de meilleur : emballés dans du papier aluminium, des hot-dogs dans des petits pains aux graines de pavot garnis de chutney, d'oignons et de piments. Je m'assis sur le canapé en cuir et mordis dans l'un d'eux en fermant les yeux de plaisir.

— Si tu n'étais pas déjà casé, je te draguerais.

Mallory gloussa.

— À qui de nous deux est-ce que tu t'adresses, ma puce ? me demanda-t-elle.

— Je crois qu'elle parlait au hot-dog, répondit Catcher en mâchonnant une frite. C'est étonnant qu'elle soit aussi menue, avec tout ce qu'elle mange.

— Malsain, n'est-ce pas ? C'est son métabolisme. Ça doit être ça. Elle mange comme une vache et elle ne fait jamais de sport. Bon, elle n'en faisait jamais, mais c'était avant qu'elle devienne une vampire ninja.

— Vous êtes ensemble ?

À l'autre bout de la pièce où il prenait une assiette dans son bar, Ethan se pétrifia et nous regarda, le visage plus pâle que d'habitude. Je baissai les yeux sur ma saucisse en souriant.

— Ne t'étrangle pas, Sullivan. Elle sort avec Catcher, pas avec toi.

— Oui, eh bien… félicitations.

Il nous rejoignit sur le canapé et déposa un hot-dog sur une assiette en porcelaine liserée de platine. Les sourcils froncés, il entreprit de le manger à l'aide de son couteau et de sa fourchette, et en découpa soigneusement un morceau.

— Sullivan, avec les mains.

Il piqua un morceau de hot-dog avec sa fourchette tout en me regardant.

— C'est plus distingué ainsi.

Je pris une autre gigantesque bouchée.

— C'est surtout plus coincé, dis-je la bouche pleine.

— Ton respect à mon égard, Sentinelle, est époustouflant.

Je lui souris.

— Je te respecterais davantage si tu mordais dans ton hot-dog.

— Davantage que quoi ? Tu ne me respectes pas du tout.

Ce n'était pas totalement vrai, mais je n'allais pas lui donner la satisfaction de le corriger.

— Mieux vaut davantage que pas du tout.

Mallory et Catcher, la tête penchée, nous observaient tous les deux.

— Quoi ?

— Rien, répondirent-ils en chœur.

Ethan finit par céder. Il attrapa le hot-dog à deux mains et mordit dedans, réussissant à ne pas faire tomber de condiments sur son pantalon impeccable. Il mâcha d'un air contemplatif, puis prit une seconde bouchée, puis une autre.

— C'est mieux ?

Il grogna, ce que j'interprétai comme l'expression d'une satisfaction hédoniste.

— Je suppose que vous avez une bonne raison pour vous présenter à ma porte deux heures avant le lever du soleil ? demanda Ethan sans quitter son hot-dog des yeux.

Catcher s'épousseta les mains, prit le journal qui était posé à côté de lui et le déplia. Le gros titre du *Sun-Times* était : « Deuxième fille assassinée : un vampire tueur ? »

À côté de moi, Ethan marmonna un juron.

— La question du jour, Sullivan : pourquoi n'as-tu pas encore réuni les Maisons ?

Nul besoin de voir l'expression d'Ethan pour savoir de quelle manière il avait réagi à cette remise en question de sa stratégie. Mais il joua le jeu.

— Pourquoi le devrais-je ?

Catcher leva les yeux au ciel et se carra dans le canapé, étalant ses bras sur le dossier.

— Pour avoir des informations, pour commencer.

— N'est-ce pas ton boulot d'enquêter ?

— Mon boulot, c'est de désamorcer les tensions et c'est de ça que je suis en train de parler : de calmer les nerfs. (Il tapota le journal.) Le décolleté de Célina ne suffira pas à vous prémunir contre des soupçons de meurtre. Les gens sont nerveux. Le maire est nerveux. Bon sang, même Scott est nerveux. Je suis passé à la Maison Grey. Scott est hors de lui. Il est en colère et tu sais qu'il en faut beaucoup pour le mettre en boule. D'habitude ce type est complètement hermétique à la politique. Mais quelqu'un s'en prend aux siens et il est prêt à se battre. C'est la marque d'un bon chef, admit-il.

Ethan s'essuya la bouche avec une serviette en papier puis la froissa et la laissa tomber sur la table.

—Je ne suis pas en position de prendre des mesures, qu'elles soient préventives ou autres. Je n'ai pas le capital politique.

Catcher secoua la tête.

—Je ne suis pas en train de te dire de mener la parade. Je te parle de réunir les communautés – ou du moins les Maisons. Tout le monde parle et les rumeurs circulent. On pose des questions, on montre du doigt. Tu dois prendre position. Tu gagnerais en capital politique si tu le faisais. (Il haussa les épaules et se gratta le bras qui se trouvait appuyé derrière le dos de Mallory.) Je sais que la décision ne me revient pas, et que tu te sers probablement de ton pratique petit lien mental en ce moment même pour expliquer à notre amie bébé vampire ici présente que je suis en train de me mêler de ce qui ne me regarde pas. Mais tu sais aussi que je ne serais pas venu t'en parler si je ne pensais pas que c'est important.

La pièce était silencieuse, mentalement ou autrement, Catcher ayant été un peu trop présomptueux quant à la volonté d'Ethan de se confier à moi. Ce dernier hocha la tête.

—Je sais. J'en déduis donc que tu n'as pas d'autres informations.

Catcher but une gorgée de soda et secoua la tête.

— En ce qui concerne les faits, tu en sais autant que moi. Quant à mon sentiment…

Il ne finit pas sa phrase mais leva la main droite, paume vers le plafond, et déplia lentement ses doigts. Je sentis une soudaine palpitation dans l'air, une vibration qui annonçait la magie, comme je commençais à l'apprendre. Et au-dessus de la main de Catcher, l'air sembla onduler comme sous l'effet de la chaleur.

Ethan s'agita à côté de moi.

— Qu'est-ce que tu sais ? demanda-t-il avec précaution d'une voix basse et grave.

Catcher, la tête inclinée, les yeux tournés vers sa paume, resta silencieux un long moment.

— La guerre se prépare, Ethan Sullivan, de la Maison Cadogan. La paix provisoire, issue de la négligence humaine, arrive à son terme. Elle est forte. Elle viendra, se lèvera et brisera les liens qui maintenaient l'ordre dans la nuit.

Je déglutis, le regard rivé sur Catcher. Le petit ami de Mallory était en plein mode sorcier de quatrième niveau et nous livrait une prophétie effrayante sur l'avenir des Maisons. Mais si effrayante soit-elle, je ne quittai pas Catcher des yeux et réprimai mon envie de me tourner vers Ethan, dont je sentais le regard peser sur moi.

— La guerre viendra. Elle l'apportera. Ils se joindront à elle. Préparez-vous à combattre.

Catcher tressaillit et referma le poing. La magie se dissipa dans un courant d'air chaud qui nous laissa tous les quatre abasourdis, à nous dévisager en clignant des yeux.

On frappa à la porte.

— Sire ? Tout va bien ? Nous avons senti la magie.

— Ça va, répondit Ethan. Nous allons bien.

Mais quand je me tournai vers lui, son regard pénétrant et intense était posé sur moi et je sus, même sans sa voix dans ma tête, ce qu'il pensait : j'étais une menace inconnue et je pouvais très bien être celle dont Catcher avait parlé dans sa prophétie. C'était un nouvel élément en ma défaveur, la possibilité que je sois la femme qui apporterait la guerre parmi les vampires et risquerait d'être à l'origine d'une nouvelle Purge.

Je soupirai en détournant les yeux. Les choses devenaient bien trop compliquées.

Catcher secoua la tête comme un chien qui s'ébroue puis il se passa une main sur le crâne.

— C'était vaguement écœurant mais, au moins, je n'ai pas parlé en pentamètre iambique, cette fois.

— Et pas de rimes non plus, ajouta Mallory. C'est un grand progrès.

Je haussai un sourcil à cette révélation, me demandant comment et quand Mallory avait eu l'occasion d'entendre Catcher livrer des prophéties. D'un autre côté, Dieu seul savait ce qui se passait derrière la porte de leur chambre.

Comme s'il avait besoin de se remettre de cette expérience intense, Catcher prit un gobelet de soda qu'il débarrassa de son couvercle et de sa paille, et il but goulûment, déglutissant convulsivement jusqu'à ce qu'il en ait vidé le contenu. La magie avait l'air d'être un sacré boulot et j'étais contente – même si être une vampire restait encore pour moi une épreuve émotionnelle et physique – de ne pas avoir à gérer cette sorte de pouvoir universel invisible.

Quand il eut fini de boire, Catcher se carra de nouveau dans le canapé, une main sur le genou de Mallory. Il me jeta un coup d'œil puis regarda Ethan.

— Au fait, ce n'est pas elle.

— Je sais, répondit Ethan sans une hésitation.

Je tournai la tête vers lui mais il évita mon regard. Je m'apprêtais à lui poser toutes sortes de questions. Comment le sais-tu ? Pourquoi penses-tu qu'il ne s'agit pas de moi ? Mais Catcher me devança.

— Et en parlant de prophétie, j'ai appris que Gabe revenait, et plus tôt qu'on ne le pensait.

Ethan releva soudain la tête et je devinai le poids de cette nouvelle.

— C'est une information fiable ?

— Assez, répondit Catcher. Tu te rappelles, c'est le chef de la Meute des Grandes Plaines, celle de Jeff, me dit-il. (J'acquiesçai.) Il a de la famille à Chicago et la convention approche. Il veut s'assurer que le terrain est sûr avant de débarquer. Et j'ai entendu dire que Tonya est enceinte, alors il veut qu'elle et le petit soient en sécurité.

— Si la situation n'est pas sûre, intervint Ethan, je n'y serai pour rien.

Le ton de Catcher s'adoucit.

— Je sais bien. Mais la situation est critique. Et s'il veut des garanties, il les aura, ou il évitera de venir à Chicago et rapatriera la Meute à Aurora.

— Aurora ? demandai-je.

— En Alaska, répondit Catcher. La base des meutes d'Amérique du Nord. Ils disparaîtront dans la nature et laisseront les vampires se battre seuls. Une fois de plus.

Ethan se recula en paraissant considérer cette menace puis il jeta un coup d'œil dans ma direction.

— Qu'en penses-tu ?

J'ouvris la bouche avant de la refermer aussitôt. Le maître stratège attendait apparemment de moi une nouvelle démonstration de mes capacités d'analyse. Je n'étais pas certaine de pouvoir délivrer au pied levé une brillante tactique surnaturelle. Mais je tentai le coup, préférant m'en tenir au bon sens qui paraissait faire cruellement défaut au sein des communautés surnaturelles.

— On n'a pas grand-chose à perdre à réunir tout le monde pour discuter, dis-je. Les humains connaissent déjà notre existence. Mais si nous ne pouvons pas travailler ensemble, si nous nous entre-déchirons, nous ouvrons la porte aux problèmes à venir. Si les choses empirent et que le vent tourne, il nous faudra des amis vers lesquels nous tourner. Donnons-nous au moins la possibilité d'avoir une discussion honnête, de pouvoir parler librement.

Ethan hocha la tête.

— Pourquoi dis-tu manquer de capital politique pour réunir les vampires de toutes les Maisons ? demandai-je. Qu'as-tu fait pour qu'ils ne te fassent pas confiance ?

Ethan et Catcher échangèrent un regard.

— L'histoire, déclara enfin Catcher en détachant ses yeux d'Ethan pour affronter mon regard. On en revient toujours à l'histoire.

Cette réponse ne me satisfaisait pas mais j'acquiesçai, devinant que je n'en apprendrais pas davantage aujourd'hui.

Catcher se pencha en avant pour prendre une poignée de frites.

— Eh bien, voilà de quoi réfléchir. Tu m'appelles si tu as besoin de soutien.

Ça n'était ni une question ni une suggestion, plutôt une prédiction de ce que ferait Ethan. Ils étaient clairement amis, même si Dieu seul savait par quel drôle de hasard ces deux-là – un sorcier rebelle un rien mauvais garçon et un vampire névrosé et obsédé par la politique – s'étaient rencontrés. Ce devait être une sacrée histoire, décidai-je.

— Comment s'est passée la Recommandation ? demanda Catcher en m'adressant un regard amusé. Des surprises ?

— Je n'ai rien fait, dis-je en prenant un pickle dans la barquette de frites posée devant Ethan.

— Elle a semé le chaos, déclara Ethan avec un demi-sourire.

— Il est juste jaloux parce que je résiste à son appel, dis-je à Mallory.

— Je n'ai aucune idée de ce que cela veut dire, me répondit-elle en souriant elle aussi, mais je serais ravie que tu m'expliques.

— C'est vrai ? demanda Catcher à Ethan.

— En effet.

— Et tu l'as nommée Sentinelle.

Ethan hocha la tête.

— Et j'attends de toi que tu continues à travailler avec elle, que tu la prépares à cette tâche. Tu as l'expertise, après tout. Ta technique d'enseignement unique en son genre serait inestimable.

Catcher se tut un moment avant d'acquiescer.

— Je vais travailler avec elle. Je vais l'entraîner, pour le moment. Et cette instruction paiera ma dette.

Sa dette ? Leur histoire devait vraiment valoir le détour.

S'ensuivit un nouveau silence pendant lequel Ethan considéra l'offre de Catcher.

— D'accord. (Il croisa les bras sur son torse en m'observant d'un air dubitatif.) Nous verrons si elle est à la hauteur, et nous ferons ce qu'il faut.

J'adressai un regard lourd de sous-entendus à Mallory.

— Nous verrons si elle est capable de ne pas tuer son Seigneur et Maître, surtout s'il continue à parler d'elle comme si elle n'était pas là.

Elle ricana.

— Oui, dit sèchement Ethan. Oublions la fortune des Merit. De toute évidence, toute la valeur de ma Sentinelle repose dans son incroyable sens de l'humour.

Le silence s'abattit sur la pièce. L'inquiétude de Mallory se lisait clairement sur son visage. Catcher se racla nerveusement la gorge et froissa l'aluminium de son hot-dog. C'était à moi, je suppose, de dissiper le malaise que l'allusion à ma famille avait provoqué.

Je décelai la tension subite autour des yeux d'Ethan et compris qu'il regrettait d'avoir dit ce qu'il pensait probablement être un compliment. Et d'une certaine manière, d'une manière tordue et complètement sullivanesque, ça l'était.

— C'est une des choses les plus gentilles qu'on m'ait jamais dites, lui avouai-je, comprenant une fois ces paroles prononcées que ça n'était pas vraiment un mensonge.

Pendant une seconde, il ne réagit pas.

Puis il eut une sorte de demi-sourire original qui fit remonter le coin droit de sa bouche. À cause de ce sourire, de ce fichu sourire humain, je dus ravaler une bouffée d'affection qui faillit me faire monter les larmes aux yeux. Au lieu de quoi, je détournai le visage et m'en voulus aussitôt – j'étais incapable de le détester en dépit des choses qu'il disait, qu'il faisait et de celles qu'il attendait de moi.

J'eus subitement envie de me rouler par terre en tapant des poings comme un enfant en pleine crise de nerfs. Pourquoi étais-je incapable de le détester ? Pourquoi, alors même que je savais – aussi sûrement que j'étais assise sur le canapé dans son bureau en compagnie de ma meilleure amie et de son petit ami – que mon incapacité à le détester se retournerait un jour ou l'autre contre moi ?

Ce jour-là serait catastrophique et je n'étais pas certaine d'être rassurée de savoir qu'il allait arriver.

— Bien, fit Catcher en se levant d'un coup, brisant de sa voix la tension qui alourdissait encore l'atmosphère. On devrait rentrer à la maison. On te ramène ?

Je commençai à fourrer les emballages dans les sacs en papier.

— Je suis venue en voiture. Mais je devrais rentrer, moi aussi. Je vais vous raccompagner. (Je me tournai vers Ethan.) Si nous avons fini, bien sûr.

Il hocha la tête.

— Je voulais qu'on parle des enquêtes de meurtre et de leur impact sur la Maison mais je suppose que c'est inutile après cette discussion. (Sa voix s'adoucit.) Il est tard. Tu peux disposer.

— Je viens avec toi, me dit Mallory sur un ton qui montrait clairement qu'elle avait déjà prévu son coup.

— Bon, fit Ethan en se levant à son tour. Merci pour le repas.

Il tendit la main à Catcher et ils se saluèrent au-dessus de la table couverte des restes froissés de notre dîner.

— Je t'en prie, répondit Catcher. J'ai un mot à te dire avant de partir.

Ethan acquiesça et Catcher posa ses lèvres sur le front de Mallory.

— Je te vois à la maison.

— Bien sûr, répondit-elle en frôlant son ventre de la main et en levant la tête pour l'embrasser.

Après ces touchants adieux, elle se tourna vers moi en souriant et me tendit la main.

— On laisse les garçons ranger le reste ?

On les abandonna debout de chaque côté de la table basse, les serviettes en papier, gobelets en carton et sacs remplis de détritus entre eux. Bras dessus bras dessous, on quitta la Maison Cadogan pour rejoindre à pied ma voiture. Pas un mot ne fut échangé avant que nous ayons passé le coin de la rue.

— Franchement, Merit, tu es un vrai désastre avec les hommes.

— Ne me cherche pas, dis-je en serrant le volant un peu plus fort. Je n'éprouve rien pour Ethan.

— Arrête, ça se voit sur ton visage. Je pensais que c'était juste physique. (Elle secoua la tête.) Mais quoi qu'il se soit passé là-bas, c'était plus que physique, plus que de l'alchimie. Il te touche droit au cœur et, même s'il parvient mieux que toi à se contrôler, tu le touches aussi.

— Je ne l'aime pas.

— Je comprends bien. (Elle me tapota la tempe du bout du doigt.) Mais c'est là-haut que ça se passe. C'est logique. C'est lui qui t'a fait entrer dans ce monde. Et ce n'est pas que je ne veuille pas te soutenir dans tes choix. Je suis une fan de *Buffy*, je suis apparemment une sorcière et je sors avec un ancien sorcier… ou peu importe ce qu'il est. Je suis bien mal placée pour te sermonner au sujet de relations étranges. Mais il y a quelque chose…

— D'inhumain dans tout ça ?

Elle tapa le tableau de bord du plat de la main.

— Exactement. C'est comme s'il ne suivait pas les mêmes règles que nous.

— C'est un vampire. Je suis une vampire.

Seigneur, est-ce que j'étais en train de nous défendre ? J'étais mal barrée.

— Oui, Merit, mais tu es une vampire depuis, quoi, une semaine ? Cela fait presque quatre cents ans qu'il en est un. Ça fait une sacrée pléthore de semaines. Tu dois garder en tête que ça l'a en quelque sorte vidé de toutes caractéristiques humaines.

Je me mordillai la lèvre inférieure en observant d'un air vide les maisons qui défilaient au-dehors.

— Je ne suis pas amoureuse de lui. Je ne suis pas si stupide. (Je me grattai la tête d'un air absent.) Je ne sais pas ce que c'est.

— Oh ! s'exclama-t-elle avec tant de virulence que je crus une seconde qu'on nous attaquait. J'ai compris.

Une fois rassurée sur son état et sur le fait qu'aucune créature aux ailes de chauve-souris ne plongeait sur notre voiture, je lui assenai une claque sur le bras.

— Ça ne va pas, non ? Ne fais pas ça quand je conduis !

— Désolée, dit-elle en se tournant sur son siège, le visage rayonnant. Mais j'ai une idée, peut-être que c'est ce truc de vampire, le fait que ce soit lui qui t'a transformée ? On dit que c'est censé créer un lien.

Je considérai son hypothèse, décidai de l'adopter et sentis mes épaules se détendre un peu.

— Ouais. Ouais, ça se pourrait bien.

Cela expliquait la connexion entre nous et c'était beaucoup plus satisfaisant d'un point de vue émotionnel que d'envisager que j'étais en train de tomber amoureuse d'un homme qui me correspondait aussi peu. D'un homme aussi embarrassé par l'intérêt qu'il me portait.

En m'engageant dans l'allée de la maison, j'approuvai de tout cœur cette idée.

— Ouais, dis-je. C'est ça.

Elle me regarda, attendit une seconde puis hocha la tête.

— OK.

— OK.

— Bien.

Elle me sourit.

— Bien.

Je lui souris en retour.

— Super.

— Super, génial, merveilleux, Seigneur, sortons de cette voiture.

On sortit.

13

Deux ça va, trois c'est un asile de fous

Un jour passa, puis deux, puis quatre. Je m'habituais à ma nouvelle nature avec une étonnante facilité. Dormir la journée. Enrichir mon régime avec du sang. Apprendre les ficelles de la sécurité Cadogan (y compris les protocoles) et faire de mon mieux pour me préparer à la responsabilité de défendre la Maison. Pour le moment, je m'appliquais surtout à faire semblant d'être aussi compétente que mes collègues véritablement talentueux.

Les protocoles n'étaient pas difficiles à comprendre, mais il y en avait beaucoup à apprendre. Ils se divisaient en catégories – plans d'action offensive et plans d'action défensive –, un peu comme les katas. La plupart des protocoles étaient regroupés dans la dernière catégorie : comment étions-nous supposés réagir si des groupes attaquaient la Maison ou n'importe quel vampire Cadogan, comment organiser nos contre-attaques. Les manœuvres variaient selon la taille de la bande de maraudeurs et selon qu'ils utilisaient la magie ou des sabres contre nous. Quel que soit l'ennemi, notre priorité était d'assurer la sécurité d'Ethan, puis du reste des vampires résidents et de la bâtisse en elle-même, en coordonnant nos actions avec d'autres alliés quand cela était possible. Une fois que la ville de Chicago était sûre, nous devions vérifier que les vampires Cadogan vivant à l'extérieur allaient bien.

Sous la Maison, sous un petit parking auquel ma place dans la hiérarchie ne me permettait pas d'avoir accès, se trouvaient les accès à des tunnels souterrains qui suivaient le réseau d'égout de la ville. Depuis les tunnels, nous pouvions gagner subrepticement les cachettes sûres qui nous avaient été assignées. C'était gai d'apprendre qu'on ne nous donnait l'adresse que d'une seule Maison afin que la localisation de toutes ne puisse nous être arrachée sous la torture. Je faisais de mon mieux pour gérer ma panique à l'idée de faire dorénavant partie d'une organisation qui avait besoin de tunnels secrets et de cachettes, une organisation qui avait besoin d'anticiper la possibilité d'une torture collective.

Je découvris également, après ces quelques jours à observer Lindsey et Luc, que ce dernier avait sérieusement le béguin pour elle. Le vitriol et le sarcasme dont il la submergeait quotidiennement – et il n'y allait pas de main morte – étaient de toute évidence un prétexte pour attirer l'attention de Lindsey. Une excuse lamentablement vaine. Luc pouvait se donner autant de mal qu'il voulait, Lindsey ne marchait pas.

Curieuse par nature – ça finirait par me jouer des tours –, je décidai d'interroger mon amie. Plateau en mains, nous nous trouvions dans la file d'attente de la cafétéria du rez-de-chaussée, et nous faisions notre choix parmi une sélection de menus équilibrés au point d'en être agaçants.

— Tu veux bien me parler de toi et du cow-boy ?

Lindsey posa trois briques de lait sur son plateau, prenant tellement de temps pour me répondre que je me demandai si elle avait bien entendu ma question. Finalement elle haussa les épaules.

— Il est pas mal.

Ce fut tout ce à quoi j'eus droit jusqu'à ce que nous soyons installées à une table en bois entourée de chaises noircies par les années.

— Pas mal mais pas assez bien pour toi ?

Lindsey but une longue gorgée de lait avant de hausser encore une fois les épaules avec plus d'indifférence qu'elle n'en ressentait réellement.

— Luc est super. Mais c'est mon patron. Je ne pense pas que ce soit une bonne idée.

— Tu te fichais de moi il y a quelques jours en faisant allusion à une aventure entre Ethan et moi.

Je mordis dans mon sandwich, qui était riche en feuilles de salade mais pauvre en goût. Et en plus, ça croustillait vachement moins que les chips, conclus-je.

— C'est un type génial, mais il n'est pas fait pour moi.

— Vous vous entendez bien.

J'insistai et elle céda.

— En effet, et ce serait sûrement très chouette jusqu'à ce qu'on casse mais qu'on reste obligés de travailler ensemble, dit-elle en laissant tomber sa fourchette d'un air irrité. Non, merci.

Sans lever les yeux vers moi, elle commença à picorer d'un air absent dans son bol de Chocapic.

— D'accord, dis-je de ma voix la plus apaisante (en me demandant où elle avait trouvé ses Chocapic), donc tu l'aimes bien. (Ses joues s'empourprèrent.) Mais quoi ? Tu as peur de le perdre, alors c'est pour ça que tu ne veux pas sortir avec lui ?

Elle ne répondit pas et j'interprétai son silence comme une confirmation tacite. Je décidai de la laisser tranquille.

— Très bien. Je ne t'en parlerai plus.

Je tins ma promesse, mais cela n'empêchait pas Luc de glisser çà et là des réflexions, ni elle de le provoquer en faisant mine de se rebeller. Et même si j'aimais beaucoup Lindsey et que je me réjouissais de faire partie de la même équipe, je compatissais avec Luc. Cette fille avait un esprit cinglant et ce ne devait pas être facile pour lui d'en faire constamment les frais. Le sarcasme entre amis, ça passe, mais elle risquait de basculer dans la méchanceté.

D'un autre côté, ce sarcasme mordant était bien pratique puisque Amber et Gabrielle avaient décidé de se liguer contre moi pour faire étalage de la liaison de la consorte avec Ethan. Cette nuit-là, nous avions fini de manger et traversions le rez-de-chaussée en direction de l'escalier quand elles s'arrêtèrent en face de nous.

— Chérie, demanda Gabrielle à Amber en s'examinant les ongles tout en bloquant l'accès à l'escalier. Tu veux aller boire un verre, ce soir ?

Amber, vêtue d'un survêtement de velours noir sur le devant duquel était imprimé « MORDS-MOI » en lettres rouges, leva les yeux vers moi.

— Je ne peux pas. J'ai quelque chose de prévu avec Ethan, ce soir, et tu connais ses besoins…

Je ressentis l'envie de la bâillonner, juste après lui avoir lacéré son pantalon en velours vulgaire, mais je fus assez troublée par le message – et le fait que j'avais vu Ethan accepter l'offre de cette pouffiasse – pour ne pas trouver de repartie cinglante.

Heureusement, Capitaine Insolence était dans le coin. Avec son aplomb habituel, elle prit un Chocapic dans un sachet et le balança sur Amber.

— Dégage, femmelette.

La consorte émit un petit bruit dégoûté mais elle prit Gabrielle par la main et elles battirent en retraite dans le couloir.

— Et une fois de plus, j'ai sauvé le monde, déclara Lindsey tandis que nous descendions l'escalier.

— Tu es une vraie copine.

— J'emmène Connor boire un verre après le boulot et, en bonne copine, comme tu dis, je pense que tu as besoin de venir avec nous.

— Je m'entraîne, cette nuit. Je ne peux pas.

Ce n'était que la première d'une série de bonnes raisons pour ne pas accepter son offre.

Lindsey s'immobilisa en souriant.

— Bien. Moi aussi, je me paierais bien du bon temps avec Catcher Bell. Est-ce qu'il t'a déjà laissé tenir son sabre ?

— Je crois que son sabre appartient à Mallory.

Lindsey s'arrêta devant la porte de la salle des opérations et hochant la tête.

— C'est cool pour elle.

— Pour elle, oui, mais un peu moins pour moi.

— Pourquoi ?

— Parce qu'il est constamment à la maison et ça commence à être un peu petit pour nous trois.

— Ah. Tu connais la solution à ce problème : viens t'installer ici.

Elle entra dans la salle des opérations et se dirigea droit vers la table de réunion pendant que des gardes déjà au travail tapotaient sur des claviers, consultaient des écrans et parlaient dans leurs casques avec micro.

— Même réponse que la dernière fois, murmurai-je en m'asseyant avec elle à la table. Non, non et non. Je ne peux pas vivre dans la même maison qu'Ethan. On finirait par s'entre-tuer.

Lindsey croisa les jambes et pivota sur sa chaise pour me faire face.

— Pas si tu l'évites. C'est possible : tu viens de passer une semaine sans le croiser.

J'acquiesçai mais elle haussa les sourcils. Elle avait raison, je l'avais évité, il m'avait évitée, nous nous étions évités. Et malgré le vague sentiment de malaise que j'éprouvais chaque fois que je franchissais la porte de la Maison Cadogan, le fait que nous soyons parvenus à ne pas nous croiser rendait ma vie ici au moins possible.

— Alors, dit-elle, tu ne devrais pas avoir de mal à continuer. Et puis réfléchis, chuchota Lindsey, c'est comme dans la série *Newport Beach*, ici. Tu passes à côté de sacrés moments de distraction en rentrant tous les matins à Wicker Park.

— Ouais, ça c'est l'argument de vente ultime. Parce que ces dernières semaines, ça n'a pas été la joie.

Pour être honnête, ça ressemblait vraiment à un argument de vente. J'aimais bien les histoires des autres. Je n'avais tout simplement pas envie d'en vivre moi-même.

Catcher, Mallory et Jeff se trouvaient déjà à la salle de sport quand j'y arrivai. Je n'étais pas certaine de savoir ce que Jeff faisait là mais, puisqu'il était, avec Mallory, ce qui se rapprochait le plus d'un supporter, je n'étais pas contre une présence supplémentaire.

Ou je n'aurais pas été contre, si j'étais arrivée quelques secondes plus tard et n'avais pas surpris Catcher en train de peloter ma colocataire à côté de la fontaine à eau.

Je me raclai la gorge bruyamment en les dépassant, ce qui ne les poussa pas pour autant à démêler leurs corps.

— Les chats sont en chaleur, dis-je à Jeff qui était affalé sur une chaise dans la salle de sport, les bras croisés sur la poitrine, les paupières closes.

— Ils y sont encore ? Ça fait vingt minutes.

Je perçus un soupçon de mélancolie dans sa voix.

— Oh, oui, confirmai-je, en prenant conscience que c'était la seconde fois de la semaine que j'étais témoin d'une union charnelle que je n'avais aucune envie de voir.

Jeff ouvrit ses yeux bleus en me souriant.

— Si tu te sens délaissée…

Je faillis lui répondre non sans réfléchir, mais je décidai plutôt de le taquiner.

— Oh, Jeff. Ce serait trop bien, toi et moi. Trop puissant, tellement d'émotions, de chaleur. On se toucherait à peine et « boum » (je claquai des mains), comme un papillon de nuit sur la flamme, il ne resterait rien de nous.

Son regard se perdit.

— Combustion ?

— Totale.

Il resta muet un moment, dessinant de l'index un motif sur le genou de son jean. Puis il hocha la tête.

— Trop puissant. Ça nous détruirait tous les deux.

Je hochai la tête d'un air grave.

— Probablement. (Je me penchai pour déposer un baiser sur son front.) Nous aurons toujours Chicago.

— Chicago, répéta-t-il d'un air rêveur. Ouais. Carrément. (Il se racla la gorge en semblant retrouver ses esprits.) Quand je raconterai cette histoire plus tard, tu m'auras embrassé sur la bouche. Avec la langue. Et tu auras eu les mains baladeuses.

Je gloussai.

— D'accord.

Catcher et Mallory entrèrent dans la salle en se tenant par la main, Catcher devant, Mallory sur ses talons, les doigts de sa main libre posés sur ses lèvres, les joues rouges.

— Sabre, déclara Catcher avant de lâcher la main de Mallory et de se diriger vers la porte à l'autre bout de la salle.

— À ton avis, c'était un ordre ou un résumé de vos activités ? demandai-je à Mallory, qui s'arrêta en face de moi.

Elle cligna des yeux, le regard braqué sur le petit cul de Catcher moulé dans son jean.

— Hmmm ?

Je haussai un sourcil.

— Je suis amoureuse d'Ethan Sullivan et nous allons avoir plein de petits bébés vampires à grandes dents et nous allons acheter une maison en banlieue pour y vivre heureux jusqu'à la fin des temps.

Elle se tourna vers moi, le regard aussi vide que celui de Jeff quelques instants plus tôt.

— C'est juste qu'il fait ce truc avec sa langue. (La voix traînante, elle agita l'index d'avant en arrière.) Des petits coups secs, tu vois ?

OK, c'en était trop. Avant de me rendre compte de ce que je disais, je lui annonçai mon plan en vrac.

— Je t'adore mais j'emménage à la Maison Cadogan.

Voilà qui capta son attention. Son expression s'anima et elle ouvrit de grands yeux.

— Quoi ?

Décidant sur-le-champ que c'était ce qu'il y avait de mieux à faire, je hochai la tête.

— Vous avez besoin d'espace, tous les deux, et j'ai besoin d'être là-bas pour faire mon boulot efficacement.

Je n'évoquai pas mon intention d'échapper aux prouesses sexuelles de Catcher.

— Oh, fit Mallory en baissant la tête. Oh. (Quand elle releva les yeux, j'y lus de la tristesse.) Seigneur, Merit. Tout est en train de changer.

Je la serrai contre moi.

— Mais pas nous, nous ne changerons pas. Nous vivrons simplement dans des endroits différents.

— Nous aurons des codes postaux différents.

— Tu auras Sexy Bell pour te tenir compagnie. Tout ira bien pour toi.

Ça irait probablement aussi pour moi si je parvenais à me convaincre – ainsi que les autres vampires Cadogan –

que j'étais capable de vivre sous le même toit qu'Ethan sans l'empaler sur un pieu en tremble.

Mallory me serra à son tour.

—Tu as raison. Je suis ridicule. Il faut que tu y ailles, que tu vives dans le monde des vampires, que tu te mélanges à eux. (Puis elle haussa un sourcil.) Tu as bien dit que tu étais amoureuse d'Ethan ?

—Juste pour attirer ton attention.

Probablement.

Et merde.

—Il faut que je te dise que je n'aime pas trop cette idée, Merit.

Je hochai la tête d'un air penaud et me dirigeai vers le vestiaire.

—Réjouis-toi de ne pas être à ma place.

Quelques minutes plus tard, je sortis, pieds nus, les cheveux tirés en queue-de-cheval, prête pour une nouvelle nuit d'entraînement afin de protéger, entre autres, un homme à l'égard de qui je nourrissais des sentiments contradictoires. Mallory et Jeff étaient assis sur des chaises à l'autre bout de la salle. Catcher n'avait pas encore réapparu. Je me plantai devant le sac de sable qui était suspendu dans un coin et serrai les poings.

Au cours des quelques séances que j'avais eues avec Catcher depuis la Recommandation, nous nous étions entraînés avec des amortisseurs, pour pratiquer des coups de poing et de pied frontaux, des gardes et des uppercuts. Le but était d'augmenter ma résistance, me permettre d'acquérir les bases en matière de combat de vampire et m'assurer de pouvoir passer les tests requis des gardes de Cadogan. Mais j'étais en général trop concentrée sur l'apprentissage des mouvements et des enchaînements pour tirer un quelconque profit ou réconfort de cet exercice.

Catcher toujours absent, je n'étais pas distraite.

Je poussai un cri et balançai un coup de poing nu dans le logo au centre du sac, appréciant le bruit sourd et plat du contact – « paf ! » – ainsi que le retrait du sac sous l'impact. Je savourai le simple fait de l'avoir fait bouger, me délectai d'avoir imaginé des yeux verts me regardant au travers du logo et d'avoir visé au beau milieu.

« Pif ! Paf ! » Un double punch jouissif dans le sac incarnant l'homme que je m'étais engagée à servir et qui commençait à m'intéresser un peu trop.

Je reculai, pivotai sur un talon et basculai ma hanche pour assener un coup de pied de côté. Pour un témoin extérieur, je devais juste avoir l'air de m'échauffer en décochant quelques coups de pieds précis dans un objet inanimé.

Mais dans ma tête – « pif ! » –, j'envoyais des coups de pieds – « paf ! » – à un certain Maître vampire – « vlan ! » – en pleine figure.

Souriant enfin, je me redressai, les mains sur les hanches et regardai le sac se balancer au bout de ses chaînes.

— Thérapeutique, décrétai-je.

La porte du bout de la salle s'ouvrit et Catcher entra, le fourreau de laque noire de son sabre dans la main droite. Dans la gauche, il tenait un long morceau de bois de la forme d'un katana, légèrement courbe et brillant mais sans la garde ni aucune autre marque séparant la poignée de la lame. J'appris que c'était un bokken, une arme d'entraînement, un instrument pour apprendre le maniement du sabre sans le risque que l'amateur tranche ce qui n'était pas censé l'être.

Catcher se plaça au centre du tapis de sol, posa le bokken par terre et, dans un mouvement lent et soigné, la lame à peine inclinée, il dégaina son katana. L'acier nu scintilla et émit un sifflement métallique en déchirant l'air. Puis Catcher me fit signe d'approcher et je le rejoignis au centre du tapis. Il tourna le katana et, une main près de la garde, me tendit l'arme.

Je la pris, la soupesai. Elle était plus légère que ce que j'avais imaginé étant donné la combinaison complexe de matériaux – bois, acier, peau de raie bosselée, cordelette de soie tressée. De la main droite, je pris le sabre sous la garde, et refermai les doigts de ma main gauche juste en dessous, en gardant un espace de quatre doigts entre mes deux mains. Je n'avais pas encore étudié cela : j'imitai juste la position des mains de Catcher sur ce sabre qu'il ne me laissait habituellement pas tenir et qu'il traitait avec soin et respect.

Je l'avais interrogé à ce sujet plus tôt dans la semaine. Pourquoi s'immobilisait-il quand il révélait la lame ? Pourquoi son regard devenait-il trouble quand il dégainait ? Sa réponse – « C'est une bonne lame » – ne m'avait pas vraiment satisfaite et n'était sans doute que la partie visible de l'iceberg.

Je tenais le sabre devant moi en attendant les ordres de Catcher.

Il n'en fut pas avare.

Malgré son attitude peu loquace quand il s'agissait d'expliquer pourquoi il aimait ce sabre, il avait en revanche beaucoup à dire sur ma manière de le manier – la position de mes mains sur la poignée (qui n'était pas tout à fait correcte, malgré mes efforts pour l'imiter), l'inclinaison de la lame par rapport au reste de mon corps, la position de mes pieds et mon équilibre général alors que je me préparais à frapper.

Catcher déclara que cette première séance avec le sabre avait uniquement pour but de m'habituer à l'arme et à son poids. Jusque-là, j'avais appris les mouvements avec le bokken parce que, même si Catcher était satisfait de mes progrès, il n'avait aucune confiance en ma capacité à maîtriser le katana. Du moins pas selon ses attentes pointilleuses.

M'immobilisant au beau milieu d'un geste qu'il m'enseignait, je me tournai vers lui.

— Pourquoi ai-je ce katana en mains aujourd'hui ?

Il prit aussitôt un air grave.

— Parce que tu es une vampire, et qui plus est une vampire Cadogan. Jusqu'à ce que tu connaisses les mouvements, jusqu'à ce que tu sois capable de manier le sabre comme une experte (le ton de sa voix impliquait qu'il ne se contenterait pas de moins), tu vas avoir besoin de bluffer. (Il désigna la lame du katana.) Cette arme te le permettra.

Puis il jeta un coup d'œil vicieux vers Mallory.

— Si tu n'es pas prête à manier le sabre, apprends au moins à le tenir correctement. (Mallory émit un grognement sardonique et Catcher éclata d'un rire satisfait.) Ça ne fait mal que la première fois.

— Où donc ai-je déjà entendu ça ? répliqua sèchement Mallory en balançant une jambe tout en feuilletant un magazine. Je te l'ai déjà dit mille fois, la magie n'a rien à faire au lit.

Même si ses yeux étaient braqués sur le magazine, elle souriait.

Maison Cadogan, me voilà, pensai-je en ajustant ma prise sur le katana. Je centrai mon poids, roulai les épaules et attaquai.

Deux heures plus tard, alors que le soleil s'apprêtait tout juste à pointer à l'horizon, j'étais à la maison, vêtue d'un débardeur et d'un bas de pyjama en flanelle. Installée sur mon lit, téléphone portable en main, je réécoutai le message que j'avais trouvé en sortant de la salle de sport. C'était Morgan, il avait appelé pendant que je m'entraînais.

« Bip. »

« Salut, c'est Morgan. De Navarre, au cas où tu en connaîtrais d'autres. Des Morgan, je veux dire. Je raconte n'importe quoi. J'espère que la Recommandation s'est bien passée. J'ai appris que tu avais été nommée Sentinelle. Félicitations. »

Puis il me délivrait un petit discours sur l'histoire de la fonction de Sentinelle et m'apprit qu'Ethan avait ressuscité ce poste.

Il avait parlé si longtemps que la messagerie lui avait coupé la chique.

Puis il avait rappelé.

« Bip. »

« Désolé, je me suis laissé emporter. Ce n'est sans doute pas mon meilleur moment. Ça n'était pas vraiment la démonstration de mes talents de séducteur que j'avais prévu de te faire. (Un silence.) J'aimerais te revoir. (Il s'éclaircit la voix.) Je veux dire, ne serait-ce que pour t'expliquer, de manière un peu plus approfondie cette fois, les avantages évidents que tu aurais à adopter l'équipe des Packers, leur gloire, leur histoire… »

— Et la modestie flagrante qui va avec, marmonnai-je en écoutant le message, incapable de réprimer un petit sourire en coin.

« Alors oui, il faut qu'on parle. Football. Qu'on parle de football. Seigneur, je m'enfonce. Bon. Appelle-moi. (Raclement de gorge.) S'il te plaît. »

Je gardai les yeux rivés un long moment sur la coque ouverte de mon portable, songeant encore à ce coup de fil quand le soleil frappa à ma fenêtre. Je fermai finalement le téléphone et, quand je me mis en boule, la tête sur l'oreiller, je m'endormis avec l'appareil dans la main.

Quand j'ouvris les yeux au coucher du soleil, je déposai le téléphone sur la table de nuit et décidai – étant donné que c'était à la fois mon jour de congé et mon anniversaire – que j'avais le temps d'aller courir un peu. Je m'étirai, enfilai une tenue de sport, m'attachai les cheveux et descendis.

Je parcourus une boucle autour de Wicker Park. Les rues commerçantes du quartier pullulaient de gens cherchant un restaurant ou tout simplement le réconfort d'un petit verre après une journée de travail. La maison était toujours calme quand je rentrai et je n'eus donc pas à subir le spectacle et les sons de la liaison Carmichael-Bell. Suffisamment assoiffée pour vider la fontaine de Buckingham, je fonçai dans la cuisine, direction le réfrigérateur.

C'est alors que je vis mon père.

Il était assis à l'îlot central de la cuisine, vêtu de son habituel costume et de ses mocassins italiens de luxe, ses lunettes perchées au bout de son nez alors qu'il lisait le journal.

Soudain, je compris que ce n'était pas une coïncidence si Mallory et Catcher étaient absents.

— Tu as été nommée Sentinelle.

Je dus me forcer à avancer. Consciente qu'il me regardait, je gagnai le réfrigérateur et en sortis une brique de jus de fruits. Je faillis prendre un verre dans le placard, pensant que ce ne serait pas convenable de boire à même le carton, et puis je me ravisai. C'était notre maison, nos règles de vie.

Après avoir bu longuement et en silence, je me plaçai de l'autre côté de l'îlot, posai la brique sur le comptoir et affrontai mon père.

— En effet.

Il fit toute une affaire de replier bruyamment le journal avant de le poser sur le comptoir.

— Tu as du pouvoir, maintenant.

La rumeur, même si elle était fondamentalement incorrecte, avait fait son chemin. Je me demandais si mon père, comme mon grand-père, possédait lui aussi son propre informateur chez les vampires.

— Pas vraiment, lui dis-je. Je suis juste une garde.

— Mais une garde de la Maison. Pas de Sullivan.

Bon sang. Peut-être avait-il vraiment un informateur. Il en savait beaucoup, mais la question la plus intéressante était de savoir pourquoi il avait pris la peine de se renseigner. Avait-il des affaires en vue ? Souhaitait-il évoquer la position de sa fille parmi les vampires pour épater ses amis et associés ?

Quelles que soient sa source et sa motivation, il avait raison concernant la distinction.

— Garde de la Maison, confirmai-je en pinçant le haut de la brique de jus de fruit pour la fermer. Mais ça ne fait que quelques semaines que je suis vampire, je n'ai quasiment aucun entraînement, et je suis certainement la dernière sur la liste des gens à qui Ethan fait confiance. Je n'ai aucun pouvoir.

Je pensai à ce qu'avait dit Ethan avant d'ajouter :

— Je n'ai aucun capital politique.

Mon père, ses yeux bleus si semblables aux miens, m'adressa un regard tranquille avant de se lever.

— Robert va bientôt reprendre les affaires. Il aura besoin de ton soutien, de ton aide auprès des vampires. Tu es une Merit et tu es désormais membre de la Maison Cadogan. Sullivan t'écoute.

J'étais ravie de l'apprendre.

— Tu as des contacts. J'attends de toi que tu t'en serves. (Il pianota sur le journal plié, comme pour renforcer son propos.) Tu le dois à ta famille.

Je parvins à ne pas lui rappeler combien cette même famille m'avait soutenue quand elle avait découvert que j'étais une vampire. Il m'avait menacée de me déshériter en personne.

— Je ne suis pas certaine de comprendre quel genre de service je pourrais rendre, que ce soit à Robert ou à toi, lui répondis-je, mais je ne suis pas à louer. Je ferai mon boulot de Sentinelle, mon devoir, parce que j'ai prêté serment. Je ne suis pas heureuse d'être une vampire. Ce n'est pas la vie que j'aurais choisie. Mais c'est la mienne désormais et je lui ferai honneur. Je ne vais pas mettre mon avenir ou ma position en danger – et encore moins mon Maître ou sa Maison – en me mêlant de l'éventuel petit projet que tu as en tête.

Mon père soupira.

— Tu crois peut-être qu'Ethan hésiterait à t'utiliser si l'occasion se présentait ?

Je ne savais pas quoi penser de ça mais Ethan était un sujet que je ne souhaitais pas aborder avec mon père. Je toisai donc Joshua Merit, lui rendis son regard presque à l'identique.

— C'est tout ce que tu voulais savoir ?

— Tu es une Merit.

Mais plus seulement une Merit, pensai-je, ce qui fit naître un petit sourire sur mes lèvres.

— C'est tout ce que tu voulais savoir ? répétai-je d'une voix neutre.

Un muscle de sa mâchoire tressaillit mais il battit en retraite. Sans un mot de plus pour sa benjamine, vœux d'anniversaire ou autre, il tourna les talons et sortit.

Je ne bronchai pas quand la porte d'entrée claqua. Je restai debout une minute dans la cuisine vide, les mains agrippées au bord de l'îlot, submergée par l'envie de courir après mon père pour lui demander de me voir comme j'étais et de m'aimer pour qui j'étais.

Puis je ravalai mes larmes.

Et quand la soif de sang se réveilla de nouveau, que ce soit sous l'effet de la colère ou du chagrin, je retournai au réfrigérateur, pris une poche de sang O positif dans mes bras et m'effondrai par terre.

Il n'y eut pas de sensation d'ébriété, cette fois. J'éprouvai un sentiment de satiété, une profonde satisfaction accompagnée du détachement que je devais adopter afin d'ingurgiter du sang humain. Mais il n'y eut pas de gloussements incontrôlables. C'était comme si mon corps avait accepté ce à quoi mon esprit commençait tout juste à s'habituer, ce que j'avais avoué à mon père, à Ethan, à moi-même.

J'étais une vampire Cadogan.

Non, j'étais une vampire tout court. Peu importait la Maison ou la position, et ce même si je ne traînais pas dans les cimetières en pleine nuit, même si je ne volais pas – enfin, je supposais que j'en étais incapable car je n'avais pas encore essayé – et même si je ne me mettais pas à trembler devant le crucifix qui était accroché au mur de la salle de bains du premier étage. Je mangeais de l'ail, je voyais encore mon reflet dans le miroir et je pouvais rester éveillée la journée, même si je n'étais pas alors au mieux de ma forme.

D'accord, je n'étais pas la vampire qu'Hollywood avait imaginée. J'en étais même assez loin : plus forte, plus rapide, plus vive. Je souffrais d'une allergie au soleil mais j'avais la capacité de guérir, ainsi qu'un certain goût pour l'hémoglobine. Je m'étais fait une poignée de nouveaux amis, j'avais un nouveau boulot, un patron que j'évitais consciencieusement, et le teint plus pâle. Je savais manier un sabre, je connaissais un peu les arts martiaux, j'avais failli me faire assassiner et j'avais découvert une nouvelle facette de la Ville des vents. Je pouvais sentir la magie, le pouvoir qui parcourait les rues tel un compagnon métaphysique de la Chicago River. Je pouvais entendre la voix d'Ethan dans ma tête, un sorcier sexy mais grognon m'avait tiré dessus à coups de magie et j'avais perdu ma meilleure amie et colocataire (ainsi que ma chambre) au profit de ce même sorcier.

Malgré tous ces changements, tous ces bouleversements, que me restait-il à faire sinon agir ? Être la Sentinelle Cadogan, prendre les armes et les porter pour la Maison que j'avais été chargée de protéger.

Je me relevai, jetai la poche en plastique vide dans la poubelle, m'essuyai la bouche du revers de la main et contemplai la nuit noire par la fenêtre de la cuisine.

Aujourd'hui, j'avais vingt-huit ans.

Et j'en faisais à peine vingt-sept.

Ayant bien l'intention de tirer le meilleur parti du reste de ma nuit de repos, je m'étais douchée, changée et je me trouvais à présent dans ma chambre – la porte fermée, assise en tailleur sur le fauteuil, un exemplaire du *Tristan de Lyonesse* d'Algernon Swinburne ouvert devant moi. Je n'avais pas utilisé ce livre pour mon mémoire, Swinburne ayant écrit cette version de *Tristan et Iseult* en 1852 mais, malgré sa fin tragique, cette histoire m'avait toujours attirée. J'avais lu et relu le prélude, l'ode de Swinburne aux amants maudits et à l'amour lui-même.

Toujours, acte nouveau et nouvelle passion,
Reflète la beauté de ses divins rayons,
Le corps spirituel de feu et de lumière
Éclipsant le soleil qui notre monde éclaire ;
L'amour donne du corps au noble esprit de l'homme,
Et insuffle l'esprit au corps qui l'emprisonne ;

L'amour, qui fait chanter les vies d'un même élan ;
L'amour, le sang qui court dans les veines du temps.

Feu, lumière, sang et veines du temps. Ces mots n'avaient jamais eu autant de sens pour moi. Le contexte avait clairement son importance.

Je réfléchissais à la métaphore quand on frappa à ma porte. Elle s'ouvrit et Lindsey jeta un coup d'œil à l'intérieur.

— Alors voilà à quoi la mystérieuse Sentinelle Cadogan consacre son temps libre ?

Elle était en jean et tee-shirt noir, des bracelets en cuir à chaque poignet, ses cheveux blonds tirés en queue-de-cheval. Les mains dans le dos, elle parcourut ma chambre des yeux.

— J'ai cru comprendre que c'était l'anniversaire de quelqu'un.

Je fermai le livre.

— Tu ne travailles pas aujourd'hui ?

Lindsey haussa les épaules.

— J'ai échangé avec Juliet. Cette fille adore ses armes, elle dort avec son sabre. Elle était ravie d'être de service.

Je connaissais Juliet depuis quelques jours et cela résumait assez bien mon impression. Malgré son air innocent, elle était toujours prête à se battre.

— Qu'est-ce qui t'amène ?

— Ton anniversaire, ma grande. Ta fête t'attend.

Je haussai un sourcil.

— Ma fête ?

Elle me fit signe de la suivre avant de sortir. Curieuse, je reposai mon livre, éteignis la lampe de chevet et lui emboîtai le pas. Elle descendit l'escalier en trottinant et disparut dans le salon… où m'attendaient mes amis. Mallory, Catcher derrière elle, une main à sa taille, et Jeff, avec un sourire coquin aux lèvres et un paquet enveloppé de papier argenté à la main.

— Joyeux anniversaire, ma vampirette chérie ! déclara Mallory en s'avançant, les bras tendus.

Je la serrai contre moi et adressai un clin d'œil à Jeff.

— On te sort, dit-elle. Bon, pas vraiment, en fait : on t'emmène chez ton grand-père. Il a préparé un petit quelque chose pour toi.

— D'accord, balbutiai-je.

Cela me faisait chaud au cœur que mes amis soient venus m'entraîner dans des festivités en mon honneur. C'était un sacré progrès après la visite prétendument paternelle que j'avais reçue plus tôt dans la soirée.

J'enfilai des chaussures et, après avoir rassemblé nos sacs et éteint les lumières, on sortit sous l'œil vigilant des gardes. Mallory et Catcher se dirigèrent vers le 4 × 4 garé le long du trottoir. Ce dernier devait appartenir à Lindsey, qui se dirigea vers le côté conducteur. Jeff était resté en retrait et me tendit le paquet d'un air timide.

— Qu'est-ce que c'est ? demandai-je en levant les yeux vers lui.

— Un remerciement, répondit-il en souriant.

Je retirai le papier cadeau argenté puis ouvris la boîte bleu clair. Elle contenait une petite sculpture en argent figurant une silhouette humaine – un corps à genoux, les bras grands ouverts. Un peu troublée, je fronçai les sourcils.

— C'est moi, prosterné devant toi, expliqua-t-il. Il se pourrait que… (il tira sur le col de sa chemise) que j'aie un peu raconté que la Sentinelle de la Maison Cadogan avait un petit béguin pour moi.

Je le toisai, les bras croisés.

— Petit comment ?

Il se dirigea vers la voiture et je lui emboîtai aussitôt le pas.

— Jeffrey. Petit comment ?

Il balaya ma question d'un geste de la main, sans s'arrêter.

— Jeff !

Il ouvrit la porte arrière mais se tourna avant de se glisser à l'intérieur, un sourire illuminant son regard.

— Disons que tu m'as supplié et que j'ai refusé parce que tu étais un peu trop…

Je soupirai en m'installant sur la banquette arrière à côté de lui.

— Laisse-moi deviner. Un peu trop collante ?

— Un truc dans le genre.

Je sentis son regard nerveux ainsi que le soudain picotement de la magie autour de nous. Non, pas seulement de la magie. De l'inquiétude, aussi. Jeff était un ami et je réprimai donc l'instinct de prédateur que le doux arôme légèrement acide de sa peur avait provoqué chez la vampire que j'étais.

— Bon, dis-je. Mais je te préviens : je ne te donnerai pas de sous-vêtements.

J'entendis glousser à l'avant puis les lèvres de Jeff se posèrent sur ma joue.

— Tu es trop géniale.

Mallory baissa son pare-soleil et croisa mon regard dans le miroir qui y était encastré afin de m'adresser un clin d'œil.

Il y avait des voitures tout autour de la maison de mon grand-père – le long du trottoir et sur la pelouse de devant. Et uniquement des décapotables de luxe – Lexus, Mercedes, BMW, Infiniti, Audi – et de toutes les couleurs – rouge, vert, bleu, noir, blanc. Mais ce furent les plaques d'immatriculation qui me mirent sur la piste : NORTH1, GOOSE, SBRNCH. Toutes les divisions de la Chicago River.

— Des nymphes, en conclus-je, une fois descendue de voiture, Catcher près de moi.

Je me rappelai les légendes sur les posters dans le bureau de mon grand-père.

— Ce n'était pas prévu, dit Catcher. Elles ont dû avoir besoin du Médiateur. (Il se tourna vers Jeff et pointa le doigt vers lui.) On ne touche pas. Si elles se battent, il y aura des larmes.

— Je ne fais jamais pleurer les dames, C.B., répondit Jeff, tout sourires.

— Ne m'appelle pas comme ça, grogna Catcher avant de se tourner vers moi. Ça ne faisait pas partie de ta fête d'anniversaire.

Je contemplai la maison, vivement éclairée, et les silhouettes allant et venant à l'intérieur.

— Je m'en doute. J'ai besoin d'être au courant de quelque chose ? (Et avant qu'il pose la question habituelle, je lui donnai la réponse.) Et, oui, j'ai lu le *Canon*.

Ce livre n'était pas un mauvais substitut du guide de référence que j'avais désiré. Il comportait des sections sur tous les groupes surnaturels importants, nymphes comprises. Elles étaient petites, minces, lunatiques et avaient la larme facile. Elles étaient très attachées à leur territoire et exerçaient un pouvoir énorme sur la rivière et les courants. On racontait – Dieu seul savait si on pouvait se fier aux rumeurs sur le sujet – qu'elles descendaient des naïades des mythes grecs. Les frontières des territoires des nymphes évoluaient constamment car elles ne cessaient d'échanger de minuscules parcelles d'eau et de rive. Et même si les livres d'histoire humains ne le mentionnaient pas, on racontait qu'elles avaient joué un rôle clé dans l'inversion du cours de la Chicago River en 1900 [1].

— Ne t'approche pas d'elles, conseilla Catcher en se dirigeant vers la porte.

La maison de mon grand-père était remplie de femmes. Toutes étaient petites et bien faites, aucune ne mesurant plus d'un mètre soixante-cinq. Elles étaient belles à mourir, avec des cheveux ondoyants, de grands yeux liquides et de minuscules robes. Et elles braillaient, se criaient après avec des voix trop aiguës d'une octave pour être agréables à l'oreille. Elles pleuraient aussi, de grosses larmes roulaient sur leurs joues.

On fut accueillis par un bref silence dans tout ce vacarme.

1. Après plusieurs essais infructueux, le cours de la Chicago River fut inversé en 1900 par le biais de canaux, de sorte que les polluants rejetés par les usines de la ville ne se déversent plus dans le lac Michigan, source d'approvisionnement en eau potable de Chicago. (*NdT*)

— Voici ma petite-fille, déclara mon grand-père installé dans un fauteuil, appuyé sur l'accoudoir, la main sous le menton. C'est son anniversaire.

Les nymphes clignèrent de leurs grands yeux – bleu, marron ou vert translucide – puis elles se retournèrent les unes vers les autres et les hurlements reprirent. Je saisis quelques bribes – ça parlait de ponts à balancier, de traités et de flux. De toute évidence, elles se fichaient complètement de mon arrivée.

Mon grand-père leva les yeux au ciel d'un air amusé. Je lui souris et lui adressai un signe – et faillis perdre une poignée de cheveux arrachés par des doigts aux ongles roses avant que Lindsey me tire hors de l'échauffourée.

Catcher m'adressa le regard du professeur déçu.

— Je t'ai dit de ne pas t'approcher, dit-il en désignant d'un mouvement de tête les créatures en furie.

C'était un crêpage de chignons digne de figurer sur YouTube. Les nymphes se tiraient les robes et les cheveux, se griffaient jusqu'au sang à coups d'ongles joliment manucurés. Tout cela sur fond de cris et de larmes.

— Pour l'amour de Dieu, dit une voix derrière moi et Jeff me dépassa pour s'approcher des femmes en pleine bataille. Mesdames ! dit-il et, comme elles ne faisaient pas attention à lui, il gloussa avant de hurler de nouveau : Mesdames !

D'un coup, les nymphes s'immobilisèrent, les mains encore autour du cou ou dans les cheveux les unes des autres. Elles tournèrent lentement la tête vers nous, inspectèrent le groupe que nous formions et leurs regards se figèrent sur Jeff. Les nymphes – elles étaient neuf – laissèrent retomber leurs mains afin d'ajuster leurs cheveux et leurs corsets et, une fois présentables, adressèrent à Jeff un éventail de sourires et de battements de cils.

Mallory et moi observions, bouche bée, le geek maigrichon qui venait tout juste de charmer et soumettre neuf déesses de l'eau hystériques aux poitrines généreuses.

Jeff se balançait sur ses talons en leur souriant.

— C'est mieux. Maintenant, qu'est-ce qui se passe ?

Son ton était apaisant, sa voix de crooner se teintant d'un brin de séduction qui faisait de toute évidence frémir ces dames.

Je ne pus m'empêcher de sourire… et de me demander si je ne m'étais pas trompée au sujet de Jeff.

La plus grande des petites femmes, une blonde aux yeux bleus dont la silhouette parfaite était habillée d'une robe de soirée bleue – et que je me rappelais avoir vue sur une affiche dans le bureau de mon grand-père comme étant la nymphe de Goose Island –, sourit d'un air hésitant avant de déverser un flot d'insultes au sujet de ses sœurs qui auraient fait rougir un marin.

— Euh, tu veux des boules Quies ? me chuchota Mallory.

— Grave, lui murmurai-je.

Le fond du propos de Goose Island, si l'on ne tenait pas compte de tous les jurons, était que la (salope de) nymphe aux cheveux d'un noir de jais sur sa gauche, North Branch, avait couché avec le (gigolo de) petit ami de la nymphe blond platine sur sa droite, West Fork. La raison de cette trahison, d'après Goose, était une sorte d'empiètement politique complexe de leurs frontières respectives.

Jeff fit claquer sa langue et se tourna vers la brune de North Branch.

— Cassie chérie, tu vaux mieux que ça.

La Cassie en question haussa les épaules d'un air penaud, les yeux baissés.

— Melaina, dit-il à la blonde de West Fork, il faut que tu quittes cet homme.

Melaina renifla en hochant la tête tout en se tortillant une mèche de cheveux.

— Il m'a dit que j'étais jolie.

Jeff lui adressa un sourire attristé en lui ouvrant les bras. Melaina bondit presque dans son étreinte et se mit à sangloter pendant qu'il la serrait contre lui. Pendant que Jeff lui tapotait le dos en lui murmurant des paroles apaisantes à l'oreille, Mallory, éberluée, me lança un regard dubitatif.

Je me bornai à hausser les épaules. Qui aurait pu croire que mon petit Jeff était capable de ça ? Peut-être que c'était un truc entre les métamorphes et les nymphes ? Je me promis de vérifier ça dans le *Canon*.

— Allons, allons, dit Jeff avant de laisser Melaina rejoindre ses sœurs. Bon. (Les mains jointes, il parcourut le groupe des yeux.) Est-ce que vous avez fini d'ennuyer M. Merit pour ce soir ? Je suis certain qu'il a pris note de vos inquiétudes et qu'il les transmettra au maire. (Il se tourna vers mon grand-père et ce dernier acquiesça.) D'accord, les filles ?

Il y eut encore quelques reniflements, quelques larmes essuyées, mais elles hochèrent toutes la tête. La réconciliation fut aussi bruyante que l'avait été la dispute. Ce fut soudain un vacarme d'excuses proférées de voix suraiguës et de propositions de rendez-vous pour des pédicures-manucures et des journées au spa. Les petites créatures se serraient dans les bras les unes des autres, se lamentaient sur les ourlets déchirés, se retouchaient le maquillage. (Miraculeusement aucun mascara n'avait coulé. Je supposai que le waterproof était de rigueur chez les nymphes.)

Quand elles se furent calmées, elles se regroupèrent autour de Jeff et le couvrirent de baisers et de mots doux avant de filer. Mallory à mes côtés, je les observai à travers la moustiquaire tandis qu'elles consultaient leurs téléphones portables et grimpaient dans leurs minuscules décapotables avant de disparaître dans la nuit de Chicago.

Puis on se retourna en même temps vers Jeff, qui tapotait sur le clavier de son téléphone.

— Tournoi de Warcraft ce soir. Qui vient ?

— Combien de temps vivent les métamorphes ? demandai-je à Catcher.

— Cent vingt, cent trente ans. Pourquoi ? me répondit-il d'un air intrigué.

Alors Jeff était tout jeune, même si, à vingt et un ans, il était adulte d'un point de vue humain.

— Parce que ce type sera d'une efficacité terrifiante, quand il sera grand.

Jeff leva la tête en montrant son téléphone.

— Sérieux, qui vient ? demanda-t-il, les yeux pleins d'espoir. Tu peux être mon elfe, si tu veux, Merit. J'ai de fausses oreilles.

— Quand il sera grand, confirma Catcher en prenant le téléphone de Jeff pour le fourrer dans sa poche. Allons dîner, Einstein.

Après avoir enfin embrassé mon grand-père, je le suivis dans la salle à manger. Un repas digne d'un roi – ou d'un flic, de deux vampires, d'un métamorphe et de deux sorciers – nous attendait. Au milieu de sets de table verts étaient disposés des plats de haricots verts, de purée de pommes de terre, de gratin de courge, de macaroni au fromage. Il y avait aussi des paniers de petits pains et les desserts étaient présentés sur le buffet : un gros gâteau recouvert de copeaux de noix de coco, un plat de brownies et une assiette de cupcakes roses et blancs.

Mais la pièce maîtresse, qui trônait au centre de la table ovale, était le plus gros pain de viande nappé de ketchup que j'aie jamais vu.

Je poussai un cri de ravissement. J'aimais manger, bien sûr, et j'aurais avalé pratiquement tout ce qu'on mettait devant moi, pour preuve la pinte de sang que j'avais vidée quelques heures plus tôt, mais le pain de viande de mon grand-père – préparé d'après la recette de ma grand-mère – était de loin mon plat préféré.

— Si quelqu'un touche au pain de viande avant que je sois servie, je le croque, dis-je en pointant le doigt vers les visages souriants autour de la table.

Mon grand-père passa un bras autour de mes épaules.

— Joyeux anniversaire, mon bébé. J'ai pensé que tu apprécierais un bon repas plus que n'importe quel autre cadeau.

Je ne pus m'empêcher de rire.

— Merci, grand-père, dis-je en le serrant fort dans mes bras avant de tirer une chaise.

Mes amis prirent place autour de la table. Mallory à côté de moi, Catcher à un bout, grand-père à l'autre,

Lindsey et Jeff – qui arborait un sourire malheureusement plein d'espoir – face à nous. Il y eut un bref moment de silence amené – curieusement – par Catcher qui ferma les yeux, baissa la tête et prononça une rapide et respectueuse prière.

Puis tout le monde releva la tête en souriant et commença à se passer les plats.

C'était comme revenir à la maison, un vrai dîner de famille comme j'en avais toujours rêvé. Jeff dit quelque chose de ridicule ; Catcher répliqua en râlant. Lindsey posa des questions à Mallory sur son travail ; mon grand-père m'interrogea au sujet du mien. La discussion battait son plein pendant que nous empilions du pain de viande et des légumes dans nos assiettes, et nous sirotions le thé glacé qui remplissait déjà nos verres. Serviettes en papier sur les genoux, fourchettes en l'air, on attaqua le repas.

Quand on fut rassasiés, ne laissant que des miettes et les couverts de service dans les plats, quand les hommes eurent desserré leur ceinture, heureux et repus comme de gros chats, Lindsey repoussa sa chaise, se mit debout et leva son verre.

— À Merit, dit-elle. Que sa prochaine année soit emplie de joie, de paix, de sang AB positif et de beaux vampires.

— Ou de métamorphes, ajouta Jeff en levant également son verre.

Ils trinquèrent à ma santé, comme une famille, et les larmes me vinrent aux yeux.

Alors que je reniflais sur ma chaise – en engouffrant ma troisième part de pain de viande –, Mallory apporta un paquet gigantesque emballé dans du papier au motif de licornes roses et mauves et surmonté d'un gros nœud rose, et le posa par terre à côté de ma chaise.

— Joyeux anniversaire, Merit.

Je lui souris, me reculai suffisamment de la table pour prendre mon cadeau sur les genoux et défis le nœud. Puis ce fut au tour de l'emballage : je la complimentai pour son choix juvénile tout en jetant à terre des boules de papier froissé. J'ouvris la boîte, ôtai la couche de papier de soie et jetai un coup d'œil à l'intérieur.

— Oh, Mallory.

C'était noir et c'était en cuir. Un cuir souple et doux. Je me levai, laissai tomber la boîte sur ma chaise et sortis la veste. Elle était ceintrée, avec un col mao. Comme un blouson de moto mais sans les motifs. Elle n'était pas très différente de celle que Morgan portait au *Red* et aussi chic qu'une veste en cuir pouvait l'être. Je jetai un autre coup d'œil dans la boîte et vis qu'elle contenait un pantalon en cuir noir assorti, tout aussi brillant et assez sexy pour faire pétiller les yeux de Jeff quand je le sortis.

— Il y a encore autre chose, dit Mallory. Mais tu ne veux peut-être pas le montrer maintenant.

Ses yeux étincelèrent et je lui souris, un peu troublée, avant de regarder de nouveau dans la boîte.

On aurait pu appeler ça un corset, mais la forme se rapprochait plus du bandeau de lycra que je portais pour l'entraînement. C'était un rectangle de cuir censé couvrir mes seins et qui était doté de lacets dans le dos. Le bandeau faisait peut-être vingt-cinq centimètres de large et laisserait à découvert plus de peau qu'il n'en couvrirait.

— Du gothique vampire, dit Mallory.

Je gloussai en hochant la tête et refermai la boîte sur le pantalon et le haut.

—Quand tu m'as dit que tu allais m'offrir un ensemble noir, je croyais que tu parlais de celui que tu m'avais déjà acheté. Je n'ai jamais rien vu d'aussi beau, Mallory.

—Oh, je sais. (Elle se leva et fit le tour de la table en prenant la veste pour m'aider à la passer.) Et ne crois pas que tu ne me dois rien.

Elle me tint le vêtement et j'y passai un bras, puis l'autre avant de remonter la fermeture. Les manches et les épaules étaient faites de plusieurs morceaux assemblés de façon à me permettre une certaine liberté de mouvement, un atout pratique puisque je devrais à un moment ou un autre manier un sabre.

Jeff émit un sifflement approbateur et j'adoptai une série de poses, les poings serrés devant moi en position de garde.

C'était un nouveau style pour moi. Pas gothique exactement. Plutôt celui d'une guerrière vampire urbaine. Quoi qu'il en soit, j'aimais ça. Je donnerais plus facilement le change en cuir que dans un tailleur noir prétentieux.

Pendant que Mallory et Lindsey palpaient le cuir moelleux, Catcher se leva et, d'un haussement impérieux des sourcils, il me fit comprendre que je devais le suivre hors de la salle à manger. Je m'excusai auprès des autres.

Un carré de tissu blanc était posé au centre du petit jardin clôturé de mon grand-père – une nappe en lin que je me rappelais avoir vue lors de dîners organisés par ma grand-mère. Catcher me posa une main dans le dos pour me signifier d'avancer. Je pris place, face à lui, de l'autre côté du carré de tissu et, quand il s'agenouilla, je l'imitai.

Il tenait un katana, mais ce n'était pas le sien. Au lieu du modèle habituel gainé de noir, celui-ci était protégé par un fourreau de laque rouge brillante. La poignée dans sa main droite, le fourreau dans la gauche, Catcher dégaina l'arme. Il posa l'étui par terre et le sabre sur la nappe. Il s'inclina puis passa les mains au-dessus de la lame, sur toute sa longueur. Je crus l'entendre prononcer quelque chose dans une langue que je ne connaissais pas. Cela avait le rythme staccato du latin, mais la ressemblance s'arrêtait là. Quelle que soit cette langue, j'y sentis la magie. Suffisamment en tout cas pour m'ébouriffer les cheveux et faire naître une brise dans la paisible nuit d'avril.

Quand il eut fini, il leva les yeux vers moi. J'avais la chair de poule.

— Ce katana sera à toi, Merit. Il appartient à Cadogan depuis que la Maison existe. On m'a demandé de le préparer pour toi. Et de te préparer pour lui.

Il faut reconnaître que j'avais évité Ethan et ça me convenait tout à fait qu'il ne soit pas présent et qu'il revienne à Catcher de disposer de l'arsenal. Mais je ne comprenais toujours pas pourquoi c'était lui, et pas Ethan, qui avait été chargé de me remettre cette arme.

— Pourquoi pas un vampire ?

— Parce qu'un vampire ne peut achever la trempe de la lame.

Catcher souleva le katana, le fit pivoter afin que la poignée se trouve sur ma droite et le reposa.

— Tends ta main. La droite. Paume vers le ciel.

Je m'exécutai. Il sortit de sa poche un petit couteau dont la poignée était entourée de corde noire. Il prit ma main droite, puis appuya la pointe du couteau au centre de ma paume. Je ressentis aussitôt une vive piqûre. Catcher serra ma main pour m'empêcher de la retirer en réaction à la douleur puis la retourna afin qu'elle se trouve juste au-dessus du sabre.

Le sang perla : une goutte, puis deux, puis trois tombèrent sur le plat de l'acier avant de rouler sur le fil de la lame et de finir sur le tissu en dessous.

Il se passa alors quelque chose. L'acier ondula. On aurait dit de la chaleur ondoyant sur l'asphalte. Le métal se tordait comme un ruban dans le vent. Cela ne dura que quelques secondes puis la lame reprit son apparence normale.

Catcher chuchota encore dans cette langue rythmée, puis il lâcha ma main. J'observai la minuscule plaie se refermer dans ma paume grâce au pouvoir de guérison des vampires.

— Qu'est-ce qui s'est passé ? lui demandai-je.

— Tu as fait un sacrifice, expliqua-t-il. Tu as donné ton sang à l'acier afin que le sabre puisse te garder de le verser pendant la bataille. Prends soin de lui, respecte-le et il prendra soin de toi.

Puis il sortit une petite ampoule et un chiffon de la poche de son pantalon pour me montrer comment entretenir et huiler la lame. Quand elle fut de nouveau propre et brillante dans la lumière des lampadaires du jardin, Catcher se leva.

— Je vais vous laisser faire connaissance, dit-il. Puisque tu ne porteras pas de robe, je t'ai apporté une ceinture que j'ai laissée à l'intérieur. Le fourreau peut s'y fixer. À partir d'aujourd'hui, tu portes ton sabre. Toute la journée et tous les jours. Quand tu dors, tu la gardes près de toi. Compris ?

Ayant entendu le même discours concernant mon bipeur et consciente de la menace qu'incarnait le tueur toujours en liberté, j'acquiesçai, attendis qu'il s'en aille, puis regardai le katana qui reposait toujours devant moi. C'était un moment étrangement intime – la première fois que j'étais seule avec lui. Cet objet, combinaison complexe d'acier, de soie, de peau de raie et de bois laqué, était censé me garder en sécurité au cours des quelques siècles à venir. Il me permettrait d'accomplir mon devoir et de protéger la vie d'Ethan et des autres vampires Cadogan.

Je jetai de rapides coups d'œil nerveux autour de moi, un peu empruntée à l'idée de prendre le sabre en mains, et je me grattai les sourcils d'un air absent. Je fis craquer mes doigts, me raclai la gorge puis me forçai à regarder mon arme.

— Bon, dis-je au katana.

Oui, je m'adressai à l'arme.

Je lui souris.

— Je m'appelle Merit et on va travailler ensemble. J'espère que je ne te briserai pas. J'espère que tu ne m'abîmeras pas non plus. Voilà, je suppose que c'est tout.

Je tendis ma main droite, l'ouvris et la refermai au-dessus du métal, terrifiée à l'idée de prendre les armes pour la première fois, puis je touchai la poignée du bout des doigts avant de les faire glisser sur toute la longueur de la lame.

Mon bras fourmilla.

Je serrai la poignée, levai le sabre d'une main et me mis debout, inclinant la lame afin qu'elle reflète la lumière, qui courut aussitôt sur elle comme de l'eau vive.

Mon cœur s'emballa, mes pupilles se dilatèrent… et je sentis la vampire au fond de moi remonter à la surface de ma conscience.

Pour la première fois, elle ne se réveillait pas sous l'effet de la colère, du désir ou de la faim, mais de la curiosité. Elle savait ce que je tenais dans ma main et elle savourait ce moment.

Pour la première fois, au lieu de lui résister, au lieu de la repousser au fond de moi, je la laissai s'étirer et se mouvoir, regarder par mes yeux – juste un coup d'œil. Juste un aperçu, car je n'avais aucune illusion sur le fait qu'une fois que je lui en donnerais l'occasion elle prendrait le dessus, utiliserait mes forces pour me renverser.

Mais quand je tins le katana à l'horizontale, parallèle au sol, et que je lui fis décrire un arc autour de mon corps avant de le glisser de nouveau dans son fourreau, je sentis la vampire soupirer et ressentis la chaleur de sa satisfaction langoureuse, le souffle d'une femme comblée.

J'embrassai le pommeau du sabre – de mon sabre – puis, le prenant dans ma main gauche, je retournai dans la maison. Jeff, Catcher, Lindsey et grand-père étaient rassemblés autour de la table de la salle à manger. Mallory, près du buffet, découpait le gâteau à la noix de coco.

— Oh, génial ! s'exclama Jeff, son regard passant du katana dans ma main à Catcher. Tu lui as donné le sabre ?

Catcher acquiesça puis se tourna vers moi en haussant un sourcil.

— Voyons s'il fonctionne. Est-ce qu'il en porte une ?

Je clignai des yeux, mon regard passant de Jeff à mon grand-père.

— Est-ce que qui porte quoi ?

— Regarde Jeff, dit Catcher, et dis-moi s'il porte une arme. (J'arquai un sourcil.) Fais-le, insista Catcher, d'une voix impatiente.

Je me tournai vers Jeff en soupirant, paupières plissées. Je l'inspectai de la tête aux pieds, essayant de comprendre quel tour j'étais censée exécuter.

— Qu'est-ce que… ?

— Si tu ne vois rien, m'interrompit Catcher, alors ferme les yeux et essaie de ressentir. Fais le vide dans ton esprit et autorise-toi à inspirer la magie.

Je hochai la tête même si je n'avais aucune idée de ce dont il parlait et, face à Jeff, je fermai les yeux, m'efforçai de vider ma tête de toute information étrangère au sujet et de me concentrer sur ce que j'avais en face de moi – à savoir, un informaticien maigrichon et métamorphe.

C'est alors que je remarquai quelque chose.

Je détectais une infime différence. Son poids, sa présence avaient changé. J'avais l'impression qu'il vibrait d'une façon différente.

— Il y a… (J'ouvris les yeux, regardai Jeff avant de me tourner vers Catcher.) Il est armé. C'est de l'acier. Je dirais un couteau ou un truc dans le genre, d'après le poids. Jeff ?

— Je ne possède même pas d'arme, protesta-t-il en se levant, la main dans une de ses poches.

Sous nos yeux, il la retourna. Elle était vide.

Il essaya l'autre et en sortit un petit couteau entouré de corde, sa lame protégée par un étui noir. De toute évidence choqué, le couteau dans la main, il nous regarda l'un après l'autre.

— Ce n'est pas à moi.

Catcher, qui était assis à côté de Jeff, lui tapa dans le dos.

— C'est le mien, James Bond. Je l'ai glissé dans ta poche pendant que tu reluquais Mallory.

Les joues de Jeff s'enflammèrent quand Catcher reprit son couteau pour le ranger dans sa poche.

— Je ne reluquais pas Mallory, dit-il en adressant un regard contrit à cette dernière qui revenait vers la table en tenant une assiette de gâteau. Je ne la reluquais pas, insista-t-il avant de se tourner vers Catcher. « Reluquer », c'est vraiment dur comme mot.

Catcher gloussa.

— « Tabasser » aussi.

— Et sur cette note joyeuse, intervint Mallory en posant l'assiette devant moi, mangeons !

On s'exécuta jusqu'à être gavés, et mon estomac semblait sur le point d'exploser. La nourriture était sans égale, délicieusement familiale, et la douceur de ce gâteau en faisait un dessert parfait. Quand mon grand-père se mit à bâiller, je me préparai à ramener toute l'équipe à la maison. Je passai le katana à ma ceinture et pris la boîte renfermant mon ensemble en cuir.

Après avoir chargé mes cadeaux et les cupcakes dans la voiture, je retournai rapidement à l'intérieur de la maison pour dire au revoir et tombai par inadvertance sur un autre moment entre Catcher et Mallory.

Ils se trouvaient dans un coin du salon, les mains posées sur les hanches de l'autre. Catcher, les yeux baissés sur mon amie, la contemplait avec tant de respect et d'adoration que j'en eus la gorge serrée. Mallory le dévisageait, sans battre des cils d'un air séducteur ni se détourner. C'était un regard d'égal à égale, l'expression d'une entente profonde.

Et je fus frappée par la pire et la plus écœurante des pointes de jalousie que j'aie jamais ressenties.

Qu'est-ce que ce serait, me demandai-je, d'avoir quelqu'un qui me regarderait ainsi ? un homme qui verrait en moi quelque chose qui mérite ce genre d'admiration ? ce genre d'attention ?

Même quand nous étions plus jeunes, Mallory avait toujours été celle autour de qui les hommes tournaient. J'étais la copine intello et vaguement étrange. Elle était la déesse. Les hommes lui payaient des verres, lui donnaient leur numéro de téléphone, lui ouvraient leur compte en banque, lui consacraient tout leur temps et l'emmenaient dans leur BMW décapotable. Et moi, je restais à côté d'elle, souriant poliment quand ils me regardaient pour m'évaluer et déterminer si j'étais un obstacle à ce qu'ils désiraient – à savoir, Mallory.

À présent, elle avait Catcher et elle était de nouveau adorée. Elle avait trouvé un partenaire, un compagnon, un protecteur.

Je m'efforçai de transformer ma jalousie en curiosité et de m'interroger sur la sensation d'être profondément désirée. J'essayais de ne pas en vouloir à ma meilleure amie pour ce moment de bonheur et l'occasion qu'elle avait de vivre le véritable amour.

Raté.

J'étais jalouse de ma meilleure amie, ma sœur, alors qu'elle ne méritait rien de moins qu'une admiration totale. Je me détestais d'envier son bonheur. Mais quand

Catcher déposa un baiser sur le front de Mallory et qu'ils levèrent la tête pour me sourire, je ne pus m'empêcher d'espérer.

14

L'amour est un champ de bataille, la ville de Chicago aussi

Le soir suivant, je me réveillai prête à me battre. Pas contre un tueur en série ni contre des nymphes en guerre ou des vampires solitaires. Pas même contre le Maître que j'évitais.

Cette fois, je me préparais à affronter Helen. Notre première entrevue ne s'était pas bien passée, ce qui n'était peut-être pas anormal étant donné la nature de notre rencontre et la dure et froide réalité à laquelle elle avait été chargée de me confronter. Mais j'étais en train de perdre ma maison, celle de Mallory, au profit de Catcher et de ses mains baladeuses. J'avais besoin d'un endroit où vivre, et il était temps de demander une place dans la Maison Cadogan.

Même si ce choix ne me réjouissait pas, les autres possibilités n'étaient pas plus attrayantes. Je ne pouvais pas retourner chez mes parents. Ils ne me le permettraient sans doute pas, et ma relation avec mon père était déjà assez perturbante alors que nous étions séparés par un code postal.

Me trouver un endroit à moi n'était pas non plus une option envisageable. Mon allocation Cadogan était correcte mais ne suffirait pas à me payer un loyer seule. Je n'étais pas prête à déménager en banlieue et je ne tenais certainement pas à partager mon drame surnaturel avec une nouvelle colocataire. Et à moins de vivre à Hyde Park, cette solution ne résolvait pas le problème du temps du trajet qui me séparerait d'une éventuelle crise à Cadogan.

Je pouvais emménager chez mon grand-père et je n'avais aucun doute sur le fait qu'il m'accepterait, mais c'était un sacré bagage que j'apportais avec moi – y compris celui d'avoir été la presque victime d'un tueur en série, la récente destinataire d'une menace de mort et la nouvelle garde de la Maison Cadogan. Emménager dans la Maison posait également toute une série de problèmes, dont son exaspérant Maître n'était pas le moindre. Mais au moins je n'aurais pas à m'inquiéter de mettre en situation délicate quelqu'un qui ne pourrait pas le supporter. Je devais bien reconnaître cette qualité à Ethan Sullivan : il était équipé pour gérer les drames surnaturels.

Je n'avais évidemment pas informé Ethan de mon envie d'emménager dans la Maison. J'imaginais trois réactions possibles à cette nouvelle et je n'avais envie de faire l'expérience d'aucune des trois.

Au mieux, il approuverait très froidement que j'aie enfin décidé ce qu'une Sentinelle convenable aurait choisi de faire une semaine plus tôt. Au pire, j'aurais droit à quelques remarques au vitriol concernant sa crainte que j'espionne Cadogan ou que je sabote la Maison de l'intérieur.

Mais la troisième possibilité était encore plus troublante : il pouvait de nouveau me demander d'être sa consorte. J'étais presque certaine qu'il était passé à autre chose. Que nous nous soyons joyeusement évités pendant la semaine passée en était la preuve, mais ce garçon était plus têtu que la moyenne.

Je prévoyais donc d'avoir recours à Helen qui, de par son titre de responsable de liaison avec les Initiés, coordonnait notamment les emménagements des nouveaux vampires dans la Maison. La nouvelle parviendrait alors aux oreilles d'Ethan par voie hiérarchique. Mais passer par Helen impliquait de lui présenter des excuses. De sacrées excuses même, puisque la dernière fois que je l'avais vue, je lui avais hurlé après et l'avais insultée, demandant même à une sorcière de l'expulser de chez nous. Afin d'arranger les choses, j'optai pour une stratégie simple et classique : le pot-de-vin. J'allais acheter ses bonnes grâces avec une dizaine de cupcakes roses et blancs. Je les avais emballés dans une jolie boîte rose brillant, et j'avais l'intention les déposer à son bureau dès mon arrivée à Cadogan.

Mais avant cela… je m'étais programmé un petit défilé de mode privé. Après m'être douchée, et avant de me glisser dans la tenue noire réglementaire des Cadogan, je passai mon ensemble en cuir. Il m'allait comme un gant, comme s'il avait été taillé sur mesure. Les cheveux relevés en une queue-de-cheval haute, katana en main, j'avais l'air franchement farouche. Prête pour de sérieux combats de vampires. Bien sûr, c'était faux mais cela ne gâcha en rien le plaisir de poser face au miroir.

J'étais toujours devant la glace quand mon bipeur se mit à vibrer. Je sursautai, pensant que quelqu'un m'avait surprise en tenue de vampire. Quand je compris d'où provenait ce bruit, j'attrapai le bipeur sur mon bureau et consultai l'écran : « CADGN. INFRACTION. VERT. 911 ».

« Infraction » : créatures surnaturelles non invitées sur les lieux.

« Vert » : le code d'Ethan. Il avait des ennuis et avait besoin d'aide, etc.

« 911 » : tout de suite, Sentinelle.

J'entendis des pas dans le couloir. Le biper à la main, j'ouvris la porte de la chambre et jetai un coup d'œil dehors. Catcher, en jean et en tee-shirt à manches longues, se dirigeait vers moi. Je dus reconnaître son sang-froid – il n'eut pas l'ombre d'un battement de cils en voyant mon ensemble.

— Tu as reçu le message ?

J'acquiesçai. Mais avant que je puisse lui demander comment il était au courant, il poursuivit :

— La réunion dont nous avons parlé, avec tous les vampires. Celle que Sullivan devait planifier ? Ça se passe en ce moment et sans invitation.

— Merde, dis-je en posant ma main gauche sur mon katana, sans tenir compte pour le moment du fait qu'il avait reçu cette information avant moi. Il faut que je me change.

Catcher secoua la tête.

— Le moment est venu de bluffer, dit-il. Je sors la voiture.

— Tu plaisantes ? Ethan va se foutre en rogne si je me pointe habillée comme ça devant les autres vampires Cadogan, et encore plus devant les autres Maisons.

Catcher secoua la tête.

— C'est toi, la Sentinelle, pas Ethan. Tu fais ton boulot comme tu veux. Et si tu veux donner le change pour qu'Ethan soit en sécurité, le ferais-tu plutôt en cuir ou en tailleur et talons de chochotte ? Il va falloir montrer les dents, aujourd'hui.

Ses paroles faisaient écho à mes pensées ; aussi, je ne discutai pas.

Il me parla au téléphone pendant tout le trajet jusqu'à la Maison Cadogan, me prodigua des conseils. Regarder tout le monde dans les yeux. Garder ma main gauche sur la poignée de mon sabre, le pouce sur la garde, et ne ramener la main droite que si j'avais besoin de me montrer agressive. Placer mon corps entre Ethan et toute chose pointue – qu'il s'agisse d'une lame ou d'une paire de crocs – pouvant représenter une menace. Quand Catcher commença à se répéter, je l'interrompis.

— Catcher, ce n'est pas moi, tout ça. Je ne suis pas prête à me battre. J'étais étudiante. D'accord, s'il m'a confié ce travail après quatre cents ans d'expérience, c'est sans doute parce qu'il pensait que je pouvais apporter quelque chose, malgré mon manque d'entraînement. J'apprécie tes conseils et tout ce que tu m'as enseigné, mais on y a déjà passé onze heures et si je n'ai pas appris ce qu'il fallait, jusqu'à présent, je doute de pouvoir en être capable au cours des cinq prochaines minutes. (Je déglutis, la poitrine comprimée.) Je ferai ce que je peux. C'est ce qu'on m'a demandé. J'ai accepté d'être Sentinelle et je ferai ce que je peux.

Je décidai alors de lui avouer la pensée qui me taraudait sans que j'aie osé l'exprimer jusque-là. À savoir que la vampire en moi avait une volonté propre et que, parfois, j'avais l'impression que nous n'avions pas fusionné, pas vraiment, et qu'elle vivait à l'intérieur de mon corps.

Peut-être parce que cela paraissait ridicule, cette confidence me sembla plus difficile à exprimer que je l'avais imaginé.

— Je pense... je crois...

— Quoi, Merit ?

— J'ai l'impression qu'elle est un peu séparée de moi.

Un silence.

— Elle ?

Même s'il paraissait formuler une question, j'avais le sentiment qu'il savait exactement de quoi je parlais.

— La vampire. Ma vampire. Moi. Je ne sais pas. Ce n'est probablement rien.

De nouveau, le silence, puis il répéta :

— Probablement rien.

Le paysage défilait puis soudain je tournai sur Woodlawn, le portable toujours coincé entre mon épaule et mon oreille.

— Si tu as besoin de paraître menaçante, peux-tu rendre tes yeux argentés ? Peux-tu laisser sortir tes crocs ? Volontairement, je veux dire.

Je n'avais jamais essayé mais je supposais que j'en savais suffisamment sur ce qui rendait mes yeux argentés pour être capable de provoquer cet effet. Appelez ça la méthode hollywoodienne adaptée au vampirisme, si vous voulez.

— Je crois que oui.

— Bien. Bien.

Je garai la voiture le long du trottoir en face de la Maison Cadogan. Il n'y avait pas de gardes à la porte. La Maison paraissait vide et cela n'augurait rien de bon.

—Merde, marmonnai-je. La Maison paraît déserte.

—Merit, écoute. (Je m'immobilisai, une main sur la portière et le téléphone portable dans l'autre.) La Maison Cadogan n'a pas eu de Sentinelle depuis deux siècles. Tu as eu ce titre parce qu'il a cru en toi. Fais ton boulot. Rien de plus, rien de moins.

J'acquiesçai même s'il ne pouvait le voir.

—Je m'en sortirai.

Ou pas, pensai-je en jetant le téléphone sur le siège passager avant de poser le pied sur le trottoir désert. Je me dirigeai vers la Maison en tirant sur le bas de ma veste en cuir que j'avais fermée par-dessus le corset qui dévoilait mon ventre.

De toute façon, je serais bientôt fixée.

La porte d'entrée était entrouverte, le rez-de-chaussée désert. J'entendis des murmures à l'étage et, une main sur mon sabre, je montai l'escalier. Luc se tenait sur le palier, jambes écartées, bras croisés, un katana à la ceinture.

Je le saluai d'un hochement de tête et attendis qu'il passe en revue mon ensemble.

—Qu'est-ce qui se passe ? lui demandai-je quand il eut fini son examen.

Il inclina la tête vers la salle de bal et se mit en marche. Il avait sa voix d'affaires.

—Ethan a voulu organiser une réunion au sujet des meurtres. Il a invité des représentants de Grey et de Navarre. La rencontre devait avoir lieu plus tard dans la soirée, mais les Solitaires l'ont appris. Noah Beck – c'est leur représentant – a débarqué il y a une demi-heure.

Il s'était passé pas mal de temps depuis le message. Il fallait absolument que j'emménage à la Maison Cadogan.

— Ils sont furieux de ne pas avoir été invités, poursuivit-il, le visage tendu. Déjà qu'ils n'appréciaient pas que notre existence ait été révélée – non, annoncée – à la presse…

De toute évidence, Ethan n'était pas le seul à remettre en question la décision qu'avait prise Célina.

Je m'arrêtai à côté de Luc devant les portes closes de la salle de bal. Les poings sur les hanches, je lui lançai un regard.

— Combien ?

— Douze Solitaires, peut-être trente vampires de Cadogan. Scott Grey et quatre des siens ; ils sont arrivés en avance pour la réunion. Lindsey, Juliet et Kelley sont déjà à l'intérieur, mais elles restent en retrait.

Je haussai les sourcils.

— Tu as déjà pensé qu'il n'était pas normal qu'il n'y ait que six gardes pour trois cents vampires Cadogan ?

— Nous sommes en temps de paix, expliqua-t-il d'un ton irrité. Si nous sommes trop armés et montrons trop d'animosité, nous risquons la guerre. (Il haussa les épaules.) Trop peu, bien sûr, et on court le risque qu'un Solitaire ouvre le feu sur Ethan.

Il me fallut un moment pour comprendre que ce n'était pas une métaphore.

— Qu'on lui tire dessus ? Je croyais que les vampires se servaient de lames ?

Je désignai le katana à son côté mais il secoua la tête.

— C'est le *Canon* de la Maison, la tradition. Les Solitaires rejettent le système, les traditions et les règles. Ils auront des armes. Ils ont leur propre Code, en fait. Il se peut qu'ils portent une lame, peut-être davantage. Mais ils auront des flingues, pistolets ou semi-automatiques. Ils ont un faible pour les 45, modèle US Army 1911.

Je me rappelai la photo que j'avais vue dans un catalogue de la salle des opérations. C'était tout ce dont j'avais besoin pour mon premier combat : des balles perdues volant dans la pièce.

— Je ne peux rien faire contre des armes à feu, lui dis-je, comprenant trop tard que l'arme que j'étais censée utiliser au cours d'une fusillade était mon corps, que je devais placer entre les projectiles et Ethan.

— Les balles ne le tueront pas, à moins que les Solitaires tirent à la mitraillette, dit Luc comme s'il sentait mon inquiétude, ce qui ne devait pas être difficile étant donné mon expression de pure terreur. Fais ce que tu peux. Oh, et ce n'est pas tout…

Il marqua une pause si longue que je me tournai vers lui et vis qu'il fronçait les sourcils.

— Ta position, commença-t-il, elle est plus politique que la nôtre. Nous sommes de simples soldats, même moi. La Sentinelle aussi est un soldat mais, par tradition, les vampires considèrent qu'elle a une position plus stratégique. Ce qui signifie qu'ils la respectent davantage. (Il haussa les épaules.) C'est du passé, je suppose.

— Ce qui veut dire, conclus-je, que je peux davantage m'approcher de lui que vous. Ma présence n'est pas synonyme de déclaration de guerre mais plutôt la preuve que la situation est prise au sérieux.

Luc hocha de nouveau la tête, visiblement soulagé.

— Exactement.

J'expirai lentement, m'efforçant de digérer cette nouvelle information – qui m'aurait aidée avant la crise – et de ne pas paniquer sous la pression. Je caressai la poignée de mon katana du pouce et priai pour me calmer. Cela faisait deux semaines que j'étais vampire et on me demandait de défendre Cadogan contre une bande vampires maraudeurs sans Maison fixe.

Quelle chance.

Tant pis. J'avais un boulot et, même si je paniquais à l'idée de faire ce travail, accomplir mon devoir était la seule solution. Entrer dans l'échauffourée, m'avancer et bluffer comme si ma vie en dépendait. Parce que c'était probablement le cas.

Je mis en place la minuscule oreillette que Luc me donna.

— Allons-y.

Quand Luc hocha la tête, j'inspirai un grand coup, posai ma main sur la porte et la poussai.

Il y avait cinquante personnes dans la salle de bal mais, même dans cet espace immense, ils semblaient être plus nombreux. L'air paraissait plus épais. Il picotait véritablement de magie, d'amertume et d'un flux d'énergie qui appelait la vampire en moi. Je la sentis bouger, se réveiller, s'étirer et se demander pourquoi l'atmosphère crépitait ainsi. Mes cils frémirent et je dus serrer la poignée de mon sabre jusqu'à ce que la corde entaille ma peau afin de repousser la vampire et de garder l'esprit clair. Mais je lui promis que, plus tard, je la nourrirais.

Les vampires se tenaient en groupes, dos à la porte, dans un brouhaha infernal. Je reconnus ceux de Cadogan en tenue noire mais, de dos, je ne pus les différencier ni repérer Ethan. Je me tournai vers Luc et articulai en silence : *Où est-il ?*

La voix de Kelley résonna dans mon oreille.

— C'est gentil de te joindre à nous, Sentinelle. Ethan se trouve devant l'estrade, face à l'assemblée. Les Solitaires sont en face de lui, ils nous tournent le dos. Quant aux vampires Cadogan, ils forment un cercle autour de tout ce beau monde. Nous nous efforçons juste de maintenir le calme.

Je parcourus l'assemblée des yeux à la recherche d'un accès, et je reconnus les cheveux noirs et raides de Kelley. Elle me regarda, inclina légèrement la tête dans notre direction puis se tourna de nouveau vers la foule.

J'examinai ensuite la foule en essayant d'imaginer où aller. Un endroit d'où je pourrais surveiller, garder, sans que la présence de la Sentinelle n'aggrave la situation. L'atmosphère était dense de l'énergie de tous ces vampires qui débattaient de la possibilité qu'un assassin se trouve parmi eux.

Je fis signe que j'allais vers la gauche, et Luc hocha la tête et désigna le côté droit, puis il fit un signe de la main pour me faire comprendre que nous nous rejoindrions au centre.

Du moins, j'espérai que c'était bien ce qu'il voulait me dire.

J'inspirai, expirai lentement, stabilisai le fourreau à mon côté et avançai. Je progressai en lisière de la foule, m'efforçant de rester invisible en me déplaçant sur la gauche et en contournant le cordon formé par les vampires Cadogan. Ma tentative de discrétion échoua et ils se tournèrent vers moi au fur et à mesure de ma progression, certains d'entre eux hochant la tête silencieusement, d'autres m'adressant des regards qui n'avaient rien de respectueux. J'étais contente, malgré ces coups d'œil amers, qu'ils jouent le rôle de tampon entre le reste des intrus et moi.

Quelques secondes plus tard, j'étais assez proche pour observer l'action. Ethan, Malik à ses côtés, était debout devant l'estrade où j'avais été Recommandée dans la Maison quelques jours plus tôt. Perpendiculairement à Ethan se tenait un grand homme aux cheveux noirs, en jean et tee-shirt des Cubs qui, d'après la tendance athlétique de sa tenue, devait être Scott Grey. En face d'Ethan, les Solitaires détonnaient au milieu des costumes impeccables et des vêtements sportifs.

Ils formaient un triangle et étaient habillés, comme les Cadogan, de noir. Mais ce n'était pas du noir Armani. C'était du noir de guerrier vampire. Des bottes noires. Des pantalons serrés noirs. Des gilets d'armes en cuir noir. Leur groupe sombre semblait aspirer toute la lumière de la salle. L'argent agrémentait aussi leurs tenues : ceinturons, anneaux, bracelets, chaînes de portefeuille et, au milieu de chaque torse, un médaillon en forme de symbole d'anarchie.

C'était le look que Morgan cherchait à reproduire. Urbain, rebelle, dangereux.

Mais c'était réel.

C'était un style de vrais gros durs.

Cela dit, tous les Solitaires étaient habillés de la même façon. N'était-ce pas ironique que la mentalité grégaire affecte même ceux qu'elle dérangeait ? Cela méritait que j'y réfléchisse, mais pas ce soir. Ce soir, on parlait affaires.

Un des Solitaires – grand, carré, musclé – se tenait devant les autres, face à Ethan. Alors que le reste des vampires dans la salle, ceux des Maisons, affichaient un certain raffinement, celui-ci respirait la férocité. Il était beau mais d'une manière rude avec sa barbe de deux jours. Ses cheveux châtains tombaient en boucles désordonnées et un peu trop longues, et ses grands yeux bleus étaient cernés de khôl. Les bras croisés sur son large torse, la tête légèrement inclinée, il écoutait Ethan parler de l'enquête en cours.

Ils n'étaient pas là pour rigoler. Ils portaient des holsters à la taille et des armes de poing qui devaient être les fameux 1911 que Luc avait mentionnés. Même si leur énergie me semblait différente de celle des vampires des Maisons – un peu moins concentrée que celle des vampires affiliés, plus dispersée –, il était évident qu'ils étaient venus avec plus que ces quelques armes. Le pouvoir circulait différemment autour de leurs corps. Je ne pouvais le voir mais je le sentais, comme le courant d'un torrent détourné par des pierres.

Quand je parvins à l'endroit que j'avais visé, à quelques corps du bord de l'assemblée et toujours hors de vue directe des acteurs principaux, j'observai Ethan et vis qu'il n'était pas blessé et qu'il parvenait à dissimuler la colère que je le savais ressentir. Son attitude était détendue. Les mains dans les poches de son habituel pantalon noir, ses cheveux blonds attachés, il regardait le Solitaire en face de lui.

— Franchement, Noah, disait Ethan, que tu ne sois pas invité à cette discussion n'était ni un oubli ni un signe d'irrespect. C'était un choix. J'ai supposé, apparemment de manière erronée, que tu ne souhaiterais pas y participer. Les humains ne connaissent que les Maisons. D'après ce que j'en sais, votre existence est encore secrète et j'ai pensé que tu préférerais que cela demeure ainsi.

Noah adressa un regard vide à Ethan.

— C'était supposer que nous n'étions pas intéressés, alors. Tu as pensé que, parce que nous ne sommes pas affiliés à une Maison et parce que nous ne faisons pas partie du troupeau, nous ne nous sentons pas concernés par ce qui arrive à nos camarades vampires.

Son ton était sarcastique. Ethan haussa un sourcil.

— Ce n'est pas ce que j'ai dit, répondit-il sèchement.

Pensant que cela pourrait aider que je signale ma présence et lui fasse savoir qu'il avait du renfort si le pire se produisait, je l'en informai en lui ouvrant mon esprit.

— *Je suis là*, lui envoyai-je en pensée.

Il ne répondit pas, mais le Solitaire en face de lui, Noah, oui. Non pas parce qu'il m'avait entendue, mais parce qu'on s'agita derrière nous, et il se tourna vers la foule. Alors qu'il cherchait la source de la confusion en parcourant des yeux l'assistance nerveuse, nos regards se croisèrent et il haussa les sourcils. Pas besoin de sous-titre : « Et qui es-tu, toi ? amie ou ennemie ? »

Je clignai des yeux, ne sachant comment réagir. Devais-je respecter un protocole ? La Sentinelle qui n'avait pas été présentée pouvait-elle répondre à un geste de curiosité de la part du porte-parole des Solitaires de Chicago ? Malheureusement, je n'avais pas le temps de considérer pleinement la chose et je fis donc ce qui me semblait naturel étant donné la situation gênante dans laquelle nous nous trouvions : je lui adressai un demi-sourire en haussant les épaules.

Je ne savais pas à quoi m'attendre de sa part. Sans doute la réaction qu'Ethan aurait eue : un regard condescendant et exaspéré.

Mais Noah n'était pas Ethan. Il eut un petit sourire narquois, pinça les lèvres pour réprimer le rire qui secoua malgré tout sa poitrine et détourna rapidement les yeux en faisant la moue. C'était ma première véritable action politique et elle provoquait l'hilarité de l'homme qui avait violé les murs de la Maison Cadogan. Une réaction comme une autre, décidai-je, espérant que cette distraction désamorcerait la tension dans la pièce.

Malheureusement, je n'eus pas le loisir de confirmer cette théorie. Notre échange ne prit que quelques secondes mais cela suffit amplement pour que les ennuis commencent. Le vampire qui s'était agité bruyamment dans notre dos apparut. C'était Morgan qui se frayait un passage à travers l'assemblée et les Solitaires, pour parvenir devant Ethan. Sentant sans doute la colère palpable qui irradiait de son corps, les autres vampires reculèrent pour lui laisser le passage.

Il avait l'air possédé – les cheveux ébouriffés de façon fort sexy, en jean et veste en cuir par-dessus un tee-shirt vert, des chaussures de sport noires aux pieds. Même s'il vibrait de l'énergie dont je le savais capable, ce n'était pas la seule explication à son agitation. Il était armé. Et ce n'était pas une épée, pas une arme dans un fourreau porté à la ceinture. Son arme était cachée. Une lame de taille moyenne, devinai-je, en précisant ma perception de son poids. Trop petite pour être un sabre mais plus grosse qu'un couteau de cuisine standard.

Je resserrai les doigts autour de la poignée de mon katana, mon pouce sur la clenche qui libérerait la lame du fourreau, et j'attendis.

— Espèce de salaud ! s'exclama Morgan, les mâchoires serrées.

Ethan cligna des yeux sans broncher, gardant son attitude confiante et détendue.

— Pardon ?

— Tu trouves ça bien ? Tu crois que tu peux faire ça ?

Je tressaillis quand Morgan leva le bras et je fus sur le point de bousculer les quelques vampires qui me séparaient d'Ethan, mais je me retins quand je vis le morceau de papier qu'il brandissait. Un petit carré, couvert d'une écriture noire. Ayant déjà vu quelque chose de similaire quelques semaines plus tôt, je devinai ce qui pouvait y être écrit.

Ethan le savait probablement aussi mais il bluffa.

— Je ne sais pas de quoi il s'agit, Morgan.

Ce dernier, serrant le message dans son poing, le brandit en l'air.

— C'est une menace de mort, voilà ce que c'est. C'était sur la table de nuit de Célina. Sur sa table de nuit, tu entends ? Elle est terrorisée.

Morgan fit un pas en avant et tendit le message à Ethan pour qu'il puisse le lire. Ce dernier lui prit d'un geste vif, parcourant aussitôt la note des yeux.

— C'est une menace, annonça-t-il à l'assemblée, le regard toujours posé sur Morgan. Assez semblable à celle que Merit a reçue. Je suppose qu'il s'agit de la même écriture. Et c'est prétendument signé de ma main.

Un grognement s'éleva de l'assistance. Morgan n'en tint pas compte et s'exprima en un chuchotement virulent qui réduisit de nouveau la salle au silence.

— Comme ça tombe bien, n'est-ce pas ? Accepter la fille de Joshua Merit dans ta Maison puis supprimer Célina ? Faire porter le chapeau aux Solitaires et consolider ton pouvoir sous le nez de Tate ? (Morgan se tourna vers la foule en la désignant d'un geste théâtral du bras.) Et soudain, la Maison des vampires qui boivent le sang des humains devient la préférée de toutes.

L'atmosphère devint soudain pesante et le corps d'Ethan se raidit enfin. Je remarquai immédiatement son changement d'attitude et mon estomac se noua de crainte d'avoir à affronter le pire – que Morgan ait vu juste et qu'Ethan se soit trouvé sur le site du campus cette fameuse nuit pour une raison bien particulière, et non par hasard.

Ethan, ses yeux verts embrasés, se pencha en avant.

— Fais attention à ce que tu dis, Morgan, avant de prendre des décisions que Célina n'est pas prête à appuyer. Ni moi ni aucun vampire Cadogan n'est l'auteur de ce message, ou responsable d'aucune violence ou menace à l'égard de Célina ou Merit. (Il leva la tête, regarda Noah, puis Scott Grey, puis il se tourna vers les autres vampires.) Cadogan n'est pas responsable de la mort de Jennifer Porter, ni de celle de Patricia Long, ni des messages, ni des preuves retrouvées, ni de quoi que ce soit ayant trait à ces meurtres. (Il marqua une pause tout en parcourant la foule des yeux.) Mais si quelqu'un – un vampire – est coupable, qu'il soit de Grey, de Navarre ou bien un Solitaire, et si nous apprenons qu'un vampire ou qu'un groupe de vampires est impliqué, de quelque manière que ce soit, dans ces meurtres, nous transmettrons cette information à la police, humaine ou pas. Et c'est à moi que le coupable aura affaire.

Il se tourna de nouveau vers Morgan en lui adressant ce regard de Maître furieux dont je le savais capable.

— Et tu ferais mieux de te rappeler ton rang, ton âge et l'endroit où tu te trouves, Morgan de la Maison Navarre.

— Elle craint pour sa vie, Sullivan, siffla Morgan, de toute évidence pas du tout impressionné par la menace d'Ethan.

Sa mâchoire était crispée, sa posture agressive – les pieds fermement campés, les poings serrés, le menton à peine baissé de manière à regarder Ethan par en dessous.

— Je suis son Second et c'est inacceptable.

Je compatissais. Je comprenais sa frustration et je savais qu'Ethan aurait attendu de Malik la même loyauté, mais je ne pus que m'interroger sur la relation entre Célina Desaulniers et son Second. Je savais également qu'Ethan n'était pas impliqué. Les Solitaires étaient peut-être mouillés dans cette affaire, ou la Maison Grey, sans aucun doute un vampire qui avait accès au domaine Cadogan. Mais un Cadogan aurait pu tuer à l'insu d'Ethan.

J'inspectai les visages des vampires anxieux, croisai le regard de Luc et reçus en retour le hochement de tête qui signalait l'action. Juste au moment où Morgan reculait le poing, j'avançai, me frayant un chemin parmi les quelques vampires devant moi, sortis mon katana de son fourreau et tendis le bras de sorte que la pointe de mon arme se pose près de la veine qui battait à son cou.

— Je te demande de reculer, lui dis-je en haussant un sourcil.

Le silence s'abattit sur la pièce.

Son regard sombre parcourut la longueur de la lame puis ma tenue. Il vit la veste, le pantalon, les bottes, la queue-de-cheval haute. S'il n'avait pas été assagi par mon katana, je pense qu'il m'aurait complimentée sur l'ensemble. Mais l'heure était grave et j'avais pris position dans la bagarre.

Morgan releva progressivement le menton au-dessus de la lame.

— Baisse ton sabre.

— Je ne reçois pas d'ordre de toi.

Je fis un pas de côté, bras tendu, et me plaçai directement entre Morgan et Ethan, forçant ce dernier à reculer derrière moi. Cela suffit pour le mettre hors de portée de Morgan et pour que je prenne sa place dans la ligne d'attaque du vampire Navarre.

— Mais de lui, oui ? cracha-t-il avec sarcasme.

Je clignai des yeux, l'air innocent.

— Je suis Sentinelle, dis-je d'une voix qui résonna dans la salle. Je suis vampire de cette Maison ainsi que Sentinelle. S'il m'ordonne de baisser mon sabre, je m'exécuterai.

Ethan était toujours silencieux dans mon dos. Ce n'était pas le fait qu'il ne me donne pas d'ordre, mais celui que j'admette que je lui obéirais dans le cas où il me commanderait, qui déclencha une vague de chuchotements. Ethan avait raison : les vampires de Chicago doutaient de mon allégeance, peut-être parce que des rumeurs avaient couru au sujet de la nature de ma transformation, ou à cause de mon père, ou encore de ma force. Quelle que soit la raison, ils avaient douté.

Jusqu'à cet instant-là.

À présent, ils savaient. Je m'étais jointe à la bataille, j'avais fait un bouclier de mon corps et je m'étais interposée entre Ethan et le danger. J'avais tiré mon sabre en son nom. J'avais accepté l'éventualité d'être blessée, de mourir, afin de le protéger, et j'avais publiquement déclaré que j'étais soumise à son autorité et disposée à recevoir ses ordres.

Je m'accrochai à la poignée du katana quand je me sentis aspirée dans le tunnel où résonnait la voix d'Ethan.

— *Voilà une véritable démonstration d'allégeance.*

Je faillis sourire de pur soulagement. Je sentais enfin que je n'étais pas toute seule à affronter une assistance hostile. Mais je m'efforçai de garder un regard neutre et de me rappeler la foule qui nous entourait. Je savais qu'ils mémorisaient tous ce moment, qu'ils se le repasseraient et le raconteraient à des amis, des ennemis et des alliés : cette nuit où, pour la première fois, la Sentinelle de Cadogan avait pris les armes.

Je fis une rapide prière pour ne pas tout foutre en l'air.

— Cela ne te regarde pas, aboya Morgan, hermétique au courant sous-jacent.

— J'ai prêté serment. Cela me regarde, moi et moi seule. Il m'a nommée Sentinelle et, si tu sèmes la confusion dans la Maison Cadogan, c'est à moi que tu as affaire. C'est comme ça que ça fonctionne.

Morgan secoua la tête.

— C'est personnel, ça n'a rien à voir avec la Maison.

— Alors pourquoi es-tu ici, dans une autre Maison que la tienne ? lui demandai-je.

Ma question dut avoir un certain impact. Il émit un grondement, un bruit sourd de prédateur. Si j'avais été un animal, je me serais hérissée. En fait, sa réaction réveilla de nouveau la vampire en moi et je sus que mes iris commençaient à se border d'argent, mais je la repoussai, aussi durement que possible, pour la calmer une fois de plus.

— Ne te mêle pas de ça, dit Morgan. Tu risques de te faire mal.

— Parce que je suis une fille ? demandai-je avec un petit sourire.

Les lèvres pincées, il se pencha en avant, appuyant son cou contre la pointe de mon katana. Une goutte écarlate dévala le long de la lame. En y repensant, j'aurais parié que l'acier s'était mis aussitôt à chauffer au contact du sang de Morgan.

— Premier sang ! cria quelqu'un dans la foule.

Aussitôt, les vampires autour de nous reculèrent, élargissant le cercle au milieu duquel nous nous tenions. Je perçus des mouvements sur ma droite et ma gauche. Du coin de l'œil, je vis Luc et Juliet qui prenaient position de part et d'autre d'Ethan.

Le Maître était en sécurité. Je souris à Morgan et rassemblai tout le courage dont j'étais capable.

— Tu es là. Je suis là. Tu veux danser ?

Je ne bougeai pas mon sabre. Morgan jeta un bref regard dans mon dos avant de se concentrer de nouveau sur moi. Il écarquilla les yeux de surprise, les lèvres entrouvertes. Je n'avais aucune idée de ce qui se passait. Morgan commença à enlever sa veste, puis la tendit sur le côté, révélant la lanière d'un fourreau. Un vampire, un de ceux qui étaient arrivés avec lui de la Maison Navarre, je suppose, s'avança pour le débarrasser de son vêtement. Passant les mains dans son dos, Morgan extirpa une dague à l'apparence gothique. La lame scintilla, tout en courbes et en angles étranges, et je n'étais pas franchement impressionnée par le fait qu'il la dissimulait sous ses vêtements.

Je réprimai une soudaine panique à l'idée qu'à vingt-huit ans j'étais sur le point de livrer mon premier vrai combat – pas une prise de bec de gosses mais un duel, ma première bataille au nom de Cadogan. Honnêtement, je n'étais toujours pas certaine que Morgan irait jusqu'à essayer de verser mon sang devant Ethan, Scott, les Solitaires et des témoins de la Maison Cadogan, et ce sur le territoire Cadogan. Surtout parce qu'il manquait de preuves concrètes que Cadogan était impliquée dans la menace adressée à Célina, parce qu'il savait que j'avais moi-même reçu un message identique et, peut-être plus important encore, parce qu'il m'avait embrassée.

Mais voilà où nous en étions, au centre de ce cercle formé par cinquante vampires, et c'est lui qui avait provoqué cette situation. Je le pris donc au mot. Soigneusement, lentement, j'abaissai mon katana, fis basculer son poids afin que son pommeau soit tourné vers le haut et je le tendis sur ma droite, attendant que Lindsey s'avance pour le prendre.

Morgan écarquilla les yeux quand j'ouvris ma veste, et plus encore quand je l'enlevai. Je ne portais en dessous qu'une bande de cuir moulante qui dénudait mon ventre et mes hanches jusqu'à la ceinture de mon pantalon en cuir. Je tendis ma veste de la main gauche, en sentis le poids disparaître, puis récupérai mon sabre de la main droite. Quand la poignée chaude comme un corps épousa de nouveau ma main, je fis rouler mon poignet pour m'adapter à la masse de mon arme tout en souriant à Morgan.

— On y va ?

— Je ne peux pas me battre contre toi, dit-il d'un air sinistre.

J'adoptai la position offensive de base que Catcher m'avait enseignée – les jambes écartées, pieds à la verticale des épaules, le poids de mon corps sur l'avant, les genoux souples, le katana levé, les deux mains bien en place sur la poignée.

— Dommage, commentai-je avant de plonger en avant et de découper une bandelette dans la manche longue de son tee-shirt.

Je fis la moue en lui adressant un regard innocent.

— Oups.

— Ne me provoque pas, Merit.

Cette fois, j'affichai une expression neutre.

— Ce n'est pas moi qui provoque. Tu as défié ma Maison. Tu es venu prendre les armes contre Cadogan, contre Ethan, parce que tu penses que nous avons quelque chose à voir avec la mort de ces femmes. Et tu agis sur la base d'un message que quelqu'un a déposé dans la chambre de ta Maîtresse. Je doute qu'Ethan ait pu accéder au boudoir de Célina sans se faire remarquer. (La foule ricana d'un air approbateur.) Alors de quelle autre manière espères-tu que nous réagissions, Morgan ?

— Il n'aurait pas dû t'appeler.

— Je suis Sentinelle et c'est une affaire qui regarde la Maison. Il n'avait pas besoin de m'appeler. Je me suis engagée à combattre, pour la Maison et pour lui, et c'est ce que je ferai.

Je ne sais pas ce que je dis pour déclencher une telle réaction mais l'expression de Morgan changea si subitement que je doutai soudain de ce que j'avais cru sentir dans sa voix quand il avait cherché à protéger Célina quelques minutes plus tôt. Il me détailla lentement du regard, un examen des pieds à la tête qui aurait fait fondre n'importe quelle femme. Morgan de Navarre me dévisagea et ses yeux s'embrasèrent, sa voix se muant en un murmure féroce.

— Abandonne, bon sang. Je ne me battrai pas contre toi. Un combat n'est pas ce que je veux de toi, Merit.

Mes joues s'enflammèrent. Je pouvais supporter les menaces, les fanfaronnades, mais qu'on me fasse des avances devant cinquante vampires était complètement déplacé. J'abaissai donc mon sabre à hauteur de son cœur.

— Ne dis pas ça. Ne le suggère pas. N'y pense même pas. Je te l'ai déjà dit, je ne sors pas avec des bêtes à crocs, lui répondis-je avec un sourire mauvais.

La foule émit un ricanement ironique.

J'avançai d'un pas, satisfaite de le voir reculer.

— Abandonne, Morgan. Si tu veux te sortir de là, alors abandonne. Présente tes excuses à Ethan, prends ton message et quitte la Maison. Ou alors, ajoutai-je en pensant comme une stratège, reste, prends part à la discussion et aide-nous à trouver une solution au problème posé par le soudain intérêt des humains pour nos Maisons.

Je crus sentir la chaleur de l'approbation d'Ethan dans mon dos. J'avais donné à Morgan la possibilité de faire un choix, y compris celui de sauver sa fierté et de se soustraire à la pointe de mon katana sans ternir sa réputation.

Le tunnel s'ouvrit alors de nouveau dans ma tête. Mais cette fois, ce fut la voix de Morgan qui résonna dans mon crâne. Mon sabre se mit à trembler alors que je concentrais toute ma volonté sur la lame dans mes mains, m'efforçant de tenir ma position et mon attitude. Je croyais que la télépathie était un lien que seul pouvait partager un Maître avec ses Novices. Il me paraissait bizarre que Morgan se retrouve dans mon esprit. C'était trop intime, et savoir qu'il possédait un ticket d'entrée dans ma tête me mettait mal à l'aise.

— *Je ne peux pas battre en retraite sans une compensation*, me dit-il. *Je représente ma Maison aussi, Merit, et j'ai ma fierté. Son nom figurait sur ce message.*

J'arquai un sourcil d'un air sardonique.

— *Tu sais pertinemment qu'aucun vampire de Cadogan n'est impliqué.*

Il resta silencieux un moment puis il inclina légèrement la tête vers moi, un signe exprimant qu'il avait compris et qu'il était prêt à admettre que nous étions innocents.

— *Peut-être mais Ethan sait quelque chose.*

Il m'était difficile de réfuter ce point. J'avais déjà soupçonné Ethan d'en savoir plus qu'il ne le laissait croire, mais je n'avais pas plus de preuve à ce sujet que sur la possibilité qu'il ait écrit ce message.

— *Alors reste, parle et essaie de découvrir ce que c'est,* lui dis-je. *Reste et essaie d'en apprendre davantage en discutant, pas en te battant. Tu sais que c'est ce qu'il y a de mieux à faire. Personne ne te condamnera d'avoir couru au secours de Célina. Tu es son Second.*

Il me regarda avec un petit sourire narquois pendant ce qui me parut être une éternité.

— *Fais-moi une faveur alors. Si je fais marche arrière, je veux quelque chose en retour.*

— *C'est toi qui as provoqué le combat*, lui rappelai-je. *Tu es venu dans ma Maison et tu as menacé Ethan.*

— *Et tu viens de faire couler mon sang.*

Je levai les yeux au ciel.

— *C'est toi qui t'es appuyé contre ma lame.*

Bon sang, ce type aurait pu trouver le moyen de discuter avec un panneau signalétique.

— *Tu as tiré ton arme en premier, Sentinelle. C'était en soi une menace qui m'a poussé à réagir vite.*

Je le dévisageai assez longtemps pour que les vampires autour de nous se mettent à s'agiter. Il avait raison : il avait menacé Ethan verbalement mais j'avais dégainé la première. J'aurais pu opter pour une approche plus douce, j'aurais pu dégager la clenche de la garde d'un coup de pouce et poser la main dessus sans sortir la lame, mais je l'avais vu reculer le bras et j'avais cru qu'il se préparait à assener un coup de poing. C'était alors que je m'étais interposée. Et pour ma peine, je me tenais au milieu d'une foule de vampires qui gardaient les yeux braqués sur moi pendant que je négociais par télépathie avec le vampire qui avait mis le feu aux poudres en premier.

— *Très bien*, dis-je en espérant que l'agacement était transmissible par voie télépathique. *Je te dois une faveur.*

Une faveur, sans précision.

Là fut mon erreur.

Je devais reconnaître qu'il était fort. Il ne rata pas sa chance. J'omis d'exprimer les termes de cette faveur.

J'oubliai de préciser de quoi je lui étais redevable et de clarifier que la faveur devait être égale à celle qu'il me faisait. Je compris trop tard que les vampires négociaient par le biais de transactions et d'échanges verbaux et que, exactement comme avec des avocats trop zélés, chaque mot importait. Ils passaient des sortes de contrats oraux, garantis par le fer plutôt que par la loi, mais tout aussi engageants. Et je venais juste de remettre à Morgan un chèque en blanc.

Il m'adressa un sourire vorace et si possessif que mon estomac fit la culbute, puis il posa un genou au sol. Les yeux écarquillés, je le suivis de la pointe de mon sabre que je gardais dirigée sur son cœur.

— *Ce fut presque trop facile*, dit-il avant d'annoncer à l'assistance : Merit, Sentinelle de Cadogan, je réclame par le présent acte le droit de te faire la cour. Acceptes-tu ?

Je baissai les yeux sur lui. Je n'étais même pas certaine de comprendre ce qu'il voulait dire – pas dans les détails, en tout cas –, même si l'essentiel était déjà en soi une mauvaise nouvelle.

— *Tu n'es pas sérieux*, lui dis-je.

— *Une fois que tu auras goûté aux vampires, tu ne pourras plus t'en passer.*

Je m'apprêtais à lui répondre par quelques maximes de mon cru, mais le décor changea et je fus aspirée le long d'un nouveau tunnel, au bout duquel Ethan me chuchota :

— *Prends sa main. Accepte sa requête.*

Mon estomac se retourna de nouveau, cette fois pour une raison complètement différente.

— *Quoi ?*

— *Tu m'as bien entendu. Accepte sa requête.*

Je dus réprimer l'envie de me tourner vers lui et de pointer ma lame sur la pierre dure qu'était son cœur.

— *Dis-moi pourquoi. Explique-moi.*

« Pourquoi tu me prostitues » était la suite implicite de ma question.

Il y eut un silence.

— *Parce que c'est une chance pour nous. Pour Cadogan. Si Morgan te fait la cour, il fait la cour à Cadogan par procuration. Et il a exprimé sa requête devant des représentants de Cadogan, de Navarre, de Grey et des Solitaires. Pour Navarre, courtiser une Maison qui boit du sang humain, courtiser Cadogan de façon aussi ouverte, est sans précédent. Cela pourrait nous ouvrir des portes vers une alliance entre nos Maisons. La situation est instable, Merit. Si le fait que tu sois courtisée peut nous aider à nous rapprocher de Navarre…*

Il ne finit pas sa pensée, l'implication évidente que j'étais une passerelle utile entre Cadogan et Navarre, un lien habillé de cuir entre les deux Maisons. Mes sentiments, mes désirs, n'entraient pas en ligne de compte.

Je baissai les yeux sur Morgan à genoux devant moi, un sourire lumineux et plein d'espoir sur les lèvres même s'il m'avait manipulée pour parvenir à cette relation. Je me demandai lequel des deux vampires était le moins retors.

La foule autour de nous s'agitait, nerveuse, dans l'attente de ma réponse. Les vampires bavardaient. J'entendais des bribes de leurs discussions, chuchotées derrière leurs mains :

— Tu crois qu'elle va accepter ?

— Morgan avec une vampire de Cadogan, ce serait énorme.

— Je ne savais pas qu'ils se connaissaient.

Et le pompon :

— Je croyais qu'Ethan avait le béguin pour elle !

Les yeux toujours posés sur Morgan, la main toujours serrée sur la poignée de mon katana, je m'adressai de nouveau mentalement à Ethan.

— *Si j'accepte sa requête, qu'est-ce que ça veut dire ?*

— *Que tu acceptes sa demande. Tu reconnais, et moi aussi, que tu es ouverte au fait qu'il te courtise.*

Je m'obligeai à poser la question qui s'imposait, désagréablement surprise que la réponse m'importe à ce point.

— *Et toi, tu es ouvert à cette idée ?*

Silence.

Rien.

Ethan ne répondit pas.

Je fermai les yeux, prenant conscience que j'avais émis l'hypothèse lamentable et erronée que nous étions au moins parvenus à un accord qui l'aurait empêché de m'utiliser et de me refiler à un rival pour atteindre ses objectifs politiques. Oh, comme je m'étais trompée ! Comme j'avais eu tort d'oublier qu'il était avant tout un stratège qui soupesait les résultats, considérait les options et envisageait les moyens qui permettraient au mieux d'atteindre ses fins. J'avais eu tort de penser qu'il ferait une exception pour moi.

Même si cette fin pouvait être considérée comme louable – protéger sa Maison et ses vampires –, il était prêt à me sacrifier pour atteindre son but. Je venais d'être envoyée sur l'autel, livrée à l'homme qui, quelques minutes plus tôt, et plutôt littéralement, avait brandi la dague du sacrifice.

Je m'étais imaginée à l'abri des machinations d'Ethan parce que j'avais pensé, naïvement, qu'il se souciait de moi, si ce n'est comme une amie, du moins parce que j'étais une vampire Cadogan.

Je réprimai des larmes de colère. Bon sang, il était censé me protéger, pas me livrer en offrande.

Mais il y avait bien pire que ce sentiment de trahison, une émotion imprécise qui me faisait mal au ventre. Je ne voulais pas prendre le temps de réfléchir aux raisons de ces larmes qui me picotaient les yeux et d'essayer de comprendre pourquoi je souffrais autant du fait qu'il me donne à un autre vampire.

Pas parce qu'il me donnait à Morgan.

Mais parce qu'il n'avait pas voulu me garder pour lui.

Je crispai les paupières et me réprimandai pour avoir été aussi stupide, me demandant comment, pour l'amour de Dieu, j'avais réussi à m'attacher à un homme de toute évidence déterminé à me repousser. Cela n'avait rien à voir avec de l'amour, peut-être même pas avec de l'affection, mais plutôt avec le sentiment profond que nos existences étaient liées. Qu'il y avait – et qu'il y aurait toujours – davantage entre nous que la gêne d'une attirance sexuelle insatisfaite.

Ce serait si facile de faire porter le chapeau à la vampire qui vivait dans mon corps et d'attribuer la puissance du lien entre Ethan et moi au fait que c'était lui qui m'avait transformée, que j'étais à ses ordres et que c'était mon devoir de le servir. Mais cela n'avait rien à voir avec la magie ni les gènes.

C'était une histoire entre un garçon et une fille… – doucement, calmement, Morgan se racla la gorge – ainsi qu'un autre garçon toujours à genoux devant moi.

J'ouvris les yeux, me souvenant que je me tenais toujours au centre d'une salle remplie de vampires qui attendaient que je prenne position. Je repoussai donc la douleur de la trahison dont Ethan n'était certainement pas conscient. Et je fis mon travail.

J'abaissai mon sabre en souriant avec douceur à Morgan et lui pris la main. Inutile de faire croire que l'idée de jouer les intermédiaires politiques m'enthousiasmait.

— Morgan, Second de Navarre, j'accepte ta requête au nom de la Maison Cadogan, au nom de mon Maître et en mon nom, dis-je d'une voix plate.

Les applaudissements furent tout d'abord hésitants, mais retentirent bientôt dans la salle de bal. Morgan se leva et porta ma main à ses lèvres avant de la serrer. Il eut un drôle de sourire.

— Est-ce que c'est vraiment si désagréable ?

Je haussai les sourcils, ne voulant pas lui donner la satisfaction d'une réponse guillerette.

— D'être traitée comme un pion ?

Il secoua la tête puis avança d'un pas pour approcher ses lèvres de mon oreille.

— Quelles que soient les ramifications politiques, je te l'ai déjà dit : je te veux. (Quand il recula, ses yeux scintillaient d'un amusement que j'appréciai sans le partager pour autant.) Surtout maintenant que tu as changé de garde-robe. Gloire à ton styliste. Quand puis-je te revoir ?

Je croisai son regard, légèrement soulagée de constater qu'il était sincère. Je jetai un coup d'œil par-dessus l'épaule au blond qui se tenait derrière moi. Ethan affronta mon regard mais ses pensées étaient inaccessibles et vides. Seule une minuscule ride entre ses sourcils laissait deviner qu'il avait été témoin d'un événement d'importance au cours des dernières minutes.

Sans réfléchir, je laissai mes yeux s'emplir de la batterie d'émotions dans laquelle il m'avait obligée à me débattre. Je les laissai toutes transparaître : la colère, la trahison, la douleur et celle que je savais devoir regretter le plus, l'affection fragile que j'avais commencé à éprouver pour lui. Alors que Morgan patientait toujours devant moi, j'attendis de voir comment Ethan réagirait.

Il se contenta de me dévisager un long moment, exposant son désir sans fard.

Puis il crispa la bouche et, lentement, atrocement, il détourna les yeux.

Je me raidis, me retournai et adressai à Morgan un sourire lumineux, espérant qu'il ne paraissait pas aussi forcé qu'il l'était.

— Appelle-moi, répondis-je consciencieusement.

Il fallut plusieurs minutes à Ethan pour ramener le calme dans l'assistance. Une fois qu'il eut capté l'attention de tous, je regagnai le bord de la foule, restant assez près pour le défendre si nécessaire, mais en dehors du cercle intérieur. J'avais eu mon quota d'attention pour la soirée.

— Maintenant que nous avons tous apprécié cet… intermède romantique, déclara Ethan en souriant et en misant sur l'humeur plus légère, nous devrions de nouveau nous concentrer sur les meurtres de ces jeunes filles.

Des parasites bourdonnèrent dans mon oreille et la voix de Luc résonna.

— Merci pour la distraction, Sentinelle, chuchota-t-il. C'était très amusant. Mais tout le monde reste en état d'alerte. La tension a peut-être été désamorcée, mais nous avons encore une situation de merde à gérer.

Je hochai la tête en signe d'approbation.

— Le sujet s'est de toute évidence compliqué, déclara Noah, les bras toujours croisés sur le torse. La Maison Navarre a apparemment été infiltrée.

— C'est ce qu'il semblerait, admit Ethan. Nous avons affaire à un ou plusieurs tueurs qui ont accès à plusieurs Maisons, et qui se vengent peut-être d'elles.

— Mais les Solitaires sont également visés par cette vendetta, poursuivit Noah. N'oublions pas que, chaque fois qu'une Maison nie son implication, elle nous accuse implicitement.

— Implicitement ou pas, il est difficile d'accuser un groupe dont personne ne connaît l'existence, grogna Scott en se joignant à la conversation. Le public ne connaît que nous, ce qui veut dire que les emmerdes nous reviennent.

— Alors peut-être n'auriez-vous pas dû vous faire connaître, marmonna un Solitaire qui se trouvait près de Noah.

— Ce n'est pas moi qui ai choisi, fit remarquer Scott.

— Ni moi, ajouta Ethan. Mais il est trop tard pour revenir en arrière. La seule solution qu'il nous reste, c'est de collaborer, entre nous ainsi qu'avec la police et les autorités.

Seule la coopération nous protégera des retombées des médias, du moins jusqu'à ce que l'assassin soit identifié.

— Et notre existence ? demanda calmement Noah.

Le silence s'abattit sur la salle pendant que les Maîtres, Ethan et Scott, considéraient probablement les options envisageables.

— Tant que nous ne savons pas qui est responsable de tous ces dégâts, répondit enfin Scott, il n'est pas utile d'y mêler d'autres vampires. (Il haussa les épaules et se tourna vers Ethan.) C'est mon avis.

— Je suis assez d'accord, ajouta Ethan.

— Alors nous attendons, dit Noah, les poings sur les hanches. Et si quelqu'un a des informations concernant le ou les vampires responsables de ce merdier, je suggère qu'il le fasse savoir. Nous n'avons aucune intention que notre existence soit rendue publique, certainement pas maintenant. Si les Maisons s'écroulent, nous ne nous mettrons pas en avant pour autant. Nous nous disperserons dans le monde humain comme nous l'avons fait jusqu'à présent. (Son regard passa d'Ethan à Scott avant de se poser sur Morgan.) Faites le ménage dans vos Maisons, dit-il.

Sur cette déclaration, Noah tourna les talons et commença à traverser l'assistance, qui s'écarta pour lui laisser un passage ainsi qu'aux Solitaires qui l'accompagnaient.

— La séance est suspendue, marmonna Ethan.

N'ayant pas été conviée à la rencontre privée entre Ethan, Scott et Morgan qui suivit le départ des Solitaires, je rentrai à la maison, ne tins pas compte des regards inquiets que je reçus dès mon retour et filai directement dans ma chambre. Je posai mon ceinturon et mon sabre sur le fauteuil puis j'attrapai mon iPod, mis les écouteurs et m'allongeai sur le lit en me disant que je me fichais complètement de ce qui venait de se passer.

Je n'ai jamais bien su mentir.

15

Avant le déluge

Le soir suivant, je me réveillai épuisée, ayant passé une grande partie de la journée à rouler de droite à gauche, à regarder dans le vide, à jurer, à me repasser les événements de la nuit précédente, rejouant mentalement chaque moment qu'Ethan et moi avions partagé et me demandant comment il avait pu être aussi facile pour lui de me troquer contre son précieux capital politique.

Malgré ce mystère qui pesait sur moi, j'avais du travail. Je me levai donc, me douchai, m'habillai, mangeai un bol de céréales dans la cuisine plongée dans le noir, passai ma veste en cuir et attrapai mon katana et la boîte de cupcakes que je n'avais pas eu le temps de livrer la nuit dernière, me préparant à retourner à la Maison Cadogan pour y faire mon rapport.

Je venais juste de fermer la porte d'entrée et m'apprêtais à descendre le perron quand je vis Morgan appuyé contre sa voiture, bras et chevilles croisés. Il était de nouveau en jean et gros ceinturon noir, chemise noire et veste de cuir.

— Salut, dit-il en souriant.

Je clignai des yeux puis descendis les marches pour me diriger vers le garage, espérant que mon désintérêt flagrant le découragerait. Mais il me suivit, s'arrêtant sur le seuil avec un sourire charmant et désarmant aux lèvres.

— Tu as dit que je pouvais appeler.

— Appeler, répétai-je. Pas te pointer au crépuscule.

J'ouvris la porte du garage, entrai et déverrouillai la portière de ma voiture.

— Tu m'as autorisé à te faire la cour.

Je fis preuve de ce que je considérai être une grande maîtrise de moi-même et je me retins de ne pas l'embrocher avec mon sabre. J'ouvris la portière côté conducteur, glissai le katana sur la banquette arrière puis posai la boîte de gâteaux sur le siège passager. Cela fait, je me tournai vers lui.

— Tu m'as mise dans l'embarras devant cinquante vampires. Je ne pouvais pas vraiment te dire non. (Il ouvrit la bouche pour me répondre mais je ne lui en laissai pas le temps.) Cinquante vampires, Morgan. Cinquante, y compris mon Maître, un autre Maître et le chef des Solitaires.

Il sourit sans aucune intention de paraître contrit avant de hausser les épaules.

— Je voulais des témoins, et alors ?

— Tu voulais marquer ton territoire.

Morgan s'avança dans le garage, entre le mur et la voiture et, avant que je puisse m'écarter tant bien que mal, il me coinça dans l'angle formé par la portière ouverte, les bras écartés pour m'empêcher de fuir.

— Tu as raison. Je voulais marquer mon territoire.

Il était temps de lui dégonfler l'*ego*.

— Tu n'as aucune chance.

— Je ne suis pas d'accord. Tu as dansé avec moi. Tu m'as ouvert ta maison et ton frigo. Tu ne m'as pas tranché la gorge quand tu en as eu l'occasion. (Son sourire était à la fois lumineux et vicieux.) Il se peut que tu sois tiraillée mais tu es intéressée. Admets-le.

Je lui adressai un regard méprisant qui ne réussit pas à effacer son sourire ni à décourager son air aguicheur.

— Aucune. Chance.

— Menteuse. Si Ethan t'a donné l'ordre de sortir avec moi, tu le feras.

Je ne pus m'empêcher d'éclater de rire.

— Ouais, tu as besoin de ça pour rassurer ton *ego* : tu ne dragues la Sentinelle de la Maison Cadogan que parce que son Seigneur et Maître l'a forcée à te retrouver dans un fast-food miteux.

Il secoua la tête en feignant un air grave.

— Non, pas un fast-food. Ce sera *Bennigan's*, au moins.

J'arquai un sourcil.

— *Bennigan's* ? Le grand jeu…

— La Ville des vents t'appartient, Merit.

Pendant un moment, aucun de nous deux ne dit mot. Nous nous affrontions du regard, attendant que l'autre batte en retraite. Je songeai un instant à le mettre dehors et manquer à ma promesse de me laisser courtiser mais j'écartai aussitôt cette option qui était, d'un point de vue politique, complètement irresponsable. J'envisageai de lui dire oui tout en lui expliquant que j'acceptais uniquement parce que c'était mon devoir. Puis je considérai la dernière possibilité : lui dire oui parce que j'en avais envie. Parce qu'il était sexy et drôle, parce que nous semblions bien nous entendre, parce que, même si sa relation avec Célina ne semblait pas très claire, il avait essayé de la protéger et avait battu en retraite quand il avait compris que sa méthode n'était pas la bonne. Je pouvais respecter ça, même si je ne comprenais pas la loyauté que sa Maîtresse exigeait.

J'inspirai pour me calmer avant de lever les yeux vers lui.

— Un seul rendez-vous.

Il afficha un sourire de satisfaction masculine.

— D'accord, dit-il en se penchant pour poser ses lèvres sur les miennes. Tu ne manqueras pas à ta parole ?

— Je ne manquerai pas à ma parole, dis-je tout contre sa bouche.

— Hmm.

Il n'avait pas l'air convaincu mais continua de m'embrasser et, pour une raison inconnue, je le laissai faire.

Oh, ce n'était pas Ethan.

Sans cœur ? Peut-être. Mais pour le moment, cette raison en valait bien une autre.

Quelques minutes étonnamment agréables plus tard, je roulais vers le sud. Mais avant de me rendre à la Maison Cadogan, je voulais passer au bureau de mon grand-père. J'avais besoin d'une oreille compatissante et je ne doutais pas que l'informateur vampire de mon grand-père lui avait déjà raconté la réunion de la nuit passée. Je conduisais la radio éteinte, les vitres baissées, écoutant la ville en cette calme soirée de printemps, préférant les bruits des voitures qui passaient aux paroles de chansons évoquant des émotions auxquelles je ne pouvais me fier.

Le quartier était calme, comme d'habitude. Mais il y avait un élément nouveau – la Mercedes noire d'Ethan était garée devant l'immeuble, et pas de 4 × 4 en vue.

Plus important encore, il n'y avait aucun signe du moindre dispositif de sécurité.

Rien. Ethan ne se déplaçait jamais sans gardes, généralement dans le 4 × 4 qui suivait sa décapotable. Voyager sans escorte était contre le protocole. Je me garai plus loin dans la rue, coupai le moteur et attrapai mon téléphone portable pour composer le numéro de Luc. Il répondit avant la seconde sonnerie.

— Luc à l'appareil.

— C'est Merit. Tu n'aurais pas perdu un Maître vampire, par hasard ?

Il grommela et jura.

— Où ça ?

— À l'Agence de médiation. La Mercedes est stationnée devant. Je suppose qu'il n'y a pas de gardes avec lui à l'intérieur ?

— Nous ne lui imposons pas de gardes, répondit Luc d'un ton irrité et j'entendis qu'il manipulait des papiers. Normalement, je lui fais confiance pour qu'il ne se comporte pas comme un imbécile et qu'il ne s'en aille pas tout seul alors qu'un psychopathe est en liberté et que les Solitaires sont prêts à prendre les armes.

— On a progressé la nuit dernière ? demandai-je d'un air penaud.

Luc soupira et je l'imaginai s'affaler sur son fauteuil et croiser les chevilles sur la table de la salle des opérations.

— Morgan était d'humeur joyeuse quand il est parti, mais c'est probablement grâce à toi. Je ne sais pas si cette entrevue a été vraiment productive. Personne n'a obtenu de réponses et les indices pointent dans toutes les directions. Pas de preuves sur les scènes de crime à l'exception des babioles laissées sur place. Mais ils savent qu'Ethan ne ferait pas ça et ne laisserait pas faire une chose pareille. Ce n'est pas sa façon d'agir.

Je comprenais. Quand Ethan voulait quelque chose, il s'assurait que tout le monde comprenne bien d'où venait la décision.

— Écoute, dis-je, pendant que je t'ai au téléphone… (Je marquai une pause et je dus rassembler tout mon courage pour me préparer à présenter mes excuses.) Je suis désolée d'avoir disparu hier soir. Après ce qui s'est passé avec Morgan…

— Tu es pardonnée, répondit-il aussitôt. Tu t'es bien débrouillée, tu es intervenue quand il le fallait et tu as permis à Morgan de s'en sortir de manière pacifique. Tu as fait ton boulot. Pour moi, c'est ce qui compte. Cela étant, tu aurais vu la tronche que tu as faite quand il s'est mis à genoux devant toi. (Il éclata d'un rire bruyant.) Oh, Seigneur, Merit, dit-il en hoquetant de rire. Ça valait le coup. La biche tétanisée face aux phares d'une voiture.

Je fis une grimace qu'il ne pouvait voir et jetai un nouveau coup d'œil vers la porte du bureau pour m'assurer qu'il n'y avait aucun mouvement.

— Je suis contente d'être une source de distraction pour toi, Luc.

— Considère que c'était ton bizutage. Ton deuxième bizutage, en fait.

Je gloussai.

— Tu parles de la Recommandation ? C'était plus un bizutage pour Ethan que pour moi, malheureusement.

— Non, je parle de ta transformation.

Je me pétrifiai en relevant le pare-soleil, la main en suspens, et je fronçai les sourcils.

— La transformation ? Pourquoi serait-ce un bizutage ?

— Qu'est-ce que tu entends par là ? demanda-t-il d'une voix soudain plus grave.

— Je veux dire que je ne me rappelle pas grand-chose. La douleur, le froid, c'est tout.

Il resta silencieux pendant un si long moment que j'appelai son nom et même alors il lui fallut un certain temps pour reprendre notre discussion.

— Je me rappelle chaque seconde, dit-il. Trois jours de douleur, de froid, de chaleur, de crampes, à transpirer sous des couvertures, à trembler tellement fort que je craignais que mon cœur cesse de battre. Boire du sang avant d'être prêt psychologiquement à l'accepter. Comment peux-tu ne pas te souvenir ?

Je fis machine arrière dans ma mémoire, m'efforçant de rassembler les images fugaces qui restaient juste hors de portée, essayant de rejouer la vidéo mentale de ces instants. Je ne parvins à récupérer que quelques souvenirs choisis jusqu'à mon retour à la maison : la tête qui me tournait quand j'étais descendue de la voiture, la mollesse, la confusion.

Avais-je été droguée ? Par qui ? M'avait-on épargné l'expérience d'une partie de ma transformation, et pourquoi ?

Je n'eus pas l'occasion de partager cette théorie avec Luc, un peu déconcertée par les questions qu'elle soulevait, car Ethan sortit soudain du bâtiment, la lumière intérieure dessinant un trapèze sur le trottoir devant lui. Catcher apparut à sa suite.

— Luc, il s'en va.

— Garde un œil sur lui.

Je le lui promis et refermai mon portable, puis j'attendis qu'Ethan et Catcher se soient serré la main. Ethan se dirigea vers la Mercedes, jeta un regard dans la rue obscure puis ouvrit la portière de sa voiture et y monta. Catcher resta sur le trottoir et regarda Ethan s'éloigner. Quand la Mercedes eut passé le coin de la rue, je démarrai et avançai jusqu'à l'endroit où Catcher se tenait. Me faisant signe de suivre Ethan, Catcher leva son téléphone portable et l'ouvrit. Le mien sonna presque aussitôt.

— Qu'est-ce qu'il fait ?

— Il va à Lincoln Park, dit Catcher, en colère.

— Lincoln Park ? Pourquoi ?

— Il a reçu un message, même papier, même écriture que ceux que Célina et toi avez reçus. On lui donne rendez-vous là-bas en lui promettant des informations concernant les meurtres. Il a accepté de s'y rendre seul.

— Personne ne saura que j'y suis aussi, promis-je.

— Reste quelques véhicules derrière lui. L'obscurité t'aidera mais ta voiture est vraiment repérable.

— Il ne sait pas ce que je conduis.

— J'en doute, sois prudente quand même.

Il m'expliqua où Ethan devait rencontrer son informateur – près de la petite pagode sur la rive ouest de l'étang du Nord – ce qui me laissait au moins une chance d'être discrète. Je pouvais emprunter un autre chemin et me rendre là-bas sans avoir besoin de prendre en filature le Maître vampire.

— Tu as ton sabre ?

— Oui, Capitaine, mon Capitaine, j'ai mon sabre. J'ai appris à obéir aux ordres.

— Fais ton boulot, alors, dit-il avant de couper la communication.

Si Ethan savait que je le suivais, il n'en laissa rien paraître. Je restai à trois voitures derrière lui, reconnaissante que la circulation de début de soirée serve de bouclier entre son véhicule et le mien. Ethan conduisait avec méthode, prudence et lenteur. Je n'aurais pas dû être surprise – c'était en accord avec sa manière de mener sa vie et d'orchestrer ses actes. Mais concernant la Mercedes, cela me décevait. Des voitures comme celle-là demandaient une conduite sportive.

Je repérai sa Mercedes stationnée sur Stockton, le seul véhicule dans le voisinage. Je me garai plus loin puis descendis de voiture, fixai mon katana et, dans un moment de prévoyance incongrue, je pris un pieu en tremble dans le sac que Jeff m'avait donné et qui était toujours coincé derrière le siège conducteur. Je glissai le pieu dans ma ceinture, refermai en silence la portière et revins sur mes pas. Je progressai à pas de loup dans l'herbe, entre les arbres, jusqu'à ce que je sois assez proche pour le voir, grand et élancé, qui se tenait juste devant la pagode. Il avait les mains dans les poches, alerte mais détendu.

Pourquoi était-il venu tout seul ? Pourquoi accepter de rencontrer un informateur au beau milieu d'un parc désert, la nuit et sans un garde ?

Je restai dans l'ombre. Je pouvais bondir si nécessaire, me précipiter (encore une fois) à son secours mais, si son but était de glaner des renseignements auprès de celui ou celle qui lui avait donné rendez-vous, je n'allais pas tout fiche en l'air.

Le crissement de pas sur le chemin brisa le silence. Une grande silhouette apparut. Une femme. Aux cheveux roux.

Amber.

Comment ça, Amber ?

Quand il la reconnut, Ethan tressaillit sous l'effet du choc et de l'humiliation. Je sentis un éclair de compassion me nouer le ventre.

Il s'approcha d'elle en regardant de droite à gauche, et la saisit juste au-dessus du coude.

— Que fais-tu là ?

Elle baissa les yeux sur son bras puis cligna des paupières en relevant la tête avant de se libérer de la main de son amant, un doigt après l'autre.

— À ton avis ?

— Franchement, je n'en ai aucune idée, Amber. Mais j'ai des choses à faire…

— Vraiment, Ethan ? dit-elle d'une voix plate.

Il la dévisagea, comprenant peu à peu, et énonça la conclusion à laquelle j'étais parvenue quelques secondes plus tôt. Depuis le début, je me méfiais de cette salope.

— C'est toi qui as pris les médaillons. Tu étais dans mes appartements et tu as pris les médaillons, dit-il d'un ton accablé.

Elle haussa les épaules d'un air indifférent.

Il l'attrapa de nouveau par le bras, cette fois avec assez de virulence pour lui arracher une grimace.

— Tu as pris un bien qui appartenait à la Maison. Tu m'as volé. Est-ce que… ? (Il cracha un juron.) Est-ce que tu as tué ces filles ?

Amber grogna et libéra son bras d'un mouvement sec avant de reculer de quelques pas pour mettre de la distance entre eux. Elle se frottait la peau, là où la marque rouge des doigts d'Ethan était visible malgré l'obscurité.

— Tu es…, dit Ethan en secouant la tête, les poings sur les hanches, écartant les pans de sa veste dans ce mouvement. Comment as-tu pu faire une chose pareille ? Tu avais tout. Je t'ai tout donné.

Amber haussa les épaules.

— Nous sommes vulgaires, Ethan. De vrais clichés. Pour des créatures surnaturelles, nous ne sommes pas assez authentiques. En tant que vampires, nous le sommes un peu trop. La Maison Cadogan, c'est de l'histoire ancienne. (Quand elle leva la tête, ses yeux brillaient d'une drôle de lueur, de l'espoir peut-être ?) Nous avons besoin de changement. D'un nouvel élan. Elle peut nous apporter tout ça.

Ethan se figea et dévisagea Amber.

— « Elle » ?

Amber haussa les épaules et releva la tête au bruit d'un claquement de portière.

— C'est le signal. Il faut que j'y aille. Tu devrais l'écouter, mon amour.

Elle se pencha en avant et effleura la joue d'Ethan du bout des lèvres en lui chuchotant quelque chose que je n'entendis pas. Puis elle s'éloigna et il la laissa partir. Ce n'était pas la décision que j'aurais prise mais, si j'avais couru derrière elle pour lui infliger la raclée qu'elle méritait, j'aurais révélé ma présence. Et si le claquement de portière était un signal, nous n'étions qu'au début des réjouissances.

Il ne fallut que quelques secondes à la nouvelle venue pour rejoindre Ethan d'un pas souple et félin. Ses cheveux noirs étaient rassemblés en un chignon serré, maintenu en place par quatre aiguilles en argent. Elle était vêtue comme une dominatrice déguisée en secrétaire : une jupe cigarette incroyablement serrée, des bas noirs dont la couture courait à l'arrière de ses jambes, des talons aiguilles vernis noirs avec des brides aux chevilles et un chemisier moulant blanc. Je m'attendais presque à la voir tenir une cravache mais je n'en vis pas. Elle l'avait peut-être laissée dans la voiture.

Célina s'arrêta à un mètre d'Ethan, une hanche en avant, la main posée dessus. Puis elle prit la parole, de sa voix brumeuse et liquide comme du vieux whisky.

— Mon cher, tu es tout seul ici. C'est dangereux en pleine nuit.

Ethan ne broncha pas. Ils se firent face en silence pendant un moment ; la magie tourbillonnait et se dilatait entre eux, s'enroulait autour des arbres. Je n'en tins pas compte et dus résister à l'envie d'en écarter la brise légère d'un geste de la main.

Mais je profitai de leur distraction pour sortir mon téléphone portable de ma poche et envoyer un texto à Catcher et Luc : « Célina traîtresse ». Si Dieu le voulait, ils m'enverraient les troupes.

— Tu as l'air surpris de me voir, dit-elle avant de glousser. Et de voir Amber, de toute évidence. Toutes les femmes, humaines ou vampires, en veulent toujours plus, Ethan. Toujours mieux. C'était naïf de ta part de l'oublier.

Ouah. Rien de tel qu'une touche de sexisme pour donner un coup de fouet à la soirée.

Célina soupira d'un air déçu, puis elle commença à tourner autour d'Ethan. Ce dernier pivota lentement, le regard rivé sur elle alors qu'elle progressait. Elle s'arrêta près de lui, me tournant le dos.

— Chicago se trouve à la croisée des chemins, déclara-t-elle. C'est la première ville dont la population vampire est visible. Et nous avons été les premiers à révéler notre existence. Pourquoi prendre ce risque ? Parce que, tant que nous ne faisions pas de bruit, nous étions destinés à demeurer dans l'ombre et à être soumis au monde humain. Il était temps pour nous de montrer que nous existions, et il est temps pour nous de nous épanouir. Nous ne pouvons pas changer l'histoire… (elle marqua une pause et le regarda d'un air grave), mais l'avenir, si.

Célina reprit son déplacement jusqu'à ce qu'elle se trouve de l'autre côté d'Ethan. Le son de sa voix était étouffé mais j'en entendais assez.

— Nous avons besoin de meneurs, et il y a peu de vampires de cette trempe : disciplinés, intelligents, malins. Navarre remplit tout à fait ces critères, Ethan. Je remplis ces critères. (Sa voix se fit plus insistante.) Comprends-tu combien nous pourrions être puissants si j'étais votre chef ? Si j'unifiais les vampires, les Maisons ?

— Le Présidium ne le permettra jamais, dit Ethan.

— Le Présidium est archaïque.

— Tu fais partie de ses membres, Célina.

La voix parfaitement neutre et contenue d'Ethan assourdissait la fureur qui l'habitait. On pouvait dire ce qu'on voulait sur ses manies de stratège et son penchant pour la manipulation, mais ce type savait faire preuve de contrôle. D'un contrôle glacial.

Célina écarta sa critique d'un geste de la main.

— Les membres du Présidium de Greenwich ne comprennent rien à nos problèmes modernes. Ils ne nous laisseront pas intégrer davantage d'Initiés pour nous développer. Nous sommes de moins en moins nombreux comparés aux autres populations surnaturelles, et elles sont de plus en plus courageuses. Les nymphes se battent. Les métamorphes s'apprêtent à se rassembler dans notre ville. (Elle ponctua ces deux derniers mots en pointant le doigt vers le sol.) Et les fées exigent davantage chaque année pour nous protéger des humains. Quant aux anges… (Elle secoua la tête avec regret.) Les liens sont en train de se briser et les démons sont lâchés.

Elle leva les yeux vers Ethan, le menton dressé d'un air de défi.

— Non. Je ne permettrai pas que les vampires soient réduits à moins que ce qu'ils ne sont déjà. Seuls les plus forts survivront au conflit à venir, Ethan. Et pour être plus forts, nous devons nous unifier. Les vampires doivent se rassembler, travailler ensemble, sous la direction d'un chef qui ait une vision de l'avenir.

Elle compléta le cercle qu'elle dessinait autour d'Ethan afin de lui faire de nouveau face, à environ un mètre cinquante de distance. Ses yeux brillaient dans le noir comme ceux d'un chat pris dans la lumière. Ils changeaient de nuance et de couleur, entre le vert et le jaune.

— Je suis ce chef, Ethan. (Elle agita une main d'un air désinvolte.) Bien sûr, dans toutes les guerres, il y a des pertes. La mort de ces humains était problématique mais nécessaire.

— Tu les as tuées, dit-il à l'instant même où je le pensai, avec la même intonation.

Elle leva un doigt fin.

— Soyons précis, Ethan. Je les ai fait tuer. Je n'aurais pas perdu mon temps à le faire moi-même. Bien sûr, cela pose des… problèmes de contrôle qualité. (Elle ricana doucement, de toute évidence ravie de sa plaisanterie.) J'ai trouvé un Solitaire. Je l'ai convaincu, sans donner beaucoup de ma personne, de faire le sale travail. J'ai dû changer de cheval après l'agression de Merit, bien sûr. (Elle haussa les épaules.) Je déteste le boulot mal fait. Néanmoins, tu as pu récupérer Merit dans l'affaire. Une vampire Merit. Recommandée dans ta Maison.

— Laisse-la en dehors de ça.

Elle gloussa sans joie.

— Réponse intéressante. Quel dommage que nous n'ayons pas le temps de parler davantage de ton affection pour ta petite Sentinelle.

Sans prévenir, Célina passa la main dans son dos et ôta les aiguilles de ses cheveux. Ou, plutôt, ce que j'avais cru être des aiguilles, mais qui étaient en fait deux stylets qui scintillèrent dans la lumière de la lune. Ses cheveux, soudain détachés, se répandirent en une vague d'encre dans son dos.

Elle avança d'un pas, inclinant son corps de sorte que, si Ethan ne s'était pas trouvé entre nous, je lui aurais fait directement face.

Je m'avançai, prête à le défendre, mais j'entendis « attends » comme un écho dans ma tête.

— *Pas encore*, me dit-il en pensée. *Laissons-la se confesser jusqu'au bout.*

Il savait donc que j'étais là, prête à me battre. J'obéis donc à son ordre, une main sur la poignée du katana, à moitié glissé hors de son fourreau, le pieu de tremble dans l'autre.

— Négligence ou pas, mon plan a fonctionné, poursuivit Célina. Les humains soupçonnent aujourd'hui les vampires Cadogan. Ils pensent que vous avez tué Jennifer Porter. Et les humains soupçonnent les vampires Grey d'avoir tué Patricia Long. Tu es vicieux, Ethan. Vous l'êtes tous. Tous sauf Navarre… (Elle eut un sourire aussi charmant qu'hystérique.) Si je suis la seule en qui les humains ont confiance, je peux consolider mon influence dans les deux mondes, humain et vampire. Les Maisons auront besoin de moi en tant qu'ambassadrice et je prodiguerai mes conseils. Sous mon commandement, nous deviendrons enfin ce que nous avons toujours été destinés à devenir.

— Je ne peux pas te laisser faire.

— Amusant. Tu crois peut-être que la décision t'appartient ? railla-t-elle en agitant les stylets dans l'air. Tu seras un autre sacrifice, qui coûtera cher, certes, mais charmant tout de même. La cause en vaut la peine. Combien de nous sont morts sous les coups de pieu, Ethan ? Tu as assisté aux Purges. Tu le sais.

Mais il n'avait aucune intention de se laisser entraîner dans une discussion historique.

— Si tu voulais faire tomber Cadogan et Grey, pourquoi ces messages ? Pourquoi impliquer Beck et les siens ?

— Les messages étaient censés être lus par les vampires, uniquement. Quant au « pourquoi »... Tu me surprends, une fois de plus. La solidarité, Ethan. C'est nous tous, ou personne. Les Solitaires ne nous proposent rien. Ce sont des créatures farouches, je veux bien l'admettre. Ils augmentent notre nombre. Mais en tant qu'amis, ils sont inutiles. Aucune alliance possible, ils s'y opposent moralement. Ce ne sont certainement pas des joueurs collectifs. (Elle agita une main avec désinvolture et les lames scintillèrent.) Ils avaient besoin d'être purgés.

Ethan resta silencieux un long moment, les yeux baissés, avant de relever la tête.

— Alors tu as convaincu Amber de t'aider. Tu lui as demandé de voler le médaillon Cadogan et c'est quelqu'un d'autre qui l'a laissé sur la scène du crime ?

Célina acquiesça.

— Et le maillot de la Maison Grey ? Comment l'as-tu obtenu ?

Elle eut un sourire vorace.

— Ta rousse s'est fait un autre ami. Une autre conquête.

L'expression d'Ethan se figea. Je compatis. Ce n'était pas le moment idéal pour apprendre que votre consorte vous avait trahi, vous, votre Maison et une autre encore.

— Comment as-tu pu faire ça ?

Elle soupira d'un air théâtral.

— Je craignais que tu réagisses comme ça, que tu adoptes une sorte de supériorité morale compatissante. Les humains ne sont jamais innocents, mon cher. Autrefois un humain m'a brisé le cœur, et il s'en fichait complètement. Ils sont froids, durs, stupides. Et aujourd'hui nous sommes obligés de composer avec eux.

Nous aurions dû nous soulever il y a de cela des siècles, nous unir pour les combattre. Ce n'est plus une option envisageable aujourd'hui, ils sont trop nombreux. Mais nous commençons, petit à petit. Nous nous en faisons des amis. Nous construisons des alliances, comme tu ne cesses de le prêcher. Et pendant que nous les endormons avec nos jolis visages et nos belles paroles, nous les infiltrons, nous planifions. Nous les amenons à s'habituer à nous et, le moment venu, nous frapperons.

— Tu parles de guerre, Célina.

— Évidemment, lâcha-t-elle les mâchoires crispées. Ils devraient nous craindre, et ils nous craindront. (Son expression s'adoucit.) Mais d'abord, ils vont m'aimer. Et quand le moment viendra de révéler ma véritable allégeance, mon amour pour les vampires et ma haine des humains, j'absorberai toute cette trahison. Je la savourerai. Et elle compensera alors en partie ce que cet homme m'a fait.

Voilà qui résumait parfaitement Célina Desaulniers. Elle avait besoin de célébrité, d'attention et du désir concentré de ceux qui l'entouraient. Elle avait besoin d'amis, presque autant qu'elle avait besoin d'ennemis.

Célina frôla le devant de la chemise d'Ethan du bout d'une lame.

— Des siècles, Ethan. Des siècles passés à obéir à leurs lois, leurs diktats, à nous cacher, à dissimuler notre vraie nature. C'est fini. J'ai bâti ce monde dans lequel nous vivons. Je décide des règles.

Elle rejeta les bras en arrière, les coudes relevés, et se prépara à frapper. Je bondis à découvert, me dirigeant vers elle avec une rage aveugle qui parcourait mon corps comme l'électricité. J'étais piquée au vif qu'elle veuille blesser mon Maître, mon Seigneur.

— *Baisse-toi,* criai-je dans ma tête, déterminée à ce qu'il m'entende, et je lançai le pieu de toutes mes forces.

Ethan plongea aussitôt à terre alors que le pieu de tremble sifflait au-dessus de lui avant de percuter Célina dans la poitrine, à gauche. Trop haut : j'avais manqué son cœur. Mais elle laissa tomber ses stylets et s'effondra à genoux en hurlant de douleur, les doigts agrippés au pieu trop poisseux de sang pour qu'elle puisse l'arracher. Ethan bondit aussitôt, l'attrapa par-derrière et lui cloua les bras au sol.

Soudain on entendit des portières claquer et des bruits de pas. La cavalerie était arrivée : Catcher, Luc et Malik couraient au milieu des arbres accompagnés du reste des gardes de Cadogan.

— Merit ?

Je ne pouvais détacher mon regard de Célina. Elle hurlait des obscénités cinglantes, reprochant aux gardes de se mettre en travers de son chemin et d'interférer avec ses plans tandis qu'ils s'efforçaient de la maîtriser. Ses cheveux, ses longues boucles noires, fouettaient l'air et volaient autour de son visage alors qu'elle criait.

— Merit.

J'entendis finalement mon nom. Je me tournai et vis Ethan essuyer le sang de ses mains – le sang de Célina – à l'aide d'un mouchoir. Une tache rouge maculait sa chemise blanche d'habitude impeccable. Le sang de Célina. Le sang que j'avais versé. Je fixai mon regard sur la tache écarlate avant de lever les yeux sur le visage d'Ethan.

— Quoi ?

Il cessa de frotter et roula le mouchoir en boule.

— Tu vas bien ?

— Je…, commençai-je en secouant la tête. Je ne crois pas.

Une ride apparut entre ses yeux et il ouvrit la bouche pour parler, mais il fut distrait par d'autres bruits de portières et de pas. Il détourna les yeux et je suivis la direction de son regard.

C'était Morgan, dans les mêmes vêtements qu'il portait une heure plus tôt, le visage marqué par le chagrin et l'inquiétude. En tant que Second de Célina, il avait dû être appelé par Luc ou Catcher après l'envoi de mon texto.

Morgan s'arrêta à quelques mètres de nous et contempla la scène devant lui : sa Maîtresse en sang, un pieu de tremble sortant de son épaule, soulevée par des gardes qui devaient batailler pour compenser sa force et la neutraliser.

Il ferma les yeux et détourna le visage. Au bout d'un moment, il ouvrit les paupières et il regarda Ethan, apparemment prêt à entendre toute l'histoire.

— Elle a tout confessé, déclara ce dernier. Elle a planifié les meurtres, s'est servie des Solitaires pour commettre les crimes, a convaincu Amber, de ma Maison, de voler le médaillon et le maillot de Grey. Elle s'est servie des messages pour impliquer le groupe de Beck.

— Pourquoi ?

— À court terme, pour avoir le contrôle sur les vampires de Chicago, les Maisons de Chicago. À long terme, elle veut la guerre.

Ils se turent pendant un long moment.

— Je ne savais pas, dit enfin Morgan, la voix lourde de regret.

— Comment aurais-tu pu le savoir ? Cela doit faire des mois qu'elle monte son coup, peut-être davantage. Elle m'a attiré ici pour tout m'avouer, me tuer, et peut-être prendre Cadogan à Malik après ma mort. Elle a attaqué la première, comme une furie, avec des stylets. (Ethan désigna l'endroit où les lames scintillantes reposaient au sol.) Merit m'a défendu.

Morgan sembla soudain prendre conscience de ma présence et baissa le regard sur le katana dégainé dans ma main.

— Merit ?

Je me demandai si Célina lui parlait mentalement et quels mots elle déversait dans son esprit.

— Oui ?

— Tu l'as attaquée avec un pieu ?

Je me tournai vers Ethan et il hocha la tête.

— Dans l'épaule, répondis-je.

Morgan acquiesça, semblant considérer ma réponse, puis il hocha de nouveau la tête, cette fois de façon plus ferme.

— Je suis content que tu n'aies pas visé son cœur, dit-il enfin, après avoir retrouvé sa contenance. Cela t'épargne une enquête.

Il avait raison. Cela laissait la vie sauve à Célina et je ne serais donc pas accusée de meurtre. J'eus un sourire vague et mielleux, sachant que j'avais visé son cœur mais que j'avais manqué mon coup.

Morgan alla s'entretenir avec les gardes.

— Merci, me dit Ethan.

— Hmm. (Les gardes relevèrent Célina, les bras maintenus en arrière.) Que va-t-il lui arriver ?

— Elle va comparaître devant les membres du Présidium et ils décideront de son sort. Il est fort probable qu'elle perde toute autorité. Mais c'est la Maîtresse de la plus ancienne Maison américaine. Tout autre châtiment ne sera que temporaire.

Je sentis qu'on tirait doucement sur ma queue-de-cheval. Je levai les yeux et découvris Luc qui me dévisageait d'un air inquiet.

— Ça va ?

Mon estomac se tordit de nouveau. La nausée réapparut au souvenir que j'avais presque tué quelqu'un, que j'en avais eu l'intention et que j'avais voulu le faire pour protéger Ethan. Pour le garder en vie, j'avais décidé de la mort d'une personne, et seule mon inexpérience m'avait évité d'y parvenir et de devenir un assassin.

— Je crois que je vais vomir.

Il me passa aussitôt un bras autour de la taille.

— Ça va aller. Respire profondément, je vais te ramener chez toi.

J'acquiesçai puis jetai un dernier regard vers Célina.

Un sourire serein aux lèvres, elle m'adressa un clin d'œil.

— *Après nous, le déluge*, cria-t-elle.

Elle s'était exprimée en français mais j'avais compris. C'était une phrase historique, que Madame de Pompadour aurait dite à Louis XV.

Traduction au figuré : à partir d'aujourd'hui, les choses ne vont qu'empirer, ma belle.

Je réprimai un frisson pendant que Luc me raccompagnait vers la rangée de voitures. On passa devant Morgan, qui s'adressait sur un ton autoritaire à un autre garde tout en suivant du regard la femme qu'on emmenait.

Je pris conscience de ce que j'avais fait.

Je lui avais donné la Maison Navarre.

En un dixième de seconde, j'avais lancé un pieu en tremble et blessé Célina avant qu'elle puisse tuer Ethan. Elle serait punie et, si Ethan avait raison, elle perdrait sa Maison. Morgan était son Second, le prochain à accéder au trône.

J'avais, par procuration, fait de Morgan le Maître de la plus ancienne Maison de vampires des États-Unis. Il rivaliserait de pouvoir avec Ethan, même s'il était plus jeune et moins expérimenté, parce que sa Maison était plus ancienne.

Ethan serait sans aucun doute très fier que le Maître de Navarre, pas seulement son Second, drague sa Sentinelle.

Je me tournai vers mon Maître et découvris que sa vue m'était insupportable, la bile me remontant aussitôt dans la gorge. Pour lui, j'avais presque tué quelqu'un, même si – Dieu merci – j'avais échoué au moment crucial. Quel soldat je faisais !

Il avança mais je secouai la tête.

— Pas maintenant.

Il détourna les yeux en se passant la main dans les cheveux.

Pendant que Luc me conduisait vers le 4 × 4 noir garé dans la rue, le tunnel s'ouvrit dans mon esprit.

— *Je te dois la vie.*

Mes genoux manquèrent de céder sous moi. Je ne voulais pas entendre ça, je voulais juste me trouver chez moi, dans mon lit ; je n'avais pas besoin que quelqu'un se sente redevable envers moi.

— *Tu ne me dois rien.*

— *Je n'étais pas sûr que tu interviendrais. Pas après ce qui s'est passé l'autre soir.*

Je m'arrêtai, me tournai et regardai Ethan par-dessus l'épaule de Luc.

Son regard était intense. Son expression véhiculait à la fois un reste de doute, le respect envers moi pour lui avoir sauvé la vie, et cette même surprise que j'avais décelée pour la première fois dans son bureau quand il avait découvert que je ne me réjouissais pas à l'idée d'être une vampire Cadogan et qu'il ne pouvait acheter mon allégeance par l'argent, les œuvres d'art ou les vêtements bien taillés.

Il m'avait sous-estimée, une fois de plus. Il ne m'avait pas prise au mot après la promesse que j'avais faite, les deux serments que j'avais prêtés : que je protégerais les vampires de Cadogan contre tous leurs ennemis, vivants ou morts.

Contre Morgan.

Contre les Solitaires.

Contre Célina.

Il avait les mains dans les poches de son pantalon et je faillis de nouveau craquer, mais je me raccrochai à ma colère, à ma rage et à mon dégoût.

— *J'ai prêté serment. La nuit dernière, j'ai prouvé mon allégeance. Tu n'as aucune raison de douter de moi.*

Il acquiesça.

— *Je ne doutais pas, je ne doute pas.*

C'était un mensonge, je le savais. Malgré tout, je hochai la tête.

Peut-être apprendrait-il à me faire confiance, ou peut-être pas. Peut-être saurait-il que ce premier combat, cette première atteinte à une vie, m'avait changée. Peut-être comprendrait-il que la graine de haine qu'il avait plantée deux semaines plus tôt allait s'épanouir, nourrie par ce que j'avais fait et ferais en son nom.

Il ne dit rien de plus, mais se détourna pour rejoindre Morgan.

Je rentrai chez moi, sanglotai sur l'épaule de Mallory et dormis comme une morte.

Ce que je n'étais certainement pas.

Épilogue

Elle voulait le contrôle de la Maison. De toutes les Maisons. Des vampires de Chicago, de San Diego… De tous les vampires d'Amérique du Nord.

De tous les vampires.

Célina confessa tout cela le soir suivant aux représentants du Présidium qui avaient bravé la lumière du soleil et traversé l'Atlantique pour la confronter. Elle ne présenta aucune excuse. Pas folle, exactement, mais dépourvue de toute morale. Ou, au mieux, fonctionnant selon des standards éthiques entièrement définis par sa propre histoire, sa haine des humains et son besoin paradoxal d'être aimée d'eux.

Elle avait œuvré pour que Navarre soit reconnue comme la Maison des vampires convenables. La Maison des vampires presque humains. Et elle s'était servie des meurtres pour faire passer Cadogan et Grey pour les Maisons du Mal.

Son plan, tel qu'il était, avait eu l'effet inverse. Elle s'était fait coincer et à présent la colère et la méfiance qu'elle avait créées et dirigées vers Cadogan et Grey s'étaient retournées contre Navarre. Morgan allait avoir du travail pour remonter la pente.

Pourtant, même si elle avait provisoirement perdu la guerre médiatique, elle avait réussi à convaincre nombre de vampires.

Elle était allée jusqu'à admettre qu'elle n'avait aucune intention de tuer Ethan. Elle avait bluffé, l'avait attaqué en sachant que quelqu'un – la Sentinelle ou un garde – interviendrait et le défendrait. Le sauverait. Elle savait probablement que je me trouvais là-bas depuis le début, mais elle avait permis que la mascarade suive son cours.

Résultat ? Elle s'était changée en martyre. Elle avait renoncé à sa Maison, son rang, ses vassaux, pour embrasser sa cause personnelle.

Tous les vampires ne lui pardonneraient pas ses actes. Nombre d'entre eux s'étaient intégrés et vivaient parmi les humains depuis des siècles ; ils dénigreraient la publicité qu'elle leur avait faite, la menace qu'elle avait générée à l'égard de leur existence et du statu quo d'une paix relative.

Mais d'autres – furieux d'avoir été mis à l'écart, punis, exécutés et rabaissés – se rangeraient au côté de Célina. Ils se rassembleraient tranquillement, au début, organiseraient peut-être des réunions secrètes, à l'insu du Présidium. Mais leur nombre augmenterait. Ils se réuniraient au nom de Célina, l'acclameraient et lui attribueraient la moindre de leurs avancées.

La guerre viendra et Célina en sera la cause. Peut-être très bientôt, peut-être plus tard, quand les liens avec les humains seront formés, quand ils auront baissé leur garde. On me demandera de nouveau de protéger Ethan, malgré sa volonté d'utiliser et de manipuler, malgré mon cœur brisé.

En attendant, j'enterrerai la colère et la trahison.

Je sourirai.

Je tapoterai de la main le pommeau de mon sabre.

Je gravirai en sautillant les marches de la Maison Cadogan et je fermerai la porte derrière moi. Je ferai mon boulot.

Je fais très bien mon boulot.

EN AVANT-PREMIÈRE

Découvrez la suite des aventures des
VAMPIRES DE CHICAGO
(version non corrigée)

Bientôt disponible chez Milady

Traduit de l'anglais (États-Unis) par Aurélie Tronchet

1

Bienvenue au club

Début juin
Chicago, Illinois

On était au début de la Route 66, surnommée « la rue principale de l'Amérique », celle qui traverse les États-Unis. La fontaine Buckingham, au cœur de Grant Park, tenait son nom du frère de la femme qui en avait fait donation à la ville de Chicago. De jour, le jet principal du bassin, qui s'élevait à trente mètres, formait une colonne d'eau entre l'étendue du lac Michigan et le centre-ville de Chicago.

Mais il était tard et l'eau avait été coupée pour la nuit.

[…]

Je consultai ma montre. Il était minuit huit. Je me trouvais là parce que j'avais reçu des messages anonymes. Les premiers mentionnaient des invitations. Le dernier me donnait rendez-vous à la fontaine à minuit, ce qui signifiait que mon correspondant anonyme avait huit minutes de retard.

Je n'avais aucune idée de l'identité de celui qui m'avait invitée ni de ses raisons, mais j'étais assez curieuse pour faire le trajet jusqu'au centre-ville depuis Hyde Park. J'étais également assez prudente pour ne pas venir sans arme et je portais une courte dague au manche de nacre fixée sous ma veste. La dague m'avait été offerte par le Maître vampire Ethan Sullivan comme cadeau à la Sentinelle de sa Maison.

[…]

En tant que Sentinelle, je ne me déplaçais jamais sans mon katana […]. Mais pour ce rendez-vous, j'avais laissé mon sabre à la maison, craignant que la vue du fourreau rouge attire trop les regards humains. Ma présence dans le parc après les heures d'ouverture suffirait déjà pour éveiller la curiosité de la police de Chicago ; un sabre de samouraï de près d'un mètre ne les convaincrait certainement pas que j'étais là uniquement pour des présentations et une conversation courtoise.

Et en parlant de présentations…

— Je n'étais pas sûr que tu viennes, dit soudain une voix derrière moi.

Je tournai des yeux écarquillés vers le vampire qui venait de s'adresser à moi.

— Noah ?

Plus particulièrement, il s'agissait de Noah Beck, le chef des Solitaires de Chicago – ceux qui n'étaient liés à aucune Maison.

[…]

— Tu voulais me rencontrer ?

— En effet, répondit-il.

Quelques secondes passèrent sans qu'il s'explique et j'inclinai la tête vers lui.

— Pourquoi ne pas m'appeler et demander à me voir tout simplement ?

Ou mieux encore, pensai-je, *pourquoi ne pas appeler Ethan ?* Il était en général plus que partant pour m'expédier dans les bras de vampires dans le besoin.

Noah croisa les bras sur sa poitrine, l'expression si grave que son menton touchait presque sa chemise.

— Parce que tu appartiens à Sullivan et que cette rencontre ne le regarde pas. Ça te concerne, toi. Si j'avais signé ces messages, tu te serais sentie obligée de lui dire que nous allions nous rencontrer.

— J'appartiens à la Maison Cadogan, corrigeai-je en lui faisant remarquer que, contrairement à la rumeur, je n'appartenais pas à Ethan, même si c'était un point auquel j'avais déjà réfléchi. Je ne peux donc pas t'assurer que je ne raconterai pas ce que tu vas me dire, ajoutai-je avec un petit sourire. Mais cela dépend du sujet que tu veux aborder.

Noah décroisa les bras, glissa une main dans une poche de son pantalon et en sortit une carte rouge. Il me la tendit en la tenant entre deux doigts.

Je savais ce que j'y lirais avant même de la prendre. Elle porterait les initiales « GR » et le sceau blanc ressemblant à une fleur de lys. Une carte similaire avait été déposée dans ma chambre de la Maison Cadogan mais je ne savais toujours pas ce qu'elle signifiait.

— Qu'est-ce que « GR » veut dire ? demandai-je en rendant la carte.

Noah la glissa de nouveau dans sa poche. Puis il regarda autour de lui et m'invita à le suivre d'un signe du doigt avant de se diriger vers le lac. Curieuse, je lui emboîtai le pas. Ce fut alors que commença la leçon d'histoire.

[...]

Une minute passa avant que je sois en mesure de parler. En attendant, je restai debout à côté de Noah, à regarder le lac et les lumières dansantes des bateaux près de la berge. Je ne sais pas à quoi il pensait mais, pour ma part, j'étais en train de considérer son offre.

[...]

En résumé, Noah voulait que je rejoigne une organisation dont le but principal était d'empêcher que les Maîtres vampires et les membres du Présidium aient trop de pouvoir ou qu'ils l'utilisent sans discernement – une organisation dont les membres espionnaient leurs Maîtres.

J'expirai lentement, le ventre noué.

Je ne connaissais pas la position d'Ethan au sujet de la Garde Rouge mais il considérerait sans aucun doute mon départ comme la pire des trahisons. [...]

En fait, c'était exactement le genre de choix qu'Ethan craignait que je fasse : espionner la Maison. Il pouvait ignorer l'invitation de la Garde Rouge mais il savait que mon grand-père, Chuck Merit, faisait office de médiateur entre les créatures surnaturelles et la ville et il savait également que ma famille – les Merit (oui, Merit est mon nom de famille) – était en relation avec Seth Tate, le maire de Chicago. Ces liens étaient bien ténus, et pourtant il s'en inquiétait. S'impliquer dans une telle organisation serait la cerise sur le gâteau dans la crise de colère.

Ce qui m'amena à poser une question intéressante.

— Pourquoi moi ? demandai-je. Cela ne fait que deux mois que je suis une vampire et je ne suis pas vraiment une guerrière confirmée.

— Tu corresponds à notre profil, dit-il. Tu as été changée en vampire sans ton consentement. Peut-être est-ce aussi pour cette raison que tu sembles avoir une relation différente avec ton Maître. Tu as été élevée dans la richesse mais tu as vu quels pouvaient en être les abus. En tant que Sentinelle, tu deviens soldat, mais tu as été étudiante. Tu as prêté serment à Ethan mais tu es assez sceptique pour ne pas suivre aveuglément tous ses ordres.

[…]

— Et que ferais-je au juste ?

— Pour le moment, nous aimerions que tu sois une partenaire discrète. Tu resterais dans la Maison Cadogan, en tant que Sentinelle, et tu communiquerais avec ton équipier.

Je haussai les sourcils.

— Mon équipier ?

— Nous travaillons en binômes, dit Noah en désignant quelque chose dans mon dos. Pile à l'heure.

Je jetai un coup d'œil derrière moi juste au moment où le vampire nous rejoignit sur la berge. C'était de toute évidence un bon espion ; même avec mon ouïe améliorée, je ne l'avais pas entendu arriver. […]

Le nouvel arrivant me salua d'un hochement de tête avant de se tourner vers Noah.

— Merit, Sentinelle, Maison Cadogan, déclara Noah avant de me présenter l'autre vampire. Jonah, Capitaine de la Garde, Maison Grey.

— Capitaine de la Garde ? demandai-je à voix haute, profondément choquée que le Capitaine des gardes de la Maison de Scott Grey soit aussi un membre de la Garde Rouge.

[…]

— Si tu acceptes notre offre, dit Noah. Jonah sera ton équipier.

Je me tournai vers ce dernier qui m'observait déjà, les sourcils froncés. Son regard était aussi curieux que méprisant. Il n'était de toute évidence pas impressionné par ce qu'il découvrait de la Sentinelle de Cadogan.

Mais puisque ça ne m'intéressait pas d'entrer en guerre contre Ethan et que je n'avais donc aucune intention de devenir l'équipière de Jonah, je parvins à ne pas tenir compte de son attitude.

Je secouai la tête et m'adressai à Noah.

— C'est trop me demander.

— Je comprends ta réticence, dit-il. Je sais ce que ça représente de prêter serment à une Maison. Je l'ai fait, moi aussi. Mais quoi qu'il en soit, Célina est en liberté aujourd'hui. Je ne donne pas cher de notre avenir, qui sera certainement plus violent que notre passé récent.

— Moi non plus, convins-je avec gravité.

Nous avions mis un terme à la tuerie menée par Célina Desaulniers, ancienne Maîtresse de la Maison Navarre. Nous avions assuré à la ville de Chicago que Célina était emprisonnée dans un donjon en Europe et qu'elle purgeait une peine pour avoir organisé ces meurtres, mais le Présidium avait relâché Célina. Elle ne contrôlait plus la Maison Navarre et elle m'en voulait pour ce désagrément. Elle était revenue à Chicago contrariée par son incarcération et avec l'envie de se battre.

Noah sourit tristement comme s'il lisait dans mes pensées.

— Les sorciers ont déjà prédit la guerre, dit-il. Nous craignons qu'elle soit inévitable. Trop de vampires nourrissent une animosité refoulée à l'égard des humains pour que la paix soit préservée – et vice versa. Sans compter que Célina a bien œuvré pour qu'ils se soulèvent. Malheureusement pour nous, elle joue son rôle de martyre à la perfection.

— Et on ne parle même pas du problème des métamorphes, ajouta Jonah. Les métamorphes et les vampires partagent un long passé douloureux mais ça n'empêche pas les Meutes d'affluer vers Chicago. (Il me jeta un coup d'œil.) On raconte qu'elles se réunissent cette semaine. Ça concorde avec ce que tu as entendu ?

[...]

— Oui. Nous avons appris que les Meutes seraient toutes là cette semaine.

— Des représentants des quatre Meutes à Chicago, marmonna Noah, les yeux baissés. C'est comme si les Capulet emménageaient avec les Montaigu. Une querelle vieille de plusieurs siècles et les parties ennemies campent toutes dans la même ville. Ça n'augure que des ennuis. (Il soupira.) Écoute, je te demande juste d'y réfléchir. La seule chose que nous attendons de toi pour le moment, c'est l'assurance que tu restes en état d'alerte à la Maison Cadogan jusqu'à...

« Jusqu'à », avait-il dit, comme s'il croyait que le conflit était inévitable.

— Tu resterais cachée jusqu'à ce que nous ne puissions plus maintenir la paix. À ce moment-là, tu devras être prête à nous rejoindre à plein-temps et à quitter la Maison.

Le choc dut se lire sur mon visage.

— Vous voudriez que je prive Cadogan de sa Sentinelle au beau milieu d'une guerre ?

— Considère la situation dans son ensemble, intervint Jonah. Tu offrirais tes services et tes compétences à tous les vampires, sans tenir compte de leur affiliation. La GR te permettrait de représenter tous les vampires et pas seulement les Maîtres.

[...]

— J'ai besoin de temps pour y réfléchir, leur dis-je.

Noah acquiesça.

— C'est une décision importante et elle requiert une sérieuse réflexion. Il faut t'interroger sur ta volonté de quitter la Maison pour t'assurer que tous les vampires soient bien protégés.

— Comment puis-je te contacter ? demandai-je, consciente que cette question m'avait fait franchir une ligne et que je ne serais plus en mesure de reculer.

— Je suis dans l'annuaire en tant que consultant en sécurité. En attendant, nous n'avons jamais eu cette conversation et tu n'as jamais rencontré Jonah. N'en parle à personne – ni à tes amis, ni à ta famille, ni à tes collègues. Mais pense à ça, Merit : qui a le plus besoin d'une Sentinelle ? Les vampires de Cadogan qui possèdent une formation de gardes entraînés et un Maître puissant qui tient la barre... ou le reste d'entre nous ?

Sur ces paroles, Jonah et lui tournèrent les talons et s'éloignèrent, disparaissant dans l'obscurité.

BRAGELONNE – MILADY,
C'EST AUSSI LE CLUB :

Pour recevoir le magazine *Neverland* annonçant les parutions de Bragelonne & Milady et participer à des concours et des rencontres exclusives avec les auteurs et les illustrateurs, rien de plus facile !

Faites-nous parvenir votre nom et vos coordonnées complètes (adresse postale indispensable), ainsi que votre date de naissance, à l'adresse suivante :

Bragelonne
60-62, rue d'Hauteville
75010 Paris

club@bragelonne.fr

Venez aussi visiter nos sites Internet :
www.bragelonne.fr
www.milady.fr
graphics.milady.fr

Vous y trouverez toutes les nouveautés, les couvertures, les biographies des auteurs et des illustrateurs, et même des textes inédits, des interviews, un forum, des blogs et bien d'autres surprises !

Aubin
IMPRIMEUR

Achevé d'imprimer en juillet 2014
N° d'impression 1406.0065
Dépôt légal, août 2014
Imprimé en France
81120539-3